史诗大陆

EPIC CONTINENT

Adventures in the Great Stories of Europe

Nicholas Jubber

欧洲历史的血与火

[英] 尼古拉斯 · 朱伯◎著
马泽民　谭年琼◎译

浙江人民出版社

图书在版编目（CIP）数据

史诗大陆：欧洲历史的血与火 / （英）尼古拉斯·朱伯著；马泽民，谭年琼译 . — 杭州：浙江人民出版社，2022.2

ISBN 978-7-213-10214-1

Ⅰ . ①史… Ⅱ . ①尼… ②马… ③谭… Ⅲ . ①史诗－欧洲 Ⅳ . ① I502

中国版本图书馆 CIP 数据核字（2021）第 139266 号

浙江省版权局
著作权合同登记章
图字：11-2020-265 号

Internal artwork by Rodney Paull

史诗大陆：欧洲历史的血与火

[英] 尼古拉斯·朱伯 著　　马泽民　谭年琼 译

出版发行：浙江人民出版社（杭州市体育场路347号　邮编　310006）
　　　　　市场部电话：（0571）85061682　85176516
策划编辑：王月梅
责任编辑：方　程　王月梅
责任校对：戴文英　朱　妍
责任印务：刘彭年
封面设计：创研社
电脑制版：北京弘文励志文化传播有限公司
印　　刷：杭州丰源印刷有限公司
开　　本：710毫米×1000毫米　1/16　　印　　张：22
字　　数：245千字　　插　　页：4
版　　次：2022年2月第1版　　印　　次：2022年2月第1次印刷
书　　号：ISBN 978-7-213-10214-1
定　　价：98.00 元

如发现印装质量问题，影响阅读，请与市场部联系调换。

献给米洛和拉菲

时间轴
TIME AXIS

前 1188 年	希腊人洗劫特洛伊，奥德修斯准备乘船返回伊萨卡
前 1178 年	奥德修斯回到伊萨卡
前 8 世纪	《奥德赛》问世
437 年	勃艮第王国灭亡，冈瑟王被杀
451 年	勃艮第军队与匈奴王阿提拉率领的军队交战
516 年	高特人首领、贝奥武甫的效忠对象海格拉克在弗里斯人的一次偷袭中丧生
778 年	罗兰死于隆塞斯瓦耶斯战役
990 年	冰岛赫利阿伦迪的冈纳尔被敌人杀死
1000 年	《贝奥武甫》手稿问世
1010 年	冰岛律师尼亚尔的农场被烧
11 世纪中期	《罗兰之歌》问世
12 世纪末—13 世纪初	《尼伯龙根之歌》问世
1280 年	《尼亚尔萨迦》问世
1488 年	欧洲第一版《奥德赛》出版
1755 年	发现《尼伯龙根之歌》手稿
1772 年	《尼亚尔萨迦》第一版出版
1787 年	发现《贝奥武甫》手稿
1835 年	发现《罗兰之歌》手稿

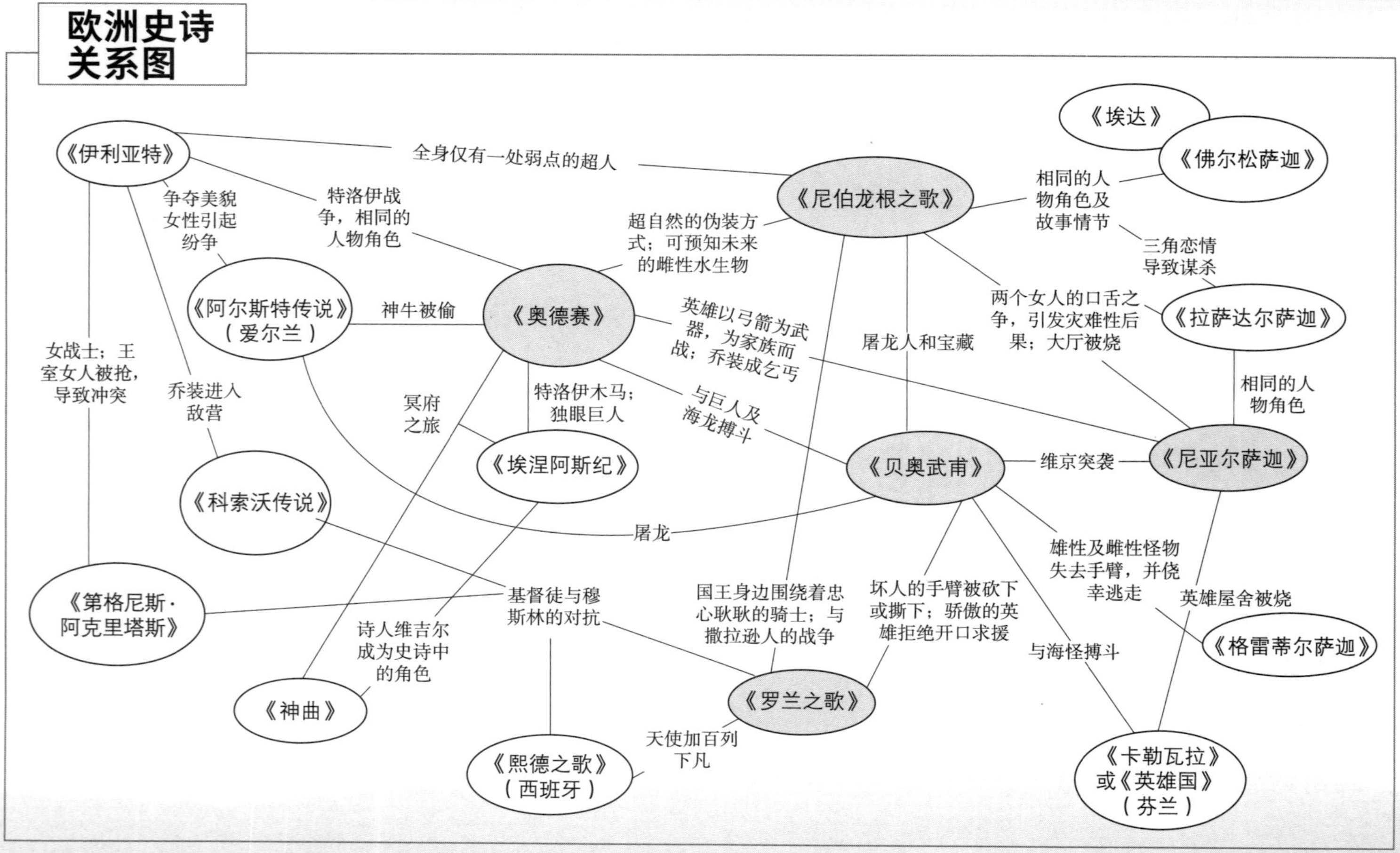
欧洲史诗
关系图
《伊利亚特》
全身仅有一处弱点的超人
《尼伯龙根之歌》
《埃达》
《佛尔松萨迦》
相同的人物角色及故事情节
三角恋情导致谋杀
争夺美貌女性引起纷争
特洛伊战争，相同的人物角色
超自然的伪装方式；可预知未来的雌性水生物
《阿尔斯特传说》（爱尔兰）
神牛被偷
《奥德赛》
英雄以弓箭为武器，为家族而战；乔装成乞丐
屠龙人和宝藏
两个女人的口舌之争，引发灾难性后果；大厅被烧
《拉萨达尔萨迦》
相同的人物角色
女战士；王室女人被抢，导致冲突
乔装进入敌营
冥府之旅
特洛伊木马；独眼巨人
与巨人及海龙搏斗
《贝奥武甫》
维京突袭
《尼亚尔萨迦》
《埃涅阿斯纪》
《科索沃传说》
屠龙
雄性及雌性怪物失去手臂，并侥幸逃走
英雄屋舍被烧
《格雷蒂尔萨迦》
《第格尼斯·阿克里塔斯》
基督徒与穆斯林的对抗
诗人维吉尔成为史诗中的角色
国王身边围绕着忠心耿耿的骑士；与撒拉逊人的战争
坏人的手臂被砍下或撕下；骄傲的英雄拒绝开口求援
与海怪搏斗
《神曲》
《罗兰之歌》
《熙德之歌》（西班牙）
天使加百列下凡
《卡勒瓦拉》或《英雄国》（芬兰）

前　言

PREFACE

人们总是说，史诗不过是些发生在遥远时代的古老传说。但近几年来，随着对欧洲史诗的深入了解，我渐渐发现，史诗故事其实就发生在我们身边。它像新闻报道一样真实及时，映出人间百态；像获得票房冠军的电影一样精彩绝伦，让人难以忘怀；像旅行诗人笔下的故事一样婉转曲折，引人入胜。

本书的灵感源自一次穿越欧洲的公路旅行。那段时间，适逢妻子休产假，我在编写一本书，我们没有任何理由不去——如妻子所言——“找几个月乐子”。而且等到暑假结束后，我们大儿子就要开始上学了，以后再出去旅行时间上就没有这么方便。旅途中，我们经历了一场又一场小“灾难”。在四个月的时间里，我们穿越了七个国家，要么在亲戚朋友家蹭住，要么在网站上预订民宿。在撒丁岛泥泞的道路上，我们的汽车轮胎扎破了，不得不四处寻找汽修师傅；在去西西里岛的渡轮上，因为我粗心大意，忘记将宝宝放入儿童座椅，我们大部分时间都在病房里度过。但事情其实也没有太糟糕：孩子们（个个）活蹦乱跳，家人之间依然有说有笑（夫妻、亲子关系还没有破裂），我们十年车龄的标致 206 汽车仍然可以正常行驶。

那是一段远离尘嚣的时光，岁月静好，孩子们眼里写满了探索欧洲历史的喜悦和激动。在德国纽伦堡，我们参观了欧洲最棒的玩具博物馆之一，馆里收藏的火车模型令我们兴奋尖叫；随后参观纳粹集会遗址，又让我们神情肃穆，步履沉重。在希腊海滨城市锡拉丘兹（Syracuse），我们在古希腊圆形剧场散步，接着又观看了木偶表演。偶尔，一些让人担忧的问题，也会打破家庭旅行的温馨泡泡，让我们心情低落。比如德国汉诺威的种族主义涂鸦，撒丁岛非洲移民的求助，等等。但是，我们的注意力很快又转移到小朋友的脏尿布和膝盖擦伤上。头条新闻再怎么令人忧虑，也不妨碍我们沉迷于《海底小纵队》式的冒险，以及对德国幼儿园巧夺天工的木工作品的惊叹。

那个夏天，我是如此深切地热爱欧洲：深蓝色的地中海仿佛一块柔软的毛毯，将我们的双脚包裹其中；明媚的阳光慵懒地洒在沙滩上，而灰蒙蒙的松林呈现出漂亮的金绿色。我们还有幸亲历了许多古老的仪式。西西里岛的太太们轻轻抚摸着幼子的双脚和大儿子的金发，然后在胸前画出十字，为孩子们送上祝福；德国哥廷根大学的毕业生争先恐后地亲吻牧鹅少女雕像的铜唇，庆祝自己顺利拿到学位。沁人心脾的咖啡、丝滑柔腻的冰激凌、大杯大杯的啤酒……即使烤肠的味道不如从前，又有什么关系？

但在回家的路上，我和妻子的话题略显沉重。我们聊了很多，比如认同政治（identity politics）逐渐成为某些团体谋取政治利益的工具；政客们为了争取更多的选票，一遍遍重提“盎格鲁－撒克逊”这样的历史术语和“主权”这样的陈腐概念；政客们还从《孙子兵法》和铁血宰相俾斯麦的边缘政治论中提炼战术，通过脸书（Facebook）和优兔（YouTube，又叫“油管”）网站发布分裂性言论。

我们到达巴伐利亚境内的阿尔卑斯山时，听到了这样的消息：英国通过投票，结束了与欧洲大陆长达 42 年的政治联盟。在驶往新天鹅城堡的马车上，我和身旁一位面容和善的当地人交谈起来。他兴致勃勃地说："你们犯了一个大错。"然后他用手指滑动着苹果手机屏幕，向我展示英镑像自由落体般下跌。新天鹅城堡由 19 世纪的唯美主义者、"疯子"国王路德维希二世所建，号称集齐了世界上最浪漫的元素。然而，我们却无心游览。妻子的钱包在马车上弄丢了，我陷入一阵茫然，"疯狂"和"愚蠢"两个词在我脑海里蹦来蹦去。还好，我们一家还有人在状态。

"爸爸，"三岁的儿子喊道，"看，有条龙！"

顺着他手指的方向，我的视线穿过拱门，落在一头长满鳞片、尾巴卷曲的野兽身上。这是一幅壁画。身穿金色盔甲的骑士扬起手中的利剑，刺穿了野兽的胸膛。骑士的目光扫过来，我微笑着回望他。

就在这一刻，灵光乍现。

壁画中的骑士叫齐格弗里德，也称齐格德，是中世纪尼伯龙根传说中的人物。他的故事有好几个版本。几周前，我刚读了创作于 12 世纪的《尼伯龙根之歌》。儿子看到的壁画是按另外一个版本创作的，故事发生在 13 世纪的冰岛。凝视着壁画，我不禁想起了齐格弗里德的传说。故事中，他诛杀恶龙，获取旷世珍宝，迎娶了美丽的公主……然而，在一次森林猎杀中，奸人在他背后掷出致命一枪，英雄就此陨落。

接下来的日子里，齐格弗里德的故事与其他经典传说一直萦绕在我大脑里，宛如淘气小猫的玩具毛线球，挥之不去。脑海中思绪纷杂，我想到了《尼伯龙根之歌》与欧洲史诗的深刻联系。盎格鲁 -

撒克逊史诗《贝奥武甫》、冰岛萨迦传说和科幻小说家约翰·罗纳德·瑞尔·托尔金的作品（托尔金笔下的恶龙故事，描绘出一个个形容恐怖的有鳞翼野兽，能止小儿夜啼）中，都有《尼伯龙根之歌》的影子。而主人公齐格弗里德与尽人皆知的荷马英雄，也不乏相似之处。齐格弗里德是伪装大师，足智多谋的奥德修斯亦是。齐格弗里德像阿喀琉斯一样几乎无懈可击，但同样也有自己的“金钟罩罩门”。他沐浴龙血时，一片菩提叶落在背部，那里成为全身上下唯一的弱点。

“史诗就是在流浪中探索。”诗人德里克·沃尔科特（Derek Walcott）说，“你知道的，骑士离开故土，勇敢向前，一路上遭遇长相各异的恶龙。”两千多年前，亚里士多德给史诗下过定义：史诗是运用最稳定和最高雅的格律，对世界形成过程中的严肃主题进行模仿的作品。欧洲史诗最吸引我的，与其说是它的表现形式，不如说是它的主题和故事情节。它用故事传说的方式，将广阔欧洲大陆上文化各异的众多民族紧密联系在一起。

理论家为这些联系贴上标签，从雅各布·格林（Jacob Grimm）对“共同联系”的讨论，到约瑟夫·坎贝尔（Joseph Campbell）提出“单一神话”（mono-myth）的 12 个阶段理论（这个理论为后世作家提供了源源不断的灵感。到了 19 世纪 70 年代，作家乔治·艾略特的长篇小说《米德尔马契》（*Middlemarch*）中，牧师卡索朋有一把“通往所有神话的钥匙”，探索从未停止。这些言论大多具有一定的启发性，但我觉得都略显呆板，不足以解释神话和民间传说之间错综复杂的联系。在我看来，这些古老的传说紧密相连，构成了一个完整的生态系统。这个生态系统仿佛一片郁郁葱葱、遮天蔽日的森林，一个个故事就是森林中的一棵棵大树，它们的根须纵横交错，彼此缠绕。

这次家庭旅行结束几个月后，我又开始规划新的征程：追寻欧洲史诗中英雄的脚步，从土耳其的安纳托利亚半岛（小亚细亚半岛）一路向北，直到北极。这将是一次单独的旅行，不再有家人的陪伴。这次旅行中，我不是被某个好战霸主驱使的全副武装的战士奥德修斯，也不是为逐名利而周游各国的齐格弗里德。我没有发达的肌肉和高超的武力值，只是个身材清瘦、戴着眼镜的涂鸦者。我追逐的是那些脍炙人口的史诗故事和故事中令人神往的英雄人物。我希望，这次旅行能让我正在构思的那本书早点面世。

几年前，我曾追寻中世纪波斯史诗《沙纳玛》（亦称《列王记》）的故事，游历欧洲，途中所见所遇至今难忘。田间地头，农民在劳作的间隙吟诵《沙纳玛》的篇章；在两伊战争的战场上，轰隆隆的枪炮声里，老兵仍不忘讲述那些经典的史诗故事。对他们来说，古代史诗并不是供奉在象牙塔里的珍宝，而是流淌在血液中不可或缺的部分。

那个时候，我依然认为欧洲是不同的，在博物馆井然有序的陈列品背后，是人为塑造的欧洲历史。但经过近几年的阅读和游历，这种想法动摇了。现在，我问自己，这场史诗之旅——那些没有经过加工甚至有些捕风捉影的古老传说——是否有助于我理解到底什么是欧洲。如果史诗的魔力在现代社会依然存在，依然可以影响广大的普通民众，依然让读者心生崇敬，那么，我们是否可以沿着英雄的足迹穿越欧洲大陆?

每一部伟大的欧洲史诗，都与剧烈的社会变化密切相关，要么以此为背景，要么创作于动荡时期。《奥德赛》讲述了特洛伊战争的后续故事，而特洛伊战争是古希腊首次与外族发生冲突。史诗创作于英雄时代向城邦时代过渡的时期，后者即将取代前者。《尼伯龙根之歌》讲述了罗马帝国末期，一个日耳曼王国陨落的故事。现存的唯一一部古英语史诗《贝奥武甫》，则反映了不列颠群岛的信仰从异教转变为基督教的过程。这些故事大多可以追溯到“大迁徙时代”，当时居住在中亚草原和斯堪的纳维亚群岛的游牧民族离开他们的家园，穿过欧洲中部地区的河流，来到水草肥美的平原和半岛，并定居下来。从那时起，他们——法兰克和丹麦、日耳曼人部落、盎格鲁 - 撒克逊人——就与这些平原和半岛紧密联系在一起。他们创造的神话，奠定了欧洲历史的基础。

从文学角度溯源，“欧罗巴”（Europa）这个词最早出现在《荷马史诗 · 伊利亚特》中。宙斯将美丽的公主带到克里特岛，强行与她结合，他们的后代在此繁衍生息，并开垦出一片新的大陆，这就是欧罗巴大陆，现在的欧洲。这并非什么奇闻逸事，人类早期的历史，往往以背井离乡开端。后来，“欧罗巴”这个词有了更丰富的内涵。在希腊人眼中，指爱琴海以西的国土；在罗马人眼中，指帝国西部；在百科全书学家和制图师眼中，指欧洲的“黑暗时代”；在查理大帝的臣子眼中，指法兰克帝国广袤的土地，用来称赞帝国战无不胜，疆域辽阔。直到 15 世纪人文主义兴起后，人们才开始普遍自称“欧洲人”，以此将自己与基督教世界区分开来。

“欧洲”这个词在将来意味着什么，我们谁也无法知晓，但或许可以从欧洲各个国家和民族的英雄史诗中略窥端倪。这些史诗，是在普通人的日常生活中口口相传、在王室大厅里被高声吟唱的传说，也是激励国王开疆拓土、鼓舞军队勇往直前的冒险故事。

时至今日，英雄诛杀恶龙、战胜艰难险阻的传说，仍然令我们心潮澎湃。《大白鲨》《现代启示录》《权力的游戏》等极受欢迎的现代影视作品，与《贝奥武甫》《奥德赛》《尼伯龙根之歌》等经典史诗，本质上一脉相承。[①] 这一切，正如《奥德赛》中热情友善的牧猪奴尤迈乌斯所说："你紧盯着吟游诗人，眼中充满好奇，他的吟唱经过神的训练，人们被迷得神魂颠倒。一旦他开始吟唱，你满心所想的，就是乖乖坐在那儿，听他唱出你的人生。"

经典的史诗太多，我该如何选择？我尤其偏爱那些最初口耳相授、今日仍然传诵的经典故事。"史诗"一词来源于希腊单词 epein，"说"的意思。只有可以说出来的故事，才有可能成为真正的史诗。语言要说出来才有力量——古希腊人称之为 kelethmos，意为"魔法"。正因为史诗早在印刷时代之前就口耳相传，它们才能根深叶茂，成为欧洲文化的核心。

欧洲的史诗传统始于荷马，我的史诗之旅也以此为开端，或者准确地说，从《奥德赛》开始。这部作品讲述了特洛伊战争之后，足智多谋的英雄奥德修斯在漫长回家路上冒险经历。《奥德赛》之后，我旅途中经过的地方就没有那么广为人知了。

我从希腊一路向北，进入巴尔干半岛，在那里追寻《科索沃传说》，追寻基督教骑士抗争奥斯曼帝国的故事。随后，我穿过亚得里亚海，进入西欧，追寻《罗兰之歌》，聆听查理大帝的圣骑士们在比利牛斯山战役中的悲壮事迹。中欧最具代表性的史诗是《尼伯

① 在《大白鲨》和《贝奥武甫》中，都有食人怪物在受神明保佑的人群居住地出没，英雄打败或杀死食人怪，并来到深海完成拯救世人使命的故事。《奥德赛》和《现代启示录》中，都讲述了故事主人公与命途多舛的船员冒险踏上未知的旅程，沿途遭遇生死劫难的经历。（《现代启示录》的导演弗朗西斯·福特·科波拉在紧张拍摄时调侃说，它应该改名叫"傻子"。）《权力的游戏》"红色婚礼"篇和《尼伯龙根之歌》中，都有国王和追随者被诱骗到庆祝宴会，然后被复仇者屠杀的情节。

龙根之歌》，讲述屠龙勇士齐格弗里德的英雄经历，以及他被奸臣谋杀后妻子为他复仇的故事。然后，我回到英国，跟随《贝奥武甫》的脚步，探索英国和斯堪的纳维亚半岛的历史传说。这个故事里，半人半魔的妖怪在鹿厅作威作福，英雄贝奥武甫挺身而出，与妖怪正面战斗。最后，我来到欧洲最北端的冰岛，追寻《尼亚尔萨迦》及其诗篇《冈纳尔之歌》，倾听冰岛两个好友因为宿怨而最终决裂的故事。

欧洲史诗是一个巨大的宝藏，本书挂一漏万，不可能讲完所有的故事，甚至不能对每一个故事都有所提及。于是很多故事不得不忍痛舍弃。但追随以上几个经典故事完成穿越欧洲之旅后，我希望能找到那些长期困扰我的问题的答案。史诗传说是如何塑造欧洲的？如今它们还值得阅读吗？它们是否有助于我们理解今日的欧洲？在出发去希腊之前，我对旅途一无所知，内心充满忐忑。我不禁祈祷，应该不会遇到恶龙吧？应该不会被狡猾的女巫变成猪吧？旅行并不可怕，而且有很多超出预期的惊喜。我遇到了同样热爱史诗的退伍老兵，并有幸与他共饮；我睡在青铜时代的墓室里，度过了一个难忘的夜晚；我在黑暗时代战争遗址上，看着游客缅怀曾经的勇士；我和异教徒的大祭司并肩走在庄严的教堂里，讨论信仰的意义……史诗为我打开了一扇新世界的大门，作为一名土生土长的欧洲人，我将在史诗的指引下驰骋在这片养育我的大陆上，去发现欧洲更深刻的内涵。

目录
CONTENTS

第一个故事

《奥德赛》：充满海上冒险的回乡之旅

特洛伊战争结束后，奥德修斯归心似箭。他被冲到仙女卡吕普索的岛上并被囚禁了七年，之后他又被送上木筏，阴差阳错之下来到费阿刻斯人的岛屿。在那里，他向费阿刻斯人讲述了自己在特洛伊战争后的惊险遭遇——如何与独眼巨人展开殊死搏斗，如何躲过海妖塞壬优美动听的死亡歌声，如何偷食赫利俄斯的牧牛（同伴不顾奥德修斯的警告，杀死神牛，激怒了宙斯。宙斯用雷霆击沉了渡船，大多数同伴因此葬身海底）。费阿刻斯人对此深表同情，派海船送他回到故乡伊萨卡岛，并赠予他许多珍贵的礼物。

回到家乡后，奥德修斯乔装成衣衫褴褛的乞丐，见到了刚刚结束寻父之旅的儿子忒勒玛科斯。在奥德修斯离开的日子里，纨绔子弟们趁机占领了他的宫殿，肆意挥霍他的财产，还试图强娶他美丽的妻子珀涅罗珀。奥德修斯父子齐心，共同制订了复仇计划。另一边，珀涅罗珀举办了一场张弓择偶的比赛。她把自己当作奖品，若有人拉开丈夫的硬弓，便嫁给对方。比武中，几名

求婚者试图拉开奥德修斯的硬弓，但都没有成功。后来奥德修斯出战，轻松地拉开了大弓，而且一箭射穿了12把斧头上的小孔。

这不是一场普通的比武招亲，而是一场精心策划的复仇。在忒勒玛科斯的协助下，奥德修斯杀死所有的求婚者，而且绞杀了与敌人暗通款曲的女仆。最后，他向妻子表明自己的真实身份，但饱尝人情冷暖的珀涅罗珀没有轻易相信，抛出只有夫妻俩才知道的私密来测试他，奥德修斯顺利通过测试。丈夫、妻子、儿子，一家三口终于团聚了。被杀的求婚者家属得知真相后震怒，密谋展开新一轮的复仇。女神雅典娜亲自出面安抚众人，阻止了一场人间惨剧。

1

希俄斯岛
欧洲史诗开始的地方，战争难民从未消失

愿神明让这个漂泊的人在到家前死去，

然后我们得以从一切混乱中幸免！

——求婚者 《奥德赛》第 18 卷

旅行，是说走就走，还是订好计划再出发？我的环欧之旅跨越18个国家，行程超过3000英里（本书按作者习惯，单位皆用英制）。因此在出发前，我需要仔细斟酌，从哪里开始最合适。欧洲史诗源于希腊，而《奥德赛》是最为著名的历险传说，史诗之旅当然应该以它为起点。这部史诗大约创作于公元前8世纪末，出自诗人荷马之手，故事中的经典元素如塞壬妖岛、独眼巨人和宫殿恶战等，可以说家喻户晓。我们对此太过熟悉，以至于经常忘记《奥德赛》问世时，人们尚未形成完善的饮食制度以及学会铸造货币。不过时至今日，翻开《奥德赛》，仍然感觉仿佛在读一部现代作品。它的环形结构和非线性的叙事手法，让阅读一点也不枯燥，充满趣味；人

物形象饱满传神，故事情节清晰紧凑；文笔细腻，热血战斗的场景跃然纸上——这些现代人推崇的文学特质，荷马都运用得炉火纯青。想想看，那些高票房的公路电影和灾难片里，角色们经历种种磨难，甚至中途身亡，枪林弹雨，热血激情，影片也随之进入高潮。《奥德赛》的阅读体验亦是如此，给人一种这是一部现代作品的错觉。

从创作时间来说，《伊利亚特》问世更早，它讲述了特洛伊战争和阿喀琉斯之怒的故事。但创作时间稍晚的《奥德赛》却流传更广，经久不衰，在两千年后仍是好莱坞编剧们争相效仿的故事原型：灾难突然降临，英雄与敌人浴血奋战，有情人终成眷属，结局皆大欢喜。如果用被模仿的次数来衡量作品的伟大程度，那么，《奥德赛》无疑是有史以来最伟大的作品。但正因如此，我的奥德赛之旅有些棘手。为什么呢？看看那些摆在图书馆和书店书架上的各种“奥德赛”吧：《新奥德赛》《一场奥德赛之旅》《伊萨卡》《喀耳刻》《奥德修斯的回归》《奥德赛，从失踪到被宣布死亡》……这还只是近十年出版的作品中的一部分。

为什么《奥德赛》能从众多经典史诗中脱颖而出，超越时空限制，让古今中外的读者都沉醉其中呢？它向我们揭示了欧洲大陆的哪些内涵？它是如何影响欧洲文化走向的？为了弄清这些问题，我决定将奥德赛之旅分三部分。首先，我要深入希腊。希腊是奥德修斯的家乡，那里的人与他有着天然的联系。然后，我将来到风暴之眼，与那里的人深入交谈。因为很多时候，从个体可以推断出整体。最后，鉴于《奥德赛》是一部关于旅行和冒险的经典故事，我也将亲身进行一些探险，体验英雄的感受。

但最主要的是，我要先去那个岛屿，那个据传是《奥德赛》创作地，同时也充满现代危机的岛屿。《奥德赛》从未丧失生命力，这对于经久不衰的文学作品而言，是多么难能可贵。它与时俱进，随着时代变化而不断自我更迭。想想看，如果把史诗中的经典场景改写成新闻标题——涌出战区的男人被困地中海岛屿，拼尽全力寻找安身之处——你是否深受触动？如果你忠于内心，你得承认，把现世灾难与古代传说相提并论，并不会折损任何一方的价值。

希俄斯岛，距离土耳其仅仅几英里，在希腊独立战争中被奥斯曼土耳其人占领之前，以乳香脂和黑酒闻名。现在，这里羁留着近4000名“未处理”的避难者，是难民危机的中心地区之一。

这里是天然的海上要塞。破旧的堡垒墙壁上，杂草和泽菊从墙缝中探出脑袋，仿佛彪形大汉肱二头肌上的文身。石头屋顶上布满弹孔和缝隙，一眼望去，天空被割裂成一片片楔形的蓝色。阳光懒洋洋地洒在集装箱上，集装箱里住满了难民。帐篷后面，男人们围在一张栈桥桌边打牌。再往后，难民排着长队，等待发放晚餐。有人用手指拨弄着剩下的烟头；有人身穿捐赠的夹克衫，低着头在口袋里翻找配给卡。这里是苏达难民营，难民今天的晚餐是米饭和红花菜豆。

“老师，”亚辛说，“您和我们一起吃饭吧。”

我脱下夹克衫，团成一团放在帐篷入口处的鞋子旁边。坦白说，这些食物令我毫无食欲。我不是不喜欢吃红花菜豆，而是清楚地知道，这些食物是专门为难民准备的。但亚辛坚持邀请，而我从来都不擅长拒绝。

“嗯，”我把手伸进米饭，象征性地吃了几粒，“太好吃了！”

“谢谢您，老师。有机会的话我很想邀请您去我自己的家，我宰一整只大绵羊招待您！”

两年前，亚辛还是霍姆斯大学的医学生。但叙利亚战争爆发后，霍姆斯大学关闭了，他回到老家的村子里，成了一名私人医生。后来，他来到了布尔萨，成功找到了一份工作，但他的目的地是欧洲。微薄的工资一笔笔攒下来，加上亲戚寄来的钱，他终于凑够了偷渡的费用。他联系上走私分子。但第一次偷渡无疾而终，约好的船根本没出现，船费打了水漂。几个月后，他终于又凑够了钱，开始第二次尝试。这一次，偷渡船被海警拦了下来，他被赶出船舱。还有一次，渡船被老板的竞争对手偷走了。不过，亚辛没有放弃，他不停地尝试，第六次终于偷渡成功。

“那天的海面很平静，”亚辛说，“我原以为这次会很顺利。”但船走到一半时，他产生了怀疑。“船上人太多了，海水漫进船里，到脚踝那么深。我们齐心协力，用手捧着水使劲往外泼，但徒劳无功。”

幸运的是，船已经走得够远。空中响起喇叭声，仿佛神在回应他们的祈祷。一位渔民发现了他们，并向希腊海岸警卫队报警。海警将他们带到希俄斯岛，交给联合国难民组织（UNHCR）。填写登记表后，他们被分配到帐篷和集装箱改建的居留所，开始了漫长的避难生活。在叙利亚，亚辛的住所是一栋三层楼房，有卫星电视，Wi-Fi 信号总是满格；而现在，他不得不屈居在帐篷里，时刻提防泛滥成灾的老鼠，以及被老鼠吸引过来的蛇群。每天清晨，叫醒他的是咆哮的海浪声、风吹动帐篷画布的嘎嘎声和难民同胞挣扎着摆脱过去的尖叫声。

我已做好充分的心理准备，在欧洲之旅中会遇到难民，因为我的行程与他们的逃难线路有很多重合。但我不能接受自己在遇到他们时，对他们的苦难一无所知。我打算在难民营里待上几个星期，寻找那个欧洲大陆激烈争论的问题的答案。同时，我也希望自己能为难民做点什么。因此，我自愿加入一所由发廊改建的专门的难民学校。

这是一栋古老的石头建筑，设有两间教室，有一个带窗帘的大厅和一个小厨房。墙上挂着行为准则和纸制模型，难民的绘画作品和教师肖像并排放在一起。或许因为画像是用签字笔画的，我的画像有着一张海草色的脸，两只耳朵像门把手，脖子长长的，呈深红色。大多数时候，学校晚上都会召开会议，十分冗长，气氛像《伊利亚特》中的战争委员会会议一样紧张激烈。每个人都参加会议，就纪律性程序展开讨论，就新设项目抛出创意，就叙利亚人和阿富汗人因争夺难民营主导权而引发的两国学生频繁打架斗殴一事互通信息、交换看法，等等。

令人惊讶的是，虽然经历过非同寻常的磨难，但大多数学生都表现出很强的心理素质，很快就能恢复心理平衡。也有一些人在痛苦中苦苦挣扎：有男孩子用每月 90 欧元的生活补贴买醉，试图忘记过去；有人被毒品贩子蛊惑，误入歧途；孩子们的胳膊上伤痕累累，或是因为打架斗殴，或是出于自残。当你望向他们，你会发现他们的眼睛饱含沧桑。因为之前的经历，我懂得一些心理健康的知识，但我的水平远远不足以开导他们。他们患有创伤后应激障碍综合征（PTSD），需要专业人士的专业治疗。他们就这样被关在难民营里，等待遥遥无期的避难听证会；对未来，内心充满挫折和焦虑。

然而，如果你坐下来，和他们下一盘象棋，欣赏一下他们的画作和诗歌，和年幼的孩子们玩一场“鸭，鸭，鹅”的游戏，当孩子们的欢声笑语在你耳边响起，你会忍不住想，把他们关在难民营里是一件非常残忍的事情。就像那些中了女巫喀耳刻巫术的古代伊萨卡人，身体变成了猪，却还保留着自己的灵魂。

在外国流浪的难民往往是不受欢迎的，当地政府和人民总是投来怀疑的目光，就连身边的人也不信任他们。就像奥德修斯，他回到故乡伊萨卡时，乔装成“一个厚颜无耻、伤风败俗的乞丐”（求婚者安提诺奥斯的原话）。一名真正的乞丐向他发出挑衅，安提诺奥斯在一旁煽风点火，要两人展开搏斗，胜利者可以吃到羊肚。奥德修斯把乞丐摔在地上，“鲜红的血液立即从嘴里向外喷溅，乞丐尖叫一声，跌落在地上”。这样温和的打斗描写，在《荷马史诗》中实属罕见。

《奥德赛》里描写了大量逃难者及来自四面八方的外乡人的遭遇。奥德修斯的儿子忒勒玛科斯在渡船上收容逃难人，丝毫不求回报；牧猪奴尤迈乌斯热情收留身无分文的流浪汉（其实是他的主人乔装而成），并向他讲述自己沦为奴隶的悲惨过往。当你读到这些场景时，你会忍不住猜测，荷马大概亲身体会过离乡背井的痛苦。

“难道我们这里的流浪人口还不够多吗？一帮可怜又讨厌、令人倒尽胃口的饕餮！”求婚者安提诺奥斯申斥道。在过去三千年的反移民浪潮中，这个问题曾经被反复提起。一天晚上，我来到一家海滨酒吧，和一名叫迈克尔的退休渔夫对饮红酒，他也表达了类似的观点。“他们把垃圾扔得到处都是，”他说，“他们吸毒、酗酒，简直像动物一样野蛮！”他的手指布满绳子勒痕，说话间，轻轻地晃着酒杯，紧紧地捏着鼻子，“如果你想帮助他们，可以呀，那你为什么不把他们带回你的国家？”

这个问题可谓正中要害。如果说欧洲构建政治联盟是为了一个共同目标，毫无疑问，这个目标就是在这个拥有 5 亿人口的富裕大陆，建立一种有效的方式，吸纳仅有 0.3% 增长率的人口。但欧洲各国的领导人比奥林匹亚诸神更散漫，这导致泛欧洲计划的实施虽迫在眉睫，却往往让位于本国的民生大计。匈牙利筑起了铁丝网；德国领导人安格拉·默克尔对难民的态度急转直下；英国疑欧派四处派发抵制移民“蛀虫”的宣传单，推动英国脱欧投票。最后，希腊被推出来，不情不愿地承担起“人类灵魂仓库”的角色（希腊总理阿莱克西斯·齐普拉斯的原话）。

在一堂中级英语课上，我向一名年轻的阿富汗学生讲述《奥德赛》的故事。“这听起来跟我的经历很像。”她说，笑容有些苦涩。她身体里流淌的不是希腊文化的血脉，却自然而然地与奥德修斯的故事产生共鸣。还有个更明显的例子，在一堂创新项目课上，我们欣赏了《奥德赛》的改编本和知名歌手鲍勃·迪伦的名曲《像一块滚石》。两部作品讲述的都是流浪者的故事，但令我惊讶的是，引发学生热烈讨论的是《荷马史诗》，而非迪伦的经典歌曲。

“它是有内涵的。”一名叫努里的学生说，“奥德修斯经历了很多苦难，但他仍然苦苦坚持，想要活下去。我懂他。”

“但我觉得，我们的困难还要大一些。”另一名叫法祖拉的学生说，“我们不是船长，也没有许多奴隶供我们差遣，帮助我们达成愿望。”

批评文学为学生自我表达提供了合适的渠道，这在诗歌创作研讨会上体现得尤其明显。但事实远非这么简单。与英国学生在课堂上有意识地表达自我不同，这些年幼难民的创作，几乎都是出自伤痛的本能：钢笔划伤了肌肤；对现状的不满；脑袋向后仰着，低低的背诵声；慢慢扬起的笑容……

他们的诗，既有关于大自然、春天和“接吻季节”的浪漫作品，也有超现实主义的作品。比如对看不到尽头的旅程（一个学生在文中写道，“那些无人能听到的尖叫声”）的迷茫，对难民营卫生水平的讽刺，对逃难途中随处可见的官僚主义的抨击，对逝去或留在祖国的亲人的思念。有人描写母亲站在空荡荡的房间里；有人描写坐在自家屋顶上，听着屋内亲人谈笑。我也写了一些诗句——在集体中，合群是很重要的。接下来几个月的旅行中，难民营课堂上的场景时时在我脑海中浮现：他们将一腔热情注入大海，海风吹过帐篷挡板，发出“咣当咣当”的声响……

我们大声朗诵诗歌，并且十分享受这个过程。朗诵诗歌时，我们感受到彼此的心紧紧团结在一起。诗歌不是静止不变、印在书本上的死物，而是像荷马宴会上的咏唱一样，在我们的舌尖灵活地舞蹈。史诗的本意是说出来——大声读出来，才是史诗的精髓。互相分享诗句，就像分享笑话、点心，或在餐桌上会心一笑，是友谊的象征。

一个空闲的下午，我在怪石林立的海岸上散步，一路经过打着广告牌招租的临海公寓，以及用刺梨围栏围起来的陶土民居。一个布满鹅卵石的小海湾里，几名渔夫正在给一艘翻过来的小船塞填充物。我沿着台阶向上，经过弗里吉亚大母神西布莉的神庙，然后继续往上爬，来到一块大约两英尺高、岩缝里塞满杂草的石灰岩旁边。

这就是传说中的“荷马的凳子”，其寓意已经不得而知。一个赤着双脚、留着胡须的吟游诗人，穿着皱巴巴的希顿古装，他在做什么呢？在吟诵安德洛玛刻为纪念被杀害的丈夫赫克托耳而作的哀歌？在讲述吃人独眼巨人的恐怖故事，令孩子们为之尖叫？在讲述类英雄故事《青蛙与老鼠之战》，取悦年轻人和有喜剧精神的人？在朗诵《底比斯之战》这部久远到不知作者真实姓名，常被归于荷马名下的史诗？遥远的古代，是否曾经存在一个名叫荷马的诗人？《荷马史诗》是由某个吟游诗人所作，还是群体智慧的结晶，都已经不再重要。重要的是那些历经风云变幻而流传至今的史诗，“荷马”不过是个代号，代表了我们的情感认同。①

“荷马的凳子”附近，就是女神西布莉的神庙。这从侧面反映出，此地或许与荷马的史诗创作存在某种联系。古希腊历史学家希罗多德认为，荷马来自希腊希俄斯岛；亚里士多德则认为，他来自土耳其士麦那城；还有人认为，荷马来自其他地方，比如——最可能的是——近东地区。这一推论，可以在史诗中得到印证。用著名史诗学者阿尔伯特·洛德（Albert Lord）的话来说，荷马眼中的特洛伊，不仅仅是特洛伊，而是“近东文化深刻影响希腊的结晶”。这种影响在《奥德赛》中体现得淋漓尽致，它不仅与各种亚洲神话和传说存在惊人的相似，而且与创作时间更早的苏美尔史诗《吉尔

① 人们认为希俄斯岛是荷马的故乡，有三方面依据：该岛自古以来就有讼诗人和吟游诗人吟诵《荷马史诗》的传统；学者们认为，《荷马史诗》的语言与古代希俄斯岛的伊奥尼亚方言存在相似之处；一首名为《荷马歌颂德洛斯阿波罗》的古诗写道：“他是一名盲人，住在希俄斯岛，他的诗行前无古人。”

伽美什》也有共通之处。② 希俄斯岛位于欧洲边缘，有利的地理条件使它能很好地融合亚洲文化，因此在铁器时代滋养了大量吟游诗人，而且今天也是战争难民的避难所。

在西行之前，我需要先往东走，去故事开始的地方看一看。因此，在一个没有课的周末，我出发前往特洛伊。先乘船快速渡海，然后乘公共汽车前往那个著名的冲积平原。我穿过一片片西红柿种植园和悠闲吃草的绵羊群，行走在长满柽柳的斯坎曼德河岸。阳光下，我的影子像独眼巨人一样威武雄壮。终于到达海边，我先是到传说中的阿喀琉斯安葬地转了一圈，然后坐在一簇岩石上，等待汗水自然风干。公元前 334 年，亚历山大大帝曾来到这里，为表达对英雄阿喀琉斯的敬意，他脱光衣服，赤身裸体地跳起祭祀舞蹈，还洒了祭酒。当然，这种裸身跳舞的行为，在现代文明社会是有违公序良俗的。几英尺之外，穿着布基尼（一种连帽泳衣，能够盖住身体大部分）和阿拉伯罩袍的当地妇女正在浅水区戏水嬉笑，强劲的海风吹过，长袍高高扬起，沙沙作响，仿佛她们要迎风飞翔，飞越爱琴海。

特洛伊是《伊利亚特》故事的发生地，但是《奥德赛》通篇都

---

② 吉尔伽美什因为失去朋友而心碎，这点与阿喀琉斯类似；他又像奥德修斯一样，离开故乡，来到冥界，并在那里得到女巫的指引；而且与奥德修斯的船员一样，他的朋友们也是因为偷盗圣牛而丧生。诞生于遥远印度的史诗《罗摩衍那》也有与《奥德赛》类似的内容，讲述了英雄历经苦难与妻子团聚的故事，其情节亦在英雄拉开硬弓时达到高潮。《科尔库特之书》（*Book of Dede Korkut*）的创作地离希俄斯岛近一些，它借鉴了奥古斯土耳其人的古老传说，讲述了独眼巨人被烧红的水泼瞎眼睛、英雄躲在公羊皮里逃生的故事。但盲妖故事现在有 200 多个版本，其源头究竟在哪里，东西方学界争论不休，双方都有理有据，恨不得指控对方剽窃。这桩公案，恐怕永远也无法说清楚。

笼罩在它的阴影之中。它是珀涅罗珀不愿提起的不祥之地；是女妖塞壬和吟游诗人口中的战争废墟；是在费阿刻斯人的宫殿中，让奥德修斯泪流满面的回忆之所。它不仅在某种程度上推动着《奥德赛》故事情节的发展，而且深刻地影响了欧洲文化。12 世纪的编年史学家蒙茅斯的杰弗里在其著作《不列颠诸王史》中提出，古代不列颠人起源于布鲁图斯，而布鲁图斯是特洛伊一方的幸存者埃涅阿斯的后代。将王族纳入神话谱系，这种做法在欧洲并不少见。中世纪文学作品《高文爵士与绿衣骑士》中，称亚瑟王是特洛伊人的后裔；7 世纪，法兰克国王达戈贝尔特一世宣称，自己家族是古代特洛伊国王普里阿摩斯的后代；诺曼人首领罗洛认为，自己家族的历史可追溯至特洛伊长老安忒诺耳；罗马诗人维吉尔最具影响力的史诗作品《埃涅阿斯纪》中，讲述了少数特洛伊幸存者的故事。到这里，细心的读者可能已经看出来，让欧洲人产生身份认同的，往往是失败者，而不是胜利者。也正因如此，离乡背井的亚洲难民，很容易在欧洲引起共鸣。失去和毁灭，不仅仅是欧洲史诗永恒不变的主题，更是欧洲文化中深层次的基因。

如今的特洛伊城早已变成一片废墟，她静静地躺在希沙利克山丘上，到处都是断壁残垣，仿佛一具被掏空五脏六腑的尸体。阳光温柔地洒下来，却不能让人感到温暖，只是徒增悲伤。我在那里待了整整一个下午，四处闲逛，从大朝门（神庙入口）走到防御墙，防御墙已然倾斜，下面用交叉的棍棒支撑着。20 世纪 30 年代，考古学家在防御墙后面发现了仓促建造的围城结构，这成为《荷马史诗》源于真实历史的铁证。有趣的是，这座厚达 4 米的石灰岩防御工事恰恰显示了特洛伊防御外敌入侵的决心——《奥德赛》中，据奥德修斯回忆，战争双方对峙了整整十年，直到奥德修斯想出木马计策，把全副武装的希腊战士装入木马，诱骗特洛伊人运入城内，这场战争才以特洛伊人的失败而告终。如今，遗址入口处的旋转栅门旁，矗立着一只高大的木马模型。孩子们欢快地钻进木马内部，狭窄的窗户里不时传出兴奋的尖叫。窗户下面，他们的父母举着平板电脑和苹果手机，忙着拍照留念。《荷马史诗》中的经典物什，正通过照片墙（Instagram）等社交软件传到世界各地。

经过一个半世纪的发掘，防御墙后面的泥土已经变得松软，红色的罂粟花从裂缝中探出来，娇艳欲滴。我不禁想起《伊利亚特》中，关于特洛伊国王普里阿摩斯的儿子戈耳古提翁离世的描写，“就像一朵罂粟花，不堪暴雨重负，掉落在了茎秆上”。此外，罂粟花也是人们祭奠第一次世界大战阵亡战士以及祈求世界和平的标志性花朵。

普里阿摩斯和他的五十个儿子，
在刀戈声中醒来，满脸惊恐，
再次为特洛伊的命运颤抖！

1915 年，后来死于败血症的英国诗人鲁伯特·布鲁克写下了上面的诗句。几周后，加里波利之战爆发。“特洛伊”这三个字，不是指一场具体的战争，而是指每一场战争。几千年后，《荷马史诗》依然为人们提供源源不断的灵感，许多现代战争都是根据《荷马史诗》命名的。比如，2007 年针对阿富汗的“阿喀琉斯”行动，2011 年针对利比亚的“奥德赛黎明”行动，等等。以布鲁克诗歌为代表的战争诗，不仅字里行间向《荷马史诗》致敬，而且揭露出一个事实：战争在不断自我美化，将自己隐匿在历史长河中；《奥德赛》中的老兵表露出来的“无情的、令人心碎的悲痛”，正在被弱化。特洛伊之前不是没有战争，但在欧洲人的意识中，特洛伊才是那个诞生一切的血迹斑斑的产房——正因如此，下一站，我打算去希腊首都雅典，走进大街小巷，探寻随处可见的涂鸦背后的含义。

2

雅 典

处境尴尬的文明古都，依然相信语言的力量

但夜还未深，长夜漫漫。

我们这些宫殿里的人儿，可没有时间打盹。

所以，再讲些冒险故事吧——太精彩了！

——阿尔基诺奥斯 《奥德赛》第 11 卷

现在，请忘掉吃人的独眼巨人、魅惑的塞壬女妖以及奥德修斯被困在仙女卡吕普索岛上难得的平静时光，将视线转回现代。如今的爱琴海诸岛，首要任务是发展工业。在希俄斯岛停留一段时间后，我本欲前往雅典，但后来不得不推迟行程。绊住我前行脚步的，是泛希腊海员联盟抗议政府削减养老金的罢工。

我是和一些刚到希俄斯岛的土耳其人结伴而行的，一起在海边闲逛几天后，我改签了最近出岛的船票。时间不等人，几天后，雅典将举办一场纪念奥德修斯的盛会。我要去拜访一位音乐家，并踏上去伊萨卡岛的冒险之旅。

我坐上了驶离希俄斯岛的海船。甲板上，一名身材魁梧的秃

顶男子站在雷达柱下，一根接一根地抽着香烟，水雾混杂着烟灰在昏黄的灯光里飞舞。站在我身旁的是一名穿着豹纹西装的女人，她一手夹着香烟，一手轻轻地拍着正试图从手提包里钻出来的宠物小狗。海水在夜色中翻涌，黎明时分，地平线终于隐隐浮现在琥珀色的光晕中——前方就是雅典。

走出雅典伊哈瑞亚区的地铁，首先映入眼帘的，是画满涂鸦的钢筋混凝土建筑。金色装饰在古董书店的玻璃窗上闪闪发光，格子玻璃窗下，一匹喷漆马站在金属板上。周围墙上到处都是涂鸦，血红色、翠雀花蓝色和亚光黑色的卷须，仿佛森林里的藤蔓，在政治愤怒的浇灌下茁壮生长。

伊哈瑞亚可以说是雅典政治最为活跃的地区。从 1973 年军队突袭雅典理工大学，到 2008 年一名警察在距离雅典理工大学几个街区的地方开枪打死 15 岁的少年亚历克西斯·格里戈罗普洛斯，进而引发骚乱，这个地区总能引发全国性的抗议活动。在这里，无论是流动救济厨房、回收装置、射击公园、棚户区，还是社会活动中心，核心区域随处可见形形色色的政治涂鸦。凑巧的是，考古博物馆也位于该区域，它是雅典最值得一去的博物馆之一，几天后这里举办一场《奥德赛》诵读活动。我趁活动还未开始，走进伊哈瑞亚，在街头巷尾感受当地风土人情。让我始料未及的是，21 世纪，在这个抗议活动频发的区域，也能看到活灵活现的荷马式涂鸦。

“欢迎来到伊哈瑞亚！”房东卢莎热情地招呼着我，随后领着我走入她家摇摇欲坠的楼梯。卢莎是居住在雅典的美国人。

我在网上预订了卢莎家的储藏室。房间墙壁涂成海蓝色，一堆托盘组成一张简陋小床，床上铺有床垫。卢莎的丈夫叫詹姆斯，是一位盎格鲁－希腊艺术策展人，对复音训导颇有研究。他的才华，令我赞叹不已。

“那些财大气粗的策展人，”他气愤地说，“他们带着说教的心态来到这里，把我们当作一种抽象的东西！纪录片，你听说过吗？他们花着国家的钱举办展览，却吝啬地不给我们投入，还打着节约的旗号！”

他不厌其烦，反复研究提案、展品清单和日程安排，仿佛一名坐在书桌前的斗士。在伊哈瑞亚，无论是戴着皮套还是塑料盾牌，人们随时都处于战斗状态。或用手指快速敲击电脑键盘，发表自己的抗议言论；或提着一罐喷漆，把自己的想法喷到任何想要的地方。这是一个抗议的时代，没有人可以置身事外，但很少有地方能有这么繁荣的抗议文化。

离公寓几个街区的一堵水泥墙上，挂着一个装着鸡蛋的小篮子，墙上还有一个斜斜的蜘蛛侠涂鸦。一名满脸皱纹的流浪汉告诉我，这里有一座专门用来收留“世界上的穷人”的公寓。公寓墙上，“贝拉克·奥妈妈”（指美国前总统贝拉克·奥巴马）正在哺育一个婴儿版的自己；煮蛋计时器里有一个模糊的溺水之人；一条有爪的机械龙正在吞下一枚一欧元硬币。行走在伊哈瑞亚的街道上，仿佛游弋在一本由左翼辩论家编写的色彩鲜艳的连环画中。被砍掉脑袋的独眼巨人，雅典娜女神的圣鸟猫头鹰，袒胸露乳、高举弯弓的阿尔忒弥斯女神……经典形象与流行艺术、政治符号混杂在一起，令人目不暇接。

带天棚的人行道两侧，百叶窗上潦草地写着各类标语，旁边张贴着不同的海报。比如讨伐当地警察的长篇檄文，以及对左翼激进联盟党和“三驾马车”（救助希腊的“三驾马车”，包括欧盟、国际货币基金组织和欧洲中央银行）“背叛”行为的控诉。当地人手里拿着刷子，正在贴最新的海报：有雅典骄傲的传单；各不相同的经济主张；全球各地的骚乱照片，如巴勒斯坦弹弓手、挥舞棍棒的墨西哥部落人民、在沙袋后面开枪的库尔德分离主义者、蒙着大手帕的希腊骚乱者，等等。

在这个符号丛林中，让我印象最为深刻的是遍布各个角落的马匹涂鸦。这些高鬃、腹部悬挂梯子的马可不是普通马，而是人工木马，下面还有滚动的轮子。准确地说，这就是奥德修斯的“狡猾陷阱”，是特洛伊遗址上木马雕塑的升级版。但它为什么会频频出现在雅典街头？这意味着什么？

我来到伊哈瑞亚广场，与戴着摩托车头盔或盔式帽、挥舞着塑料短棒的抗议者交谈；又来到书店，查阅乔姆斯基、巴库宁和斯拉沃伊·季耶克的左翼经典著作，但都没有找到答案。旅行就是这样，有时你苦苦求索却无果，蓦然回首，答案就在你身边，令人哭笑不得——特洛伊木马涂鸦的源头，就在我住的那间公寓里。

更具体地说，就在詹姆斯书桌上那些黑白 A5 纸张里。矮胖的尾巴、腹部悬挂着梯子，唯一的不同，是这匹马身上写满了“霸权”“抵抗美学”“他人凝视”等文字，还有其他词句。这匹马的形象在艺术委员会和善意的社会企业中广泛流传。这是詹姆斯团队发起的一个项目，卢莎在其中扮演着前锋的角色，她负责把这匹马画到伊哈瑞亚的各个角落。“我们在尝试改造对话的语言，”詹姆斯一边吸着骆驼牌香烟，一边对我说，“纪录片是全球艺术市场的表达工具，现在我们要向它发起挑战。我们想让讨论深入千家万户。”

拿起希腊入侵者曾经使用过的武器，詹姆斯坚信，他所发起的集体行动，将达到特洛伊木马那种扭转战局、一锤定音的效果。但这些木马涂鸦，本质上有些自相矛盾。詹姆斯的行动里，希腊人从特洛伊战争中的入侵者，转变为抵御外来文化、保护本国文化空间的守卫者。而且他们所用的武器，也不再是利剑和长矛。詹姆斯及其团队将文字武器塞进特洛伊木马，用实际行动践行《奥德赛》所揭示的真理：话语的力量，像钢铁一样坚硬。毕竟，奥德修斯与独眼巨人的对抗，是《奥德赛》最著名的场景之一。英雄之所以能从独眼巨人手中逃脱，靠的不是钢铁利刃，而是双关的语言艺术。

“无人——我的名字叫无人。”当独眼巨人波吕斐摩斯问起奥德修斯的名字时，他如此回答。此时，几名同伴已成为巨人的食物，这个双关语，巧妙地隐藏了奥德修斯的真实姓名。当奥德修斯将烧得通红的橄榄树尖头刺入巨人的独眼时，后者痛苦的咆哮引来了附近的巨人。这时，双关语开始发挥作用：当巨人们询问波吕斐摩斯是否需要帮助，他回答“‘无人’伤害我”，巨人们听后，纷纷散去，奥德修斯得以成功逃脱。

“我们都是希腊人。我们的法律、文学、宗教、艺术，都植根于希腊。但对希腊来说……我们可能只是野蛮人和追随者。”

1822 年，英国著名诗人珀西 · 比希 · 雪莱如此写道。将近两个世纪后，伊哈瑞亚区欧摩尼亚广场上，一条横幅与之形成呼应：“欢迎来到野蛮人的家园。”不过，广场上也不乏“爱希腊”这类表达对希腊热爱的标语。

雪莱是荷马的忠实读者，他将希腊史诗视为“所有后续文明得以存续的坚定支撑”。他生活的时期，正是荷马情结在欧洲最盛行的时期。民众对荷马深入骨髓的崇拜，还推动了 19 世纪最具影响力的事件之一希腊独立战争的发展。

1821—1829 年间，一千多名来自欧洲各地的积极分子，不约而同地聚集在希腊。这些人身份各异，有拿破仑战争里站错队的流亡军官，有从美洲回来的前毛皮商人，有假装成骑兵军官的法国击剑老师，有女扮男装的西班牙女孩，还有上百名自称“新希腊人”（文化强大但政治不统一）的德国人，以及那位英国最著名的诗人。

这位诗人就是乔治·戈登·拜伦勋爵，他比任何人都热衷于宣扬希腊文学。沉浸于古希腊浪漫爱情故事的他，在游览了特洛伊城和奥德修斯的故乡伊萨卡后，创作出《恰尔德·哈洛尔德游记》，并因此名声大噪。参加希腊独立战争时，拜伦从《伊利亚特》中汲取灵感，亲手给自己设计了战袍。后来，拜伦在迈索隆吉因疟疾去世。这对他来说，可以算是一种幸运，因为他不用亲眼看到理想幻灭了。

但其他人却不得不面对这样的场景。“我告诉自己，‘你要像阿喀琉斯那样去战斗，要像围攻特洛伊的英雄们那样勇猛无畏’，”一位叫博尔曼的普鲁士军官写道，“然而，古希腊已经一去不复返了……”

慢慢地，浪漫幻想褪去，潜藏的肮脏真相浮出水面。他们怀着一腔热情远道而来，却发现，希腊朋友居然不懂荷马；而且，希腊战争死亡率高达三分之一，野蛮的希腊军人骑着骏马冲进清真寺和基督教堂，肆意欺侮妇孺。这一切，让这些外国人简直要精神分裂了，他们一边崇拜希腊，一边又忍不住谩骂希腊人。

好在热爱希腊的人民没有放弃。纳瓦里诺战争中，组织混乱的奥斯曼和埃及联合舰队意外遭到轰炸，随后土耳其失去对希腊岛屿基地的控制。虽然距离战争结束还有段时间，但希腊独立战争已经取得实质性的胜利（1832 年，土耳其签订《君士坦丁堡条约》，承认希腊独立）。希腊独立战争也因此成为欧洲大陆独立运动的典范。“那个拜伦为之献身的希腊仍然存在，”历史学家罗德里克·比顿（Roderick Beaton）写道，“而有些问题，自它在暴力中诞生的那天起就一直存在，至今未曾解决。这也同样决定着今后欧洲的走向。”

自那以后，这种错综复杂的关系为希腊与西欧的互动染上一层扑朔迷离的色彩，包括希腊没能融入欧元区——如果欧洲文化真如雪莱所言“植根于希腊”，希腊怎么会被排斥在欧元区之外呢？何况，作为欧盟象征的欧元，词语本身就发源于希腊单词 epsilon（根据欧盟网站的介绍，epsilon 是“欧洲文明的摇篮”的意思）。

今天的希腊危机因何产生，众说纷纭，莫衷一是。是单纯的国内矛盾，还是资本主义体制下高福利及新自由主义政策的危机？是欧元区某个国家的弊端，还是整个货币联盟的失败？对于欧洲的诞生和发展，希腊的影响最为深远，它与欧洲的关系也最矛盾。一方面，希腊人常说“去欧洲”，一个“去”字，道出了两者关系的生疏，如同英国人与英吉利海峡彼岸的欧洲大陆。另一方面，欧洲的名字源于希腊，希腊为欧洲奠定了文化、哲学和政治根基，绘制了最早的欧洲版图，贡献了最早的科学发明；尽管如此，在欧洲版图中，希腊不过是南端的边缘小国。这种矛盾，与《荷马史诗》在泛欧洲地区的广为流传，形成鲜明对比。希腊是《荷马史诗》的创作地，如果欧洲与希腊的关系如此微妙，欧洲人民又怎能公开宣称，自己是史诗遗产的继承人呢？

是时候读读《荷马史诗》了。在伊哈瑞亚区，一排手持防暴盾牌的警察守卫着考古博物馆，我穿过修剪得整整齐齐的草坪，走到爱奥尼亚式廊柱下。博物馆里，正在举办一个以奥德修斯历险故事为主题的展览。展品琳琅满目，有青铜器时代的双耳细颈罐，也有喀尔刻女巫调制毒药的细颈罐子。女巫调制毒药的罐子是1900年从一艘两千年前的沉船中挖掘出来的，大理石材质表面坑洼斑驳，在海洋细菌长久的腐蚀下，已变得像陈年维他麦一样一捏即碎。最引人注目的是一座人物雕像，雕像中的男人弓着腰，头戴尖顶皮洛斯帽，脸庞粗糙斑驳。这是奥德修斯的雕像，他当时身无分文，是一个自称“劳苦受难人”的流浪汉。或许，雕刻家在创作这座雕像时，脑海里浮现的不是那个足智多谋的武器设计大师，也不是奸诈狡猾的一岛之王，而是一个沦落在社会最底层的流浪汉。

从詹姆斯·乔伊斯的小说《尤利西斯》到科恩兄弟的电影《逃狱三王》，从费内隆的小说《忒勒玛科历险记》（18世纪讲述英雄儿子历险的畅销书）到玛格丽特·阿特伍德的《珀涅罗珀记》，西方世界的文学大师从奥德修斯的人物形象和历险情节中汲取灵感，各施绝技，从浪漫主义、现代主义、女权主义、荒诞主义、后殖民主义等不同角度，谱写出一部部传世之作。在他们的笔下，英明神武的奥德修斯走下神坛，走入人间，成为一个可能出现在任何时间和任何地点的英雄。《奥德赛》被模仿借鉴的次数，堪称故事传说之最。

但人们似乎很容易忘记，《奥德赛》是一部希腊史诗——它是由希腊人创作的，深刻地诠释了什么叫希腊。荷马高唱赞歌，歌颂爱琴海各王国为找回海伦并报复“俘虏”她的特洛伊人而联合起来，歌颂一个个聪明绝顶的英雄为“回到祖辈的土地”而英勇战斗，他奠定了希腊民族的基础。从这个意义上说，是荷马创造了希腊。到泛雅典娜时期，帝国定期举行荷马朗诵会、特殊运动会以及祭祀雅典娜和波塞冬的典礼，这些活动将现代希腊版图上的岛屿和半岛，牢牢凝聚在雅典统治之下。如果没有《荷马史诗》，可能仍然会出现一个叫“希腊”的国家，但它需要另一种黏合剂，才能将不同地区凝聚在一起。

奥德修斯出现在费阿刻斯人的宫廷中时，几乎就是雕像所呈现的样貌，衣衫褴褛，身无分文，与普通流浪汉无异。在善良美丽的公主瑙西卡的帮助下，这个自海上来的流浪汉走进宫廷，绘声绘色地讲述自己的故事，费阿刻斯人听后激动不已。“这些故事一定是你杜撰并修饰过的，”阿尔基诺奥斯国王说，“和那些吟游诗人一样，刻意取悦听众。”奥德修斯是一个战争犯、一个船员首领、一个武器设计大师，但人们往往忽略了，他更是一个擅长讲故事的人。

但是，如果骁勇善战的士兵同时也很擅长讲故事，我们应该如何区分哪些是他创作的故事，哪些是真实的战场经历？这个话题贯穿于伟大的史诗之中，沾染着鲜血的英雄，镶嵌在真假难辨的历史中，相关的事件漏洞百出，迷雾重重。比如，是什么诱使费尔·莱恩挥起宝剑，谋取希腊独立？到了19世纪，荷马的英雄故事仍在激励着男人们，他们为了希腊的独立前仆后继，纵使身死也在所不惜。这不禁让我们想起一件遥远的往事。苏格拉底早在公元前5世纪就警告说，对于理想城的年轻人而言，读《荷马史诗》，可能带来灾难性的后果。

费阿刻斯王宫中，奥德修斯并不是那晚唯一一个讲故事的人，当时在场的还有费阿刻斯吟游诗人德蒙德克斯。他有这样一种天赋，“每首令他内心感动的歌曲，都能用来取悦听众”，他还会自己弹竖琴伴奏。千年之后，我坐在博物馆画廊里，等待欣赏一位现代竖琴演奏者的表演。他叫尼科斯·赞索利斯（Nikos Xanthoulis），是希腊最著名的古典音乐家之一。他穿着牛仔裤和蓝色衬衣，从容地穿过大理石浮雕，仿佛与竖琴融为一体。他将竖琴放在左腿上，倾身弹出第一个如水般的音符时，我的脑海中浮现出《奥德赛》的经典画面：在向求婚者复仇之前，英雄奥德修斯紧了紧巨大的弓，犹如“一名擅长弦琴的音乐家，从两头把精心搓揉的羊肠弦拉紧，然后拉到竖琴的新栓上”。

那天在场的观众都沉浸其中。一名白发苍苍的老妇人紧握着抄本，从座位上站起来，大声朗读荷马对奢华的费阿刻斯宫廷的描述：“狗像用黄金白银浇铸而成，女仆转动纺锤，布匹像白杨枝叶一样婀娜摇摆。”一位戴着角框眼镜的女士随后登场，背诵吃忘忧果的篇章。音符从竖琴中流出，像是潺潺的溪水，在空气中泛起层层涟漪。再然后，一名穿着紫色上衣、戴着围巾的女士开始朗诵。这时，音乐节奏骤然加快，配合诗句的韵律，表演达到戏剧般的高潮：

> 现在，多面的奥德修斯发言了：
> “阿尔基诺奥斯王，岛民中最闪耀的那颗星，
> 听吟游诗人歌唱，是件多好的事啊！
> 听听，他的声音像神明一样！”

此情此景，整个剧场仿佛一个醉心研究《奥德赛》的社区读书俱乐部。六和弦的音乐伴随六音步诗行的音节舞动，铿锵的辅音点缀着灵活的节奏，这是一种响亮却又如幽灵般的声音，古老而直接。

一曲奏罢，赞索利斯放下竖琴。我注意到，四处张望的观众仍然神情激动。我拿起笔记本，走向几名朗诵者，迫切地想知道他们此时此刻的感受。

“在我们看来，这就是我们自己的故事。”身穿紫色衣服的维拉女士说，“奥德修斯要战胜独眼巨人以及其他重重困难，我们也是如此。我们不只是在读诗，我们更是在经历它！它是希腊今天面临的所有麻烦，我们正在遭受的一切痛苦！”

头发花白的亚历山德拉则相对理智：“这是一次灵魂之旅。朗诵《奥德赛》就像在施展符咒。”

“对我们来说，《奥德赛》是一个永无休止的故事，”带着孩子的伊安娜女士补充说，“它不仅仅是那个时代的故事，它适用于任何时代。它的结局是美好的，他最终回到了家乡。这样大团圆的结局，会让你感觉很好。它带给你希望。”

随后，我来到中庭咖啡厅，与赞索利斯一起喝甜沙砾咖啡。我们愉快地交谈，话题包罗万象，一会儿聊到尼科斯·卡赞扎基斯的小说《希腊人佐尔巴》，一会儿聊起赞索利斯的祖母能背诵一部长篇克里特史诗——这从侧面反映出希腊具有背诵史诗的悠久传统。

“奥德修斯就是我们中的一员，”尼科斯说，“这是我们能理解他的原因。他对每个人都富有同情心，他在努力生存。”正因如此，时至今日，奥德修斯仍广受希腊人的推崇，他的身上仿佛具有穿越不同空间的魔力。在尼科斯看来，这也正是《奥德赛》特别适合公开朗诵的原因。

“我们本可以用另一种方式，邀请那些受过良好古典教育的演员一起朗诵《奥德赛》。但是，难道史诗不是属于每个人的吗？”我和那位朗诵独眼巨人篇章的女士聊天，她是这样评论奥德修斯的人性品质的：“看看他的伟大行径！他打败了怪物，弄瞎了怪物的眼睛，逃回船上。他本可以就此扬帆远航，顺利离开……但是，他喊出了自己的真实姓名！”

这就是关键，骄傲的奥德修斯在弄瞎独眼巨人的眼睛后，不屑于隐藏身份，他暴露了真实姓名。他要承受独眼巨人的父亲海神波塞冬的雷霆之怒，英雄后面的旅程将更加艰险。这或许可以被称为战略失误，但在尼科斯看来，正是在这一时刻，英雄展现出了真正的自我。

“他情不自禁，”他说，脸上洋溢着孩子般的兴奋，“这难道不正是人性吗？”

3

塔纳伊隆海角的“冥府”
故事情节与自然景致互相成就

我最亲爱的儿子，你还活着啊，
是什么让你来到，
这个死亡和幽暗的地方？

——奥德修斯母亲 《奥德赛》第 11 卷

“冥府”是一个在希腊地图上真实存在的地方。离开雅典后，我向着冥府行进，并在一个“玫瑰色手指”的黎明，到达玛尼半岛的阿雷奥波利（Areopoli）。街边小摊和广告牌在晨曦中隐约可见，公路下弯弯曲曲的科林斯运河波光粼粼，不知疲倦地奔向伯罗奔尼撒半岛。河岸两旁，挂着松脂的黑松和高大冷杉苍劲挺拔，像栅栏一样守卫着运河。杨树上挂着破旧的海滩度假村招牌，遮阳伞四处散落，诉说着这个昔日度假天堂的辉煌。我乘坐的当地迷你巴士行驶在石板路上，摇摇晃晃，有一种在坐山羊车的错觉。

在雅典的经历，让我亲身感受了《奥德赛》如何穿越时间长河，引起现代希腊人的共鸣；而希俄斯岛外国难民对希腊古代英雄的认同，则是史诗超越时空限制，像时事新闻一样反映当代社会问题的绝佳范例。而现在，我要开始一段冒险之旅，去走奥德修斯曾经走过的路，亲身体会他的心路历程。这次的目的地是伊萨卡岛，那里是我最爱的两个篇章的故事发生之地：一个是冥府，奥德修斯那段最黑暗、最伤情的旅程；另一个是皮洛斯，是忒勒玛科斯在寻父旅程中曾经到过的光辉城市。希望在这段旅程之后，我能够明白史诗与风景名胜之间是如何互相成就的。

奥德修斯的冥府之旅是整个历险旅程的关键篇章。在女巫喀耳刻的指引下，他来到冥府，找到死去的预言家忒瑞西阿斯的灵魂，求教如何才能回到家乡。他还见到许多已故亲朋好友的魂灵，包括自己的母亲、战友阿喀琉斯和阿伽门农，以及醉酒后从喀耳刻屋顶坠落而亡的船员埃尔彭诺。这段经历，不仅有效推动了后面故事情节的发展，而且产生了强有力的戏剧效果。

格罗里梅纳斯港湾位于希腊最南端，是一个多石的倾斜平原，它大约有十英里长，在塔纳伊隆海角的窄腰处逐渐变细，最终收拢成一道苍劲巉岩，峥嵘逶迤，直插茫茫大海。深而窄的港湾、天然的水下深坑、狭长的街道，这里是“陆地的尽头”，无怪乎一直盛传冥府之门就在这里。据记载，这里有一个洞，当地人称“冥府洞”，给奥德修斯带来诸多灾难的海神波塞冬，就在这个洞口接受祭祀。

我迈开脚步，离开格罗里梅纳斯港湾。热浪袭人，脖子上传来阵阵刺痛，仿佛恶作剧的针灸师拿着烧红的针头到处乱扎。石塔在阳光中投下长长的影子，悬崖峭壁上伸展出带刺的梨树和金灿灿的金雀花朵，风光大好。我一口气走了几英里，周围安静得只剩下自己的脚步声，汗水大滴大滴地往下掉，遇上鞋带的阻碍才稍缓落势。小路沿着山坡蜿蜒而下，直奔塔纳伊隆海角与玛尼半岛相连的地峡。海风从非洲大陆的方向呼啸而来，大戟树沙沙作响，就连高声鸣唱的夏蝉，也逐渐没了声音。

绿松石般的海面微波粼粼，平静如镜。峭壁另一侧是一片沙滩，海水温柔地晃动着，仿佛一个巨大的泳池，在向我发出邀请，我忍不住跑过去。岸边有一块被海水雕琢得光滑圆润的岩石，正好可以做储物柜。我脱下衣物，纵身一跃，一头扎进海水里，脚底磨出的水泡在盐水的浸润下传来阵阵刺痛，但身体逐渐在海水的抚摸中放松下来，倍感舒爽。我恨不得一整晚都泡在这里。

塔纳伊隆海角的居民热衷于供奉诸神。离海滩不远处，有一堵干燥的石墙。石墙里面是螺旋状车轮环绕着的圆形花环，主体结构用洁白的大理石建成，仿佛一件面对海面飞舞的披风。这里曾经有波塞冬的神庙，但现在石头地基上已建起一座拜占庭式教堂，神庙只剩下部分废墟，在悬崖峭壁上虚张声势。我穿过马蹄形拱门和用红色石板建成的狭窄门廊，走进一间祈祷室。屋内物品琳琅满目，俨然拍卖会现场。这些都是人们献给波塞冬的贡品，其中有一个珠宝盒、一瓶尼米亚葡萄酒和一个史莱克玩具，非常引人注目。我要不要也捐点贡品？我一向轻装出行，而且旅途才刚开始，包里每件东西都是必需品，我可舍不得这么早就捐献出去。但我离开教堂时，又有点心虚，不知道自己是不是犯了什么禁忌。“神灵善妒，”斯巴达王墨涅拉俄斯如此告诫忒勒玛科斯，“所以我们要时刻谨记，供奉神灵是人类的责任。”

对一个靠海吃海的国家来说，海神毫无疑问排在众神之首。

在古代希腊人眼里，海神可以说是日常生产生活的主宰。因此，海神波塞冬对《奥德赛》情节走向的影响也是决定性的。玛尼半岛上的居民尤为敬畏波塞冬，这个狭长的半岛不仅日复一日地被大海侵蚀，而且经常发生地震——这都是波塞冬的杰作，他也是震地神。

海浪有节奏地拍打着沙滩，一阵困意袭来，我逐渐进入梦乡，在灯塔下度过整晚时光。翌日，我沿着前一天的路线往回走，穿过海滩和拜占庭式教堂，来到另一个邻近的海湾。几艘破旧的渔船旁边，有一个十分清晰的椭圆形洞穴，仿佛有人全身埋在沙子里，只留下一张嘴无聊地打着哈欠。穿过拱形的无花果树和石头界牌，是一排布满烟熏痕迹的岩石，上面长着杂乱的野草，旁边是泥泞的土地。这就是传说中的冥府入口。《奥德赛》中，勇猛的赫拉克勒斯就是从这里进入冥府，拖出了地狱恶狗刻耳柏洛斯。这个洞穴也和波塞冬有关，附近的亡灵祭奠处同时也被逃难人当作避难所——水下总是被用来指代地下世界。《奥德赛》则为这个洞穴增添了更多的戏剧色彩，奥德修斯去冥府，正是为了化解波塞冬的震地之怒。

荷马笔下的冥府究竟在何处，千年来，学者们给出了许多不同的答案。从希腊西北部的苏里峡谷，到意大利那不勒斯附近的一个火山口，再到西班牙的埃克斯杜拉（Extramadura），都曾被认为是冥王居所。根据《奥德赛》的描述，冥王哈迪斯住在“陆地边缘”，“那里不受太阳神的照耀，也没有任何闪烁着生命光辉的生物”。冥府本就无法定位，我无意探究它的具体位置。我所追求的，是一段活生生的“冥府”之旅。但我失望地发现，这个赫拉克勒斯来过的洞穴实际上很浅，只有区区三米深。一位酒馆老板娘告诉我，还有另一个洞穴也与冥府有关，并给我看了一张照片。“但那个地方的路可不好走。”她轻拍着膝盖，警告我说。事实证明，她可真是预言家西比尔现世，一语成谶。

我根据老板娘的指引，来到一个陡峭的山崖处。崖壁上的岩石松松散散，仿佛一大块石化的羊乳酪，随时都要掉下来。我像一个正在挑战新攀岩架的孩子，踮着脚尖，小心翼翼地走在摇摇晃晃的干石墙上，时不时因为失去平衡，或墙壁不堪我体重的负担，而跳下去从头再来。

绵延起伏的山脉看起来触手可及，好不容易爬到山顶，却发现山后还有山，不可谓不“惊喜”。我终于到达一处峰顶，顺着石头斜坡往下望，山丘上有一个裂缝，裂缝西边是一个海洞，洞口挂着尖尖的玄武岩。就是这里了！我把背包放在一块倾斜的石灰岩上，轻轻地踏上松散的泥土，慢慢往下走，手里紧紧抓着蓟草，以防踩滑。靠裂缝太近恐怕会有危险，我只敢小心翼翼地踏上一块岩石尖顶。险峻的悬崖下，锋利的岩石围着一个开口于海边的洞穴——真是个不可多得的好地方！犹豫片刻之后，我把衣服脱下来，塞进峭壁中，然后慢慢游进洞里。

波浪在唇边翻涌着，阳光照射不到的阴凉处，一阵凉意袭来。慢慢地，我朝洞穴深处游去。洞壁布满长矛一样锋利的钟乳石，在海水的拍打下，发出阵阵回响。光线中满是尘埃，仿佛有人正在向空中抛撒粉末。这就是我寻找已久的地方——这样的景致，满足了我关于冥府的一切想象，我顿时像找到心爱玩具的孩子，兴奋不已。我继续游着，越来越深入洞中，一种不安的情绪渐渐涌上心头，仿佛有一股巨大的逆流，迫使我掉转方向。我终究还是不够勇敢，扑腾几下后，开始掉头往回游。

直面地狱恶魔，是英雄故事的主要情节，曾经在不同作品中反复出现。基督教史诗总是避讳直接提及地狱，因此中世纪史诗中，地狱往往用其他场景代替。贝奥武甫潜入深潭，到达的却不是地狱，而是巨人格伦道尔母亲的住处，但古希腊人没有这样的顾虑。“有什么冒险比活人去地狱更加疯狂呢……”阿喀琉斯的魂灵如此赞扬奥德修斯。冒险故事固然令人心潮澎湃，但最令人尖叫的，非冥府之旅莫属。

荷马笔下的冥府是独一无二的。《奥德赛》中的冥府，与其说是一个历险地，不如说是奥德修斯举办成人礼的宫殿。奥德修斯来到冥府，呈现在他眼前的，是一片只有鬼魂的无人区，鬼魂们喝了祭羊的血便可开口交流。母亲的魂灵向奥德修斯伸出双手，他想要抱住母亲，感受温暖的抚摸，却只摸到一缕空气，他失声痛哭起来。英雄的苦痛在这里达到高潮：他长久地远离家乡，挚爱的亲人一天天变老，甚至死去，他却没能及时回家，没能见他们最后一面。冥府是奥德修斯旅程中最极端的地方，也是他离挚爱的人最近的地方。富有戏剧性的是，这种伤感和无奈，非但没有绊住他前进的脚步，反而让他重燃斗志，回家的决心更加坚定了。

穿好衣服，我爬回峰顶，四处寻找背包。我当时放背包时，那块岩石孤零零地突出来，很好辨认；但从下面爬上来，视角又有所不同。视线所见之处，到处都是孤立突出的岩石，我放背包的那块隐藏在几十甚至几百块形态接近的石头中。我看得眼花缭乱，无从找起。

我到底把背包放哪里了？有个地方最显眼，吸引了我的注意。

我走近一看，这块岩石是另外的形状，也没有什么缝隙，旁边没有人行痕迹，没有羊群粪便，更没有牧人的脚印，只有蓟草和一块块锋利突出的石头。和我放背包的那块完全不一样！

我越发不安，干脆死马当活马医，试图从岩石之间的距离看出端倪。一个不小心，我脚后一滑，摔倒在地，沿着山坡往下滑了大约十英尺。我艰难地站起来，慢慢平复心情，然后改变了策略。我在脑海中给山坡画出十字坐标轴，沿着南北轴线，爬到下一层。

接下来的几个小时，我都在努力地寻找背包，边找边暗骂自己怎能如此愚蠢。不幸中的万幸，护照、日记本等重要物品，都放在随身携带的跨肩小提包里，没有丢失。但睡袋、帐篷、充电器、衣服和一些必备的药品可能找不回来了，这让我有点难以接受。太阳穴突突地往外跳，似火骄阳烤得我脚趴手软，找回背包的信心也越来越弱。我望向手中的瓶装水，从未觉得它是如此珍贵，哪怕给我千万珍宝，也绝不割爱。

独处容易让人胡思乱想。这可是地狱，你居然敢不交过路费！最终，我放弃了找回背包的打算，走向石灰岩丛的方向，准备往回走。地上满是荆棘般尖利的地榆，灿黄的金雀花丛中，大黄蜂忙碌地飞来飞去，不停地“嗡嗡”叫着，像直升机发动机一般。我想找一条回格罗里梅纳斯港湾的捷径，往北走是没错的，步行最多一小时的路程，对吧？

如果说，雅典的经历让我亲眼见证《奥德赛》是如何穿越时间长河，引起现代希腊人的共鸣；那么，这段“冥府”之旅则让我明白，故事传说是如何融入当地独特的自然景致的。读完《奥德赛》，你就会对希腊心生向往，脑海中浮现出古代希腊或现代希腊的景致。英雄用野梨树做成栅栏，把衣服放在卵石滩上晾晒，然后孤独地躺在枝繁叶茂的橄榄树下，一睡就是几天。躲过狂风巨浪的奥德修斯，奋力游到西利亚（Scheria）“陡峻的岩礁上”，成功登上岸。然而等待他的，是陆地上凶残的野兽和大自然又一轮的鞭打。

荆棘不断地割破肌肤，隐藏在褐色牛蒡下的石头稍不注意就会看漏，我扑腾一下绊倒在地，手指和胳膊都开始流血，尖锐的疼痛迅速传到大脑。终于，我来到山脚下，暗自庆幸走完了最糟糕的路段。然而，下一个山坡的危险程度也不逊色，而且比我估计得严重得多。我用肉眼判断距离的能力似乎失效了，直到我爬上第二座山峰，才发现后面还有第三座，只不过被第二座巧妙地挡住了，之前完全看不出来。我的脑袋开始刺痛，有那么几个瞬间，视力也在刺眼的阳光中变得模糊呆滞。每发现一块石头，我都忍不住感激上帝。但石头很少是平稳的，我的平衡力又很弱，无法安稳前进。我两次掉进金雀花丛中，又不得不挣扎着快速爬起来，以防遭到蛇的攻击。我现在的精神状态，完美诠释了荷马笔下的“aporia”（“不确定”或“困惑”，意思是无路可走）一词。这个词对我真是再合适不过了。

多刺地榆扎着我的膝盖，干燥石墙摩擦着我的手掌……仿佛走到地老天荒，荒郊野岭之中我终于发现了一座桥。橄榄色桥架摇摇晃晃，铁条大门直插入地，此时我已经眼冒金星，桥边有一条威风凛凛的看门狗，对着我一阵狂吠。我从地上捡起一根树枝，跌跌撞撞地爬向另一扇门，来到一条尘土飞扬的小路上。途经一座无人居住的农舍时，一只公鸡正在松林里散步，它好奇地窥视着我。我望进它的眼睛，一股重回人间的感激之情涌上心头。

与其他史诗诗人一样，荷马常常将自然与超自然混为一谈。海鸥幻化成海洋女神，指引奥德修斯来到西利亚；鹞鹰啄下鸽子的羽毛，被认为是吉兆。自然是一种语言，诸神通过各种自然现象来表达意愿，惩罚不听话的人类，但他们同时也为人类提供赖以生存的资源。我沿着土路慢慢向前走，来到一条主路，站在路边竖起大拇指，祈求能有顺风车载我离开这个噩梦般的地方。

我没有等来便车，却等来一对好心的德国夫妇。他们给了我奥利奥饼干和矿泉水，我们结伴而行，终于在晚上到达阿雷奥波利。我花 35 欧元房费（整个旅程最贵的一晚），入住了一间带电视的套房。躺在松软舒适的沙发上，我无聊地切换着电视频道。想到白天的经历，真的是一团糟，旅途才刚开始，就遇到这么多乌龙！我居然想着冒险，想着来一段冥府之旅——并且在某种程度上，居然实现了！老话说得好，不要胡乱许愿，否则，神灵听到后会让你“如愿以偿”的。

奥德修斯的冥府之旅，被瑞士著名精神分析专家卡尔·荣格称为“nekyia”（冥府倦），用以指代无意识的精神压力。躺在阿雷奥波利酒店的床上，想到丢失的财物、最近正在服用的药物和手机卡（手机已经无法使用），我禁不住一阵懊恼。然后开始回想，这一路上不断变换的风景，究竟有多少刻在了脑海里。卷发的酒店礼宾员在听了我的遭遇后，对我表示同情。然后，她无所谓地耸耸肩，告诉我说，那个洞穴，不过是玛尼半岛常见的景色。

“你要知道，”她说，“这里有很多地方被认为与冥府有关，这是有原因的。整个玛尼地区地质非常不稳定，地下有很多洞穴和水坑。在旧时代，人们建造起坚固的石塔，以便在地震时藏身。事实证明，这些石塔的建筑质量非常好，很多都保存到了现代。但现在，我们已经建立了相关的规章制度，所有新建筑都必须进行抗震加固。”

她的这番话，合理地解释了人们为什么认为玛尼半岛存在冥府入口，但我的心情仍然久久不能平静。随后，无意识切换着电视频道的我，被电视上突然出现的画面吓了一跳。故事简直不能再熟悉了：英雄杀羊祭祀，然后来到洞穴里探险，被愤怒的神明惩罚……这就是《奥德赛》！这部经典史诗被改编为美国电影，又做了希腊语配音，出现在希腊荧屏上。屏幕上，奥德修斯（扮演者叫阿曼德·阿桑特，意大利裔美国人，他肌肉健硕，看起来很像洗发水广告的男模特）大步走来，遇见了盲人预言家忒瑞西阿斯（由幽灵专业户克里斯托弗·李扮演）。

尽管同很多B级恐怖电影一样，电影《奥德赛》的情节是流水线作业，但我仍然心有余悸。如果下次再来玛尼岛，一定会吸取这次的教训：在进行任何行动之前，我都会直奔牲畜市场，买上几只肥羊，献祭神灵。

4

皮洛斯
遥想青铜时代那场盛大的宴会

忒勒玛科斯，羞怯的日子已一去不返。

我们朝着大海出发，去追寻你父亲的踪迹。

——雅典娜 《奥德赛》第 2 卷

想到忒勒玛科斯，我就想到重聚。这个勇敢的年轻人第一次出门，便去了遥远的皮洛斯和斯巴达，只为探询父亲的消息。回到故乡伊萨卡后，他前去拜访忠诚的牧猪奴尤迈乌斯，对方正在接待一名邋遢不堪的流浪汉客人。忒勒玛科斯坐在仆人的农舍里，客气地与流浪汉交谈。女神雅典娜出现了，她用金杖轻触流浪汉，流浪汉瞬间变身，体型变得魁伟壮健，坚毅的下颌上长满乌黑的胡须。忒勒玛科斯以为他是神明下凡，经对方再三解释才敢相信，这个人是“你的父亲奥德修斯，你为他心中忧伤”。最后，史诗写道，“忒勒玛科斯痛哭起来，紧紧拥住高贵的父亲，任泪水流淌”。这段诗行深深地打动了我，每次读到这里，我都忍不住心生感动，黯然神伤。

16 年前，大学刚毕业的我，辞别亲朋好友，来到耶路撒冷和约旦河西岸的一所学校当英语老师。直到父亲病重的消息传来，我才匆忙赶回家乡。到医院后，我把行李扔在走廊上，迫不及待地进入病房。控制台和屏幕上的指示灯闪烁着，电子数据有节奏地跳动，而父亲，静静地躺在病床上。握住他的手，我知道，他就要走了，只差关掉机器而已。我离家时，以为他的身体正在康复，没想到会错过见他最后一面。我常常为当初的错误决定懊悔不已。

《奥德赛》的所有人物中，忒勒玛科斯最能引起我的共鸣。他也曾经天真笨拙，充满自我怀疑，在不甚理解的成人世界里跌跌撞撞，努力忽略父亲的缺席和生活的艰辛……直到有一天，不可思议的事情发生了，他已放弃寻找的父亲居然回来了。梦想终于成真！史诗不仅仅是宏大叙事，讲述国家和民族的建立与灭亡，有时也以最常见的平凡小事，激发人们内心最深处的情感，带给我们最熟悉、最原始的心灵冲击。

我在卡拉马塔港口购买了一些旅行必需品：一张新的 SIM 卡、一个手机充电器、一条毛巾、一些衣服和一个便宜的背包。但有些东西不是那么容易买到的。我是……我很犹豫要不要写出来，但这也是这次史诗之旅的一部分，应该如实记录。在冥府入口弄丢的那些药很重要，没有它们，我甚至不知道自己能不能扛过去。近几年来，我一直在服用一种血清素调节剂。唉，真是讽刺……千万别想着去寻找什么冥府，否则，上帝可能真的会把你带去那里。幸好我在半路折返了，不然，现在也不可能在这里跟你开玩笑了。

没机会等家人给我邮寄新的药物。收件地址写哪里呢？不，我又要出发了，没地方可邮寄。不知道是不是因为读了太多的古老传说，我总觉得，这是一场考验。如果我连自己脑袋里的化学失衡都控制不了，又何谈追寻那些古老英雄的脚步，体验他们惊心动魄的历险故事呢？

游览了惊心动魄的冥府入口后，我渴望来一段文明之旅，皮洛斯是不二之选。泰格特斯山下，我乘上另一辆巴士，前往麦西尼亚海湾。这里的土壤十分松软，山上开满夹竹桃花，不再是光秃秃的贫瘠模样。路上可以看到纳瓦里诺湾，它是希腊最神奇的自然风景之一，仿佛一块切割精良的蓝宝石，静谧地隐逸在大海一角。很难想象，190 年前，在这里发生了一场混乱的海战，而且这场海战是希腊独立战争的标志性战役。现在的纳瓦里诺湾已经没有太多海战遗存了，它更像是一座巨大的纪念碑，时刻提醒着人们和平来之不易。当你静静地凝视着海湾时，仿佛世界都安静下来。

皮洛斯可以说是一个巨大的海滨庄园，咖啡馆和纪念建筑遍布各个角落。我可以在这里多待几天。公路沿着恩格利安诺山蜿蜒而上，汽车如流矢般飞快地穿过柏树林和红醋栗种植园，最终在一块峭壁前把我放下来，这是涅斯托尔国王王宫的所在地。根据《奥德赛》的描述，外出寻父的忒勒玛科斯曾经来这里，探听父亲的消息，并受到了他这个年龄最为隆重的款待。

王宫已经关闭，第二天才会开放。附近的夹竹桃和橄榄林中有一座墓穴，是青铜时代的遗址，部分已埋入泥土。岩石走廊上面，是一个蜂巢形状的拱顶，泥砖屋梁呈倒锥形排列，十分结实，仿佛糖果罐的塞子。走进墓穴，我不由得兴奋起来：看来没必要到处找住处了，今晚就睡在这里好了，它正敞开大门欢迎我呢。

最近的村庄叫艾克洛拉，距离皇宫三英里远。我从墓穴出发，步行前往。一路上，公路曲曲折折，枝繁叶茂的橄榄树在阳光中投下斑驳的影子，狗叫声此起彼伏。公路两旁是葡萄园，枝头挂满了硕大的紫色玫瑰妃葡萄，像一颗颗硬糖，空气中散发着诱人的清甜气息。我来到村庄中央的一间木板房酒吧，瞬间感觉自己进入了另一个世界。有人围坐在桌前，玩着纸牌；有人拨弄着念珠，嘴里念念有词；有人在练习制作颗粒状咖啡这项非主流的技艺，一练就是一下午。偶尔，食客也会停下慢动作般的啜饮，抬头欣赏洋葱农民运来的长长的蔬菜串。

酒吧里有24个男人和1个女人。唯一的女人站在吧台后面，当我询问冰箱旁边标示着“涅斯托尔酒”的酒箱时，她向我露出友好的笑容。她拿出一个塑料瓶，倒了一杯蜂蜜甜白葡萄酒。我十分怀疑，当忒勒玛科斯喝下涅斯托尔国王为他准备的“一杯甜美的酒酿，那酒酿已密封储存十一年之久，现在由女仆开坛，解开密封的丝绳，并将它倒出来”时，他是否会感到神清气爽。我一口饮尽杯中酒，嘴里回味着玫瑰妃葡萄的甘甜。

“这是我自己酿的。”她解释道，表示免费赠送。她递过一碟花生，开始跟我讲述在当地建立酿酒合作社的梦想。她的商业蓝图，超出了我的理解范畴，但她那充满悲伤的微笑、沉重的眼神和欲言又止的神态，令我久久难以忘怀。她对这些泡在酒吧里的男人的态度十分矛盾，躲避、纵容、照顾和责骂并存；男人们则一会儿活力绽放，一会儿低沉忧郁，典型的希腊人。

热情好客是《荷马史诗》世界的一个重要特征。宴会结束后，忒勒玛科斯准备返回空心船过夜，涅斯托尔国王大吃一惊：“好像我衣不蔽体，是个身无分文的穷光蛋。家里没有一条毛毯，也没有褥垫，不能让自己和客人恬静舒适地安眠！” 涅斯托尔拿出满腔热情，隆重地款待忒勒玛科斯。他为忒勒玛科斯拿出黄金酒杯，斟上莹亮的美酒，让最年幼的女儿波吕卡斯特为他沐浴，并给他仔细涂抹橄榄油。

想到这里，我对忒勒玛科斯的情感共鸣似乎没那么强烈了。我乃一介平民，与挥金如土的王室相差十万八千里。囊中羞涩，我只能满足于一杯涅斯托尔酒、一碟花生和一个友好的微笑。不过，在塔纳伊隆角经历了叫天天不应、叫地地不灵的绝望后，重回人世繁华，我感到十分安心。夜渐深，我拖着沉重的脚步回到“下榻”的墓穴，躺在墓室的拱顶下，头枕着新买的背包，在此起彼伏的犬吠声中，逐渐进入梦乡。

皮洛斯的涅斯托尔王宫是迈锡尼王朝最伟大的宫殿建筑之一。2016 年 6 月，在经历了长达三年、耗资数百万欧元的整修之后，宫殿重新向公众开放。狭小的木板人行通道上，有一个弧形的钢制屋顶，木板在脚下发出“吱吱”的声音，与顶上的金属线路和管道相映成趣。从人行通道往下看，可以看到精心设计的网格状储藏室、走廊、国王议事厅的壁炉板、H 形的入口大厅和围绕陶土浴缸而建的浴室。这样的视角，你会感觉自己是正在空间站执行任务的宇航员，透过望远镜，窥视着地球上的古希腊。

涅斯托尔的热情好客，在《荷马史诗》中描绘得十分生动，让人感同身受。走在涅斯托尔宫殿里，我忍不住开始寻找史诗的影子：陶土浴缸、储藏室里的双耳酒器碎片、葡萄酒器皿、存放橄榄油坛子的陶制长凳，这些器物都已经得到考古研究证实。1939 年出土的一批陶器揭示了宫廷娱乐的细节，这里曾经举办过一场盛宴，人们宰杀了 11 头牛献给海神波塞冬，考古遗址上发现了部分动物骨骼遗存。《奥德赛》中也有类似描写，忒勒玛科斯初次拜访涅斯托尔时，后者“坐在柔软的羊皮褥垫上，手里拿着斟满美酒的酒杯，向波塞冬献上乌黑的公牛。为祭奠这海神，把牛腿焚烧献给神明，人们只吃牛的内脏”。

如果你要穿越回青铜时代，那么去皮洛斯或许是个不错的选择。但最新研究发现，皮洛斯的财富可能被严重低估了。在涅斯托尔王宫游览时，我正好遇到一个来自辛辛那提的研究团队在拉防水布，分发工具。2015 年，他们在王宫附近清理了一个竖穴墓，出土了青铜盆、金杯和雕刻石印等，年代可追溯到迈锡尼时代的内斯特国王以前。其中最引人注目的是一块只有 3.6 厘米长的玛瑙海豹石，石头上刻画了一位肌肉发达的长发勇士，他正将剑刺进戴着头盔的敌人的脖子——这是最新考古发现，可能要几个月后才会公布。海豹石雕刻工艺之繁复，人物形象之生动，宛如一件从《荷马史诗》世界中穿越而来的臻品。

“这些东西的价值，我们要花上几年的时间来评估，”宫殿后面的夹竹桃林里，一位古生物学家告诉我，“且不说还有很多地方还没开始发掘。”

说话间，主管叫走了他，他推着手推车匆匆离开。他们要发掘一条新的壕沟，主管需要他帮忙绘制剖面图。看着他离去的背影，我想，这不正是历史激动人心的缘由吗？考古研究不断带来新的发现，我们对奥德修斯主要历险场景的认知，如皮洛斯、伊萨卡和特洛伊等地，也在不断深化和具体。历史总是充满惊喜，过去也不是一成不变的。谁能说得清，过去的历史，在未来会是什么样？

5

伊萨卡
奥德修斯宫殿中上演的，可能并非完美结局

我敢肯定，这绝对不是阳光明媚的伊萨卡，
这一定又是异国他乡一个遥远的地方。
你没有对我说真话，你在嘲弄我，
想让我找不到回家的路。

——奥德修斯 《奥德赛》第13卷

“当你向着伊萨卡出发，”诗人康斯坦丁·卡瓦菲（Constantine Cavafy）写道，“希望你能悠闲慢走，不匆忙，不赶路，去冒险，去发现。”我的《奥德赛》之旅，一路上可谓与希腊的“交通神”斗智斗勇：什么皮洛斯的巴士被取消啦；在卡拉马塔换乘出问题啦；开往凯法利尼亚岛的夜间渡轮走错方向，开到帕特拉斯去啦……几经周折，我终于坐上前往萨米港的轮船，离奥德修斯的家乡伊萨卡只有一个渡轮站的距离。野生梨树上，“极限水上运动”的招牌清晰可见。山羊在树下奋力地扒拉着树干，仿佛在努力向两足行走的高等动物进化，好去挑战水上运动。

渡船晚点了，但还好只耽误了几个小时。乘客有的窝在人造

革沙发里休憩，有的聚集在船尾晒着日光浴。海平面上出现了一排树，随着渡轮的靠近而逐渐放大，树顶呈金字塔状，轮廓十分锐利，仿佛一道道锯齿，毫不留情地锯着蔚蓝色的天空。我不禁想起了忒勒玛科斯的话："我们的群岛就像一块块支棱出海面的大岩石，没有一处适宜跑马，草地也不甚茂密，我的伊萨卡岛尤其如此。"

《奥德赛》的高潮部分，是在阿波罗的宴会日，奥德修斯向妻子的求婚者复仇。阿波罗是希腊人主要的神灵之一，而且由于《奥德赛》这部史诗，伊萨卡的阿波罗神庙常常与奥德修斯崇拜联系在一起。考古学家曾经发掘出一批公元前 4 世纪的铜币，上面有戴着皮洛斯帽、长着浓密胡须的男人头像，这是足智多谋的奥德修斯的典型形象。这意味着，丰富的神话故事不仅是《荷马史诗》的灵感源泉，也为伊萨卡人民的日常经济生活提供了许多标志性的符号。

瓦提是伊萨卡岛的主要城镇。在它成为热门景点之前，那只在古庙遗址上空盘旋的秃鹰，可能就看到过一名跛脚的流浪汉，他弓着背，汗水湿透了他褴褛的衣衫，那就是奥德修斯。我穿过石灰岩巨石和乳香树丛，鼠尾草和野生百里香的气味扑面而来，我的眼前，不禁浮现出《奥德赛》的忠实读者们背诵英雄历险故事的场景。眼前的石头建筑，依稀可以看出往日的辉煌，但最物尽其用的，还要数山脚下那个雕刻着图案的大理石浴盆。盆上沾满了泥土和山羊口水——农民给浴盆装了一节管道，锥形水罐中的水通过管道流入盆里，形成一个非常方便的山羊水槽。

通往瓦提的路上，两侧满是醋栗园和葡萄园，由农庄改造成的干草棚里，停着一辆出故障的小面包车。偶尔，我也会停下前进的脚步，驻足欣赏一下周围的风景。对第一次来的游客而言，充满异国情调的伊萨卡风景令人目不暇接。山脊和峰顶种满了柏树和松树，宛如埃舍尔的风景画。但无论怎样的美景，应该只有外地人才觉得新鲜，本地人早就习以为常，对吧？然而，当奥德修斯历尽千辛万苦回到伊萨卡时，眼前的景致熟悉又陌生，他差点找不到回家的路。在费阿刻斯人送他的快船上，奥德修斯一路酣睡，一觉醒来，首先映入眼帘的是“不甚熟悉的景致，道路蜿蜒着伸向远方”。这怎么可能是伊萨卡！他诅咒费阿刻斯人，谴责对方不顾送他回家的承诺，将他随便扔在一个陌生的地方。最后还是女神雅典娜现出真身，告诉他实情，他才敢相信自己脚下确实是故乡。对故土的陌生感，是荷马最高超的心理刻画之一。一些战场归来的老兵，也常常存在这样的心理障碍。家乡，是游子们魂牵梦萦的地方，熟悉又陌生，令人五味杂陈。

这种熟悉的陌生感，在 16 年前那个冬天我回到家时，曾经真切地感受过。我任教的约旦河西岸爆发了起义，我也曾亲眼看见许多小规模的冲突，但严格来说，我并非从战场归来。然而，家中的变化还是让我猝不及防，不仅仅是父亲的去世，还有其他许多微妙的改变。

家里满是前来祭奠父亲的亲朋好友，他们带来了百合花，以及带着善意的签名卡片。很多人我是第一次见，也可能是最后一次见。但这些都无足轻重，最主要的是，家中的气氛变了，我的角色变了。在我离开家乡的日子里，家里发生了太多事情，没有一件有我的影子。当家庭生活逐渐从父亲去世的打击中恢复“正常”，我沮丧地发现，对我来说这种“正常”一点也不正常，我的内心充满挣扎，期盼着一切都能恢复到我离开前的模样。然而，过去就像一艘一去不复返的快船，前方等待你的，是陌生而可怕的现在。

四周全是陌生的声音，都是些安慰和祝福的话语，口音仿佛似曾相识，却又十分陌生。哪怕在耶路撒冷的学校里，听着此起彼伏的坦克声和演说声时，我都没有这种陌生感。直到多年以后重读《奥德赛》，我才意识到，当时困扰我的是一种错乱的返乡感。归来物是人非，家不成家，常常是远离家乡的人最大的冒险。

那天下午，我从港口出发，走了很长一段路，来到伊萨卡的主要城镇瓦提。这是一个风景如画的海滨小镇，背靠长满橄榄树和松树的郁郁葱葱的小山，面朝温柔似水的海湾。遍地都是海滨咖啡馆和艺术工作坊，纪念品商店里人头攒动，从世界各地追逐英雄传说而来的游客们，正兴味十足地挑选玩具小木马、盲人荷马半身像和印有“我名叫无人”的T恤衫。镇上有一家叫瑙西卡①的珠宝店和一家叫卡吕普索的工作室，市政厅旁的展会上，正在展出描绘海上风暴和性感迷人的海妖塞壬的作品。《荷马史诗》走下高高的艺术神坛，《奥德赛》穿越时间长河，在三千年后依然受到普通大众的喜爱。姑且不论独一无二的文学地位，《奥德赛》首先是一个脍炙人口的经典故事，法国水下探险家雅克·库斯托（Jacques Cousteau）受它激励，将一艘“卡吕普索”号军用木船改造成探险船，驾驶它拍摄人类从未见过的海底世界；奶油（Cream）、钢铁丹（Steely Dan）、佛罗伦萨和机器（Florence and the Machine）等乐队也从中汲取灵

① 瑙西卡，希腊神话中费阿刻斯国王阿尔喀诺俄斯的女儿。——译者注

感，用音乐讲述英雄的冒险故事。作为一名“80后”，我的奥德赛初体验，是一部以31世纪为背景的科幻动画片，此时此刻，在瓦提闲逛的我，情不自禁地哼起它的主题曲：“尤利西—西—西—西—西斯，你的能力，无人能及……”

游艇上满是钦慕英雄之名而来的游客，商店是琳琅满目的英雄纪念品，参加团队游的退休老人和聚会归来的人们，不约而同地在英雄铜像前致敬……在海湾附近闲逛一阵后，我对无处不在、形式各样的奥德赛崇拜，已经见怪不怪。但有这样一个团队，他们对《奥德赛》的沉迷和执着，让我自愧不如。与他们相比，我就是一个业余爱好者，对《荷马史诗》的理解非常浅显，却自诩精通。我与他们，显然不在一个层次。

与“萨玛甜心”“太阳之光”之类充满梦幻色彩的名字相比，“奥德赛”号游艇的与众不同，光从名字中便可窥见端倪。而这个名字，在伊萨卡岛尤其意义非凡。船员主要是匈牙利人，个个体格健壮，前臂上文着船锚和心脏图案。跟船员攀谈一阵后，他们给我引荐了船长。船长名叫提伯·瓦斯，长着一张月亮般的脸，穿着条纹衬衫，神情严肃冷峻，眼神坚毅犀利，很像《白鲸记》中的阿哈伯船长。他双手抱在胸前，一边检查缆扣和首帆，一边有一搭没一搭地和我闲聊。他的声音平静而沉着，显示出他早已见惯大风大浪，随时准备好应付一切意外。

“我们从特洛伊出发，”他解释道，“一路沿着《奥德赛》的踪迹而来，走过千山万水，最后到了这里！”

“但哪里……你们走的哪条路线？”我从衣服口袋里掏出笔记本，准备记录。

“荷马都写了。”他靠在护栏上，回答说，“我读过《奥德赛》，并且仔细研究过它。我们沿着非洲海岸线一路往北，经过意大利，在马耳他和西西里岛停留了一阵，然后回到希腊。当然，这一路走来，花了好几个月时间。如果你想深度体验，就不能太赶时间。”

我突然觉得，自己的行程还是太仓促了些。几天后，我就要结束《奥德赛》之旅，随后马不停蹄地开始追逐另一部史诗。而瓦斯船长几乎完整地还原了奥德修斯的历险路线，他们的执着、专注和认真，令我又敬佩又羡慕。

“当然，一路上也并非一帆风顺。”他说，“我们遇到过许多非常恶劣的天气，遭遇过大大小小的海上风暴，还要时刻提防撞到岩石。我们主要是在晚上航行，白天则用来拍摄。当然了，这是一艘装备精良的现代游船，比奥德修斯的木船不知要好多少倍，我们经历的困难与他遇到的那些艰难险阻相比，简直小巫见大巫！”

匈牙利人跨域千山万水，追逐一部希腊史诗，这正是《奥德赛》跨越欧洲不同国家和民族魅力的体现。这部伟大史诗，属于我们每一个人。

行程最后，我将去《奥德赛》最后章节的故事发生地看看。奥德修斯与求婚者决战的宫殿；藏匿费阿刻斯人赠送的珍宝的洞穴；以及最最重要的，那个位于乌鸦岩之下的牧猪奴尤迈乌斯给猪洗澡的清泉——在这里，奥德修斯第一次了解到，妻儿在他离开家乡的20年里，遭受了怎样的折磨，而且第一次见到成年的儿子忒勒玛科斯。

在瓦提镇喝了杯酒，吃了点东西后，我来到位于波塞冬雕像后面的自行车租赁店，租了一辆GT牌喀喇昆仑系列山地车，骑行前往乌鸦岩。阳光透过橄榄树林，洒在沿尼里顿山坡而建的农场的波纹屋顶上。这里是希腊南部的偏远地区，有一些与世隔绝的意味，但农场依旧戒备森严，场内养着护院大狗，一有风吹草动就号叫着猛扑向大门。大门紧锁着，顶部布有铁丝网。“看上去十分狂野的狗。”看着多刺的梨树林，我不禁想起荷马对牧猪奴尤迈乌斯的农庄的描述。不过，后面的经历告诉我，瓦提镇静谧闲适的风光背后，潜藏着说来就来的暴风雨，安全问题不容轻心。

公路越来越陡峭，两侧的橄榄、月桂和柏树林也越来越浓密。骑到“乌鸦岩”标示牌后，我把自行车锁在一根木柱上，沿着“一条穿过树林蜿蜒伸向高处的崎岖小路”向上走。两侧树林枝繁叶茂，遮天蔽日，根系直插海湾深处。我踏上石头台阶，爬上斜坡，最后走上一条泥土小路。踩在越来越窄的石路上，脚步声也越来越沉重，夏蝉在树上窃窃私语，仿佛在嘲笑我不像它们那般轻盈灵活。

小路在双脊弓形状的两个山岗中蜿蜒，耳旁时时传来金雀的叫声。树枝上悬挂着一张张蜘蛛网，编织得紧密结实，等待猎物自己送上门——《奥德赛》中，忒勒玛科斯历险归来，来到牧猪奴尤迈乌斯的农庄，询问母亲是否已另嫁他人，父母的婚床是否已“空空荡荡……上面结满令人厌恶的蜘蛛网”。蛛网下面，甲虫在地上跳来跳去，琥珀色的蜈蚣在岩石之间蠕动，还有一个蛇形图案的小浮雕，蛇身呈土黄色，眼睛像瓦提镇编织品商店里的珠子一样又大又圆。

乌鸦岩顺马拉西亚高原俯冲而下，表面凹凸不平，宛如神明焦虑而憔悴的面庞。水滴从岩石上落下，叮当作响。岩壁上有一个大洞，或许某个大型动物正在里面酣眠。无花果树上挂满了果实，山羊躲在树荫下静静地吃草，山谷里回荡着清脆的羊铃铛声，像安眠曲一样悦耳动听。我想象着牧猪奴尤迈乌斯的形象，他是《奥德赛》中最受读者喜爱的人物之一，不仅对主人忠心耿耿，而且十分热情好客，连诗人荷马都直接用第二人称“你”来称呼他。然而，我现在所在的可不是尤迈乌斯温暖的农舍。我应该早想到，光从名字看，乌鸦岩就不是什么适合露营的场地。我本打算像尤迈乌斯那样，在“凹形岩石下”过夜，但洞穴上方的一根动物股骨让我改变了主意——要知道，那根骨头被舔得干干净净——还是另外找个地方露营吧，小命要紧。

我捡起一根棍子，在黑暗中摸索前进。天太黑了，蜘蛛网都看不见了，而我必须在黑暗完全来临前，找到安全的露营地。回头望去，后面的山已经完全隐藏在黑暗中，四周一片漆黑，什么也看不见。我焦急地寻找来时的路，通过石头形状及山坡高度判断路线。终于，熟悉的蝉鸣大合唱传来，仿佛在恭喜我终于远离危险的悬崖峭壁，回到生机盎然的真实世界。我站在路边，大口喘着气，把毛巾搭在野餐桌上，出神地望着漆黑的海湾。

泉水是避难所，是适合英雄藏身的地方，奥德修斯在这里与儿子忒勒玛科斯相认，父子俩——父亲为了妻子，儿子为了母亲——一起谋划向求婚者复仇。只有站在这里的海角上，归来的探险家才最真切地感受到，自己已经回到家乡。整个岛屿都在他脚下，催促他夺回那些本该属于他的东西。这样的时刻，你很难再说史诗是虚构的，树林、岩石和微风，都不断地在向你证明它的真实性。

1823年，拜伦在游览伊萨卡时说："如果这个岛是我的，我愿意为它'遣散所有奴仆'，并'撕掉所有藏书'——我们都是多么愚蠢的人啊！"第二天清晨，我出发前往奥德修斯的宫殿。我飞快地踩着自行车，鹅卵石在车轮下噼啪作响，铁丝网内，公鸡和狗疯狂地对着来往车辆吠叫。偶尔，我也会在空地或半山腰停下来稍做休息，看马蝇和豆娘蜻蜓扑扇着翅膀，像一个个小小的发动机一样发出"嗡嗡"的声音。蝴蝶在荆棘间舞蹈，蜜蜂在花丛中来回穿梭采蜜，空气中弥漫着树木汁液的清香，花朵在明媚的阳光下，像爆米花一样尽情盛开。此情此景，与风光怡人的塔纳伊隆海角何其相似，我不禁感到一阵不安。但换个角度想想，那时是游走在"冥府"边缘，前无去路，后有险境，现在可完全不一样了，何不好好享受这明媚阳光和鸟语花香。

穿过连接南北两个隆起的狭窄地峡，我在路边看到一幅壁画，于是驻足欣赏。这是一个由彩绘石头和镜子组成的弯曲的三棱柱，上面写着"ΕΥΧΗΝ ΟΔΥΣΣΕΙ"，意思是"奥德修斯的祝福"。1868年，人们在斯塔夫罗斯村附近的洛伊佐斯洞穴中，发掘出一个破碎的陶面具，面具上面也带有这些文字。

从蜘蛛出没的洞穴往上走，是斯塔夫罗斯村的考古博物馆，我在那里见到了陶面具实物。"奥德修斯的祝福"这句话影响十分深远，广泛应用于瓦提镇的宣传画和明信片，并刻在斯塔夫罗斯主广场上的奥德修斯半身像下。与面具一起出土的还有一座雅典娜雕像和一套陶制三脚架，与《奥德赛》中费阿刻斯人赠送给奥德修斯的三脚架惊人得吻合。这些文物大约可以追溯到公元前8世纪，正是荷马生活的时期。一些观察家由此推断，奥德修斯是一位真实存在的历史人物。但实际上，这只能印证奥德修斯的传说影响深远，而不能证明他的历史真实性。这些艺术作品，凸显出奥德修斯传说在古代是多么深入人心；至于英雄本人，终究不过是故事角色，存在于缥缈的史诗诗行中，读得到，却看不见也摸不着。他只存在于文字和语言中，既没有肉体真身，也没有留下坟茔墓冢。但我还想去一个地方，那就是2010年希腊考古学家发现的所谓奥德修斯宫殿遗址。这一遗址的发现，为相信奥德修斯历史真实性的人们，提供了实物证据。是时候去那里亲眼看看了。

“如果它看起来像猫，摸起来像猫，闻起来也像猫，那么，它就是猫！”

博物馆馆长对奥德修斯的历史真实性深信不疑，并找到越来越多的证据做支撑。这是座青铜时代的多层建筑遗址，它三面都可以俯瞰大海，周围还环绕着三座山，其年代大约可追溯到公元前1300年。考古小组负责人萨纳西斯·帕帕佐普洛斯教授曾宣称：“我们有理由相信，这就是奥德修斯和珀涅罗珀的宫殿。”

“看，它一层一层往上，”奥德修斯说，“庭院都妥善整理，四面围着围墙，两扇门牢牢地挂在墙上。”几千年后，这片废墟已不见当日的辉煌。我推着自行车走下鹅卵石小道，把车锁在一棵橡树上，然后爬上几层宽阔的石阶，感觉自己像是前来王宫请愿的卑微平民。一路上，只见到柏树、橡树和奇形怪状的石簇。我钻进一片松树林，爬进一座半掩在树荫中的破旧教堂，荆棘划伤了我的胳膊。教堂地板是大理石材质，这可不是青铜时代的遗址。

我远道而来，却进不去？如果来一趟伊萨卡，却连传说中的奥德修斯宫殿都没有体验过，这多么令人沮丧啊！我感到自己的情绪有些消极，不得不强行振作。我在一块石头上坐下来，脱下T恤衫，让风吹干汗水，然后吃了一个苹果，想让自己开心一点。稍做休整后，我站起来，继续探索之旅。

我又回到那条石头小路上，顺着蜿蜒的小路来到一个梯田高原，那里有一些建筑遗址。经过一番努力终于找到入口，内里规模之大，令我大吃一惊。切割成方形的巨石堆积在基岩上，形成拱形壁龛，站在这里可以眺望大海。院内有一口岩石井，沿着雕花楼梯往下走，经过柱基和石墩，走下陡峭的悬崖壁，可以看到地势较低处散布着人类居住的痕迹。它们看起来不像城堡，倒像是海盗的宅邸或藏匿劫掠物的地方，里面有很多用来逃跑的通道，以便随时逃命。不过，奥德修斯那么狡猾聪颖，他的住宅大概也要建在这么地势险要、易守难攻的地方吧。

裂缝上搭着几块破旧的木板，对面是一个大厅。木板摇摇欲坠，踩上去吱吱作响，似乎已经很久没人来过了。经济危机中，《荷马史诗》遗迹的考古工作也受到影响，由于资金短缺，爱奥尼亚大学的研究小组在发掘18年后，于2012年削减了工作人员。

考古人员留下的痕迹，逐渐被大自然消化。走在里面，很难分辨出哪些是天然巨石，哪些是人工堆砌的石堆；遍布各处的蓟草和野草哪些是人工种植，哪些是天然生长。我想到了皮洛斯的涅斯托尔皇宫遗址，那里有明亮的过道和最先进的考古设备。这里却是另一派光景，考古学家取得的来之不易的成果，正在逐渐回归自然。《奥德赛》中，那块珀涅罗珀宣称用来为公公拉埃尔特斯织造寿衣的布匹，也是这样“回归自然”的。为婉拒求婚者，珀涅罗珀承诺，只要织完这匹布，就从他们之中选一个下嫁。但她每天白天织布，晚上偷偷拆毁，如此循环往复，只为拖延时间，等待丈夫归来。这只是珀涅罗珀众多聪明的小伎俩之一，她与足智多谋的丈夫，可谓天造地设的一对。

英雄的一言一行，都能牵动读者的心。但他们常常忽略了，如果没有珀涅罗珀的拖延战术，没有她为未来而进行的豪赌，安排求婚者们来一场“射箭比武招亲”（这需要很高的处世技巧，因为求婚者已经在宫殿里盘踞了好几年，而且肆意挥霍财物），奥德修斯的故事永远不可能达到高潮。《奥德赛》的最后一战，成为数千年来无数英雄故事争相借鉴的模板。我们每个人都在电影里看到过这样的场景：雄伟的大殿里，英雄突然出现，出其不意地制服敌人，坏人一个接一个地倒下，鲜血横流。无论是邦德电影、西部电影，还是科幻大片，电影的高潮部分都可以从《奥德赛》中汲取灵感。

一支箭矢飞来，射穿求婚者的头领安提诺奥斯的喉咙，浓稠的鲜血从鼻孔流出来，他的下巴撞在地板上，手中酒杯滑落在地。接着是其他的求婚者，欧律马科斯被射中胸部和肝脏；勒奥克里托斯被长枪击中腹部，铜枪尖穿透他的身体，从背后刺出来。到处都是被砍断的刀剑和长枪，脑浆和血液不断地从破碎的头颅中流出来，地板上满是鲜血。

奥德修斯浑身沾满血污，手臂和腿上均已负伤，敌人不停地求饶并为自己辩解，但他没有表现出丝毫心软和动摇，直到杀死最后一名求婚者。随后，他们拖来用绳子绑住的叛主奴仆墨兰提奥斯，一刀割下他的私处喂了狗，又一刀刀割下他的双手和双脚，以解心头恨。杀戮结束后，他们来到院子另一头，将放荡的叛主女仆们排成一排高高吊起，直到她们双腿停止蹬动，痛苦地死去。这一切，珀涅罗珀都看在眼里——做这些事的竟是那个曾经温和羞怯的忒勒玛科斯！啊，她的儿子都经历了什么！

这就是雅典朗诵者口中的“完美结局”吗？或许，他们所谓的“完美”，指的是奥德修斯和珀涅罗珀夫妻辛酸曲折的重逢。奥德修斯解开了橄榄树婚床的奥秘，珀涅罗珀方放下心防，与丈夫相认。这正是珀涅罗珀的另一个机敏之处，她故意当着奥德修斯的面，命令仆人把婚床拉出来。她知道，如果对方真的是自己的丈夫，必然会为此感到恼火，因为婚床是他亲自打造的，其他任何人都不可以移动它。他的愤怒，就是他身份的最佳证明。这里出现了《荷马史诗》的最佳明喻之一，珀涅罗珀的解脱被比作海难中的幸存者，“他们浑身饱浸咸涩的海水，但开心啊，开心啊，总算脱离了苦海！”把丈夫的经历移植到同样饱受折磨的妻子身上，读者不禁开始想象，夫妻二人都是海神之怒的受难者和幸存者。这种写作手法，不愧是天才！读到这里，血腥的杀戮已被抛在脑后，读者们忍不住为久别重逢的夫妻欢呼。

但故事还没有彻底结束。英雄复仇的场景令人震撼，但仅仅如此，还算不得完美的结局。求婚者们的亲属知晓真相后，愤怒地前去找奥德修斯复仇，又一场血腥大战一触即发。幸好女神雅典娜及时现身，阻止了这场人间惨剧。“看看这人给阿开奥斯人带来了多么巨大的灾难！”第一个被杀的求婚者安提诺奥斯的父亲欧佩特斯痛苦地吼道，“想想他出征时带走了多少人，结果所有船只被毁，船员无一生还；归来后，又杀死这许多克法勒涅斯最优秀的勇士。”荷马的智慧在这里显露无遗：为英雄奥德修斯的胜利欢呼的同时，也提醒读者，同样的故事，视角不同，看法也就不同。

我的《奥德赛》之旅已经接近尾声。第二天，我将踏上回雅典的渡轮，然后穿过阿提卡和希腊中马其顿大区的平原，进入巴尔干半岛。夜幕降临，我在奥德修斯宫殿大厅的地板上，背靠着柱子休息。大厅地势很高，蛇虫鼠蚁不大可能上得来。但大厅没有屋顶，抬眼便是漫天星空。于是，意外发生了。

一声惊雷！天边划出几道闪亮的光。轰轰隆隆的雷声越来越密集，耀眼的电光把石墙照得银光闪闪，仿佛一张宫殿最辉煌时期的照片底片。尽管如此，雨一开始下得并不大，洪水到午夜前几分钟才来。

冥冥之中，我仿佛受到神明的指引，拾起微薄的家当，躲进石阶下的木屋里。衣服湿漉漉地粘在皮肤上，每一次闪电和雷鸣，我心中的警报都丁零作响。但有些想法也在心中逐渐成熟起来……

或许，这是奥德修斯的宫殿！

《奥德赛》的魅力，存在于青铜时代遗址和滋养荷马传说的伊萨卡岛的一草一木中；但令人惊讶的是，它还存在于雅典的现代抗议艺术中，《荷马史诗》朗诵小组中，一瓶葡萄酒中，一份长久的祝福中，以及一个追逐英雄旅程的匈牙利船队中。《奥德赛》不仅是一部脍炙人口的文学作品，它还揭示了许多生活哲理和经济原则：从经济成本最优原则（奥德修斯的船曾经过一条两侧悬崖均住着怪物的水道，一侧住着多手多脚吃人的斯库拉，另一侧住着每天把海水吞进吐出三次的卡律布狄斯。喀耳刻女神建议，应靠着斯库拉一侧的悬崖航行，哪怕损失部分同伴，也胜过在卡律布狄斯引起的漩涡中撞到岩石全军覆没），到战争老兵们用麻药缓解伤痛；从热情好客的传统美德，到仙女卡吕普索对性别歧视的抨击（“你们这些无人能及的嫉妒之王！”）。当然，书中的一些价值观在现代社会已不适用，比如对神灵的大规模祭祀和私自对叛主女仆施以绞刑。但也正是由于这些错误价值观，史诗才显得完整平衡。只有清晰地认识到《奥德赛》创作时间多么久远，才更能凸显它引起的广泛共鸣是多么难得！

这是一个探险家的故事。英雄奥德修斯既可以用橄榄枝制造武器，在异国小岛上打败野蛮人；也能靠着一张巧舌在宴会上将历险经历讲述得活灵活现，宾主尽欢；还能冷酷无情地杀光家里的入侵者，丝毫不手软。这是欧洲文学的原型，也是欧洲历史的原型。从十字军东征到殖民主义，从地理大发现到原子时代，永不休止的探索、宏大壮观的叙事、暴力血腥的行动，是欧洲历史亘古不变的主题。

又一声响雷划破天空，我五脏六腑都跟着兴奋起来。说变就变的天气，为旅途增添了戏剧化色彩，雷鸣、闪电、雨声，仿佛是上帝在向我或其他身处异国他乡的人们诉说着什么。我爬上桌子，把毛巾像头巾一样裹在头上，对着激情演讲的天空大喊：“哈！我成功了！我找到了奥德修斯的宫殿！”

让电闪雷鸣来得更猛烈些吧，让雨下得再大一些吧！明天，我将离开希腊，离开奥林匹亚众神的辖域，前往他处，朝拜其他神明。

第二个故事

《罗兰之歌》：中世纪骑士传奇

在被围困长达七年后，萨拉戈萨统治者、撒拉逊国王马西勒遣使求和。至此，法兰克国王查理大帝取得对撒拉逊人战争的胜利。

但马西勒的求和及皈依基督教的承诺，不过是缓兵之计。他暗中与查理大帝的妹夫、奸诈的加内隆伯爵勾结，并集结了一支军队，准备在法兰克军队撤离时伏击其断后部队。

统帅断后军队的是加内隆的继子和死敌——罗兰。数以万计的撒拉逊人横扫群山，向罗兰和他的骑士伙伴发动袭击。敌军在数量上碾压己方，罗兰的好友奥利维尔极力劝说罗兰发出求救信号，请求主力部队回兵救援。但是，罗兰拒绝吹响他的象牙号角。

直到生死存亡关头，羞耻感让位于求生本能，罗兰才最终妥协，吹响了求救号角，但救援良机早已错过。罗兰在吹号时用力过猛，太阳穴爆裂。不过他身负重伤仍坚持战斗，最终在砍断马西勒国王的手臂并打退撒拉逊人后，倒地身亡。

接到求救信号后，查理大帝率领大军紧急掉头救援，但为时已晚，他们只见到横尸遍野。查理大帝发誓要报仇，经过一场浴血奋战，击败了撒拉逊军队，劈开埃米尔的头颅，然后率领军队攻克萨拉戈萨。萨拉戈萨大门被推倒，清真寺被洗劫一空，马西勒的遗孀布拉米蒙达王后被俘，作为战利品带回首都。

1

西西里岛
木偶剧院里，还原史诗中的宏伟场景

无论用什么手段，只要杀掉罗兰，
那就等于砍掉了查理的左膀右臂，
他的军队将大不如前。

——加内隆 《罗兰之歌》第 45 节

欧洲最伟大的三部史诗曾经失传长达几个世纪，后来在 18 世纪后半叶到 19 世纪上半叶之间，它们才偶然间重新现世。首先被发现的是德国民族史诗《尼伯龙根之歌》，1755 年由一位瑞士医生在奥地利阿尔卑斯山的一座公爵藏书楼中发现。1787 年，一位冰岛学者在大英博物馆发现《贝奥武甫》手抄本。最后，1835 年，一位法国学者受乔叟作品中一笔带过的描写的启发，在牛津博德莱恩图书馆发现了法国民族史诗《罗兰之歌》的手稿。该手稿是 11 世纪用盎格鲁 – 诺曼方言写成，后来被认定为法国最早的文学杰作。此时，法国大革命和拿破仑战争已结束，但 19 世纪中后期的法国社会动荡，《罗兰之歌》在提升民族自信方面发挥了重要作用。若以为《罗兰之歌》曾经完全失传，显然并不符合事实，它的深远影响如同永生花一般，永不凋零。

《罗兰之歌》创作于11世纪中期，根据牛津抄本结尾处的记载，作者可能是一名叫图洛德（Turold）的诺曼诗人。这部英雄史诗一经问世便广为流传，鼓舞着朝圣者步行前往圣地亚哥-德-孔波斯特拉，激励着东征的十字军奔赴战场。它将基督徒与穆斯林之间长达几个世纪的战争浓缩成一场战斗——故事中运用了许多心理学和文学技巧，并不完全符合历史事实。历史上的罗兰并非死于基督教与穆斯林之间的战争。它流传范围很广，到目前为止，已经发现了9种中世纪手稿，以及一些受这部史诗启发而创作的故事和诗歌，这些衍生作品由中世纪盛期的德语、荷兰语、古挪威语、卡斯蒂利亚语和威尔士语等不同语言书写而成。在接下来的旅程中，我听说还有一个押韵的冰岛语版本的《罗兰之歌》。

在亚得里亚海东部，罗兰是杜布罗夫尼克城的捍卫者，带领民众抵抗撒拉逊人入侵，城市钟楼下的雕像正是以他为原型；而汉萨城市同盟在15世纪也建造了类似的雕像，在那里，罗兰变身为公民自由的捍卫者。黑斯廷斯战役中，《罗兰之歌》作为军歌，激励着诺曼战士勇往直前；另一支诺曼底人则把它带到西西里岛，它在那里与民间传统文化融合，成为19世纪木偶剧的热门题材。普法战争前，《罗兰之歌》被赋予奇幻浪漫色彩（最著名的是卢多维科·阿里斯托以它为素材创作的文艺复兴杰作《奥兰多·弗里索》），成为法国民族自豪感的源泉。

即使在现代，《罗兰之歌》仍魅力不减。杰出的英语小说家格雷厄姆·格林（Graham Greene）曾以《罗兰之歌》手稿的发现为开端，创作了悬疑小说《密使》；纳粹诗人汉斯·鲍曼（Hans Baumann）受它启发，创作了一首以忠诚为主题的诗歌；20世纪70年代，德语电影《罗兰之歌》上映，主演是德国优秀的演员克劳斯·金斯基（Klaus Kinski）。如果要写一首“欧洲之歌”，罗兰在西班牙边境殊死战斗的故事，毫无疑问是最佳题材。

我的《罗兰之歌》之旅分为三个阶段，跨越四个国家，我将走进战争双方遗址，考察故事发生的背景。首先，我来到西西里岛，观看在当地颇为流行的传统木偶剧表演，体验《罗兰之歌》给当地传统艺术带来的影响。随后，我穿越西班牙北部，参观故事中敌对方撒拉逊人的首都萨拉戈萨，以及罗兰不幸陨落的隆塞斯瓦耶斯隘口。紧接着，我到了德国亚琛市，参观查理大帝的宫廷遗址，他是第一位加冕的神圣罗马帝国皇帝，也是《罗兰之歌》的主角之一。行程最后，我来到法国参观罗兰心爱的朵兰宝剑，并参加了一场夏末盛事，走近欧洲最古老的民族巴斯克人，感悟罗兰传说的历史根源。

值得去的地方实在太多了，《罗兰之歌》本就涉及整个西欧，行程长一些也无可厚非。我想，如果我去的地方足够多，是否就能找到那个由《罗兰之歌》引发的问题的答案：查理大帝在扩张过程中遭遇最大的“滑铁卢”，而一名在战斗中牺牲的法兰克骑士，为何成为广袤的欧洲大陆一致认可的英雄？

我乘渡轮横穿亚得里亚海，离开森林茂密的巴尔干山脉，来到阿尔卑斯山脚下的塔楼群和海关仓库。这一路仿佛经历了不同的世界。从东到西，从斯拉夫语到拉丁语，从正在申请加入欧盟的国家，到欧盟俱乐部主要成员国。但从史诗叙述的角度，这种变化实际没那么大。《科索沃传说》和《罗兰之歌》讲述的都是基督教战士面对数量远超自己的穆斯林军队时毫不退缩、决一死战的传奇。故事中封建领主们聚集了大量忠心耿耿的骑士，一名奸诈小人混入其中，影射了耶稣及其十二门徒的故事。英雄的最后一战，以生命为代价，捍卫荣誉，博取名声。关于《科索沃传说》作者的信息太零碎，基督教义是否对其产生过影响，已不得而知。但极有可能，中世纪的法国和塞尔维亚诗人都有同样的担忧：基督徒与穆斯林之争，即夸夸其谈的历史学家们所讲的“文明冲突”，是基督教面临的最大挑战。

尽管存在不少相似之处，但两首史诗的差异十分明显，这种差异尤其体现在故事结局上。《科索沃传说》是一部对逝者的挽歌，着重刻画丧亲之痛；而《罗兰之歌》却在结局中虚构了基督教的胜利。查理大帝杀死了穆斯林统治者，夺取了萨拉戈萨城，率大军凯旋。但这与史实不符。《罗兰之歌》以一种自吹自擂的方式，映射了一个广泛存在的事实：西方对东方的胜利。

我乘船来到意大利东南部城市巴里，满眼的五颜六色提醒我，我正身处西方世界。巴里市正在进行“同志骄傲大游行”（Gay Pride），狂欢的人群在肚子、手臂和脸颊上涂满彩虹色，四周一片颜色的海洋。巴士站后面，一名身穿“帝国线”衣服的男士将化妆镜放在接线盒上，身体略微前倾，对着镜子涂睫毛膏，直到我踏上前往西西里的巴士，他仍未涂完。

接下来的一整夜都在意大利境内，巴士经过阿普利亚的“脚跟”和卡拉布里亚的“脚趾”（指边境地区），穿过墨西拿海峡，终于在黎明时分到达西西里岛东部地区。我走下巴士，沿着从埃特纳火山熔岩凿出的街道向前走，步履蹒跚。我一路上昏昏欲睡，现在急切地想要兴奋起来。但是现实非常残酷，与卡塔尼亚火车站旁热火朝天的狂欢队伍相比，现在的我形单影只，就像在玩一场蛇爬梯子的游戏，只是没有蛇而已。

终于到了火车站。利比亚人、尼日利亚人、摩洛哥人……满眼都是非洲人，有些到欧洲才几天，有些是从海边的政府移民管理中心逃出来的。由于靠近利比亚，西西里岛几乎每天都在接收难民和移民。许多难民沦为黑市的非法劳工，靠出卖廉价劳动力为生。车站附近的大理石喷泉，有人在洗脚，有人在刷牙，还有人在清洗内裤和T恤衫。喷泉中央立着一座雕像，赤裸的冥王哈迪斯骑着骏马，紧紧抓住同样不着寸缕的珀尔塞福涅，这件作品展现了哈迪斯追捕珀尔塞福涅并强行带回冥府的情景。传统观点认为，佩尔古萨湖附近有一个冥府入口，但是难民们显然无暇欣赏。

“看！我的鞋子在船上弄丢了，”一名卷发的摩洛哥人说，“太可怕了，船长收那么多钱，还载了那么多人。”

火车站内，一些人正跟售票机较着劲。一名脚上缠着绷带的厄立特里亚少年一瘸一拐地走来，向我咨询火车路线。

“你想去哪里？”

“米兰。米兰可以找到工作。”

“你怎么知道呢？”

“因为，”他几乎喊着说，语气中充满绝望，“我相信上帝会给我工作的！”

我们身后，一名年轻的阿拉伯人喝得酩酊大醉，他一边摆弄着售票机，一边举着啤酒瓶往嘴里灌酒。一名厄立特里亚人不时用手轻推他，提醒他该进行下一步。突然间，阿拉伯人的酒瓶摔在地上，空气中瞬间充满啤酒味，几个光脚的难民踮着脚尖，在棕色的酒瓶碎渣中穿行。阿拉伯人最终还是没能买到票，他恼怒地猛拍售票机，然后向站台跑去。

那天晚些时候，我见到了另一群截然不同的非洲人。他们神情傲慢，眼睛漆黑明亮，胡子浓密柔顺，身上没有一丝难民的焦虑。更引人注意的是，他们衣服剪裁得体，色泽亮丽：束腰的丝绸外衣，天鹅绒斗篷，头巾宛如奶油般丝滑，头箍精致，金线在阳光下闪闪发亮。但他们四肢布满绳子勒痕，用关节将四肢与身体连接在一起。他们并非人类，而是撒拉逊人木偶，在木偶剧中专门扮演四英尺高（1.2 米）的侏儒坏蛋。

“这是我们的传统艺术。”吉塞普·格拉索说。

吉塞普的木偶剧院创立于 20 世纪 70 年代，创始人是他已故的父亲图里。图里曾给儿子的 T 恤画了一个木偶图案。

“对我们来说，艺术传承很重要。”他说，“我们完全继承了父亲的表演方式，从不使用电脑或录音机，全部都是现场表演。”

这就意味着，剧院里有很多木偶道具。我来到后台，试吹了能发出罗兰的象牙号角声的海螺壳，拍了拍用来模拟暴风雨声的金属板，还试穿了模仿骑士战靴声的木屐。

大礼堂上方色彩鲜艳的幕布，是木偶戏表演的舞台。其中一个场景，是罗兰用力吹响象牙号角，四周散落着穿宽大裤子的尸体和包着头巾的头颅。看着这场声势浩大的大屠杀表演，我不禁好奇，吉塞普怎么看待罗兰故事的二元分化，怎么看待基督徒和撒拉逊人之间的信仰冲突——《罗兰之歌》中最受诟病的一句话是：“异教徒大错特错，基督教才是真理。”

吉塞普似乎被这个问题噎到了，皱着眉头陷入思考。“故事并不是只有黑和白。”他抚着整齐的银色胡子，说道，“基督教和穆斯林之间的战争已经发生了，我们不过是在讲述历史。但在我们的故事中，人物性格并不仅仅是善与恶。以里纳尔多为例，他是基督教骑士，是勇敢的圣骑士，但他也是一个非常复杂的角色。他有时会违背查理大帝的命令，经常和罗兰争执。他就像罗宾汉[①]！”

我跪在吉塞普身旁，轻轻地抚摸罗兰木偶，仿佛这是朋友的心爱之物。木偶罗兰头戴鹰形头盔，身穿红色胸甲，眼睛像西西里人那样斜视，一副随时为爱疯狂的样子——史诗《罗兰之歌》中并没有爱情情节，是意大利人（而不是法国人）给罗兰嫁接了浪漫的爱情故事，让他成为骑士中的罗密欧。头盔上带着黑色羽毛的木偶是内奸加内隆，带着古代法兰克王室纹章的则是查理大帝。对吉塞普来说，罗兰是典型的英雄，强大、勇猛、高尚，这也是罗兰广受西西里人推崇的原因。

“19世纪，罗兰的形象被印在扑克牌和香烟盒上，散布到意大利各个角落，成了意大利统一的象征。记住，查理大帝是加冕的神

① 罗宾汉是英国民间传说中的英雄人物，人称汉丁顿伯爵。12世纪中叶起，关于罗宾汉的传说开始在民间流传。

圣罗马帝国皇帝，他不仅是法国国王，而且是整个欧洲之主。”

这种论述我还是第一次听到，它将史诗《罗兰之歌》的传播与查理大帝帝国的对外扩张联系起来，帝国扩张到哪里，史诗就传播到哪里。

我在后台四处张望，就像小孩在路上偶遇哑剧演员，一切都很新奇。我蹲在放木偶的木桥上，戏弄了一把罗兰，把象牙号角弹向他的嘴唇，盔甲晃动着发出沙沙声，我顿时激动不已。吉塞普问我，是否要看一场表演？我的回答当然是要看！他让我选择一个场次，我想都没想，立刻说：“能看罗兰牺牲的场景吗？可以吗？”

> 我的朵兰剑啊，你何其不幸！
> 我就要去见上帝了，
> 再也不能带着你打那么多胜仗，
> 在阳光照耀下征服如此辽阔的土地。

英雄迈着登月般轻盈的脚步，在贯耳雷声中挥舞着宝剑和盾牌，抵挡敌方刀枪的攻击，肩章上的金色花纹和太阳图案在灯光的照耀下闪闪发亮。他似乎正忍受着伤痛，他的形象因而更加鲜活。英雄终于陨落，他双腿一软跌倒在地，头耷拉在胸甲上。这一刻，我不禁泪眼蒙眬，时间也仿佛静止，整个大厅笼罩在悲伤中。

直到表演结束，我才回过神来。观众席上除了我，空无一人。木偶戏如此恢宏壮阔，格拉索剧院却没有固定演出，只有在团体预订时，他们才有机会大显身手。没有观众的传统艺术，真的是“活着的传统”吗？听说，西西里首府巴勒莫有很多木偶剧演出，我的行程中已有相关安排，希望传言不虚。

吉塞普的木偶剧院位于海边，那天晚上，我“下榻”到一个渔棚附近的玄武岩壁上。听着海神的鼾声和低语声，就像睡在青年旅社的通铺上，隔壁背包客时不时咳嗽两声，一晚上都没睡踏实。但第二天早上的美景，让我觉得一切都值得。

一阵混杂着鱼腥味和海水咸味的臭气传来，我从睡梦中惊醒。黎明的曙光中，一群棱状柱子隐约可见。经过海水几十万年的蚀刻，角和饰边十分光滑，看起来像一群批量制作的史前海兽。当地人认为，这就是独眼巨人波吕斐摩斯向奥德修斯木船投掷的石头，这与神话学者不谋而合。后者研究发现，附近的埃特纳火山与独眼巨人存在联系。他们相信，宙斯的霹雳武器，正是独眼巨人用火山熔岩制成的。

这真是一个史诗中的岛屿！那天，我在《奥德赛》中的海水里游泳，在亚瑟王传说的故事发生地野餐（传说中，正是在林木茂密的埃特纳山脚下，女巫摩根勒菲成为众仙女的王；卡塔尼亚主教的侍从官宣称在这里发现了沉睡的亚瑟王），然后在“罗兰的海角”（卡波德奥兰多海滩）打个小盹。这里，就连车站附近的机动摊车上，都涂画着骑士的丰功伟绩。

清晨，我踏上开往巴勒莫的火车，晨曦穿过玻璃窗，随着列车晃动一闪一闪的，窗外的海面波光粼粼。列车驶过金色贝壳②，海

② 意大利斯卡纳的潘赞诺镇（Panzano）南部地区被称为“金色贝壳”。

岸呈金色和橙红色，蓝蓝的天上白云朵朵。塔楼和尖塔沐浴在阳光里，外形锋利，远远看去宛如一幅直线上升的销售业绩图。塔之间夹杂着法院和公寓楼，它们造价很低。终于到达闷热的巴勒莫，我沿着维托里奥·伊曼纽尔大道一路向前，在一个破旧的小巷标志牌下停下来，标志牌上画着眼睛斜视、挥舞着宝剑的圣骑士图案。从这个小小的标牌可以看出，《罗兰之歌》的影响力无处不在。

2

巴勒莫
沐浴英雄遗风，暴力却时时发生

他占领了多少土地，打败了多少敌人
折断了多少精心铸造的锋利长矛，
激战时斩杀了多少国王，
好战的他什么时候才能倒下？

——马西勒国王 《罗兰之歌》第 42 节

古建筑的大门十分宽阔，马匹可以从中穿过。楼梯间也很宽敞，铺着碎大理石的楼梯曲曲折折，通向零星分布的公寓。一扇门上贴着“小心狮子！”的警告语，彰显着旧时豪宅的威严。隔壁狭窄的小公寓就是皮埃特罗的住处，地上铺着陶瓷地板，墙上贴着老旧样式的丝绸墙纸，天花板上结着蜘蛛网，通往我房间的楼梯上裂了一条缝。“我很惭愧。”房屋主人抱歉地说。我却十分开心，因为接下来几天终于有了自己的独立空间，公寓楼顶还有个露台，我开始幻想着去附近的瓦西里亚市场买些甜瓜和烤章鱼，带回来在露台上吃个露天餐。

古建筑地理位置极佳。步行十分钟，就到了高耸的新门（Porta

Nuova）。廊柱精雕细琢，长着翅膀的小天使娇憨灵动，柱子上还刻着四个 16 世纪的撒拉逊巨人，显得十分突兀。他们袒胸露怀，神情绝望，眉头紧锁。据说，木偶设计师们曾从他们缠绕的头巾中汲取灵感，但这些雕像的表情，比木偶要悲伤和孤寂得多。

为木偶设计提供灵感的，还有斯特里宫，从我住的那栋古建筑往港口方向走，也不过十分钟距离。就是在这里，宣称血统源自法国的中世纪西西里岛最富有的基亚拉蒙特（Chiaramonte）家族建造了一个诺曼与加泰罗尼亚混合的彩绘天花板，长格子走廊上雕刻着各种神话场景：亚瑟王的圆桌骑士特里斯坦斩杀了恶龙，拥抱着爱人伊索尔德；查理大帝向圣骑士发布命令；希腊战船抵达特洛伊，战争结束，帕里斯和海伦幸福地走进婚姻殿堂——如此天马行空、胡编乱造，荷马爱好者们大概要吐血了。

西西里岛对诺曼的向往和尊敬，以及诺曼与西西里传统故事的深度融合，从斯特里宫的陈设和基亚拉蒙特家族宣称其源自诺曼，可见一斑。在诺曼的黄金时代，诺曼人几乎同时征服了英格兰和西西里岛，诺曼英雄故事因此在西西里岛流传开来，从“征服者”罗杰一世到巴勒莫守护神罗莎莉娅，诺曼英雄广泛受到西西里人的敬仰。

统治西西里岛的诺曼人与盎格鲁 - 诺曼人是同一主干的不同分支，他们都起源于法国北部及斯堪的纳维亚半岛地区。在英语中，“Norman”（诺曼）即“North-men”，北方人的意思。诺曼武士勇猛无畏，纪律严明，他们不断对外扩张，在新征服的土地上定居下来，并建立起组织严密的君主制政权。往西，他们穿越英吉利海峡，推翻盎格鲁 - 撒克逊政权，在英国建立统治；往南，他们赶走了西西里岛的阿拉伯人，建立起新的王国。这两场战争都带有宗教色彩，教皇的祝祷使得信奉基督教的诺曼军队士气高涨，勇猛无畏。正因如此，基督教骑士为国王和信仰而战的故事在西西里岛备受欢迎。更值得一提的是，现存最早的《罗兰之歌》版本是用盎格鲁－诺曼法语写成。

鲜为人知的是，英国历史上最著名的诺曼征服，发生在《罗兰之歌》的故事之后。根据诺曼诗人马斯特·瓦斯（Master Wace）的记录，一名叫泰勒弗的吟游诗人骑马走在公爵（法国诺曼底的威廉公爵，曾率领军队征服英国）前面，吟唱查理大帝，罗兰、奥利维尔和其他在隆塞斯瓦耶斯战役中牺牲的勇士的事迹。威廉十分崇拜罗兰，战役结束后，随从投其所好，在帮他脱衣服时赞叹说，"自从罗兰和奥利维尔牺牲以后，除了您，再也没有这么勇猛的骑士了"。西西里岛的罗兰崇拜则主要体现在地名上，包括卡波德奥兰多海滩在内的许多地点，都以罗兰命名；罗兰的故事还被编成木偶剧，在各地剧院上演。

巴勒莫城里，到处都是诺曼英雄的绘画和雕像。酒吧广告牌上、肉摊上、柠檬汁摊棚上，都挂着诺曼国王和英雄们的肖像画，比如大力发展文化的罗杰二世、罗兰和他的圣骑士同伴里纳尔多等人的肖像。商店外的人行道上和手工作坊的橱窗里，陈列着木偶诺曼人。作坊内，忙碌的手工艺人满手油污，地上堆满各种木偶人体，还有未上漆的木手臂和木制的撒拉逊人头颅，黑色眼睛像死鱼眼一样盯着瓦西里亚市场。

温森佐·阿金托是一家手工作坊的老板，从业年限已经超过60年。阿金托家族与木偶人的渊源可以追溯到9世纪，到温森佐这里已是第五代传人，他不仅擅长制作木偶人，还是一位木偶剧表演艺术家。

“我们的木偶人都有出处，什么类型的故事都有。”温森佐一边用锤子敲打着刚出炉的撒拉逊盾牌，一边说道。他眉毛高挑，自带木偶剧艺人特有的挑衅神态，眉间纹宛如用木偶画笔描过一般平整流畅，眼睛炯炯有神，像年轻人一样充满活力。“我们表演圣罗萨利亚的故事、罗兰和圣骑士的故事，也表演托夸多·塔索的《被解放耶路撒冷》。都是些传统故事，我们是传统的继承人。”

墙上挂着温森佐父亲的照片，照片下面堆放着胶水管、钻头和金属板条。和我遇到的大多数木偶剧艺人一样，温森佐的作坊是家族产业，父亲教给他木偶手艺，给他讲述各种英雄故事，他又传给自己的儿女。儿子们和他一起制作木偶，女儿安娜则负责为女性木偶人配音。

“你知道他做这一行多久了吗？”安娜自问自答，“66 年！”此时我们在阿金托祖传的桶形拱顶剧院里，街对面就是著名的大教堂。教堂用熔岩块建成，铺着鱼鳞花纹瓷砖，还有个锯齿形拱门。看着正在安装木偶翅膀的父亲，安娜调皮一笑，语气中充满对父亲的敬佩，“他就是个疯子，像罗兰一样！”

当天晚上有一场表演，观众席是木偶大小的狭窄长凳，观众一共 26 人，大部分是游客和外地居民。先是阿金托上台，简要介绍了一下木偶剧艺术。随后，帷幕拉开，首先跃入眼帘的是一片树林，戴着绿色羽毛头盔的罗兰挥舞着宝剑，与带着红羽毛的里纳尔多比武。

场景切换有时并不快，木偶们有时甚至静止不动，但人物的英雄气概呼之欲出。他们一头扎进地狱，迎战眼睛长在胸口的魔鬼；骑士们在帐篷里激烈地争吵，查理大帝出面主持大局，居中调和；

撒拉逊军队里混杂着尖牙小矮人和体格健壮的巨人，巨人拖着浓密的长发，每根头发丝都写着“可怕”两个字——这根本就是一帮反基督教的散兵游勇，哪里有国家军队的样子。

木偶戏的魅力源于机械。跌宕起伏的故事情节固然令人沉醉，但你更会忍不住惊叹，这究竟是怎么演出来的！高潮一幕，基督教徒和撒拉逊人从预先设定的位置进入战场，左边是基督教徒，右边是撒拉逊人。他们先是像擂台上的拳击手一样，互相出言嘲讽。这时脸部防护罩尚未揭开，刀剑犹在鞘。然而，一旦占据了有利位置，双方立刻全力以赴投入战斗，拼命厮杀。不知用了什么奇妙技术，就连撒拉逊人被砍下头颅的一刻，都呈现得十分逼真，舞台上到处都是头颅和蜷缩着的无头尸体。领头的骑士行动迅捷，动作像舞步一样行云流水，在扑向对方的一刹那，刀剑也随着身体剧烈晃动。

西西里版本的罗兰传说加入了东方公主和行动敏捷的毒蛇元素，可谓是个大杂烩，但它并没有过分偏离原著。《罗兰之歌》中，诗人为英雄精挑细选了各色对手，包括“曾经下过地狱的巫师”西格洛尔，以及“头发扫到地上”的体格健壮的切尔奴伯。战斗中，罗兰用朵兰剑“削下他（切尔奴伯）的头皮和头发，顺着眼睛和脸颊一直往下……穿越整个上半身直至裤裆中央”，切尔奴伯倒下了，罗兰仍不解气，骂道：“像你这样的混蛋，注定是我的手下败将！”

捶胸顿足和口出狂言，是典型的中古英雄行为，罗兰并非唯一一个实践古代显摆艺术的史诗英雄。阅读《伊利亚特》，就像是躲在更衣间，偷听狂妄男人毫无顾忌的自吹自擂；还有，不要忘了，在船只险些被独眼巨人掷来的石头砸中的危险时刻，奥德修斯对同伴的劝阻置若罔闻，嚣张地挑衅独眼巨人，并大声报出自己的真实姓名。此外，萨迦传说中仇恨缠身的冰岛人，及《尼伯龙根之歌》中的骑士，也没有谦虚到哪里去。西方世界里，言语挑衅从未失去生存的土壤，至今仍在帮派斗争、体育竞赛以及任何充满男性荷尔蒙的场景中盛行。温森佐父子的木偶戏中，敌对双方战前总是先互相嘲讽挑衅一翻，即使在冲锋陷阵甚至手刃对手时，嘴巴也没歇着，极尽嘲讽之能事。这与遍野横尸，以及用红色丝绸模拟的血流成河的场景相辅相成，给木偶戏增添了不少魅力。

一个小时后，表演结束了，我意犹未尽，真想再看一场！但温森佐拖着疲惫的脚步回到工作间，神情淡然。

“在我父亲的时代，剧院常常座无虚席，观众都是些本地人。”他说，“我们知道，他们明天还会再来，所以不用把故事压缩在一个晚上表演完。”

《加洛林传说》最完整的版本有 270 节。在古代，木偶戏有固定的观众群体，通常是男性，他们每天都会来剧院观看演出，就像现代人每天定时守在电视机前等候肥皂剧开播一样。

“木偶剧院是穷人的剧院。”温森佐说。他手里拿着一条碎裂的木偶蛇，我们边走边交谈。“木偶戏是演给大人们看的，不是给孩子们的。有钱人都去看歌剧了，穷人就来这看木偶戏。”

“观众现在都去哪儿了呢？”我问道。

“现在的年轻人啊……”温森佐一边修理着木偶蛇，一面摇头叹息，眉头紧皱，“他们要么成天只想着泡吧，要么干脆窝在家里看电视，不像父辈那样热爱木偶戏，他们对传统艺术不感兴趣。”

我想起巴尔干半岛的古老弓弦乐器古斯拉琴，现在已经很难觅其踪影。同样具有悠久历史传统的木偶戏，曾经因为史诗的流传而盛极一时，如今却沦落为受众狭窄的小众表演。近年来，随着游客的涌入，木偶戏又重新焕发生机，但这种热度能维持多久，我心里没底。

我在巴勒莫待了整整一个星期。匆匆赶路几个星期之后，慢下来，是一种别样的享受。房东皮埃特罗带着我四处闲逛，一路上喋喋不休地向我倾诉他的恋爱烦恼、家庭压力、经济低迷压力及来自北方的"欺凌"。"所有的投资、所有的税收，都在流回大陆，"他说，"然后他们告诉我们，西西里岛的社会功能已经失调！"我沿着瓦西里亚市场转了几圈，结识了几名供货商，参观了市场里的超现实主义涂鸦：柱子上画着咆哮的黑手党，篱笆上印着欧洲国家元首头像，街道上匹诺曹的长鼻子里长出了树叶……这与雅典伊哈瑞亚区何其相似！我还参观了一家木偶戏博物馆。昏暗的展厅里，几百个胸甲闪闪发光的骑士木偶吊在钩子上，很像土匪窝子里等待行刑的俘虏。最幸运的是，我遇到了几位木偶剧艺人。

加埃塔诺·洛·摩纳哥是其中最受尊敬的一位。他是一名故事讲述大师，眉毛浓密，眼睛向外突出，像两欧元硬币一样又大又圆。应他邀请，我来到他那间离法院不远的"实验室"。实验室里木屑飞扬，摆放着木偶原型和身体器件、T形斜角规和油漆罐。摩纳哥坐在椅子上，摩挲着手中的烟草罐，他头顶上挂着刚完工的栗色胡须的查理大帝，身后的木架上放着他正在建造的新木偶剧院沙盘。摩纳哥孩提时代就开始接触木偶，从叔叔那里学习制作工艺。小时候观看祖父演出的场景，他至今记忆犹新。

"旋律太动人心弦了！里纳尔多，可真是个狡黠的家伙，他性格叛逆，十分受观众喜爱。但是罗兰，他是十二圣骑士之首，浑身充满力量，没有人比他更值得信赖了。这两个人，我都爱！”

在我遇到的所有木偶剧艺人中，加埃塔诺身上真正体现了西西里岛对骑士英雄的狂热崇拜。他从椅子上跳起来，用最温暖、最意大利的方式一把抓住我的胳膊，拔出木剑，开始讲述罗兰和里纳尔多这两位伟大的英雄之间的一场比武。他的声调抑扬顿挫，节奏时快时慢，嗓音如低音炮一样充满磁性。他时而拍打着双脚，时而挥舞着木剑，动作、配音和道具完美配合，相得益彰，我完全沉浸其中，有一种聆听管弦乐队表演的感觉。直到表演结束，他随意地放松手腕，我才回过神来——我正在加埃塔诺的实验室里，哪有什么乐队，表演者仅加埃塔诺一人。

给我引荐加埃塔诺的，是小说家兼诗人法布里齐奥·科斯利（Fabrizio Corselli），我跟这位文人的相识，像巴勒莫曲折迂回的道路一样充满偶然。我曾在一家离市场不远的酒吧里喝酒，和我拼桌的是一家业余演艺公司的演员，其中一位坚持要给我引荐她儿子法布里齐奥。见面安排在第二天下午。于是，我和法布里齐奥相约在摆满铜棒和模型摊车的斯宾纳托咖啡馆，喝了几杯起泡咖啡。

法布里齐奥被意大利评论家称为“龙故事讲述人”，他对史诗研究之深入，令人惊叹。他曾与文献学家加布里埃尔·马切蒂（Gabriele Marchetti）合著旨在研究史诗传统的《从荷马到托尔金》，出版过诗集《尼伯龙根与黑天鹅》，还写了以龙的王国为背景的奇幻史诗《德拉克卡斯特》。

“你猜猜，对我影响最大的是什么？”他棕色的眼睛里闪耀着光芒，黑胡子修剪得整整齐齐，像孩子一般露出顽皮的笑容，“《贝奥武甫》！还有托尔金！你知道不，我真的很喜欢龙！”

作为一名说书人，法布里齐奥在借助道具进行肢体表演的同时，也很注重词句的韵律和节奏。他走进公共广场，向公众表演自己创作的故事，并寓教于演，培养出一批新生代的专业说书人，他们分散到西西里岛各旅游景点，为游客表演。

“我们并不是完全照搬传统。”他说，“我们就像维吉尔，他深受荷马的影响，但他的史诗《埃涅阿斯纪》也有很多创新性的东西。时代不同，观众也就不同，但他们仍然最喜欢古老的故事，新故事可能都要靠边站。”

法布里齐奥的表演，反映出西西里传统故事的广度。罗兰传说、荷马的史诗、维吉尔的故事、亚瑟王的故事，他都信手拈来。他最著名的表演之一，就是在卡特罗坎蒂公共广场，讲述亚瑟王和莫德里德的故事。和他一起坐在咖啡馆里，是多么神奇的时刻！我们讨论了多少故事和角色，简直数都数不清。

“西西里岛是个神话之乡，”他说，“我们的文化与欧洲大陆紧密相连。看看埃特纳就知道了！欧洲没有任何地方像西西里这样，流传着所有的故事和神话。因此这里建立起讲故事的优秀传统，是顺理成章的事情。”

西西里岛就像个故事大仓库。它位于地中海中央，独特的地理位置，使得来自四面八方的故事在这里汇集，它成为容纳各种各样故事的孵化器。也同样由于地理优势，诺曼人把西西里建设成富庶的王国。但是地中海这个“陆地包围的海洋”，在现代地缘政治中并没有太多优势。随着欧洲政治重心北移，西西里岛的命运也跟着凋零。12 世纪末，德意志王朝从诺曼人手中接过大权，西西里岛由原来的地中海贸易中心，逐步沦落为神圣罗马帝国的南哨。

夜晚的巴拉罗市场，人声鼎沸，活力十足。摊主们拉下檐篷摆上货物，鲈鱼整齐地躺在冰箱里，人们推着手推车四处叫卖旗鱼和西瓜。空气中夹杂着鱼腥味、刺鼻辣味和大轮摩托车的柴油尾气味，带着项圈的宠物狗挣扎着想要摆脱缰绳出去撒欢，主人们则在旁边悠闲地喝着饮料。摩托车的灯光与街边路灯汇合，像探照灯一样穿过墙壁，照亮墙上的涂鸦标语、西西里共产党贴纸和油印的耶稣受难图。

巴拉罗市场兴建于一千多年前，久负盛名。它的繁荣场景，曾在一位中世纪巴格达商人的日记中有记载。它的名字来源于一个古老的阿拉伯城镇，侧面反映出西西里岛在中世纪的自我定位：面向地中海南海岸和东海岸的贸易中心，而不是面向繁荣的意大利北部地区。

熙熙攘攘的人群中，有不少难民和移民。此时此刻，一家叫“红猪”的酒吧里，有一位名叫哈利尔的难民。红猪酒吧不仅是个喝酒的场所，还是一个社交中心，挤满了新到的难民。他们或者在网上寻找招聘信息，或者向酒吧店员咨询如何找到好工作。许多西西里人都在自发地帮助难民，去港口迎接他们，为他们提供后勤保障，腾出家里的房间给他们住，有的甚至开着渔船出海，营救途中遇到意外的人。这并没有让我感到非常意外，毕竟，西西里岛几百年来一直保持着接纳难民的传统。但西西里岛自身的问题却迟迟得不到解决，与日渐突出的难民问题交织在一起，形势越发复杂。

“船票花了我600欧元。”哈利尔说。他是贝多因人，先是从故乡埃及西部前往利比亚找工作。当了几个月比萨送货员后，哈利尔不堪资本家的压榨，于是把身家性命交到了偷渡犯手里。而现在，一想到来西西里的初衷，他就觉得异常讽刺。

“我们对这些犯罪团伙一无所知。”他说，“我们妄想，只要到了欧洲，一切都会好起来。但现在我一点儿也不想留在西西里，我想去法国马赛，我有一个朋友在那里。但是，我的通关文件已经烙上了意大利的痕迹，不符合条件了，真是后悔来到这里。”

同时，他也在等待机会，他已经在巴勒莫停留了5个月，排在100多号人的最前面。

“有地方吗？”我想到了皮埃特罗家的狭小房间。

“太紧张了。”哈利尔耸了耸肩，仿佛在挤走黑夜，迎接黎明。他卷起袖子，露出手肘上方几英寸处的伤疤，疤痕已经变成赤褐色，宛如被泪珠灼伤。“问题是，人太多了，还都住在一起，难免会有争执。”他说。

在一位名叫恩佐·沃尔普（Enzo Volpe）的神父看来，受巴勒莫社会不平等伤害最大的是非洲妇女。我曾经在发廊和多功能建筑的门口见到过一些这样的女性，她们大都是被拐卖到这里的，债台高筑，被迫走向歧途。以“黑斧”（Black Axe）为代表的尼日利亚黑帮势力逐渐壮大，已经渗透到黑手党的地盘，并与这些犯罪团伙结成某种非法联盟。黑手党宣称从未从事卖淫活动，但这并不能妨碍他们向非洲卖淫组织收取保护费。

“她们也是人，”恩佐神父说，“但她们迷失了方向。”

恩佐神父体格健壮，虎背熊腰，像保镖一样强壮有力。作为圣基亚拉教区的神父，他供职于一座位于区中心的巴洛克风格教堂。

但他平日四处奔走，行踪飘忽不定，很难在教堂见到踪影。扑空后，我设法弄到了他的电话号码，在预约的时间来到他的办公室。办公室桌上散落着文件，电话铃声响个不停。

“这里有很多来自非洲的女孩子，以出卖身体为生，但只有少数有勇气逃离，”恩佐说，“一旦逃走，她们就会离巴勒莫远远的。我每周至少出去两次，带着毛毯、淡水和食物，尝试和她们交谈。我们告诉她们，只要她们愿意，我们会竭尽全力提供帮助。我们希望她们能感受到人性的光辉。但是，很少有人做出回应。”

据恩佐神父观察，无论黑帮老大是谁，西西里黑帮谜团的根源，仍然指向最初的地方。20世纪90年代中期以来，约4000名黑手党被捕，约250亿英镑非法财产被没收，并投入到巴勒莫复兴建设中，这使得西西里岛的黑手党势力有所收敛。然而，想要彻底消除黑社会极不容易。最近，一种新型黑帮犯罪浮出水面，犯罪组织一直在抢夺难民营建造权，然后用各种方法克扣，一点点吞噬难民专用资金。

“黑手党藏得很深，”恩佐神父说，“但各种犯罪活动，尤其是毒品交易中，都有他们的影子。现在，黑手党问题与难民问题交织在一起，根除更是难上加难。难民迫切需要工作，但西西里的工作机会原本就不多，吸纳当地人尚且不容易，更别说难民了。所以难民都看不到希望，很容易乖乖就范。”

我想到了哈利尔，要多少钱才能引诱他？一个帮他伪造护照的承诺？抑或一张指引他去马赛找到朋友的路线图？随着难民问题日渐突出，旧的犯罪网络逐渐消失。取而代之的，是犯罪组织不断招募的难民，对待他们像对待流浪狗一样，随用随招，用完即弃。

八个世纪前，罗杰二世在宫廷举办盛宴，欢迎来自地中海各地的学者，他用兼容并蓄的策略，推动西西里文化进入鼎盛时期。八个世纪后，西西里敞开胸怀接纳难民，试图恢复诺曼统治时期不同信仰和平共处的盛景。然而这不过是一场拙劣的、灾难性的模仿。

暴力故事是否会对西西里岛的年轻人产生不良影响？早在19世纪，木偶剧评论家就表达了类似的担忧。犯罪学专家朱塞普·阿隆吉（Giuseppe Alongi）曾断言，木偶剧与不断上升的犯罪率之间存在直接联系。“因此，你常常看到，”一位评论家写道，“两个流氓混混在街上相遇，声称自己是圣骑士的传人，也就是说，他们把自己臆想成中世纪的圣骑士，自发聚集起来，一个又一个……”

争论由来已久，你可以将其归结为荷马暴力史诗余音未消（苏格拉底早在两千多年前就已提出警告），也可以说是现代谋杀电影的不良影响。只要暴力故事还有市场，警钟就应长鸣。19世纪巴勒莫的“年轻混混”与沉沦的现代年轻人，罗兰和圣骑士的故事与最新上架的黑帮电影，都有一个共同特征，那就是深受暴力史诗的影响。由此引发了另一个难以回答的问题：如果少数人被带坏了，那么，这些经久不衰的史诗故事，是否对其他人而言，也将变得毫无价值？

至于木偶戏和黑手党之间是否存在联系——你可能会说，这也太上纲上线了吧？然而，如果我告诉你，罗兰的情敌、圣骑士里纳尔多有个别称，叫“黑手党”（Mafioso），或许你可以从中看出些端倪。与罗兰对查理大帝的绝对服从不同，里纳尔多性格叛逆，拒绝服从权威。用学者迈克尔·布翁纳诺（Michael Buonnano）的话来说，“里纳尔多是法国古代史诗中少见的叛逆男爵，是西西里岛流行故事中的强盗，是巴勒莫街头黑手党的始祖。”

是挥舞着宝剑的圣骑士，还是举着手枪的流氓混混？时刻把荣誉和耻辱挂在嘴边，热衷于用奇装异服标榜自己，动辄互相威胁甚至诉诸暴力——圣骑士和地痞流氓之间，有很大区别吗？姑且不论是否存在承继联系，至少史诗英雄和黑帮头目之间有太多共同点。正因如此，比起史诗题材的科幻片和超级英雄电影，或许我们不愿意承认，但犯罪电影的画面往往更接近史诗描绘的宏伟场景。

现在，随着巴勒莫城放松了对黑帮的管控，“黑手党”这个词正在逐渐消失，大多数木偶剧艺人都告诉我，这个名字早已过时。在巴勒莫的最后一晚，我行走在维托里奥伊曼纽尔街街头，偶然看见一张里纳尔多的海报，他胸膛通红，举着宝剑，怒目狰狞，回瞪着过往行人。我一边继续往前走，一边暗自思考，早已把巴勒莫瓜分完毕的黑手党，还会“注视”（欺凌）这座城市多长时间？

3

萨拉戈萨
半虚构的英雄回到历史，成为政治斗争的武器

我将在隆塞斯瓦耶斯杀死罗兰，
手刃奥利维尔，
让十二圣骑士的鲜血沾满山岗！

——塞利维尔的马加利斯
《罗兰之歌》第 77 节

巴塞罗那码头，银白的户外钢棚在昏黄的路灯里清晰可见，光线穿过高高的海堤，隐约可见叉车在黑暗中忙碌地作业。海鸥俯冲而下，穿过起重机，落在中国和德国货轮上，宛如一个个白色的斑点。

我乘渡船离开巴勒莫，随后又乘火车穿过多石的撒丁岛平原，马不停蹄地奔波 48 小时后，终于到达西班牙。这是《罗兰之歌》的故事发生地，也是英雄陨落的地方。从《埃尔西德之歌》到后史诗讽刺小说《堂吉诃德》，西班牙同西西里岛一样，有着悠久的史诗传统。

渡轮的巨大钢架旁、平台上和移动式龙门架上，工人们正在紧张作业。平台上有集装箱在装卸货物，远远看去工人就像一个个小型机器人，一切都有条不紊。我不禁想起了希俄斯岛的难民，于他们而言，像这样的超大工具箱就是家，是遮风避雨的地方。

公共汽车要早上才开始运营，我蜷缩在巴塞罗那汽车站的地板上，四周躺满了非洲人，他们身下垫着麻袋和蜡染布包着的纸箱。车终于来了，我在萨拉戈萨下车，背着背包走进这座炎热的城市。前方，高高的石墙上修有圆顶堡垒，像杜布罗夫尼克城堡一样华丽雄伟。那是阿拉贡自治区地方议会所在地，同时也是现存最完整的中世纪摩尔式建筑之一。

《罗兰之歌》中，马西勒国王倚靠在大理石台阶上，许诺每年用“十头骡子驼满阿拉伯最好的黄金”，贿赂拉拢内奸加内隆。史诗作者对伊斯兰艺术的洞察细致入微。宫廷的座椅，或是用蓝色大理石制成，或铺着亚历山大的丝绸，拱形房间雕刻或涂画着鲜艳的图案——马西勒宫廷的陈设是如此华丽精美，基督徒查理大帝的圣骑士都忍不住借鉴效仿：“骑士们斜倚在丝绸织锦的座椅上，玩着双陆棋和象棋作为消遣。”马西勒向查理求和时，贡奉的礼物中有“七百头骆驼和一千只苍鹰”；罗兰死后，包裹尸体用的是东方布匹。

《罗兰之歌》可谓东方主义的早期典范，它在谴责摩尔人的同时，也不吝辞藻赞美摩尔式的奢华。虽然军事冲突不断，但深层次的文化互动也从未停止。正因如此，西西里岛和西班牙才能异军突起，在《罗兰之歌》创作时期前后，成为欧洲的文化和学术高地。但有时候故事主旨与细节描写却存在价值取向的差异，诗人一方面直言“异教徒（撒拉逊人）大错特错，基督徒才是真理”，另一方面在描写室内装饰时，孰优孰劣又完全反过来了。

地方议会所在地叫阿尔哈菲利亚宫，以11世纪的摩尔国王命名。它建造于《罗兰之歌》创作时期，富丽堂皇，美轮美奂，就连信仰坚定的中世纪基督教诗人也无法抵挡它的魅力。经过机场式的严格安检，我走进宏伟的堡垒，满眼都是橘子树、柠檬树、大理石和雪花石膏，以及繁复的中世纪伊斯兰艺术品。雪花石膏拱腹和多面体拱门上刻着铭文，表面雕刻的格纹装饰如象牙盒一样精致。难怪这座宫殿被称为“欢乐的宫殿”。走在宫殿里，我感觉自己就像受查理大帝委派前来议和的加内隆，穿过紫杉树林来到马西勒国王跟前，被象牙御座及王后布拉米蒙达赠送的红宝石、紫水晶和黄金珠宝迷住了双眼。

进入圣伊莎贝拉修道院，穿过一排橘子树，后面是一个方形讲坛，圆柱上缠满常青藤，盲柱上雕刻着栩栩如生的植物花纹。阳光洒在格子窗户上，上面刻着《古兰经》里的句子。大理石柱像森林里的树木一样高耸入云，给人一种靠近国王宝座时的威严肃穆感。宽敞的盲拱内雕刻着许多图像，一只伸展翅膀的灰泥鸟雕像混入其中，就像藏在手稿里的机要密码一样，需要费尽心思才能辨识。在阿尔哈菲利亚宫，这种象征性装饰并不少见，我在博物馆里还见到一只长着翅膀的石膏兽像，小礼堂里也有两只孔雀像。建造宫殿的工匠不仅有穆斯林，还有基督徒和犹太人。和诺曼统治时期的西西里岛一样，摩尔人统治时期的西班牙，文明间虽然也时有冲突，但融合才是时代主流，不同的信仰几乎可以和平共处。

今天的萨拉戈萨，穆斯林已经少之又少。15 世纪末，收复失地运动[①]胜利结束后，伊斯兰教从西班牙彻底消失。直到最近，才在一个北非移民社区重新建立起一座小清真寺。我很好奇，在这个曾是巴尼哈德（Bani Hud）首都的城市，现代穆斯林的日常生活如何。所以，那天晚上，我走进一条破旧的小巷，打算一探究竟。

巷子里，几位年轻母亲正抽着香烟，对着婴儿车吞云吐雾。我来到清真寺前，大门是一扇普通的金属门，前厅又脏又乱，破烂的阿拉伯语广告纸上，写着鼓励朝觐者前往麦加朝圣的话。门里面，一名男子正卷着裤腿在水龙头下洗脚。他叫阿卜杜勒·卡迪尔，阿尔及利亚人，是清真寺的常客。对着简单的壁龛做完礼拜后，他走过来，和我聊起了天气："西班牙太热了！当然，冈比亚也很热，但至少冈比亚还有雨季！"

"我是奥兰人，"阿卜杜勒说，"来这里的阿尔及利亚人有一些，但大多数还是去了法国。这里有很多摩洛哥人，当然也有黑人。这里的生活并不容易，但总比在阿尔及利亚好。"

我们身后，另一名阿尔及利亚人正在往广告牌上贴通知单。他穿着传统的迪什达沙长袍，头上的细丝帽子明显偏小，挤压着脑袋，让人替他感到不舒服。他叫穆罕默德，同阿卜杜勒·卡迪尔一样，他对家乡的记忆也是一片灰暗，"在那里我们什么都做不了"。但他还是希望有一天能重归故里，"没人想死在异国他乡，不是吗？而且我们是穆斯林"。

---

① 收复失地运动（西班牙语：Reconquista），又称再征服运动、列康吉斯达运动，是西班牙人反抗摩尔人统治并收复失地的运动。从 718 年的科法敦加战役开始，到 1492 年的格拉纳达战役结束，共经历了 8 个世纪。

他的胡子看起来又粗又硬，唇须修剪得十分整齐，说话间，嘴唇仿佛在用力往外推："我听说英国有很多人信奉伊斯兰教。"

我略感无力："我不认为……"

"但你对伊斯兰教很好奇？所以你来到这里？"

他紧盯着我，那一刻，我内心充满被陌生人认可的喜悦。但这种认可并不符合实际，美好愿望转瞬即逝。"我可能不是个虔诚的基督徒，"最后，我诚实地告诉他，"但我可能会是个更糟糕的穆斯林。"

萨拉戈萨西北部，通过蜿蜒曲折的埃布罗山脉和比利牛斯山崎岖不平的山麓地带后，道路越发曲折盘旋。两旁的松树和白桦林枝繁叶茂，民居建有倾斜的屋顶和阿尔卑斯风格的阳台，旁边堆放着新劈的木柴。穿过广阔的平原，地势陡然上升，自行车骑行者奋力蹬着脚踏板，看得我大腿一阵酸痛。道路一直通到山顶，海拔近1000米。汽车终于到站，下车的一瞬间，我才发现舌头上传来一股血腥味。

隆塞斯瓦耶斯山高耸巍峨，多石少绿，是个易守难攻的地方。岩石上的标牌绘制了778年那场著名战役的场景——至少是史诗《罗兰之歌》中的虚构场景——骑士们挥舞着长矛和盾牌与敌人殊死搏斗，一名链甲骑士举着宝剑，攻向一名拿着狼牙棒的撒拉逊人。

这里的朝圣者安宁院②由奥古斯丁家族经营，其历史可以追

② 在中世纪欧洲，安宁院（Hospice）是基督教修道院会附设的建筑。其用途是接待长途跋涉的朝圣者，供旅行者中途休息及补充体力，或者照顾受伤与垂死的患者，相当于驿站。

溯到 1127 年，也有可能更早。有一种功利主义的说法，说 11 世纪《罗兰之歌》的问世，其实是一种旨在牟利的商业策略，为吸引朝圣者前往圣地亚哥。隆塞斯瓦耶斯地区保留了修道院社区的风格，密密麻麻地分布着许多修道院和礼堂。这里有以“查理大帝的地窖”著称的藏骨堂，曾被认为是罗兰及圣骑士同伴存放遗骸的地方，你可以在那里看到去世已久的朝圣者的尸骨。你也可以来到圣玛利亚教堂，精致拱顶下供奉着中世纪的圣母玛利亚木雕，你可以对着她许愿祈祷。你也可以参观礼堂，那里有纳瓦拉国王桑乔七世的王陵，他身高 7 英尺 4 英寸（约 2.3 米），在战场上杀死了很多摩尔人，在第三次十字军东征中是“狮心王”理查一世的得力助手。

《罗兰之歌》中，叛徒加内隆与撒拉逊人密谋，在西兹山大峡谷（即现在的西泽山口）偷袭罗兰。那是一个位于比利牛斯山的深山隘口，一条古罗马时期的道路从中穿过，罗兰正是陨落于此。现在，我正沿着一条泥土小路，朝着当时的战场走去。一路上随处可见马粪和黑莓，路边长满鹿角蕨类植物和粉红色金雀丛。跨过岩石，进入一片山毛榉林，一股苔藓和防腐剂的味道扑面而来。这正是我的梦中之地。

空气中仿佛有无数棉絮在飞扬，地上长满肥美的牧草，但薄雾挡住了视线，直到空中传来清脆的铃铛声和“哞哞”的牛叫声，我才惊觉附近可能有奶牛。眼前白茫茫的一片，我摸索着向前走，在一座破旧民居前停下来。

云山雾罩，险峰高耸，孤立无援，面对来势汹汹的撒拉逊人，罗兰及其圣骑士伙伴除了殊死一搏，别无选择。因为查理大帝的主力部队早已走远，回援几无可能。一个双层石台上，纪念罗兰在此牺牲的灰色石碑直直地插入浓雾。我灵感乍现，赶紧找块石头坐下来，掏出笔记本又写又画。忽然一阵大风吹过，我的眼镜差点被刮跑。

空气寒冷刺骨，好在破旧民居的门廊里可以避风。我摊开睡袋，蜷缩着整个钻进去。四周一片寂静，一只田鼠不知从哪儿冒出来，警惕地啃着我吃剩下的三明治，还把我背包边缘咬出一个洞；几只蝙蝠在石坛和游客留下的许愿十字架上盘旋，仿佛正在积蓄力量，然后一举冲向云霄。我呆呆地看着它们，心生崇拜。在这个与世隔绝的地方，万事皆有可能。

到第二天早上，雾气依然没有消散。我原本打算一边欣赏如画风景，一边慢慢踱到法国，但此时计划已经泡汤。长满青苔的灰粉色悬崖上，点缀着根根蓝色石柱，脚下河流只闻其声，不见其形。这就是西班牙卢塞达河，法国人称为阿尔内吉河，它是两国的边界河，一条南北向的河流，将山谷一分为二。

上午十点左右，我到达被称为“查理大帝的山谷”的卡洛斯瓦尔斯。传说中，查理大帝正是在这里听到罗兰的求救号角，并下令军队调头增援的。我进入一家餐厅，点了杯咖啡当早餐。就餐的都是当地人，他们戴着贝雷帽，一边翻看着手中的报纸，一边啜饮着黑刺李口味的帕特萨兰酒，用西班牙语或巴斯克语互相问候调侃。一名男子在桌边徘徊了许久，突然把身体探过来，紧紧盯着我手上的 Kindle。随后，他像谢幕的演员一般，向我深深地鞠了一躬，脱下贝雷帽，跺了跺草鞋，然后溜向隔壁的迷你市场。

在1985年《申根协定》[3]签订以前，边境曾经是走私活动的重灾区，从牲畜到女士内衣，从收音机到从纳粹监狱出逃的盟军士兵，都在边境中转。现在，你几乎感觉不到国境线的存在。只有当路标从西班牙语变成了法语，偶尔还有巴斯克语，你才恍然发现，自己已经从一个国家到了另一个国家。国与国之间的边界变得十分模糊，甚至有居民“脚踏两只船”，一边从法国电网取电，一边享受西班牙国民警卫队的安全护卫。石头谷仓旁边堆放着木材，窗户上雕刻着太阳星图案，驴子从苹果树和松树后面探出脑袋，好奇地观察着来往行人，岁月静好。

沿着小路往下走，就是圣让皮耶德波尔，一路上充满了法国风情。房屋外形与山上有所不同，高度更高，墙壁较窄，铁栅栏阳台上长满了玫瑰。此时正是午餐时间，我循着浓郁的法式面包和奶酪香味，来到一家名叫“天然大空调”的餐厅，点了许多法式美食，味蕾得到极大满足。但这里也有很多巴斯克人的痕迹，墙上贴着戈约提克（Goyotik）演唱会及pelota运动（一种流行于巴斯克地区的球拍运动）的海报；盖着篷布的露天市场上，一条横幅写着“重新制定巴斯克监狱政策”。

《罗兰之歌》中，偷袭英雄及其圣骑士伙伴的，是人数众多的伊斯兰军队。历史事实远没有这么复杂，但在某种程度上更加戏剧化。查理大帝的圣骑士们的确牺牲了，但杀死他们的，不过是一群尚未开化的野蛮人，一群从石器时代就居住在比利牛斯山谷中的原

③ 1985年6月14日，德国、法国、荷兰、比利时和卢森堡五国在卢森堡边境小镇申根签署了《关于逐步取消共同边界检查的协定》（又称《申根协定》），其宗旨是取消各成员国之间边境关卡，自由通行，无限期居住。现共有成员国26个。

住民。最有意思的是，《罗兰之歌》对他们的存在只字未提。毕竟，从那以后，欧洲列强就一直在试图消灭他们。

几周后，我又搭乘公共汽车回到隆塞斯瓦耶斯。这天是 8 月 15 日，《罗兰之歌》中隆塞斯瓦耶斯战役的纪念日。圣地亚哥教堂旁的广场上挂满了旗帜，几百名群众聚集在这里，举办纪念活动。

广场上还挂着横幅，一条写着“独立”，一条印着金色数字“778”——罗兰死于 778 年。喇叭声响彻整个广场，人群将演奏的乐队围得水泄不通。小丑模样的男人穿着黑白相间的衣服，旁若无人地表演传统舞蹈，只见他时而跳跃，时而踢腿，玩得不亦乐乎。还有人在发表演讲，演讲者一个是戴着眼镜、穿着红色开衫的女士，一个是穿着绿色马球衫的光头男人，一副教授的模样。我听到了卷舌的 R 音和含糊的 Z 音，是巴斯克语无疑，但我一个字也听不懂，只好向身边听众请教。

“他在讲查理大帝的故事，”一名棕色卷发举着横幅的男子告诉我说，“以及我们是如何打败他的！”

“对我们来说，”旁边的女人说，“隆塞斯瓦耶斯战役是巴斯克人赢得的第一场战争。”

“也是最后一场！”她的同伴调皮地补充道。

“这是对罗兰和查理大帝的报复，”那位女士接着说，“报复他们摧毁了旁普罗纳，报复他们屠杀了那么多巴斯克人。所以我们才说，今天是我们的独立日！”

要说谁拥有脚下土地时间最长，欧洲没有任何民族能比得过巴斯克人。遗传学家认为，巴斯克人的祖先可以追溯到近东的狩猎采集者，他们大约在7000年前来到比利牛斯山脉，在山谷定居并繁衍至今。尽管各种新的说法层出不穷，但有一种观点争议比较少，在查理大帝的军队闯入比利牛斯山时，巴斯克人早已在山谷中居住了很长时间。

“隆塞斯瓦耶斯战役是个里程碑。”艾特·佩斯卡多（Aitor Pescador）博士说，他是阿兰扎迪科学学会的档案学家、历史学家和考古学家。广场上的歌舞声震耳欲聋，他领着我沿小路来到学院大楼，以便深入交谈。“这是巴斯克人首次团结在一起共同战斗，是我们民族记忆中的一个重要事件。”佩斯卡多坚持认为，是巴斯克人伏击了法兰克后卫军，并杀死了罗兰。这种观点，史诗《罗兰之歌》的作者未必赞同，却得到越来越多现代史料的支撑。历史上，查理大帝之所以远征西班牙，并非为了铲除撒拉逊异教徒，而是由于南方倭马亚王朝势力不断壮大，深感威胁的巴塞罗那和萨拉戈萨的穆斯林统治者联合派遣大使，请求查理出兵帮助他们。而也正是倭马亚军队的不断进攻，将法兰克军队赶回了西班牙与法国交界的隘口。当时的编年史学家艾因哈德（Einhard）认为，瓦斯科人（中世纪对这些山谷居民的称呼，今天通常被称为巴斯克人）埋伏在一座较高的山顶上，袭击了法兰克后勤供给队和负责护卫的后卫部队，并将他们赶到谷底。随后战斗爆发，他们将敌人打散，逐一杀死。接着，他们抢走了后勤补给物资，迅速向各个方向逃离。死于这场战役的，包括查理大帝的管家埃吉哈德、帕拉廷伯爵安瑟尔姆、布列塔尼行军总督罗兰和其他著名战士。

尽管佩斯卡多对一些细节有异议（例如，他认为查理大帝的军队是沿着古罗马道路前进的，本来就“在谷底”，瓦斯科人利用地理优势从高处偷袭），但他总体上对艾因哈德的叙述表示赞同。

“《罗兰之歌》曲解了很多事实！”佩斯卡多说。在他看来，查理大帝的军队是“一支异域帝国主义中央集权的势力，他入侵旁普罗纳，生生把巴斯克人变成敌人”。历史并非总是由胜利者书写，隆塞斯瓦耶斯战役的记录者，便是失败的那方，他们利用自己的文明优势，按自己的意愿粉饰历史，为自己骗取更大荣耀。这就是加洛林式宣传（Carolingian propaganda），或者用现代术语来说，就是假新闻。

“在他们看来，被巴斯克人打败是可耻的，巴斯克不过是一个没有正规军队的小国，”佩斯卡多说，“所以他们在讲述历史时，就虚构了一个更强大的敌人。穆斯林让他们觉得虽败犹荣。”

在现代社会，还原历史尤其重要。“人们需要了解真实的历史。”佩斯卡多坚持认为，“问题是，西班牙国家的建立，是以巴斯克、纳瓦拉、加泰罗尼亚和其他国家的战败为基础，所以西班牙仍然是帝国主义的侵略心态。”

这是欧洲历时最长的分离主义运动之一，唤醒了被封存在永世流传的史诗《罗兰之歌》中的记忆。西班牙与分裂主义者的角力，经常演变为流血事件。2018 年宣布解散的巴斯克组织“埃塔”（ETA），就曾策划并实施了一系列暴力行动。近年来，欧洲各国分裂主义运动的兴起，反映出人们对民族国家的信心正在丧失，但同时这也是欧洲政治的有机常态，地方主义和中央集权思潮轮流占据上风，分分合合，合合分分，一直不停歇。这一切，早在 778 年野蛮弱小的巴斯克人大胆偷袭查理大帝曾横扫欧洲的精锐后防部队时，就有了预兆。

《罗兰之歌》或许有悖历史事实，但它与现在的好莱坞历史电影遵循了同样的创作原则：故事情节精彩就好，历史事实不重要。这天下午，我来到圣地亚哥的哥特式小教堂，参加了一场《罗兰之歌》朗诵会。为朗诵会拉开序幕的是一位西班牙文学教授，他朗诵了西班牙作家贝尔纳多·卡皮奥（Bernardo del Carpio）创作于19世纪的史诗，后者将隆塞斯瓦耶斯战役描述成法国和西班牙之间的较量。一位名叫帕德雷·约阿希姆的牧师带领一队朝圣者，用西班牙语念了《罗兰之歌》的几个篇章。一个叫马丁的小男孩勇敢地站起来，朗诵了一些诗句，赢得满堂掌声。我也用英语念了一段《罗兰之歌》的简写本。但声音最洪亮的，当属一名肩膀浑圆、胡须十分滑稽的巴斯克激进分子。他风风火火地冲进教堂，后面跟着扛着摄像机的同伴，他几乎吼叫着朗读了19世纪作品中关于这场战役的一些描述，然后挥舞着拳头叫道："独立！"然后又风一般地离开了教堂，摄影师紧随其后。

再读《罗兰之歌》，尽管诗中的政治和宗教色彩饱含争议，但谁也不能否认它独一无二的文学价值。它语言优美，词句采用单声形式，谐音和多重押韵读起来朗朗上口，令人过耳难忘。过于狂热的情绪，是优秀诗歌的天敌，但《罗兰之歌》显然是个例外。只有理解了其中的情感，才能理解它为何能产生如此深远的影响。它不仅是现存已知最早的法语文学杰作，更是彰显法语清新悦耳、优美动听语言魅力的天才之作。

罗兰感到死亡即将来临，
头重胸闷喘不过气。
他挣扎着来到一棵松树下面，
张开四肢俯身倒向草地，
把号角和宝剑压在身下。

心潮澎湃的我，听从内心的感受再一次来到罗兰纪念碑前。与上次的云雾缭绕不同，这次天气晴朗，阳光正好，小小的地方聚集了一百多名示威者。他们举着横幅（许多与圣地亚哥广场上的一模一样），高喊着口号，拉着手风琴，唱着纪念歌曲，互相传递麦克风，轮流发表关于社会主义、反帝国主义和女权主义的演讲。活动最后，他们还合影留念。我突然想到，这与西西里岛正好相反。在西西里岛，罗兰传说已经去掉了宗教色彩，成为一个脍炙人口的英雄故事、一个纯粹的文化遗产。而在这里，历史根源高于一切，半虚构的英雄故事又被放回历史事实中，成为政治斗争的武器。

其中一位头发花白、身着切·格瓦拉④图案T恤的演讲人，从集体吟唱中短暂抽身，和我聊了一会儿。“我们正在开会讨论我们的目标，”他解释说，“我们有五个目标。首先是法国和西班牙两个国家的巴斯克地区必须联合起来，成为独立的主权国家；然后是社会主义、女权主义、生态主义和推广巴斯克语。整个欧洲都需要改

④ 切·格瓦拉（Che Guevara，1928年6月14日—1967年10月9日），生于阿根廷，古巴革命领导人。1956年参加反对古巴独裁政权的斗争；1959年古巴革命胜利后，成为古巴公民，并任要职。1965年辞去古巴所有职务，放弃古巴国籍。

变。我们需要改变经济运转的方式。”

“所以你选择在今天，黑暗时代的一场战争的纪念日，”我问道，“来开展创建分离主义乌托邦的活动？”

他拽着我的胳膊，笑容温和：

“听着，对我们来说今天是个很重要的日子。那时正值法兰克帝国主义盛行，他们兵力强大，所向披靡，查理大帝暴虐无情，屠戮无数。你知道吗，他们在攻击撒拉逊人时，屠杀了成千上万的人！但我们还是成功杀死了罗兰，他是查理大帝麾下最著名的战士。我们用事实证明，即使你很弱小，你仍然可以改变历史。我们每个人都应该记住这一点。”

4

罗卡马杜尔
任岁月流逝，朵兰剑锋芒不减

我将挥舞着我的朵兰剑肆意砍杀。
佩在腰间的朵兰剑，
它将劈开敌人，沾满血污。

——《罗兰之歌》第 85 节

目前为止，我已经去过西西里岛，欣赏了用木偶剧表演的罗兰传说；也去过法国和西班牙交界地区，见识了隆塞斯瓦耶斯战役的发生地点。现在，我将前往《罗兰之歌》的真正故乡。史诗中，查理大帝的士兵来自很多地方，他们有丹麦人、巴伐利亚人甚至撒克逊人，读者很容易忘记，它本质上是一部法国民族史诗。正如我的法国亲人所言："哦，你说《罗兰之歌》啊，12 岁时学校的必读书目。实在太无聊了！"

我搭乘本地列车从圣让皮耶德波尔出发，到巴约纳换乘 TGV 高速列车，然后踏上从波尔多到布里夫拉盖亚尔德的本地破旧列车。车厢里的乘客大都是些瘦高的青少年，他们蓄着长发，脸色苍白，一副万事漠不关心的深沉模样。唯有一名穿着小黄人T恤的小男孩在过道上兴奋地跑来跑去，但乘客们大都目不转睛地盯着手机，并没有给小男孩多少关注。火车到站了，小男孩爬上月台，欢呼着冲进一位老太太的怀里——那大概是他的祖母。看着他们热烈地拥抱，我突然有点眼睛发酸，外出游历的我，已太久没有感受到家的温暖。

TGV高速列车上有免费Wi-Fi和手机充电插座，你甚至可以在厕所里刮胡子，但本地列车没有这样的附加服务。赶了四趟火车后，我终于到达法国南部小镇罗卡马杜尔。这是一座著名的朝圣小镇，藏品非比寻常。据称，罗兰的心爱之物，“美丽、神圣、锋利”（罗兰的原话）的朵兰剑就存放于此。车站到小镇还有几英里，我准备徒步走过去。从隆塞斯瓦耶斯出来的那段山路，我的脚上已经磨出了大堆水泡，此时走在沥青路上，隐隐作痛。所以，当一辆汽车停下来招呼我上车时，我简直对车主感恩戴德。

“黑暗中走路不安全！”装有金色窗帘的车窗缓缓落下，露出安娜一双善良的眼睛，“我们可不想明天看到你被碾死的新闻！”

安娜和她的朋友来自里昂。与我被钢铁英雄吸引而来不同，她们来罗马卡杜尔主要是出于精神追求。他们已经做了一整天祈祷，并且早已预订好住宿的酒店。在我坦承没有提前做好攻略后，他们建议：“如果你想野营，就找个离大路远一点的地方，这样就不会被警察抓到了！”

那天晚上，我来到一个位于中世纪安宁院旁边的公园，在一棵白杨树下度过了一整晚。灯光穿过树枝，洒向树木茂密的阿尔宙峡谷，给人一种神秘幽暗的感觉。黎明来临时，房屋、商店、教堂、小礼拜堂、楼梯和大门逐渐现出真身，脚下是一个 50 米高的悬崖，峭壁上布满石窟和洞穴。小镇并没有建在悬崖上面，而是紧紧地矗立在悬崖边上，与周围环境融为一体。镇上风光独好，恐怕只有魔幻作家托尔金[①]与建筑大师赖特通力合作，才能建成如此奇幻之城。

我蹒跚着走在铺着鹅卵石的下市场大街上，鞋子磨着脚上的水泡，传来阵阵疼痛。沿路经过了一家烤肉店、一家马洛魁尼奶酪店和许多鹅肝店——这是我第一次在一条街上看到如此多的鹅肝店。一道石头阶梯从头顶蜿蜒而上，就像一个天梯，通往世俗法国到不了的地方。前院四周都是教堂和小礼拜堂，一共七座神殿，地基是薄层砂岩，给人一种漂浮不定的感觉。神殿之间的间隔非常狭窄，远远看去仿佛是从石灰岩壁中天然生长出来的。

修建于 12 世纪的奈特夫人小教堂，是罗卡马杜尔人流量最大的神殿。网状拱顶下，闪烁的烛光照耀着石窟墙壁；中殿上方悬挂着天使石雕，彩色玻璃窗上绘着圣母玛利亚的生活场景。峭壁上有铁钉和脚镣，让人联想到被释放的囚犯和被赦免的罪人。还有一座建造于 9 世纪以前的神奇的钟，据说可以自动发声。圣体盒上方的黑色圣母玛利亚像，是小教堂最神圣的宝物。玛利亚身体由胡桃木雕成，披着奶油色斗篷，修长的胳膊抱着婴儿耶稣。

我坐在长椅上，一边呼吸着石头般冰冷的空气，一边望着摇曳的烛光出神。黑色圣母玛利亚披上了一层哥特式神秘主义色彩，有

① 约翰·罗纳德·瑞尔·托尔金（John Ronald Reuel Tolkien，1892 年 1 月 3 日—1973 年 9 月 2 日），英国作家、诗人和语言学家，以创作经典严肃奇幻作品而闻名，代表作有《霍比特人》《魔戒》与《精灵宝钻》。

人说，这是作者在向《圣经·雅歌》中的黑暗之美致敬；也有人说，这不过是几个世纪烛火熏燎的必然结果。一堆女童子军排队走进小教堂，准备集合做弥撒。她们穿着蓝色衬衫，脖子上戴着领巾，旗手还戴着皮手套。她们将赞诗献给圣母玛利亚，虔诚地做起了祷告，声音低沉而整齐。

我站在她们后面，咬着嘴唇翻看许愿簿，可能有点窥探别人的隐私，但我还是忍不住要看。一个女人请求圣母“指引我前进的脚步”；一个年轻人希望自己的叔叔路易斯能与爷爷和解；有人祈祷能怀上宝宝——这是来罗马卡杜尔的游客们中最常见的愿望。慢慢地，我全身心地沉浸进去，真心希望圣母帮助他们每个人达成心愿。我在天主教的氛围中长大，也一直在与它争斗。我憎恨那些束缚人性的规则、暴力血腥的历史及一些不良牧师和修道士的恶行；而且最重要的是，对于死亡，天主教同其他所有宗教一样，没能给出一个让人信服的解释。然而，这种斗争，更像是与心爱之人相爱相杀，因为天主教也有很多吸引我的东西。比如精心创作、引人入胜的英雄故事，福音书传递的和平价值观，终身虔诚服务于教会的信徒身上展现出来的谦卑、善良，等等。此时此刻，舟车劳顿的我特别渴望得到熟悉的安慰。我常常觉得，不可知论者，才是从弥撒中获益最大的人。

《罗兰之歌》中基督教色彩之浓厚，堪称欧洲史诗之最。它传达了十字军的伦理道德，描绘了修士在熏香中忏悔并被赦免，及戴着头巾的修女们在埃克斯修道院中祈祷的场景。查理大帝尤其虔诚，他主持庆祝神圣节日，举行庄严的基督教仪式，就连天使加百列都下凡与他对话。但主人公罗兰是个彻底的鹰派斗士，暴恣嗜战，言行举止与《登山宝训》（基督徒言行准则）相距甚远。

查理大帝的军事会议上，众人讨论是否接受马西勒国王的求和，罗兰宣称："如果需要，哪怕围攻萨拉戈萨一辈子，也要为被恶棍害死的人报仇！"这与基督教"以德报怨""缔造和平者受主保佑"的伦理价值观相去甚远。罗兰含糊地提及基督教，但直到生命的最后一刻，他才向上帝祈祷忏悔；即使这样，他对上帝祷告忏悔的话语，也远远比不上对朵兰剑的哀婉和不舍。从阿喀琉斯到贝奥武甫，罗兰与日耳曼和希腊神话中的英雄一样，他心中真正追求的是世俗地位，以强者为尊，以勇者为傲。当你读到，英雄在战争中如何自我吹嘘并嘲讽对手，罗兰如何目空一切，查理大帝如何爆发惊人愤怒，你会忍不住怀疑，诗人究竟有没有读过福音书，抑或诗人的价值观直接来自《荷马史诗》。

然而，正如评论家玛丽安·艾尔斯（Marianne J. Ailes）所言，"以罗兰为代表的基督教战士（暴恣嗜战），并没有减少史诗的基督教色彩，尽管在今天看来，他的军事策略实在匪夷所思。"《罗兰之歌》就像一部中世纪洗脑神曲，诱使人们远离仁慈和宽恕，转而投向屠杀和掠夺。古法语中，recreire 是投降的意思，罗兰宁可粉身碎骨，也不说出这个词。recreire 来源于拉丁语 recredere，原意是"改变你的宗教信仰"。举起白旗，你就背叛了耶稣——这种认知之所以在基督教士兵心中生根发芽，与《罗兰之歌》这样的史诗作品有极大干系。

对天主教徒而言，罗卡马杜尔就像个虔诚的天主教主题公园，各种宗教纪念物随处可见。你可以对着黑色圣母玛利亚像许下心愿，可以一边唱着《圣母颂》一边爬上石梯，可以在悬挂法国橄榄球名将衬衫的洞穴里祈祷，可以到圣阿马杜尔的墓地上撒下硬币，还可以参观那把插进岩石的宝剑。亲身感受法国宝剑朵兰剑的风采，正是我此行的主要目的。

英雄宝剑之所以独具灵性，是因为他们被赋予了名字，并在锻造时熔入了珍贵圣物。根据《罗兰之歌》，朵兰剑里有圣彼得的牙齿、圣巴齐尔的鲜血、圣丹尼斯的头发和圣母玛利亚的衣袍碎片。每件圣物都让英雄和教会战士紧密相连，为宝剑增添无穷威力。罗兰临死时发誓，要保护朵兰剑不落入异教徒之手，他拼尽全力杀死想要夺走宝剑的撒拉逊人，然后把宝剑压在自己身下。民间传说认为，罗兰临死前耗尽最后的力气，把朵兰剑投到了罗卡马杜尔的悬崖上。另一个不那么奇幻的版本则认为，战争开始前朵兰剑曾在罗马卡杜尔接受祝祷，战争结束后，查理大帝将其作为礼物赠送给了修士（黑色圣母玛利亚雕像下方的青铜浅浮雕中有相关记载，展现了罗兰用黄金换取朵兰剑的场景）。

朵兰剑最初放在地面上，有些游客会忍不住触摸它。现在，它被安置在岩石表面较高的位置，以避开某些言行不端的朝圣者的触碰。尽管如此，它并未因地理高度而被忽视，游客们热衷于拍摄它的照片，炫耀自己高超的摄影技术。此时此刻，朵兰剑下，人流如织，我注意到，在一堆自拍杆和照相机中间，有很多妇女双手合十，默默地对着这个（我眼中的）死亡护身符，做出生命的祈祷。

在罗卡马杜尔感受最明显的，不是故事传说的无形力量，而是肉眼可见的实物魅力。天主教一直没能分清有形实物和抽象概念，从两者对立关系中汲取精神力量。“再也不能在大厅里唱响赞美他们的歌谣了！”战斗如火如荼时，罗兰对奥利维尔如此说。这里的“他们”，指的是他们的宝剑。因为，宝剑也是英雄，有名有姓，有历史根源，有荣誉和责任。他们是战争的见证者，理应被歌咏，被当作祈祷对象。

5

巴　黎
伟大的帝国史诗，亦是引领民族认同的旗帜

查理大帝从西班牙凯旋，
回到了法国要塞埃克斯。
——《罗兰之歌》第 268 节

如果你生活在 1870 年冬天的巴黎，你可能不会对美味佳肴抱任何希望。据当时的记载，那时酒店餐桌上供应的是猫肉炖菜，热锅里煮的是乌鸦肉，而且“如果你出门时穿着整齐，就可能被当成普鲁士（德国）间谍逮捕，或者再糟糕一点，你可能被当成英国人”。当时的巴黎正被普鲁士围攻，热气球带来了卢瓦尔河战败的消息，市民瞬间丧失了斗志。

法国杰出的中世纪学者加斯顿·帕里斯（Gaston de Paris）觉得，是时候给同胞们鼓鼓劲了。所以，他在法兰西学院发表了《〈罗兰之歌〉与法兰西民族》的演讲。据学者费尔南达·摩尔（Fernanda Moore）记载，加斯顿在演讲中“明确了《罗兰之歌》是法国最经典

的文学作品地位”。

“德国军队把我们围得水泄不通。”加斯顿在演讲中说，“是的，八百年前，许多欧洲国家还没有民族概念，包括英国在内的许多国家还在等待其基本要素成形，法兰西民族就已形成。民族情感就已经出现在那个最亲密、最高尚、最温柔的人身上。《罗兰之歌》中首次提出了‘甜蜜法兰西’这一神圣的词语，它表达了子民们对祖国无上的热爱和崇拜。甜蜜法兰西！德国人嫉妒我们，他们试图在自己的民族文学中寻找一个类似的表述，却徒劳无功。”

不过，在接下来的一个月里，德国人对法国人大概并没有多少嫉妒之情，他们运来大口径克虏伯攻城炮轰击巴黎。围攻很快结束了，短短几天，德法双方就签署了停战协定，普鲁士国王威廉一世在凡尔赛宫宣誓就任德意志帝国第一任皇帝。眼见德意志战胜了光辉文明的法兰西，法国的骄傲瞬间变得支离破碎。如果还有什么文学作品能带来稍许安慰的话，那就是《罗兰之歌》。

“我们又一次经历了战败，”另一位学者莱昂·戈提埃（Léon Gautier）在介绍 1872 年版《罗兰之歌》时写道，“但这不过是一场发生在 19 世纪的隆塞斯瓦耶斯战役，我们的国家会好起来。”戈提埃相信，悠久的历史文明将帮助法国恢复元气，“德国人，我告诉你们……虽然你们今天重创了法国，但我要清楚地告诉你们，八百年前的法国是一个多么伟大的国家”。

历史上的隆塞斯瓦耶斯战役，促进了巴斯克人的民族认同，而半虚构的史诗《罗兰之歌》，则成为法兰西民族认同成长的有机土壤。加斯顿和戈提埃的话，并不是像投入塞纳河的石子一样毫无波澜；相反，他们重提《罗兰之歌》的故事和英雄人物，在法国社会掀起轩然大波，引发了广泛的民族情感认同。1793 年，在创作《马赛曲》一年后，法国军官克劳德 · 约瑟夫 · 鲁吉特 · 德莱尔（Claude Joseph Ruget de Lisle）发布了一首赞美罗兰的战争歌曲，名为《隆塞斯瓦耶斯的罗兰》（又叫《让我们为祖国献身》）。后来，罗兰的故事被不断改编，被赋予各种政治色彩：19 世纪 30 年代，他化身保皇党，为国王而战；19 世纪 50 年代，他变成爱国烈士，为“甜蜜法兰西”英勇献身。1835 年，11 世纪的《罗兰之歌》手稿现世，引发一股出版热潮。短短 31 年里就有 26 个版本公开出版，1872 年出版的戈提埃版本不过是其中之一。

11 世纪的手稿重新现世时，正逢法国民族自信遭受重创，这推动了《罗兰之歌》进入鼎盛时期，让这部作品经久不衰。1943 年，法国再次遭遇国难（法国被德国占领时期），国民歌王查尔斯 · 特伦特（Charles Trenet）发布怀旧民谣《甜蜜法兰西》，表达对“去年的旧歌”的怀念，歌曲迅速在全法流行。近年来，法国国民联盟（前“国民阵线”组织）领导人玛丽娜 · 勒庞（Marine Le Pen）在演讲中数次提到罗兰传说。文学教授塞西尔 · 阿尔杜伊（Cécile Alduy）在《世界报》上发表文章，写到勒庞时说：“一个人总是活在神话世界里，活在十字军东征的价值观里。《罗兰之歌》是法国第一部民族史诗，勒庞多次引用的‘甜蜜法兰西’概念，也是在这部史诗中首次出现。它为仇外思想提供了宗教方面的依据——‘基督教掌握真理，撒拉逊人大错特错’。”这是史诗政治化的必然结果。加斯顿 · 帕里斯重提《罗兰之歌》的初衷，是振奋低谷时期法国的民族士气。今天的法国，显然已经脱离被围城的境地，但是，你跟勒庞及其追随者讲道理试试！

从来自布立夫的夜车上下来，我在塞纳河左岸停留了一阵。越过加斯顿·帕里斯的法兰西学院的斜坡屋顶和大铁门，我来到克吕尼博物馆，驻足欣赏巨大的象牙号角模型——被锯开的象牙里，仿佛还在回荡着罗兰求救的号角声。然后，我穿过道布勒桥，前往西岱岛。

圣母院大教堂前的广场上人潮涌动，有人在喂落在手臂上的鸽子，有人兴致盎然地举着自拍杆拍照，有人坐在骑马雕像的底座上，悠闲地吃着冰激凌。几年前，我曾在巴黎长住，经常从骑马雕像前经过，它的戏剧性构图给我留下了深刻的印象。现在，兴许因为沉浸在《罗兰之歌》中，雕像在我眼中突然高大威猛了许多，形象也鲜活起来，战士们仿佛正要走下基座，冲进人群。

查理大帝雕像是一个长着大胡子的青铜巨人，手中的权杖直指天空，走在前面为他牵马的是他最忠诚的两名战士罗兰和奥利维尔。他们蓄着小胡子，穿着系带马裤，是典型的高卢早期英雄形象。罗兰一手拿着双头斧，一手举着朵兰剑，象牙号角别在腰上，看起来像维多利亚的短链表。三人均面向河对岸，望向德国方向。

雕像的揭幕时间十分耐人寻味。它的创作者是路易斯·罗切特（Louis Rochet），在1867年的世界博览会上首次亮相。之所以选择这个时间点，是因为雕塑家有与帕里斯和戈提埃相同的愿望：以查理大帝和罗兰为载体，勾起民众对古老强国的记忆，重建民族自信。正如路易斯·罗切特的兄弟查尔斯所言：“路易斯之所以雕刻这座雕像，是因为德国人想要把查理大帝据为己有，我们必须夺回来。”

这就是以查理大帝为民族象征的风险所在——他可以是德国人，也可以是法国人。查理大帝讲德语，在亚琛、沃尔姆斯和帕德博恩等德国城市都有行宫。但他的子民是法兰克人，是几个世纪前入侵罗马高卢的日耳曼部落的一支，在神话谱系中他们起源于特洛伊。5世纪，在梅罗文吉安王朝统治下，法兰克成为统一国家；732年，在法兰克指挥官查斯·马特（查理大帝的祖父）的带领下，他们抗击阿拉伯军队并取得胜利，结束了阿拉伯人在西欧的扩张。

但法国人凭什么说查理大帝是法国人呢？因为以法语为官方语言的君主制国家，是从加洛林王朝演化而来；因为查理大帝治下，包含今天的法国；因为他在那部法国民族史诗中被称为“法兰西之王”。法兰克人可能源自日耳曼人，但他们的语言最终演变成了高卢罗曼语，Clovis变成了Louis（路易斯），Hruoland变成了Roland（罗兰），Karl der Grosse变成了Charlemagne（查理曼，即查理大帝）。

但是，当民族认同岌岌可危时，以如此模糊不清的符号做旗帜，真的是明智的决定吗？有个细节，玛丽娜·勒庞显然没有注意到，当她猛烈抨击德国人并号召追随者支持“甜蜜法兰西”时，她其实是在称赞那个日耳曼部落，称赞讲德语的统治者查理大帝，那个上千年来被认为推动欧洲统一的伟大帝王。

关于查理大帝国籍的争议，数百年来从未停止。1806年，拿破仑在论述自己与罗马教皇的关系时，宣称“我就是查理大帝的后人”；而在雅克·路易斯·大卫所绘的拿破仑跨越阿尔卑斯山的画作中，查理大帝的名字被写在拿破仑马蹄下的石头上。同样地，德国统治者也争相宣称与查理大帝有关：恺撒·威廉二世曾下令仿造查理大帝的王冠，以此证明自己是神圣罗马帝国真正的继承人；阿道夫·希特勒曾把皇冠带回纽伦堡。讽刺的是，在身份认同问题上，纳粹可谓煞费苦心，打起了加洛林王朝的主意，为争取法国法西斯的情感认同，他们甚至将法国的纳粹军队命名为“查理大帝支队”。

事实上，查理大帝既不属于法国，也不属于德国。在他那个年代，欧洲各部族相互征伐，封建领主割据，国家之间的界限、民族之间的纷争并非主要矛盾。同许多英雄人物一样，查理大帝也是某些利益群体选择的结果，目的是寻求自身利益最大化。不同的是，查理大帝同时赢得了德法两国人民的拥护，因此成为西欧和中欧地区广受推崇的君主，赞美他的史诗流传到哪里，哪里就有他的拥趸。

《罗兰之歌》故事结尾处，查理大帝为罗兰报了仇，屠杀几千名撒拉逊人并征服萨拉戈萨后，回到帝国首都埃克斯。埃克斯即现在的德国亚琛市，距离比利时东境线仅几英里。叛徒加内隆受到了应有的惩罚，“他被绑在四匹狂躁的战马身上，被分尸”，30名为他作保的男性亲属也被处以绞刑。撒拉逊王后布拉米蒙达被迫接受了声势浩大的洗礼，成为一名基督徒，象征着查理大帝的宗教胜利。想到洗礼，我就想起，自己已经很久没有好好地洗过澡了。

我来到位于河边的车站，廉价的弗利克斯巴士（Flixbus，一家德国巴士公司）像邦德反派一样，令人倍感不适。当多名乘客凭电子车票挤进车厢时，不甚牢靠的双层车厢瞬间往下一沉。我背后的座位上坐着两名叙利亚人，过道对面一个意大利女商人在大声地讲着手机，一个利比里亚家庭正在与司机争执，试图把巨大的柳条箩筐带上车。

“我怎么可能参加阿萨德的军队呢？”一名靠着头枕的叙利亚人说，他的同胞兄弟是一名自由军战士，自由军与总统阿萨德正在内战。“说不定什么时候就要和自己的亲兄弟干上！”

在他们看来，英国的军火贸易对他们的家乡没有任何好处。英国军火行业营业额每年高达60亿英镑，那些卖到沙特阿拉伯、卡塔尔等国家的武器，很多都辗转进入了其他伊斯兰国家的军火库。“你们英国人为什么不阻止政府这么做呢？”其中一名叙利亚人问道，我竟一时语塞，只好转头假装问候另一名男子。男子长着金色头发，看起来很像德国人，但实际上有一半巴勒斯坦血统——他对英国也颇有微词。

“你应该听说过《贝尔福宣言》吧？”他语气中有一丝愠怒。

11个小时后，我从大巴上下来，还在不停地道歉，为英国军火商卖到沙特的导弹、炸弹和战斗机，为《塞克斯皮科协定》，为英属巴勒斯坦托管地，为苏伊士危机……对中东人来说，英国人就是罪人。我们必须端正态度，时刻准备负荆请罪，这才是英国人行走于亚琛街道上该有的姿态。

滴水兽坏笑着，哥特式拱门高耸着。我找不到合适的住处，只好在大教堂附近的一个喷泉边安顿下来。坐在冰冷的石头上，我迷迷糊糊地想着，刚刚在车上没有告诉他们，本次旅行是在追随罗兰的脚步，真是个明智的决定。毕竟，欧洲殖民时代和现代所谓的“反恐战争”，与查理大帝对穆斯林的战争，可谓是一脉相承。历史总是惊人的相似，《罗兰之歌》这部最具魅力的史诗，如今新改编出了阿拉伯版本，几周后将在德国开演。我想，一定要找机会去欣赏一下。

疲惫不堪的我，再也无暇顾及那些罪恶感，头一歪，坐在喷泉边上进入了梦乡。身上没有被子可盖——到达莱茵河时，我曾想要买一床被子，但由于种种原因没有买成。几个小时后，我睁开眼睛，却发现旁边放着一个袋子，里面装着一些捐赠物品。我盯着看了好一会儿，仿佛这是凭空出现的幽灵。……是谁？……为什么？最后，我拿起袋子，心中五味杂陈，有惊奇，有温暖，有困惑，还有一点羞愧。

直到今天，查理大帝仍然是欧洲统一的重要象征，或许是因为他的时代足够遥远，所以比其他近现代征服者更容易为各方接受。1950 年，德国亚琛市设立了“查理大帝奖”，每年颁发一次，每次一位获奖者，用以表彰那些为欧洲一体化做出重大贡献的个人。获奖者包括亨利·基辛格、托尼·布莱尔和方济各教皇等。第一位获奖者是理查德·尼古拉斯·冯·康登霍维·凯勒奇（Richard Nikolaus Graf Coudenhove-Kalergi），他在发表获奖感言时，力主“复兴查理大帝帝国，使之成为自由国家联盟……把欧洲从数次世界大战的爆发地，变成一个和平、繁荣、自由的世界帝国”。凯勒奇的主张，既包含了建立“查理大帝联盟”的概念，又回应了欧洲各国加强联系的诉求。一年后，欧洲煤钢共同体成立，为欧盟的成立奠定了基础。“查理大帝”几个字意义非凡，但最重要的是，它代表了中央集权国家的无上权力。

《罗兰之歌》中，圣骑士们对封建英雄主义无比推崇，但结局却印证了它的局限。英雄在隆塞斯瓦耶斯战役中牺牲后，国家机器介入，对撒拉逊人展开了疯狂的报复。撒拉逊人的偷袭，非但没有吓退查理大帝的军队，反而激起了他们的无限斗志，引发超级帝国更为疯狂的扩张。

这并非现代人强加给中世纪的错误概念。民族国家在19世纪繁荣发展，但它采用的组织原则，早在查理大帝时代就已确立。现代欧洲生活的方方面面，如大学、军事等级制度、贸易协会、银行体系（体现在复式记账、汇票等细节上）、东西欧意识形态的分歧、推动边境地区发展的理念，等等，大都可以追溯到中世纪。也是在中世纪，后古典主义赋予“欧洲”一词新的定义，“欧洲”这一术语逐渐传播开来并得到广泛使用。9世纪，一位诗人在拉丁语诗歌中将查理大帝视为“欧罗巴……灯塔”，即“欧洲的灯塔”[①]。

在亚琛市，查理大帝几乎无处不在。市政厅对面的喷泉中央矗立着他的雕像；传统小吃普林腾（Printen）的包装盒上印着他的头像；咖啡店、汽车挡风玻璃前甚至温泉疗养院大厅里，都摆放着或大或小的大胡子查理像。在许多亚琛民众心里，查理大帝不仅是一位古代国王，甚至不仅是“神圣罗马帝国皇帝”，他更是一位屡次创造奇迹的圣人。12世纪，他的崇拜者创作了拉丁语祈祷文《查尔斯》，至今仍在查理大帝纪念日的弥撒活动中吟唱。1165年，教皇帕斯卡尔三世将查理大帝追封为圣人。然而，帕斯卡尔本身是个伪教皇，他的当选存在争议，曾一度依赖于德意志皇帝腓特烈一世的庇护。1179年第三次拉特兰会议上，帕斯卡尔的声明被宣布无效，只承认

① 诗歌名叫《亚琛史诗》，也叫《查理大帝与利奥教皇》，主要讲述了查理大帝执政生涯中的一个特殊插曲。利奥教皇从反对他的教会贵族刀下逃脱，来到查理的帝国寻求保护，并加冕查理为“统治罗马帝国的皇帝”（后来称为“神圣罗马帝国皇帝”）。从此，一个首都位于德国，其领土覆盖西欧大部分地区的帝国开始成长。

查理大帝的追随者是“地方教派”，查理大帝被官方认定为“受祝福的查理”。

“很多亚琛人都认为查理大帝是圣人，”头发像柳条般垂顺的大教堂导游斯特芬妮说，“他们向他祈祷，认为他能带来奇迹。但梵蒂冈就是不肯承认，因为他下令杀死了很多撒拉逊人。说得好像其他圣人都多么纯洁无瑕似的！”

亚琛市还有许多“金色独角兽”这样的酒吧，不仅名字古色古香，装修也古韵十足，有木框窗户、骑士头盔，可以激发人们回溯历史、徜徉过去的情结。查理大帝给游客提供了许多想象空间。亚琛大教堂的鹰形讲坛后面，供奉着查理大帝的金棺，金棺上刻着他的生平事迹，两侧摆放着他之后16位帝王的雕像。楼上的一个画廊里，陈列着查理大帝的大理石宝座，没有任何装饰，只是用青铜夹子固定，却让人脑海里不由自主浮现出罪人跪着爬到宝座前，请求查理大帝饶恕的画面。但最能体现查理大帝威严的，要属他的半身像。

大胡子的查理大帝半身像放在一尊罗马石棺里，全身金光闪闪，身旁放着猎刀和查理大帝艺术学校的书皮——在查理大帝的支持下，插图手稿快速发展，手稿统一采用加洛林小体，其首创的大小写字母和间距准则，沿用至今。雕像披着卷发，肩膀和脖子上饰有宝石和象牙浮雕，他神情肃穆，眼睛静静地回望着参观者，唯有紧皱的眉头流露了他对帝国的忧虑。

我身上太脏了，实在不宜在伟大帝王面前过多晃悠。我来到离老城区一英里的卡罗琳娜·瑟曼温泉，越过大堂里的大胡子查理大帝像，换了一条通行腕带。早在查理大帝帝国之前，亚琛市就已经发现了温泉。今天的亚琛上班族们，依然喜欢在一天激烈的“隆塞斯瓦耶斯战役”后，泡泡温泉，放松放松。温泉池里水汽氤氲，泡澡的男男女女裸露着古铜色的肌肤，脸上泛着可爱的红晕。反观我自己，就像个来自蛮荒之地的原始人，与周围环境格格不入。泡了一会儿后，我的脚指甲脱落了，好在似乎没人注意到我。我赶紧捡起来，拿起毛巾，逃也似的回到更衣室。

我的《罗兰之歌》之旅已经接近尾声。但几周后，我还是忍不住来到德国北部城市不来梅，那里有著名的罗兰雕像。雕像位于大教堂和市政厅附近，高达 18 英尺（5.5 米）。这是欧洲最大的人物雕像之一，让人一看就心生敬畏。雕像的腿上和红色斗篷边缘都装饰着金色条纹，盾牌主体是金色，边缘环绕着文字，盾牌中央有双头鹰图案，鹰爪上戴着金色脚环。西西里岛木偶的精美程度，堪比巴黎的查理大帝雕像。

一般来说，雕像大都具有纪念意义，但不来梅市的罗兰像兼具实用功能。盾牌边缘的文字写道：“我宣布，你们是自由之身，这是查理大帝及其他许多统治者赋予这座城市的权力。因此，感谢上帝，这是我的议会。”雕像建于 1404 年，是神圣罗马帝国给不来梅留下的珍贵礼物。它象征着，作为德国一个城邦的“自由汉萨城不来梅”独立自治，拥有自己的议会和立法权。

那天，我在罗兰像前逗留了一整个下午，看到了各色人生。市政厅旁，一个乐队在演奏吉他；广场对面，一群男人正推着一辆购物车，车里坐着一名打扮成吮奶巨婴的男子；还有一支示威队伍从雕像前经过，边走边派发宣传开放边界运动的传单，音响里大声播放着无政府主义宣传语。最令人感动的，要属一对刚刚宣誓结婚的叙利亚夫妇。他们穿着黑色燕尾服和奶油色长裙，在广场上翩翩起舞，他们的朋友举着手机，记录下这美妙的瞬间。

“我父母马上就能看到视频，”他们说，“他们远在叙利亚，看到了视频，他们会特别高兴！”

舞蹈结束后，手机摄像头关闭，新娘揭开面纱，一边吞云吐雾，一边用四英寸的高跟鞋轻轻敲打着路面的鹅卵石。她身后是巨大的罗兰像。在这里罗兰被塑造成一个超越宗教身份的人物，一位公民权利的捍卫者。正因如此，叙利亚夫妇才来到这里拍摄外景。《罗兰之歌》中基督教与伊斯兰教的冲突，推动了欧洲民族身份认同感的发展。但是，英雄并未停下脚步。随着历史的发展，罗兰变成了立法自由的捍卫者，这无疑是欧洲更广泛认同的价值观。

离开广场，我边走边回想起罗兰所扮演的多重角色：西西里岛木偶剧中的侠义英雄和醋坛子情人，激励东征十字军前行的勇士，巴斯克人眼中的中央集权政府的代表，罗马卡杜尔游客心中的生育神，保皇派和革命者眼中的爱国人士，助力法国抵抗德国的“甜蜜法兰西”捍卫者，以及查理大帝忠心耿耿的骑士，等等。

如此多样的身份，回答了自杜布罗夫尼克以来一直萦绕在我脑海里的问题：为什么傲慢的法兰克骑士罗兰，会跨越欧洲大陆，成为不同民族共同认可的英雄？那是因为，罗兰比欧洲任何一位史诗英雄都具可塑性。他的性格和身份足够多变，他的故事放到任何国家和意识形态中，都不违和。讽刺的是，作为一名战士，罗兰以坚贞不屈、忠心耿耿为傲；但作为一个文化偶像，罗兰却宛如一片蒲公英，身不由己随风飘荡，风在哪里停止，他就扎根到哪里。

但这并非个案，其他许多史诗英雄也都面临着改编危机。这就是英雄形象岌岌可危的原因。因为，如果没有任何限制，怎么阻止无良人士胡编乱造呢？巴尔干半岛的史诗已经处于危险境地，但通过此次旅程，我发现罗兰传说面临的形势更加紧迫。

第三个故事

《尼伯龙根之歌》：没有赢家的复仇

勃艮第王国的克琳希尔德公主姿容绝世，享誉莱茵河畔。尼德兰王子齐格弗里德骁勇善战，他曾经杀死一条恶龙，拥有尼伯龙根绝世宝藏，还在战斗中获得一顶隐身帽。听闻公主美名后，齐格弗里德决意向公主求婚。他先帮助公主的哥哥、勃艮第国王贡特尔击退进犯的撒拉逊人，赢得贡特尔的信任；随后，又陪同贡特尔前往冰岛求娶女王布伦希尔德。布伦希尔德是著名的女勇士，凡是向她求婚的人，都必须在标枪、掷石和跳远三项比赛中打败她，方可抱得美人归。贡特尔不是布伦希尔德的对手，但齐格弗里德利用隐身帽的优势，暗中帮助贡特尔赢得比赛，布伦希尔德不得不答应联姻。

不料，大婚当晚，刚烈勇猛的布伦希尔德拒绝与贡特尔同房，她用腰带把贡特尔绑起来，并挂在钉子上。齐格弗里德再次披挂上阵，他乔装成贡特尔，制服布伦希尔德并与其圆房。不知情的布伦希尔德从此对贡特尔死心塌地。但当晚齐格弗里德顺手拿走了布伦希尔德的腰带和戒指，交给已是他妻子的克琳希尔德公主。这为后面的故事埋下了伏笔。

多年后，齐格弗里德夫妇回勃艮第省亲，姑嫂两人因谁的丈夫身份更加尊贵、谁应走在前面发生冲突，克琳希尔德拿出嫂子的腰带和戒指，以证明自己丈夫的勇猛和强悍。布伦希尔德羞怒交加，决定报仇雪耻。谋臣哈根告诉她，从根本上解决问题的方法只有一个，那就是杀死齐格弗里德。然而，齐格弗里德自从杀死恶龙并在龙血中沐浴后，已成金刚不坏之躯，仅肩胛处被一片掉下来的菩提叶盖住未沐浴到龙血，而成为全身唯一软肋。适逢敌人来犯，战争前夕，哈根哄骗克琳希尔德在丈夫软肋部位的衣衫上做了记号，并趁齐格弗里德不备时掷出死亡一枪，正中要害，英雄从此陨落。

丈夫被杀后，克琳希尔德伤心欲绝，决心报仇。但她手无缚鸡之力，必须静候时机，这一等就是很多年。遥远的土地上，匈奴王痛失爱妻后，部下建议派遣使者向克琳希尔德求婚，克琳希尔德权衡利弊后应允。在匈奴站稳脚跟后，她设宴做局，邀请贡特尔夫妇参加宴会，并在宴会中故意挑起争执，哈根杀死了她的小儿子，血战一发不可收拾。勃艮第上万名骑士在打斗中被杀，无一人生还，贡特尔和哈根也最终被制服。克琳希尔德处决了自己的哥哥，并用齐格弗里德的宝剑亲自斩杀了哈根。老骑士希尔德布兰德目睹堂堂武士竟被一介女流残酷杀死，愤怒至极，于是挥刀杀死克琳希尔德。这场复仇闹剧，最终以两败俱伤结尾。

1

沃尔姆斯
尼伯龙根之城，上演着现代史诗

他们统治着莱茵河畔的沃尔姆斯，
身边日夜簇拥着无数忠诚、勇敢、高贵的骑士，
直到有一天，他们酝酿了那场最血腥的战斗
——拜两个身份尊贵的女人所赐。

——《尼伯龙根之歌》第一次历险

有没有这样一部超级史诗，它集齐了所有光怪陆离的史诗元素，内容包罗万象，令所有史诗都黯然失色？英雄身体强健、刀枪不入，可以轻易地诛杀妖怪；公主美丽圣洁，勇气不输男子；侏儒卫士严密地守卫着绝世宝藏。故事里还有戏剧化的背叛，战胜重重困难、穿越荒芜之地的征程，可以预知未来的雌性水生物，鲜血四溅的最后一战，无辜被杀的婴孩，刀戈相向的人群，关于荣誉的慷慨陈词……

这样的史诗确实存在，而且仅此一部。它也许不是最伟大的史诗，但在故事情节之光怪陆离、跌宕起伏方面，可谓空前绝后；同时，它也是被滥用最严重的史诗，曾被无数政客扭曲解读。它就是

《尼伯龙根之歌》。《罗兰之歌》中的故事，主要发生在隆塞斯瓦耶斯山区，其影响力却遍及整个西欧，而《尼伯龙根之歌》正好相反。它的故事触角遍及如今的德国、匈牙利、奥地利、冰岛等数个国家，但最终却成为一部德意志民族赞歌。为何会这样？接下来几周，我将穿越德国、奥地利和匈牙利三个国家，途径沃尔姆斯、奥登海姆、帕绍、维也纳等城市，最终到达匈牙利原首都埃斯泰尔戈姆，探寻其中奥秘。

与《罗兰之歌》一样，问世于12世纪末13世纪初的《尼伯龙根之歌》一度被遗忘，直到18世纪中期才重新挖掘出来。1755年，瑞士医生雅各布·赫尔曼·奥布雷特（Jacob Hermann Obereit）在奥地利阿尔卑斯山的霍恩埃姆斯公爵图书馆里浏览图书时，无意中发现了这部古老史诗的手稿。他觉得自己可能发现了一个价值连城的宝藏，于是联系著名的中世纪学者约翰·雅各布·博德默（Johann Jakob Bodmer），后者旋即将史诗公之于世。与《罗兰之歌》一样，尼伯龙根传说存在许多不同版本，但这并不妨碍德语版《尼伯龙根之歌》以高超的写作技巧，成为德国文学史上的瑰宝。

《尼伯龙根之歌》与《罗兰之歌》有很多相似的故事情节。如命途多舛的英雄在战场上面对数倍于己的敌人（前者是尼伯龙根勇士对抗匈奴，后者是法兰克圣骑士对抗撒拉逊人）；骑士对国王忠诚不贰，并以此为荣。但《尼伯龙根之歌》的故事情节更为饱满细腻，人物角色更为复杂多变。其中性格最突出、与《罗兰之歌》对比最鲜明的，是两位王后克琳希尔德和布伦希尔德，她们同时也是欧洲史诗中最复杂多变的女性角色。

《罗兰之歌》中，女性角色的作用，局限于战利品和哀悼者（罗兰有个未婚妻叫奥德，在史诗中几乎是一笔带过。她甚至没有活过一个诗节，上一行听闻罗兰的死讯，下一行立刻伤心而死）。而在《尼伯龙根之歌》中，克琳希尔德和布伦希尔德两位王后，在推动剧情发展方面起着关键作用。她们拒绝沦为男性的附庸，从幕后走到前台，明争暗斗的同时，也勇敢站出来，或发声谴责，或亲自惩罚伤害她们的男人。尤其是克琳希尔德，故事开篇时，她不过是一名不谙世事、柔弱不堪的温室花朵，几经人生波折后，逐渐蜕变成一名玩弄权术的政客。她在复仇之战中穷尽一切可利用的资源，甚至挥舞着已故丈夫的宝剑斩杀敌人，亲手为亡夫报仇。但亲爱的读者，如果你就此认为《尼伯龙根之歌》就是中世纪版的《杀死比尔》，那你也未免太天真了。史诗作者对女性的态度，从一开始就讲得很清楚，克琳希尔德“将长成一个美丽的女人，许多骑士将因她而死”。这是一部发生在父权社会的故事，争强好胜的女性角色不过是那喷火的恶龙。史诗作者对其多施笔墨，不过是吸引读者眼球、撩动读者情绪的伎俩罢了。

时至今日，《尼伯龙根之歌》仍在为一代又一代故事人提供源源不断的创作灵感，从而诞生出许多新故事。我本次旅行的一大心愿，就是结识一些这样的新时代创作者，听听他们如何从古老史诗中得到启发，并写出吸引人的故事。因此，《尼伯龙根之歌》之旅的第一站，我来到莱茵河左岸城市沃尔姆斯——这里曾经是勃艮第王国首都，是著名的“尼伯龙根之城”。

每年夏天，沃尔姆斯都举行为期两周的尼伯龙根庆典，整座城市沐浴在一片尼伯龙根海洋之中。商店橱窗里贴满尼伯龙根海报，咖啡馆里派发着尼伯龙根相关的小册子，当地报纸《尼伯龙根日报》

上刊登着相关评论文章。你可以走进博物馆后厅，加入讨论小组，就《尼伯龙根之歌》的主题展开辩论；也可以加入尼伯龙根协会举办的朗诵会，欣赏中古高地德语朗诵的史诗；还可以走进电影院，在大荧幕上观看1924年弗里茨·朗的无声电影《尼伯龙根：齐格弗里德之死》。此外，还有各色拍卖会，你可以自由竞拍那些受史诗情节启发创作的艺术品。最令人兴奋的是，沃尔姆斯大教堂后面的礼堂还将举办大型《阿拉伯的齐格弗里德》戏剧表演。女武神拿着盾牌，戴着三角帽，唱着瓦格纳风格的挽歌；其他角色时而形成同盟，时而背叛对方，情节曲折离奇，观众直呼过瘾。

《阿拉伯的齐格弗里德》是此次尼伯龙根庆典的大戏，由来自德国巴伐利亚州的剧作家阿尔伯特·奥斯特迈尔（Albert Ostermaier）创作。助理导演弗洛里安告诉我："最大的挑战是天气，上星期雨特别多，我们只好把幕布收了起来。"说话间，两名技术人员正将防雨布从一节黄褐色火车车厢上扯下来，弗洛里安笑了笑，又谨慎地补充道："现在终于能把最满意的版本呈现给大家了！"

弗洛里安身后，女武神扮演者正在解开婴儿背带，把宝宝交给同伴照看；齐格弗里德从她身后的大篷车里走出来，大衣扣得严严实实；一名土耳其演员在食堂旁边吞云吐雾；扮演克琳希尔德的埃塞俄比亚女演员，从我们身旁慢慢走过。

"这个故事讲述的不仅仅是德国的故事，还包括全世界。"弗洛里安说，尽管他也承认，故事改编自"那部最著名的德国史诗"。"有些当地人问我，'你的戏剧跟《尼伯龙根之歌》有关系吗？'但表演结束后，他们的问题就变成了：战争真的能解决问题吗？这与史诗最后的那个问题如出一辙。"

戏剧《阿拉伯的齐格弗里德》的故事背景设置在第一次世界大战期间的中东地区。单从名字看，让人很容易想起“阿拉伯的劳伦斯”[①]和那一时期的地缘政治斗争。当时，中东地区活跃着大量的德国和英国双重间谍。“诀窍就是不要去想它”——戏剧开场不久，齐格弗里德在一个场景中巧妙地引用了电影版《劳伦斯》中的台词。原著中的勇士、谋杀犯哈根，被改编成一名呆板的陆军中尉，有人告诉他，“只有屠杀敌人，才能证明你的尼伯龙根忠诚”。所谓“尼伯龙根忠诚”，是指以流血牺牲来衡量是否忠诚。这种扭曲的认知，曾在德国民众中广泛存在。第一次世界大战爆发前，德国总理以“尼伯龙根忠诚”为幌子，将奥匈帝国与德国紧紧捆绑在一起；一战爆发后，它又成为动员人们参军参战的口号。在一百年后的今天，它仍然是德国政治中一句极具煽动性的标语。比如，2003 年美国入侵伊拉克时，德国《时代周刊》就曾把美英联盟定义为“尼伯龙根忠诚”。

《阿拉伯的齐格弗里德》把尼伯龙根传说的故事发生地，从沃尔姆斯变成了中东地区。但我来沃尔姆斯的目的，是追溯史诗的根源。沃尔姆斯，它的英文 Worms 真是个让人一言难尽的单词，很容易联想到蠕动的小虫（蠕虫的英文单词是 worm），也可能会联想到英国作家罗尔德·达尔的小说《蠢特夫妇》中被放入面条的蚯蚓。但实际上，沃尔姆斯是一个德国城市，是《尼伯龙根之歌》主要的

① 托马斯·爱德华·劳伦斯（Thomas Edward Lawrence），也称“阿拉伯的劳伦斯”，英国人。他是 1916—1918 年阿拉伯大起义中的英国联络官，并因此出名。大多数人都接受和承认他对阿拉伯民族主义解放事业的贡献。

故事发生地之一。它最初是凯尔特人的地盘，后来是罗马军队的驻地，再后来成为查理大帝最喜欢的行宫所在地。16 世纪，欧洲宗教改革领袖马丁·路德曾在沃尔姆斯接受审判——这是历史课上必学的重要事件。对英国小学生而言，沃尔姆斯一会儿是蠢特先生的面条，一会儿又变成历史事件的代名词，令人抓耳挠腮，糊涂不已。正是在沃尔姆斯的莱茵河东岸，马丁·路德说出那句名言："这就是我的立场，我只能站在这里。"

当地艺术家托马斯·埃菲尔德说："世界上没有任何地方像沃尔姆斯这样，在过去极其重要，在现代又不值一提！"真正将沃尔姆斯植入德国民族记忆的，是神话般的勃艮第时代，是"大迁移时代"的一些重大事件。勃艮第人曾散居在斯堪的纳维亚半岛和东欧地区，最终在曾是罗马帝国和"野蛮之地"分界线的莱茵河畔定居下来。如果你出生在贡特尔国王统治的第一年（约 413），贡特尔去世时，你正值 20 多岁的大好年华；436 年，罗马人和匈奴人攻入沃尔姆斯时，你可能国破家亡，沿莱茵河畔流浪的难民群里，或许就有你的身影。幸存下来的你，继续用着"勃艮第"这个名字，承袭了祖先种葡萄的本领，并在今天法国境内的萨伏伊（Savoy）地区建立起新家园。这一地区现在仍被称为勃艮第。

尽管《尼伯龙根之歌》是以真实发生过的历史战争为基础，但那位不知名的中世纪诗人在创作过程中，加入了自己对战场的想象和理解，相关细节也在几个世纪的口头传唱中，不断改编和丰富。现代的沃尔姆斯，早已不是黑暗时代贡特尔统治时期的旧都城，尤其是二战时期莱茵河战役中经过"千机轰炸"后，旧建筑所剩无几，唯有大教堂还保留着史诗中的模样。大教堂不仅对史诗情节发展起到了关键的推动作用，其核心建筑的年代，也与史诗创作年代相同。

沃尔姆斯大教堂外形雄浑庄重，扇形拱顶和扶壁上雕刻着一些典型的神话生物，有狮身鹰首兽、爬到工匠背上的猴子、眼冒凶光正在撕咬人头的狮子等。院子里摆着一块一米高的圆石，被称为“齐格弗里德之石”。传统观点中，这就是齐格弗里德将长矛刺入并投掷出去的石头。但实际上，它很可能是17世纪的葡萄榨汁设备。最奇特的要数正门上方的四头兽，它有四个不同的脑袋，有鸟喙，有猪嘴，有角，背上还背着一位体态丰满的王后。

透过这些雕塑，可以窥见《尼伯龙根之歌》中的人物和动物形象，有看护宝藏的侏儒卫士、可以预知未来的水中少女、齐格弗里德在森林打猎时遇到的野熊等。但这些恐怖骇人的超自然生物，与恶龙比起来不过小巫见大巫。而齐格弗里德屠杀恶龙，沐浴龙血，并从此获得刀枪不入之躯，其天下无双之勇猛，可见一斑。

从大教堂往山下走，就来到城市图书馆。馆前伫立着一尊齐格弗里德雕像，他披着斗篷，光着脚，袒露胸膛，体格强壮，留着很不协调的鲻鱼头发型——这座雕像创作于1904年，鲻鱼头发型的英雄形象在当时十分流行。但雕塑家显然没有刻画出齐格弗里德的神采飞扬，史诗中的齐格弗里德斩巨龙、通鸟语、浴龙血，勇猛果敢，魅力超凡。而这尊雕像看起来像个带着傻笑的肌肉男，徒有一身蛮力，与史诗中的英雄形象相去甚远。

细看雕像，齐格弗里德脚下踩着被打败的恶龙。恶龙长着鳞片，是一头蛇形身躯的“林德姆”（Lindwurm，一种神话生物，和飞龙十分相似，但没有翅膀）。而Lindwurm，是沃尔姆斯的英文Worms的起源。沃尔姆斯城对神话传说的喜爱，从遍布城内的龙雕像可见一斑。命运之轮上、灰绿色针织展品上、啤酒厂区角落里、当地新闻报纸办公室门外、城市钥匙上、大教堂里……龙雕像几乎无处不在。对于它们，我也从最初的敬畏，变得习以为常。有时候走累了，就靠在龙身上稍做休息，吃饭时也会顺手把食物往它们身上一放。尤其有时突然来了灵感，而视线范围内又没有桌子时，我就把笔记本电脑放在雕塑上，匆匆记录下那一刻的感受——龙雕塑的价值，不仅仅是景观点缀，更是实用的公共设施。

我在网站上预订了房间。但到达沃尔姆斯的时间，比计划提前了一天，因此第一天晚上，我是在一家名叫“齐格弗里德喷泉运动”的深夜酒吧中度过的。在沃尔姆斯，像这样以《尼伯龙根之歌》中角色命名的公共场所有很多。大教堂后面的餐厅以齐格弗里德的妻子命名，叫克琳希尔德餐厅；还有以齐格弗里德的仇人命名的扎姆哈根酒吧等，尼伯龙根迷们可以根据自身喜好选择去处。齐格弗里德喷泉运动酒吧里，一名醉酒的保加利亚砖匠跌跌撞撞地走过水果机；旁边，一名叫莫里茨的退休警察正静静地喝着啤酒。他们身后的墙壁上，是齐格弗里德庆祝战胜恶龙的画面。

与大多数在酒吧里邂逅的陌生人一样，我和莫里茨一边喝着啤酒，一边随意聊着天，话题从披头士时代的汉堡，一直延伸到沃尔姆斯城正面临的问题。

“这座城市，”莫里茨语气中充满愤怒，“存在很多问题！我们的犯罪率太高了，你知道为什么吗？都是因为那些土耳其人！他们根本不懂得尊重别人！我们德国是开放的、民主的，所以我们不能把移民赶出去。但他们从罗马尼亚、叙利亚、非洲……哈！从各个角落涌进来！”说话间，他对着空气挥了挥手，然后继续说道，“好人都留在自己的国家，坏人就跑来我们这里作恶多端！”

有这种想法的德国人，并不是只有莫里茨。随着德国大选的临近，极右政党德国选择党（AfD）正在抓紧最后的时间，向政敌发起进攻，夺取选票。AfD 的支持者，以愤怒的中年男子居多。几天后，我看到他们在一辆蓝色面包车旁分发传单，手里还拿着吸引孩子的糖果。

“平均一个移民生四五个孩子，而我们只生一个，长此以往，两代人之后，他们就会在数量上赶上我们。这将是个大问题。”一名穿着格子衬衫的秃顶男子说，“而这些非洲人几乎没有什么工作技能，我们要怎么和他们共事？他们做不了我们的工作。我们这么努力地工作，却是为了让他们能在我们的土地上过上好日子！”

这是一种典型的保守主义思想，在他们看来，过去的时光总是甜如蜜糖，万般美好，必须不管不顾地让一切保持原来的样子。我告诉说话的秃顶男子，我来这里是为了参加尼伯龙根庆典，他坦率地告诉我，他今年还没去看演出。

“故事改编得太多了，他们是在迎合现在的自由主义思潮。如果他们演的还是原来的故事，我肯定第一个排队去看！但我听说今年的故事背景设定在沙漠里，在阿拉伯！他们为什么要这么做？原来的故事还不够有趣吗！”

接下来几周里，我听到许多类似观点。他们告诉我，德国的治安正在恶化，外国人在占德国人便宜，难民是害虫和小偷。同时，我也听到许多截然不同的声音。活跃分子或举着“开放边界”的横幅，声援难民；或为难民提供食物，积极募集资金。我在刚刚开业的大马士革餐厅里吃豆沙时，遇到两名叫奥克巴和穆哈莫德的难民，并询问了他们的看法。

“德国选择党是新时代的纳粹。”奥克巴说。

“好在他们在沃尔姆斯支持者不多，”穆哈莫德补充，“他们在其他地方有一批支持者，但这里不多。”

奥克巴和穆哈莫德都来自叙利亚，经土耳其来到德国。为此，他们每人向走私犯支付了 1500 欧元费用。

“我的家乡被摧毁了，”奥克巴说，“走私者带着我们徒步走到德国，整整走了一个半月。我们晚上睡在路边的树林里，一路上小心翼翼地提防着野兽和土匪。历经千辛万苦终于来到这里，那一刻，我告诉自己，‘你可以开始新的生活了’。我正在学习德语，已经达到了 B2 水平。我想找份工作，养活自己。”

我预订的房间是一间公寓，屋里摆着一张大大的双人床，没有电梯，出门不远就是大教堂。房主是一对年轻夫妇，似乎很喜欢在晚上看恐怖电影。好几次夜深人静时，隔壁突然响起令人毛骨悚然的尖叫声和“咔嚓咔嚓”的刀割声，把我从睡梦中吵醒。要换成别人，恐怕得吓个半死。但这几天我一直沉浸在《尼伯龙根之歌》中，现代恐怖故事与之相比，不过是小儿科，不会在我心里引起丝毫恐惧。而且，连续好几天没沾到床的我，对眼前柔软的床单、下床几步就到的冰箱和水壶、信号满格足以和家人越洋视频的 Wi-Fi 极为惊喜，即使有些小问题，也不会往心里去。

那天晚上，我躺在床上，脑海中忍不住开始想象奥克巴和穆哈默德描绘的逃难画面：没日没夜地步行，不知何处才是尽头；为了躲避凶神恶煞的边境守卫，逃到树林里，野猪在不远处慢慢走过……真是只有史诗才敢这么写！他们与齐格弗里德的不同在于，后者贵为王子，并且刀枪不入，而他们是身无分文且不受欢迎的战争难民。现代社会依然上演着古老的史诗故事，以《阿拉伯的齐格弗里德》为代表的改编自史诗的文学作品，其最大的价值，就是突破时代和文化背景的限制，让史诗现代化、本地化，更加符合观众审美。

“齐格弗里德遵循的是骑士行为模式，”学者爱德华·海姆斯（Edward Haymes）曾写道，“从传统价值体系的角度看，齐格弗里德代表着混乱。”无政府、无秩序，是所有守旧派最为害怕的状态，从史诗中为勃艮第王国安危担忧的谋臣哈根，到现代德国的右翼分子，皆是如此。齐格弗里德无疑是不断崛起的新势力的代表，他富可敌国，骁勇善战，在人民中素有威望，具备推翻旧制度的能力。但谁也阻挡不了历史前进的脚步，即使杀死齐格弗里德，杀光所有危险分子，勃艮第王国也无法恢复往日荣光。时光不会倒退，你永远不可能回到原来的样子。为将破坏传统的新势力连根拔起，勃艮第王国精英们发起了一系列行动，间接导致了欧洲史诗中最大规模的屠杀。但这不过是垂死挣扎，王朝还是没能避免覆灭的命运。不要试图改变历史，不要沉迷于往日荣光，这是《尼伯龙根之歌》留给读者的教训。

2

沃尔姆斯
造化弄人，从天真少女变成冷漠阴谋家

现在，布伦希尔德，你已知自己失去了贞洁，

一个不洁的女人，怎能成为国王之妻？

——克琳希尔德 《尼伯龙根之歌》

第十四次冒险

“我们太幸运了，”老妇人说，“这些酒窖是藏身的好地方。”

从我住的公寓出发，经过几个街区，就到达一条叫毛加斯的小巷，巷子里涂画着许多《尼伯龙根之歌》中的经典场景。这些绘画色泽莹润、鲜艳亮眼，像崭新的丝绸窗帘般流光溢彩。巷尾拐角处的一户人家门上，用金字印着史诗故事最后一战中克琳希尔德最小的弟弟吉斯尔赫的名言：“我从未对任何朋友违背过诺言。”

沃尔姆斯对传统史诗的热爱，还体现在社区酒吧的装饰上。掀开桌巾式的窗帘，啤酒杯和装饰盘中间放着沃尔姆斯古城风景画，画中的许多建筑早已不复存在。桌子边玩牌的客人一看就是守旧派，他们嘴里叼着香烟（欧盟法律似乎管不着这个充满怀旧气息的

酒吧），重重地将纸牌 A 和 Q 甩在桌子上。

“嗯，”一个戴角框眼镜的人说，“重点是，一切都被炸毁了。”

“我还记得，小时候曾经在废墟中乱转。”另一名男子一边抽着小雪茄，一边冷眼看着我，“我那时候还小，只觉得很刺激，很好玩。长大了才意识到当时是多么危险。”

1945 年莱茵河战役中，沃尔姆斯是遭到盟军密集空袭的 23 个城市之一。2 月 21 日，英国轰炸机从东盎格利亚起飞，在沃尔姆斯上空投下 900 吨炸药，三分之二的房屋被摧毁，包括市中心的中世纪建筑。一个月后，3 月 18 日和 20 日，美军派遣轰炸机在这个城市掷下 1100 枚燃烧弹。历史学家约尔格·弗里德里希（Jörg Friedrich）在其历史畅销书《战火》（*The Fire*）中，引用了《尼伯龙根之歌》中的诗句，将莱茵河战役与“自我毁灭的民族史诗”联系起来。在弗里德里希看来，史诗传说对战时德国人的影响是显而易见的，人们对死亡无所畏惧，是导致大规模伤亡的重要因素。

他写道：“（莱茵河战役）四个星期前，守军本可以退出莱茵河，退到安全区域。他们这样做，可能会被称为逃兵，但至少可以拯救沃尔姆斯。但这显然有违史诗中的尼伯龙根精神。勃艮第骑士们为了守住荣誉，可以让整个世界为他们陪葬。结局如何，你们都已经知道了。”

行走在沃尔姆斯街头，现代化城市中心与残存的纪念碑形成巨大反差，大教堂前的空阔广场上，残留着战争的痕迹。城市图书馆侧面，摆放着一座砂岩浮雕，表现了齐格弗里德进入沃尔姆斯时的场景。此外还有乐师战士阿尔则的沃尔克的半身像，这是享誉一时的科尼里尔纳姆（Cornelianum）留下的唯一印记。齐格弗里德喷泉前面，一颗炸弹曾在此爆炸，但齐格弗里德雕像没有受到半点影响，似乎比刀枪不入的英雄本人更厉害。国家档案馆里存有一张“千机轰炸”后的照片，照片中，齐格弗里德雕像稳稳地矗立在一堆废墟和瓦砾中——无论英雄多么勇猛无畏，面对眼前惨绝人寰的大屠杀，终究无能为力。

同样侥幸躲过战争摧残的，还有位于沃尔姆斯城市边缘莱茵河东岸的哈根雕像。它创作于1903年，人物原型是史诗中的反派硬汉哈根·冯·特洛杰（特洛杰是中世纪的姓氏，表示血统源自特洛伊）。哈根直直地站在河岸上，手里高举尼伯龙根宝藏，正准备丢进脚下的滚滚河水中——仇敌齐格弗里德已被他杀死，他必须毁掉尼伯龙根宝藏，防止克琳希尔德以宝藏收买人手，向自己复仇。哈根是个冷酷无情、务实变通的政治家，在他的威逼利诱下，整个勃艮第王廷都成为谋杀齐格弗里德的同伙。但他可不止阴谋家这么简单，他的著名理论“尼伯龙根忠诚”，直至20世纪仍被众多德国和奥地利政治家引用。哈根善用权谋，不像齐格弗里德和罗兰那样光明磊落，是众望所归的英雄。但从其最后一战的英勇表现来看，他不愧为“有史以来最勇敢的持剑勇士”，他的身上，同样闪耀着英雄的光芒。

哈根雕像附近的码头上，泊着一艘游船，一只鸬鹚在上面休息。突然间，它扑腾着翅膀，搅起一股凉风，长长的黑脖子笔直伸向前方，双腿蹬向后方，箭也似的飞向天空。它跟随流水向下游飞，一直飞过悬臂梁桥尼伯龙根桥，慢慢化成一个白点，然后消失在天空中。我靠在栏杆上，凝视着脚下灰白色的河水。河面上，一艘满载木材的渡船正逆流行驶，船员将脚悬在船舷上，随着船身前进而轻轻晃动。眼前的莱茵河，看起来似乎与普通的欧洲水道没什么两样，但它却是欧洲大陆最具神话色彩的河流。它发源于阿尔卑斯山麓，蜿蜒千里，最终注入北海。从古至今，它一直扮演着欧洲分界线的角色。早在罗马帝国时期就是帝国与蛮荒之地的分界线；二战中，又爆发了以它命名的莱茵河战役。

我凝视着昏暗的河水，想象着水下埋藏的尼伯龙根宝藏，诗人毫不吝啬地赞美它。根据史诗记载，宝藏中有数不清的黄金和宝石，还有一根金棒，“只要拥有了它，阿猫阿狗都能成为人类之王”。时至今日，仍有不少人拿着金属探测仪在莱茵河上四处探寻，梦想能找到传说中的绝世宝藏。正如当地艺术家托马斯·艾希费尔德所言：“人们来到沃尔姆斯，问的第一个问题往往是：‘哪里可以找到尼伯龙根宝藏？’”尼伯龙根宝藏是世界上最难解的历史谜题之一，与传说中的圣殿骑士团宝藏和埃尔多拉多公司（一家加拿大金矿开采公司）的黄金一样，令听者两眼放光，闻者垂涎三尺。

“我梦到我养了一只雄鹰，”克琳希尔德说，“一只强壮、美丽、野性难驯的猎鹰。但是它被两只山雕抓死了。别不是要发生什么令人伤心欲绝的事吧！”

故事尚未开始，齐格弗里德还没有前来求婚，少女克琳希尔德就做了一个这样的噩梦。这预示着她的“雄鹰”，英雄齐格弗里德日后将死于“山雕”哈根之手，史诗将以悲剧收场。剧作家艾琳·迪威克受《尼伯龙根之歌》启发，创作出戏剧《冰岛人》（*The Icelander*），也是在开篇就描述了类似的梦境。目前，该剧正在沃尔姆斯老市场旁边的林肯剧院上演。

我曾听闻，《冰岛人》的主角是女性。我读过的史诗，大部分都是站在男性角度，讲述男性勇士的故事，因此迫切希望能换个角度，收获不一样的体验。因为有两名活跃在故事主线的女性角色，《尼伯龙根之歌》引发了关于两性关系的讨论，这至今仍是普通民众时常挂在嘴边的话题之一。因此，我来到林肯剧院，观看了《冰岛人》，并与剧作家深入探讨如何对两位王后的争执进行改编——这场女人间的争执，是史诗最具代表性的篇章。

史诗原著中，两位王后在大教堂台阶上爆发争吵时，克琳希尔德与丈夫齐格弗里德、布伦希尔德与丈夫贡特尔，都已结婚数年。两人是姑嫂关系，克琳希尔德是妹妹，布伦希尔德是嫂子。事情的起因是，嫂子说妹夫是自己丈夫的仆人，因此自己的身份比妹妹尊贵；妹妹则不堪丈夫受辱，在进入大教堂时刻意走到嫂子前面，以示自己丈夫的尊贵，不逊于任何人。嫂子对此很是愤怒："仆人的妻子不能走在王后前面！"妹妹盛怒之下，拿出妹夫在兄嫂新婚之夜替哥哥制服嫂子时顺手拿走的腰带和戒指："我亲爱的丈夫齐格弗里德可是第一个欣赏你美丽胴体的人……夺走你初夜的不是我哥哥。"这绝对是赤裸裸的羞辱——不仅对嫂子布伦希尔德，更是对哥哥贡特尔。嫂子羞愤不已，此时贡特尔的谋臣哈根出场了，他向布伦希尔德建言，"难道我们要任由疯子撒疯吗？……他（齐格弗里德）的自吹自擂，伤到了我们尊贵王后的尊严，他必须为此付出生命的代价"。

这个戏剧性的场景，我曾数次欣赏相关画作，但观看现场戏剧表演，还是第一次。林肯剧院里，戏剧《冰岛人》正在上演。"一个娶了冰岛女人的国王，还配得到谁的尊敬？"女性首领尤特一边拨弄着黑色皮毛大衣，一边尖利地质问："不知情的人还以为这个冰岛女人是他买回来的，或者他根本娶不到其他人！”而肩上搭着金色辫子的克琳希尔德，则对布伦希尔德的到来表示欢迎：“她将给我们带来全新的气息。”两人截然不同的态度，映射出沃尔姆斯民众对由来已久的移民问题的争论。在反方尤特看来，冰岛人太不一样了，不仅是“他们和我们信奉不同的神灵”，而且“问题不在于一个女孩……而在于政治腐败，在于变质的粮食”。这里的冰岛，并非中世纪诗人笔下那个考验骑士英雄气概的苦难之地，而是一个虚构的乌托邦。人们对冰岛人的抵制，象征着守旧人士对社会变革的不满和反抗。

随着剧情的推进，原本关系友好的克琳希尔德和布伦希尔德爆发了剧烈的争吵。“你知道你的新婚之夜意味着什么吗？”克琳希尔德的话风，从现代式的直截了当，转变为中世纪般的浮夸。她拿出克伦希尔德的腰带，恶狠狠地说道：“您的‘荣誉’，就是我的纪念品！”史诗原著中，两位王后反目成仇，两败俱伤。而脱离原著历史背景的《冰岛人》，却有一个女性互相扶持的美好结局。戏剧结尾，克琳希尔德怀上一个女婴，她认为“勃艮第对女孩一点儿也不友好”，并决定跟随布伦希尔德回到冰岛，因为那里的“男人都死绝了”。

台上表演很是精彩，我在观众席上看得津津有味。利用史诗素材并注入现代元素，这样的改编故事我读过不少，但没一个像《冰岛人》这样恰到好处。此前我曾通过电子邮件与编剧艾琳·迪威克联系，表演结束后，我来到剧院酒吧，与她聊了很长时间。

“小时候，我在课本上学习《尼伯龙根之歌》时，觉得可无聊了。”艾琳一边啜饮着起泡酒，一边坦率地说，“但 15 岁时，我在学校戏剧表演里扮演克琳希尔德，从此对她产生浓厚的兴趣。她跟戴安娜王妃很像。”

从外形上看，艾琳很有克琳希尔德的神韵。她留着一头又长又密的金色头发，戴着眼镜，一双眼睛仿佛随时都在审视别人。她穿着碎花裙子，一定程度上调和了眼神中的平静和坚毅。虽然才二十几岁，但艾琳已经出版了一部小说，创作了几部戏剧，并多次获奖。《冰岛人》创作期间，正值移民危机最严重的时期，奥地利政局动荡。此外，“那段时间我也经常想起那些来到西方嫁给有钱男人的东欧女人。提起她们，人们几乎不假思索地给她们贴上‘妓女’的标签，但却没人骂那些娶了她们的男人”。

欧洲史诗的女性角色中，克琳希尔德的性格转变最为引人注目。故事开篇，她是贡特尔国王的妹妹，性格温顺，她向哥哥承诺“将永远遵从您的意志，严格按您的吩咐行事”。而故事结尾，她已变身为恶毒“女巫”，不仅下令杀害自己的亲生兄弟，还提着亲哥哥贡特尔的人头，逼问哈根尼伯龙根宝藏所在地。此外，评论家较少注意到的是，她的心理状态也发生了天翻地覆的变化。她从一个连丈夫薄弱之处都能透露给别人的天真无邪的公主，变成一个工于心计的人，一个将一众位高权重的男人玩弄于股掌之中的阴谋家。她在丈夫死后沉寂了13年，利用匈奴王对自己的迷恋，设计邀请亲人们千里迢迢参加死亡宴会，然后利用男人的誓言和野心，终于为亡夫报仇。由此可见，政治权术并非人类与生俱来的本能，而是一项可以后天习得的熟能生巧的技能。

“我特意设计，不让男人上台，”艾琳说，“我想告诉观众，在我们意想不到的地方，也存在力量。奥地利有句俗语：‘让别人去战斗吧，而你，快乐的奥地利人，结婚吧！’这就是我的观点，我想表达的是，这些也是政治。”

齐格弗里德被杀后，布伦希尔德在史诗中几乎再无戏份。但克琳希尔德仍活跃在最前端，主导着故事情节的走向。她在史诗中的地位，不亚于丈夫齐格弗里德。正因如此，史诗在1756年第一次出版时，被命名为《克琳希尔德复仇记》。克琳希尔德善于发现身边男人的弱点，并加以利用，骑士们仿佛她手中的提线木偶，她指向哪里，他们就打向哪里。在她的主导下，勃艮第骑士齐聚匈奴王廷，与匈奴人爆发了激烈冲突，所有人（包括她自己）都被毁灭。她的成长与毁灭，凸显出一个令人胆寒的事实：时势弄人，在环境的影响和逼迫下，即使是最人畜无害的小白兔，也可能变成嗜血吃人的妖魔鬼怪。在有着复杂历史的德国，这一点尤其发人深省。

3

巴伐利亚州
备受欢迎的史诗，是政客最称手的工具

冲突已然发生，无法圆满解决，

地缝里必然流满人类的鲜血。

——《尼伯龙根之歌》第三十六次冒险

从德国沃尔姆斯到匈牙利的埃斯特格姆，沿路都是《尼伯龙根之歌》的痕迹，各种各样的痕迹。有雕刻画、绘画、青铜制品，或铁丝扭制的物品；有的突出在教堂墙壁上，有的雕刻在中世纪建筑上，有的安置在城堡房间里；其形象可能是骑士，可能是女士，也可能是奇形怪状的龙、侏儒或河妖；人物有的胸甲扣紧，有的盔甲上装有犄角或翅膀，有的头发编成辫子垂在褶皱的长袍上……这是尼伯龙根之地，这条路是克琳希尔德改嫁他乡、燃起复仇火焰的希望之路，是勃艮第骑士远赴匈奴阿提拉王廷的死亡之路。

我沿莱茵河逆流而上，先是乘坐南下的火车到达德国的海德堡和巴特申博恩小镇，然后徒步一下午，来到哈根谋杀齐格弗里德的地方——这是德国文学中最臭名昭著的谋杀地。时值盛夏，黄蜂在黑莓上翩翩起舞，昆虫嗡嗡叫着在菩提树间飞舞，仿佛在为夏季的丰盛食物欢呼；潜水灯的微弱光芒射出水面，照在随风摆动的橡树叶子上，影影绰绰。

我来到一个树木繁茂的山坡下，洗了洗脚（又走出了很多水泡），然后把睡袋展开，铺在树间的草地上。蜻蜓低飞在箭头形状的河道上，宛如一架架玩具直升机，时而在低空盘旋，时而俯冲下来，用尾尖在水面上轻轻点起一圈圈涟漪。泉水从一个小小的石拱里流出来，旁边的石碑上刻着齐格弗里德被哈根谋杀的情形，这里“泉水依旧流淌着”。据现存最早的《尼伯龙根之歌》手稿（即瑞士医生奥布雷特在奥地利霍恩埃姆斯公爵图书馆里发现的抄本）记载，英雄齐格弗里德是在奥登海姆被杀死的。但是，其他几个村庄也想从史诗中分一杯羹，一个劲儿地宣称，本村才是谋杀案的发生地。其竞争之激烈，一点不比各国争夺奥运会主办权的情景逊色。

如果是你，会如何纪念一个神话中的谋杀案遗址？奥登海姆的答案，是竖起一座浅浮雕。1932 年，一位名叫西格蒙德·奥登海默（Sigmund Odenheimer）的犹太雕塑家为奥登海姆创作了一座雕塑。只见齐格弗里德跪在泉水边，正用饮水号角打水解渴，奸人哈根紧握长矛，刺向英雄披风上标有十字的位置（这是他刀枪不入之躯的唯一薄弱之处，哈根以更好地保护英雄为借口，哄骗克琳希尔德在这里缝上十字标记），而此时英雄对身后的危险一无所知。史诗中描述：“然后，当齐格弗里德在溪水边弯腰准备喝水时，哈根将长矛掷向他肩头的十字标记，鲜血喷涌而出，溅到哈根的衣服上。没有任何骑士会做出如此卑鄙无耻的事情。”

这是《尼伯龙根之歌》的著名片段，在德国几乎家喻户晓，就连心理学家西格蒙德·弗洛伊德在阐释其精神分析法时，也借鉴了这里的“弱点”。弗洛伊德在治疗病人时经常让他们叙述自己的梦境，然后从中找到切入治疗的薄弱之处：“它们就像齐格弗里德披风上的绣花标记一样，将病人的薄弱之处呈现在我面前。”此外，齐格弗里德之死也经常被赋予政治含义，以实现政治目的。

1919年，时任德国陆军元帅，后来成为总统的保罗·冯·兴登堡（Paul von Hindenburg）将军宣称：“就像齐格弗里德被哈根从背后刺死一样，我们的前线部队失败了。”一战中的两位最高军官兴登堡和埃里希·卢登多夫，将德军失败的原因归结为遭受“背后捅刀”。就像克琳希尔德无法原谅杀夫仇人一样，许多德国人也对1918年的“背叛”耿耿于怀，后来德国挑起二战，也有这方面的因素。齐格弗里德之死，可谓德国文化中阴谋诡计的代名词，最能煽动人心。

穿越欧洲之旅，就是一场穿越河流之旅。一路上，从巴尔干半岛名桥到西班牙埃布罗河，我跨越了许多著名的河流和桥梁，但没有一处像尼伯龙根之地这样，有这么多精彩纷呈的故事。如果说，莱茵河是欧洲最具神话色彩的河流，那么，从实用角度讲，多瑙河则是当之无愧的欧洲水运大动脉。它不仅是世界上流经国家最多的河流，而且两岸散布了许多伟大的城市和要塞，在史诗《尼伯龙根之歌》中扮演着重要角色。

我沿多瑙河继续前进，来到德国巴伐利亚州。去年，我曾带着家人来到这里，参观了巍峨壮观的古城堡群，其中新天鹅堡的齐格弗里德屠龙壁画，是触发本次史诗之旅的灵感源泉。一年之后再次踏上这片土地，我希望能深入探索巴伐利亚与《尼伯龙根之歌》之间的联系。在多瑙河畔的美丽古都雷根斯堡，我爬上300英尺高的小山丘，来到建造于19世纪的瓦尔哈拉神殿。它是一座新古典主义建筑，顶部用多利克柱（古典建筑三种柱式之一）支撑。神殿是一座纪念日耳曼历史上著名人物的名人堂，殿内供奉的数百块牌位中，便有一块刻着“纪念创作《尼伯龙根之歌》的诗人”。但我的尼伯龙根之旅，并非追求纪念碑之类的死物，而是鲜活的人。本次旅行，我最期望见到的有两位。一位是剧作家阿尔伯特·奥斯特迈尔（Albert Ostermaier），我希望能向他请教，如何从史诗中汲取灵感，创作出戏剧《阿拉伯的齐格弗里德》。另一位则是安娜·罗斯莫斯，正是由于她孜孜不倦的努力，《尼伯龙根之歌》滥用最严重的时期（二战时期），纳粹分子在帕绍附近的暴行才公之于众。

我乘坐廉价闷热的巴士来到慕尼黑，步行经过路德维希一世国王雕像，前往咖啡厅，一路上不断有自行车从身边飞驰而过。阿尔伯特·奥斯特迈尔几乎与我同时到达咖啡厅，我们点了两杯咖啡，坐下来开始闲聊。

此前，我已在沃尔姆斯观赏过阿尔伯特的戏剧《阿拉伯的齐格弗里德》。其结合当下时事政治对史诗进行的重构，与英国导演阿尔弗雷德·希奇柯克的电影和大卫·里恩执导的电影《阿拉伯的劳伦斯》，可谓异曲同工。此外，除了《阿拉伯的齐格弗里德》，阿尔伯特的另外两部戏剧也是以尼伯龙根传说为题材的。事实上，从19世纪德国剧作家弗里德里希·黑贝尔的名作“尼伯龙根三部曲”，到弗里茨·朗1924年的无声电影《尼伯龙根：齐格弗里德之死》，以及音乐家理查德·瓦格纳的四联歌剧《尼伯龙根指环》（其中包含音乐家对不同版本尼伯龙根传说的解读），《尼伯龙根之歌》被不同时代的艺术家重构改编，走进剧院，搬上银幕，不断焕发生机。本次旅行中的所见所闻也让我确信，尼伯龙根题材的表演在现代德国观众中仍大有市场，它从未因时间的流逝而跌落神坛。

“它取之不尽用之不竭，”阿尔伯特大笑着说，“我还可以再写五篇！”

从莎士比亚到波斯诗人哈菲兹（Hafez），阿尔伯特的戏剧中引用了大量经典名句，凸显出剧作家的渊博学识。我本以为，他可能是一个老派沉闷的日耳曼书呆子。但出乎意料，咖啡桌对面的他，懒洋洋地斜倚在长凳上，单从外观看，很像拜仁慕尼黑足球队的守门员。事实上，他也确实在德国作家足球队担任守门员。

阿尔伯特创作了三部以尼伯龙根传说为题材的戏剧，第一部是2015年的《大屠杀》（*Gemetzel*）。他告诉我，这部剧“故事背景设定在神秘的中世纪时代，从克琳希尔德之子奥尔特温的视角展开”。通过表演和旁白相结合的方式，阿尔伯特向观众发出灵魂拷问，“如果她们（克琳希尔德和布伦希尔德）沟通一下，故事会不会是另一种结局？两人的冲突难道就没有别的解决方式？”

第二部是2016年推出的《黄金》（*Gold*），讲述一位著名的现代电影制片人的故事。“他的梦想是拍一部真正具有艺术价值的尼伯龙根题材电影，所以他聘请了一位像昆汀·塔伦蒂诺和拉斯·冯·特里耶那样锐意进取的导演，打破一切规则，最终呈现出一部气势恢宏的作品，观众无不为之动容。”阿尔伯特说道。

这是一部非常出色的戏剧。故事嵌套着故事，舞台上有新纳粹分子、政治家、难民等各种角色，他们将尼伯龙根故事代入现代政治背景，并呈现在观众面前。

“《黄金》中的人物角色都是现代人，”阿尔伯特说，“但最终都变成了哈根、克琳希尔德或其他尼伯龙根传说中的人物。因为他们在本质上，与史诗人物没什么两样。这部剧的主旨，是为了警示观众，尽管已时过境迁，尼伯龙根悲剧仍不时在现代社会上演。它比任何对史诗的解读都更具冲击力。”

三部曲的最后一部也是最重要的一部，是《阿拉伯的齐格弗里德》，讲述政客们滥用史诗、谋取政治利益的故事。

“一战期间，尼伯龙根传说被上升到民族赞歌的高度。政治家利用它来鼓吹德国军事化，煽动民族情绪，为发起战争制造条件。他们以史诗为噱头，但其实对史诗一窍不通，肆意地滥用、亵渎史诗。”阿尔伯特说。在查阅这段历史时，他发现这是“一个发生在中东的故事，一个剧班走向大屠杀”的真实故事。他以此为素材，以第一次世界大战为背景，从一个全新的角度对尼伯龙根故事进行改编。“一切都是故事，”阿尔伯特说，“因为政治就是讲故事——区别在于，谁的故事讲得更好而已。”

史诗于1755年重新现世后，很快成为政客手里锋利的军事工具。1814年，德国军官收到一本战地版《尼伯龙根之歌》，里面印着诸如“带着对祖国和人民的骄傲和信任，立志于重现德国昔日光荣，重新统治世界”之类的煽动性话语。这些话语，是首次将史诗翻译成现代德语的弗里德里希·冯·德哈根（Friedrich von der Hagen）写下的。而事实上，彼时的德国还只是个概念，距统一国家还有些年头。德国在欧洲民族国家中起步较晚，19 世纪欧洲经济大发展时，德意志帝国内部大小君主国、王国和公爵领地林立，纷争不断，其中最有实力的是奥地利和普鲁士。直到 19 世纪后期，普鲁士在铁血宰相奥托·冯·俾斯麦（Otto von Bismarck，一位诗人称他为“铁血齐格弗里德”）带领下打败对手奥地利，德意志帝国才实现统一。而彼时，距离希腊和塞尔维亚赢得独立战争，已过去了几十年。

“德国与法国不同，后者在历史上曾是名副其实的超级帝国。”阿尔伯特说，“但它也一直在为成为超级帝国奋斗，因此需要尼伯龙根传说这样的神话故事来激励人心。”

1914 年，第一次世界大战爆发。德军将西线命名为“齐格弗里德线”，将一条侧翼战线命名为“阿尔伯里奇线”（阿尔伯里奇是守卫尼伯龙根宝藏的矮人的名字），1918 年德军对法国的攻击被称为“报复哈根”。一战开始前，德意志帝国和奥匈帝国曾达成《尼伯龙根忠诚》同盟协议；而德军在一战中的失败，也被归结为“背后捅刀”——影射齐格弗里德被哈根从背后刺死的故事。德国命运的起伏跌宕，似乎都可以用尼伯龙根传说中的词语来解释；并且同无法原谅杀夫仇人的克琳希尔德一样，德国人对战败始终心怀怨恨，立志报仇雪恨。

“这就是《尼伯龙根之歌》如此受欢迎的原因。”阿尔伯特说，“因为它任你解读。在我看来，它是对战争暴力的控诉，是一部绝佳的反战故事。我真不明白，这么多暴力血腥的情节，怎么会有人说它是一部民族史诗！它是世界上最美妙的文学作品之一，但很多人并没有真正读懂它。他们只是出于私心，做出对自己有利的解读。”

我和阿尔伯特在咖啡馆里坐了一个多小时，交换了许多看法，我们开玩笑，把克琳希尔德比作中世纪的撒切尔夫人，把匈奴王阿提拉比作首相丈夫丹尼斯。我们也聊到德国东部蛊惑了大量支持者的新纳粹运动，并不约而同地表示叹息。阿尔伯特博闻强识，开朗爱笑，作为一名剧作家，他奉行艺术实用主义，没有一丝文人的酸腐气，整个交谈过程十分愉悦。

接下来，我将把目光转向战后。1918 年德国战败后，《尼伯龙根之歌》并没有失去民心，反而被滥用、曲解得更为严重。《尼伯龙根之歌》为何会成为被滥用最严重的欧洲史诗，我将进入巴伐利亚最美丽的地区，一探究竟。

“消息传来，大量外国人正在迅速靠近。”《尼伯龙根之歌》中，克琳希尔德远嫁匈奴，途中曾在帕绍城短暂休憩，佚名诗人这样描写当时的情景：“消息传到主教所在的帕绍……城内人去屋空，连王宫中也不见人影。人们争相走出家门，穿过巴伐利亚王国，奋力朝着陌生人到来的方向奔跑，主教皮尔格林很快接到美丽的克琳希尔德。”齐格弗里德的遗孀克琳希尔德答应异族“罗密欧”匈奴阿提拉的求婚，是欧洲文学作品中难得一见的联姻。远嫁的克琳希尔德没有丝毫心思感叹远离家乡的苦涩，相反，她满心满眼都是与世界上最强大的君主联姻的好处。“埃策尔（阿提拉）[①]的军队那么强大，”她沉思着，“如果我能得到指挥权，就没有什么事是做不了的了。”

① 埃策尔（Etzel）是《尼伯龙根之歌》中匈奴王的名字，其原型是 5 世纪的匈奴王阿提拉。

阳光温暖地洒在挂满麦穗的麦田上，三角墙上挂着温泉和标有鹿角的比尔贾腾斯村庄的标志，急速驶过的河流拍打着石头，仿佛钢琴家激昂地弹奏，发出雄浑的乐声。帕绍像犄角一样伸入河流中央，四周全是水，看起来像河流中的岛屿。巴洛克式大教堂的圆顶仿佛一枚极品洋葱，圆润而光滑，周围房屋被漆成桃色、薄荷色、奶黄色或草莓混合奶油而成的粉色，远远望去像一片色彩海洋。灰暗静谧的伊尔兹河、绿色的伊恩河和多瑙河在此相遇，滋养着这片富庶的土地。

帕绍并非《尼伯龙根之歌》的主要故事发生地，但诗人以寥寥数句，勾勒出民风淳朴、热情好客的小镇形象。史诗中写道，“客人们都妥善安顿，当城里商人知道国王外甥女到来的消息后，表示了热烈的欢迎”。帕绍对情节发展的推动作用微乎其微，为何诗人却将它写入史诗，并给予正面积极的描述？后世学者推测，帕绍很可能是史诗的创作地，诗人（或汇编者）之所以能在这里创作出经典史诗，是受到大主教沃尔夫加·冯·埃拉（Wolfgar von Erla）的影响。

沃尔夫加生活在12世纪末，他曾利用自己的政治影响力，要求将“狮心王”理查一世从德恩斯坦城堡中释放，也曾请求教皇批准成立以贵族成员为主的条顿骑士团，并在如今的奥本恩堡修建了一座城堡。他曾资助众多的文艺工作者，其中包括以歌曲《在菩提树下》（*Under the Linden-Tree*）而名垂青史的著名吟游诗人沃尔特·冯·德沃格尔韦德。但是，他也不排斥战争，为达目的，诉诸武力是常有的事。据一部当时的编年史记载，1199年，沃尔夫加对美因河（莱茵河支流）畔格拉本发起围攻，导致大量平民和士兵伤亡。他既是温文尔雅的文艺爱好者，又是冷酷无情的野蛮战士——

一个人通常有多副面孔，这就是《尼伯龙根之歌》的世界。

我住在老城区吊桥附近的青年旅社，距离古老的主教驻地奥伯豪斯宫不远。河对岸有一口井，井边有一个类似起重机和跑步机的装置，四周墙壁上印着国王主教的纹章，还陈列着盔甲、长矛、长剑，及一些13世纪的刑具。

山下的尼德伦堡是一座双塔的修道院，院内有一个尖利的石头笼子，里面放着一个咧嘴笑的骷髅头。骷髅头的主人是德国公主吉塞拉，她在995年与匈牙利圣王斯蒂芬联姻，这可能是诗人让克琳希尔德与早期匈奴王联姻的灵感源泉。笼子外放着红色、白色和绿色（匈牙利国旗中的三种颜色）的花环，飘拂的丝带上写着捐赠者的国籍，大多是匈牙利和奥地利。一旁的留言簿上写满祈祷和祝福。这些东西无一不在提醒人们，无论是中世纪还是现代化的今天，身份认同和信仰都是人类内心最深处的精神需求。但对我来说，人物原型的雕像，远远不能满足我的好奇心，我想再看看克琳希尔德本人的画像。

这就是克琳希尔德。镀金画框中，她头戴金色帽子，辫子从帽子里垂下来，肩上裹着貂皮坎肩。她坐在马背上，骄傲而平静地凝视着前方，仿佛要从画框中跳出来，唯有老市政厅的大理石柱子，才能阻挡她飞驰的脚步；农家打扮的孩子们在向她献花，舅舅皮尔格林主教与她并肩而驰，向她的方向探着身子，似乎在说什么悄悄话。绘制这幅作品的艺术家叫费迪南·瓦格纳，他拿起画笔，将经典的尼伯龙根传说呈现在游客面前。

老市政厅庄严肃穆，外观很像教堂，光线穿过彩色玻璃窗，照在壁炉瓷砖上。但正门另一侧的画作与大教堂风格截然不同。那幅画中，哈根站在河岸上，与三个不着寸缕、身姿优美的女人对峙，她们是“可以预知未来、正在河边洗澡冲凉的水精灵”。史诗中，哈根偷走她们的衣服，强迫她们告诉自己未来会发生什么。水精灵预言道：“一旦你踏上匈奴人的土地，将会大失所望……所有到那片土地上的骑士，都将受到死神青睐！”从人物形象来看，画家费迪南·瓦格纳的审美，无疑受到巴伐利亚啤酒馆里的丰满人物画像的影响。他笔下的水精灵体态丰满，一头莹泽丝滑的金色或红色长发，大腿上有美人鱼般的鳞片，堪称典型的浪漫情色作品。

忘了中世纪吧，今天呈现在我们面前的欧洲史诗，早已经过19世纪浪漫主义的洗礼。浪漫主义者以欧洲古老史诗为素材，深挖历史根源，为历史增添了玫瑰色彩并对自然现象进行偶像化处理，谱写出一曲曲符合时代潮流的赞歌。从费迪南·瓦格纳到同姓音乐家理查德·瓦格纳，从在欧洲北部重述骑士故事的沃尔特·斯科特和威廉·莫里斯，到在南方特洛伊城附近游荡并投身希腊独立战争的浪漫主义诗人，都是其中的积极分子。这一时期，《罗兰之歌》《贝奥武甫》和《尼伯龙根之歌》重现于世，塞尔维亚史诗《科索沃传奇》和冰岛萨迦传说在欧洲引起轩然大波，荷马迷的数量也在激增。十八九世纪文艺工作者对史诗的解读，其深远影响不亚于史诗初创时期。

学者汤姆·希佩（Tom Shippey）曾写道，这是一个“新神话”时代，“书店的书架上放着各式各样的神话作品，兽人、巨魔、精灵、矮人、恶龙、狼人，不胜枚举”。这是否将对史诗解读产生负面影响？难道这些重新问世的民间史诗，就不能是弘扬真善美的艺术作品？那些绘画、诗歌、戏剧和故事，我们就不能把它们当作纯粹的艺术欣赏吗？一旦你认识到当时的社会背景，你就会毫不犹豫地给出否定答案。例如，剧作家弗里德里希·黑贝尔在创作“尼伯龙根三部曲”时，同时也在阅读《共产党宣言》；19世纪《尼伯龙根之歌》的权威翻译家卡尔·西姆洛克（Karl Simrock），曾积极投身关于日德兰半岛所有权的民族主义辩论；童话作家雅各布·格林在收集各国民间传说的同时，致力于传播“大日耳曼”文化概念；此外，以四联歌剧《尼伯龙根指环》闻名于世的音乐剧作家理查德·瓦格纳，十分推崇达尔文的进化论观点，同时也是狂热的反犹太主义分子。他们的政治和科学主张，必然会对艺术创作产生影响。这些故事的创作者，同时也是政治领域的活跃分子，他们在改编史诗故事时，难免受到动荡的时代背景的影响。

清醒地认识到这一点，是正确理解史诗的重要前提。对尼伯龙根传说的解读，不能脱离与其密切相关的政治背景，在帕绍城尤其如此。除了遍布城内的骑士雕像和中世纪图案（如屠龙的大天使、徽章和盾牌上的狼图腾等），帕绍还有一段更为黑暗的历史，它是阿道夫·希特勒儿时的故居，希特勒3—6岁时曾在这里居住。虽然如今这已是帕绍不能言说的秘密，但历史上有段时间，它曾是帕绍不遗余力宣扬的“闪光点”。

希特勒儿时的居所位于特雷西恩大街23号，门上没有编号，更别说匾额。而其他名人故居都有标识，如隔壁的诗人汉斯·卡罗萨（Hans Carossa）故居。希特勒似乎没有在这里留下任何痕迹，我找到的唯一与他相关的物品，是水管上的一张贴纸，上面画着一名卡通国家元首像（Führer，希特勒为自己设置的头衔，意为身兼总统和总理两个职位；这一称谓，除了希特勒，历史上再无别人使用），写着“打倒纳粹”的字样——这是德国社会民主党“年轻社会主义成员”的杰作。街道公告牌、墙上和人行道标识上，也贴着许多标语、贴纸和印刷品，写着诸如“太空入侵者反对种族主义”“卓娜反对法西斯主义”“欢迎难民到来”之类的话。如何看待历史，如何应对历史，是即将到来的选举的重要话题。对此，德语中有个专门的复音单词 Vergangenheitsbewältigung，意为“与过去和解”。

关于帕绍纳粹时代的历史，当地人一直含糊其词。直到 20 世纪 80 年代，当地一位名叫安娜・罗斯莫斯的女学生经过孜孜不倦的研究，才揭开帕绍城在纳粹时代的神秘面纱。安娜的调查并不顺利，她的邮箱里曾收到过死亡威胁信件，调查过程中也曾被市档案馆拒之门外，还被贴上“帕绍女巫”的标签。但安娜没有放弃，她的调查结果最终公开出版，旋即引起广泛争议。安娜也因此成为 1990 年奥斯卡提名电影《我不是坏女孩》的原型。

“是主教让我下定决心。”大教堂附近一家陈设简陋的伪传统咖啡馆里，坐在镀金画框下的安娜告诉我，“他对我撒谎，他告诉我，帕绍没有犹太人。这实在太好笑了，他上学时的最好朋友就是一个犹太人。我假装介绍他们认识，当面拆穿了他的谎言！”

安娜性格活泼热情，眼睛大而明亮，表情像猫头鹰般呆萌。单从外表看，很难将她与那个顶住各方压力，彻查帕绍纳粹历史的坚强女孩联系起来。无论是走上街头参加示威游行，高喊反对新纳粹分子的口号，还是走进图书馆，一丝不苟地钻研晦涩难懂的历史档案，安娜的言行举止，都笼罩着一层英雄主义色彩。而且她不是心血来潮，她一做就是数十年。20 世纪 80 年代，当帕绍人还在极力否认与纳粹的联系时，安娜以铁一般的证据，揭露出一系列历史事实：1700 名苏联战俘在附近森林中被杀，附近曾有几个集中营，当地教会领袖曾向纳粹妥协，哈瑟姆妇女被强迫堕胎，孩童被杀，以及萨拉齐“婴儿农场”的婴儿死于变质牛奶，等等。尽管在当地受到百般阻挠，安娜的研究成果最终还是公布了。说到这里，你可能要问，这一切和《尼伯龙根之歌》有什么关系？如果我告诉你，安娜的新书名叫《希特勒的尼伯龙根》，你就会明白，我为何要千里迢迢来拜访她。

“我十岁的时候，”安娜回忆道，“他们带我们去老市政厅观看费迪南·瓦格纳的绘画作品。这是一次精心设计的参观，目的是树立我们对帕绍的认同感。看看，克琳希尔德这样高贵的王后，都纡尊降贵来到我们的城市。对我们大多数人来说，这种方法的确有效。”

但安娜拒绝顺从，也拒绝遵循“让过去成为过去”的帕绍传统。她来到国家档案馆，翻出陈旧的报纸和档案，四处走访年长居民，最终揭露了这一段扑朔迷离的历史。

“大德国”的概念，对帕绍商人来说，具有无法拒绝的诱惑力。帕绍地处德国边缘，距离奥地利和捷克边界线很近，商业活动很容易受到政治动荡的影响。相较于作为一个边缘小城，将帕绍打造成“大德国”中心，且与国家元首本人密切相连，显然符合大多数人的利益。

第二次世界大战爆发前几个月，一部关于珀希拉恩的鲁迪格（史诗中替匈奴王求娶克琳希尔德，并护送她前往匈奴的勇士）的戏剧在帕绍上演，戏剧作者是巴伐利亚诗人汉斯·鲍曼，所谓的“咏唱希特勒青年时代的游吟诗人”。

“连续好几个星期，报纸上都充斥着这部剧的报道，”安娜说，“所有当地小孩都必须前去观看——我母亲就是其中之一。那一时期，无论是大众媒体还是学校，都深受尼伯龙根传说的影响。如果你翻一下这段时间的学校年鉴，你会发现，里面满是关于尼伯龙根传说的文章。这是一种宣传策略。”

从小学生到职业作家，从剧院到电影院，尼伯龙根题材的文艺作品在整个20世纪30年代风靡一时。在这之前，希特勒就曾在其充满争议的自传《我的奋斗》中提及过齐格弗里德，而他对瓦格纳《尼伯龙根的指环》的崇拜更是众所周知。虽然瓦格纳的作品取材于其他版本的尼伯龙根传说，但纳粹元首对《尼伯龙根之歌》（尤其是最后在战斗中慷慨赴死的精神）的喜爱与推崇，确实带动了古老史诗走进千家万户，重新点燃了民众的史诗热情。

弗里茨·朗的无声电影《尼伯龙根：齐格弗里德之死》配上瓦格纳音乐，重新搬上了荧幕。约瑟夫·戈培尔（Joseph Goebbels）称赞其“符合现代趋势，针砭时弊，引发热议”，1938年纽伦堡的纳粹集会场面设计也借鉴了电影中的场景。戈培尔也是《尼伯龙根之歌》的资深粉丝，他甚至成立了一家同名出版公司，致力于出版反布尔什维克和反犹太人的著作。他的纳粹同僚，如海因里希·希姆勒和赫尔曼·戈林，都曾数次在重要演讲中提及尼伯龙根，古老史诗成为他们谋取利益的政治工具。

“二战结束后，这一切并没有结束。”安娜说。当她在20世纪90年代参加抗议活动，反对在帕绍尼伯龙根大厅（建造于纳粹时期）举行的数千人规模的极右翼德意志人民联盟大会时，她就清醒地认识到，这一切并没有结束。安娜认为，“他们之所以选择尼伯龙根大厅，是看中它与纳粹的联系。在他们看来，二战并不是故事的结局，它只是第一次尝试”。

关于纳粹的争论远没有结束。一方是新纳粹人，他们极力推崇纳粹主义；另一方则是以安娜·罗斯莫斯为代表的新一代历史学家，他们直面过去，揭露历史。安娜认为，他们的工作已经产生了积极效果，尤其体现在应对难民危机的过程中。

“年轻人知道历史后，就会把现在与过去联系起来。你会听到青少年说，‘那时有人逃离家乡，现在又有了，这次我们必须帮助他们’。”

直面历史，把握当下，是采取积极行动的前提条件。至于《尼伯龙根之歌》，虽然旧纳粹分子已被铲除，它仍然随时可能被滥用，被曲解。德国选择党（AfD）领导人在最近一次演讲中，引用了尼伯龙根传说，并将其与创始人提出的口号放在同等位置：“我们不仅有权夺回我们的国家，而且有权夺回历史。”

“史诗传说已经在人们心中生根发芽，”安娜说，“一旦被不怀好意之人利用，就会导致十分危险的后果。”

我问道，这种大规模滥用史诗的情况还会出现吗？有可能吗？安娜曾经历过人身攻击、死亡威胁、深夜被恶意电话骚扰，面对如今的世界，她坦言不是十分确定。她一边搅拌着咖啡，一边告诉我：“现实与平行世界之间的边界日益模糊。”我想起了沃尔姆斯艺术家托马斯·艾希费尔德的话：“战后，再也没有人谈论《尼伯龙根之歌》。它几乎成了禁书，太消极了。但它又似乎从未消失，有点什么味道。”

这究竟是种什么味道，实在很难定义，但如果用一个词来形容，我觉得是“危险”。这种味道，存在于故事情节中，存在于血腥杀戮中，更存在于被长期滥用的史诗中。危险与禁区总是如影随形，它如同深埋在莱茵河底的尼伯龙根宝藏，穿过滚滚河水，发出诱人的光芒，引诱人们潜入深渊，将它打捞上岸，重见天日。

4

奥地利多瑙河
史诗之下，欧洲大陆是同一个阵营

我告诉你，我不愿意对你刀戈相向。

但我已经起誓，所以现在必须流血。

——珀希拉恩的鲁迪格

《尼伯龙根之歌》第三十七次冒险

沿着多瑙河逆流而上，气候变得湿润多雨，雨滴落入河流，在泥泞的草地溅起水花，雨燕扑腾着翅膀在风雨中飞翔。此时，虽然已离开德国进入奥地利境内，但沿途风景和建筑几乎没什么变化。路上行人依然说着德语，口音与巴伐利亚方言十分接近——身处国境线的哪一边，似乎没什么区别。无论是在德国，还是在奥地利，男孩们都爱穿皮短裤，女孩们则偏好紧身连衣裙。从德国初入奥地利，唯一感受到明显不同的就是天气。德国巴伐利亚的天气温暖宜人，而此刻奥地利却乌云密布，鸟儿们正扇动翅膀紧张捕食。它们大张着嘴巴，仿佛要一口吞下太阳，嚼烂蓝天白云，徒留一片灰暗给全世界。

帕绍段的多瑙河不过是一条涓涓细流，而当我在奥地利珀希拉恩走下火车，眼前的多瑙河瞬间从幼童变成了参天巨人。它咆哮着穿过瓦棱山谷，滋养出一片物产丰富、风景优美的沃土。这里遍布葡萄园和果园，以及高耸入云的古老城堡。

史诗往往与地理事实存在出入。但在这一地区，自然景观、地名与《尼伯龙根之歌》完全吻合。史诗中，对克琳希尔德出嫁前往阿提拉王宫的旅程，描写得十分精确。许多学者甚至认为，诗人曾亲身走过这条线路。正如旅行作家赫尔穆特·伯恩特（Helmut Berndt）所说，“《尼伯龙根之歌》堪称德国最早的旅游指南，比贝德克的旅行手册还要早大约600年”（贝德克是19世纪的德国出版商，他出版的《贝德克旅游指南》囊括欧洲各国的旅游线路）。我计划走小路徒步穿过“尼伯龙根省”，一直走到奥地利特赖斯毛尔，然后乘火车前往维也纳。

珀希拉恩是第一站。这是个小渔村，“边关伯爵”珀希拉恩的鲁迪格曾数次在这里招待来自勃艮第的客人。鲁迪格是匈奴王阿提拉的使者，受阿提拉之托，千里迢迢前往勃艮第，替匈奴王向克琳希尔德求婚。他圆满地完成了使命，但最终付出了生命的代价。在护送克琳希尔德前往阿提拉王宫的路上，鲁迪格曾命迎亲队伍短暂休憩。他们来到“一座宽阔的宫殿，宫殿金碧辉煌，装饰一新，多瑙河波光粼粼，在他们脚下缓缓流淌”。宫殿里还举办了一场精彩的骑术比赛，来取悦远方的客人。后来，克琳希尔德的兄弟们在前往匈奴王宫赴宴的路上，也曾在这里稍做休息，并受到鲁迪格及其家人的热情接待。克琳希尔德最小的弟弟吉斯尔赫，甚至娶了鲁迪格美丽迷人的女儿为妻。

我来到多瑙河边，见到了这对幸福的小夫妻。他们的金属雕像静静地矗立在多瑙河边，空中飘荡着悠扬的小夜曲。大雨倾盆而下，多少破坏了眼前的浪漫气氛；而在上游，哈根双手紧握长矛，一副沉思的模样，更符合阴郁的天气。

哈根像后面，种着许多橡树，彩旗飘扬。16张盾牌排列成弧形，每张盾牌上都绘有图案，代表从梅茨到维罗纳的16个城市。《尼伯龙根之歌》里，来自这些城市的骑士们齐聚匈奴王宫，庆祝克琳希尔德与阿提拉联姻。盾牌上的图案，既有沃尔姆斯的龙、帕绍的狼，也有维也纳的白十字，它们无一不在提醒着世人，这部德国史诗的故事触角遍及整个欧洲。但事实上，除了这16个城市，史诗还描写了来自丹麦的骑士和布伦希尔德远在冰岛的宫廷，克琳希尔德到达阿提拉王宫时，迎接她的队伍中有“希腊人、俄罗斯人……波兰人和瓦拉亨人……以及来自基辅王国的勇士”，这些场景将这部德国民族史诗的版图，扩展至更广泛的跨欧洲区域。

史诗中日耳曼民族与欧洲各部族的联盟，极易引起政治共鸣。一块纪念碑上，赞助人表达了“为欧洲和平思想做出贡献”的目标。《尼伯龙根之歌》以一种戏剧化的形式，将整个欧洲大陆纳入一个大的阵营，阵营中有效忠，有庇护，有誓言，也有礼尚往来。这是一个团结的欧洲，将各国各民族紧密联系在一起的，不是一种共同货币，而是一种共同的行为准则和伦理思想。但这些准则和思想，让欧洲团结在一起的同时，也将所有人一同卷入毁灭的漩涡。

史诗中，人人都赞同并遵循这种行为准则，并甘愿受其约束。但鲁迪格之死，无疑是其中最荒谬、最疯狂，也最有可能避免的。当克琳希尔德夫妇与勃艮第骑士在阿提拉王宫爆发冲突时，鲁迪格陷入了左右为难的境地：一方是远道而来的勃艮第骑士，他本应遵循热情友善的原则，对客人尽地主之谊；另一方则是王后克琳希尔德，自己曾宣誓为她效忠，本应为她排忧解难。他悲怆地说："不管我支持哪一方，都是对另一方的背弃，我都难逃卑鄙无耻、背信弃义的名声——而如果我一方都不选，双方都将谴责我！"最终，他难逃匈奴王和王后克琳希尔德的君臣枷锁，心不甘情不愿地穿起战甲，将刀剑指向勃艮第客人。决战前，他主动把盾牌送给哈根（哈根的盾牌是鲁迪格妻子赠送的，已在打斗中损毁），然后向哈根及其勃艮第同伴扑去，"通过大量斩杀对手充分证明自己的强壮、勇敢和武器的精良"。故事最后，他被勃艮第勇士所杀。

试想一下，有奖拳击比赛中，双方一边挥舞拳头，一边向对方道歉！英雄一边向对方挥砍，一边嘶吼着赞扬对方并表示愧疚，"他们恸哭起来，任何写书人都无法描写出这令人心碎的痛苦"。场景有点搞笑，但他们还得继续鏖战。字里行间满溢着紧张与刺激，读者想笑，却怎么也笑不出来。鲁迪格被勃艮第勇士用自己赠予他的宝剑杀死后，人们号啕大哭。读者禁不住开始怀疑，勇士们为所谓的荣誉和道德，甘愿放弃生命，诗人对此大概是不赞同的吧？

规划行程时，我曾对为期一周的多瑙河之旅充满期待。想象自己轻松悠闲地在河边漫步，累了随便找个地方就可以露营，购买食物和日用品都十分方便。但事实证明，我真的是太会挑时间了！当时正值奥地利雨季，天空乌云密布，靴子里灌满雨水和泥浆。大雨倾盆而下，我不得不停下前进的脚步，躲到橡树和柳树下避雨，还得匆忙地用塑料袋把随身物品包起来。

在梅尔克镇，我曾睡在火车站外的长椅上，也曾路过一面刻着

《尼伯龙根之歌》诗句的墙壁。诗句的内容是，克琳希尔德一行人经过梅尔克时，当地人用“华美的金色高脚杯，盛满美味的葡萄酒”招待他们。继续向前，来到瓦梭，雨水从黑松和角木树冠滴滴答答地落下，顺着小路一直流到阿格斯坦城堡，城堡潮湿的酒窖里，储藏着许多尼伯龙根模型。云雾缭绕，乌鸦出没的堡垒和荆棘环绕的扶壁若隐若现。德语单词“Nebel”的意思是“可能发生光怪陆离事情的云雾之地”，与“Nibelungen”（尼伯龙根）源自同一词根。

这段旅程中，我经常浑身湿漉漉的，很是烦躁。我一直在努力控制预算，从超市买东西吃，在户外露营。每当发现这部非凡史诗被滥用，都要在脑海里哀叹好长时间。我十分热爱《尼伯龙根之歌》，正如我热爱中世纪的德国文化。15 年前，我研究传说中的祭祀王普雷斯特·约翰时，曾读过侠义浪漫故事《帕西瓦尔》（*Parsival*），并在接下来几年里深入了解这种古老文化。德国的中世纪文学故事，曾对欧洲人文主义的发展起了重要的推动作用，但现在却被一帮不怀好意之徒肆意滥用，对此，我深感痛心。每每想到这一点，或在路上偶遇德国选择党的极右翼分子时，我都有一种深深的厌世情绪（德语中称为 Weltschmerz）。

有时候，你甚至很难弄清，自己到底为什么沮丧。是考虑了太多国家大事，过于忧国忧民，还是因为个人的鸡毛蒜皮？是想家了，还是仅仅因为天气潮湿多雨，破坏了心情，抑或这些问题唤起你灵魂深处的脆弱无助感？除了血腥屠杀的暴力场面，《尼伯龙根之歌》也对人类的悲伤情感进行了细致入微的描写，这常常让我陷入深思。

当鲁迪格受阿提拉委派来到沃尔姆斯，克琳希尔德仍是一名“沉浸在悲伤之中的女士”，一有风吹草动就陷入哀思不可自拔。她说，“那个男人的离去，让我饱受折磨，我再也不可能得到快乐了”。在嫁给阿提拉并为他生育了一个孩子以后，这种痛苦仍在不停地啃噬她，令她日夜不得安生。勃艮第骑士们来到阿提拉的宫廷参加宴会时，阿提拉的随从维罗纳的迪特利希警告他们说：“每天清晨，都听到王后在哭泣和哀叹，悲伤欲绝。”悲痛使克琳希尔德面目全非，从一只人畜无害的小白兔，变成铁石心肠的刽子手。最后一战中，即使关系最亲密的弟弟吉斯尔赫向她请求宽恕，她也冷酷地拒绝了：“我不会为任何人心软！”

这就是悲伤情绪无限放大的后果。克琳希尔德任由自己被悲伤情绪主宰，为报夫仇，甚至不惜以众多的生命为代价。丹麦哲学家瑟伦·克尔凯加尔（Søren Kierkegaard）曾写道：“悲伤是我的城堡，没有什么可以摧毁它。我从悲伤出发，飞到现实中，抓住猎物。”悲伤，是一种癌变的情感，或早或晚，或大或小，没人可以幸免。然而，读着克琳希尔德的哀歌，我不禁对她心生同情，尽管她的悲伤曾让无数英勇骑士付出生命的代价。把我们内心最深处的情感，以一种戏剧化的形式表现出来，这不正是史诗的力量吗？

父亲去世后，急欲向别人展现坚强的我，一度不敢提及此事。我心里十分愧疚，自己的错误决定让我没能在父亲最需要我的时候陪在他身边。我觉得自己没有权利悲伤。所以我默默地咽下泪水，一声不吭，佯装坚强。直到很久以后，我才意识到这种悲伤情感对自己造成的伤害。现在，读到克琳希尔德情感失控的篇章，我竟然有一种奇怪的、欣慰的宣泄感。她任由自己陷入悲伤情绪，任由它完全控制自己，最终生长裂变成一股足以摧毁世界的力量。悲伤的力量，在这部非凡史诗中展现得淋漓尽致。

乌黑的云朵在天空徘徊，宣泄着愤怒，宛如一群浑身漆黑、脾气暴躁的恶龙，只是它们喷出的不是火，而是雨。我浑身都已经湿透，后来终于遇到一队采杏人，他们邀请我搭乘他们的小货车，一起去克雷姆斯镇。雨终于停了，太阳露出了笑脸，阳光洒满公园。我从当地一家超市里买了一些面包和饼干，找了个地方坐下来开始进食。

我坐的地方，是19世纪陆军元帅赫尔穆特·施密特纪念碑的壁架。我脱下湿透的袜子，放在基座上晾晒。说话声和烟味从纪念碑另一侧传来，口音中可以听出阿拉伯语的声门停顿和快速喉音。我犹豫一会儿，还是探过头和对方搭讪，并做了自我介绍。

“我们的文件不齐，”其中一名叫穆萨的男子用拳头击着手掌，模仿边境公章，“在维也纳，他们问的问题太多了！”

他们来自摩洛哥，乘船从利比亚出发，到达距意大利兰佩杜萨岛不远的海域，以便意大利海岸警卫队可以发现他们，并把他们接走。但是这样他们的护照就盖上了意大利政府的公章，这就意味着，他们不能再去别的国家。根据《都柏林公约》，难民必须在到达的第一个国家寻求政治庇护。一旦他们被奥地利政府发现，穆萨很可能被驱逐出境。

“我想，找工作很难吧？”我问道。

穆萨咬牙切齿地说：“这就是我们离开摩洛哥的原因。如果你没有人脉，根本就找不到什么工作。我们曾经认为，到欧洲就会有出路。”

“你知道我有多少文凭吗？”他的朋友说，“四个！我有开罗爱兹哈尔大学的文凭，受过工程师训练，还可以做理发师。但我依然找不到工作！”

他把烟灰轻轻弹到小路上，过了一会儿，又点燃另外一支。我拿出面包，他们拿出橄榄罐，互相分享食物，把橄榄酱摊在皮塔面包片上。太阳落山的时候，我的衣服已经干得差不多了，我把它们取下来装回包里，恢复了施密特元帅雕像的尊严。纪念碑底座不是睡觉的好地方，好在雨已经停了，我可以去其他地方度过这一晚。冷杉树间隐隐传来香烟的火光，看来在这里过夜的人不少。

阅读《尼伯龙根之歌》，你会认为勇敢的骑士只要有一把锋利的宝剑、一些现金以及不错的人脉，就可以想去哪里去哪里。但实际上，同现代社会一样，中世纪骑士也受到国界的限制。哈根去匈奴，需要穿过多瑙河对岸的一个国家。当他试图横渡多瑙河时，守卫边境的船夫拒绝摆渡他。船夫用撑船的木篙袭击哈根，哈根瞬间被激怒，挥剑砍下船夫的头颅。这并不意味着哈根反对设立边界。他曾在珀希拉恩附近遇到一名骑士，给了对方六个红金手镯，并称赞他是“一名无所畏惧的战士，独自守卫着边境，独自面对孤独”。同样地，齐格弗里德也曾经因为守卫他城堡的勇猛巨人尽职尽责而深感欣慰。他就像现代社会匿名探店的连锁店老板一样，刻意隐瞒自己的真实身份。史诗写道：“守门人非常强悍，齐格弗里德都有点害怕被对方杀死。因此，守门人深得主人的喜爱。”

这是一片暴力的土地，守卫它的士兵比暴徒好不了多少。现在，很多人都喜欢把欧洲看作一片统一的大陆，这里没有国界——

至少申根区是这样的，没有边界，没有守卫，人们可以自由通行。但这个美好的假象，已被难民危机摧毁。从难民口中，我听到许多令人十分不安的事。在边界附近，咄咄逼人的警卫给他们戴上手铐，让嗅探犬追赶他们，还把他们关在栅栏里并喷撒胡椒粉。更令人震惊的是，匈牙利和奥地利已经树立起边界围栏，民粹主义政客大放厥词，宣扬孤立主义言论。“欧洲堡垒”（建设一个抵制全球化压力的欧盟，而不是向世界经济开放门户）真的可以解决问题吗？难道就没有更好的办法来应对难民危机吗？这是欧盟介入的最佳时机吗？我所看到的，只有不断树起来的活动吊桥、铁丝网，公投和尘嚣甚上的民粹主义。仿佛只要你家围墙修得够高，隔壁邻居家的大火就不会烧到你家来。

“欧洲变化得太快了。”本次旅程中，我经常听到有人这样说。但欧洲不是一直都在变化吗？从《奥德赛》中不断兴起的希腊城邦，到《罗兰之歌》超级国家的建立，到《尼伯龙根之歌》中僵化旧制度的自我毁灭，史诗本身记录的不也正是变化吗？

我想起几年前的撒哈拉沙漠旅行，想起在那里听到的令人心碎的故事，游牧民族失去所有的牲畜，城市居民陷入极度贫困。和往常一样，又回到那个我曾无数次提出的老问题：如果我处在他们的位置，我会怎么做？难道我不会想方设法逃离苦难，前往那些所谓的富足之地吗？

车辆轰鸣着穿过多瑙河上的桥梁；山顶上露出哥特威格修道院的美丽身影，每个角落都有一座圆顶；果园里的葡萄藤长得非常茂密，将道路笼罩在中间。乌云散了，大部分时间都是晴天，但走到特赖斯毛尔郊区时，大雨又突然而至。我很快就全身湿透，匆忙走进邻近村落，在一个车库屋檐下避雨。车库里停着两辆宝马车，车身干净光亮，引擎盖映照出我狼狈的身影，像一个不停地往地上滴水的拖把。为什么还这么多雨？已经是7月下旬了！最后一次暴雨时，我冲进一家餐厅，歇了口气，换下湿透的衣服，喝了一杯德国啤酒。雨仍然下得很大，透过窗户，中世纪的墙壁宛如壮观的水族馆背景。

“这该死的天气！”一名保龄球运动员坐过来和我聊了会儿天，请我喝了杯杜松子酒。他和伙伴们一起唱完队歌，然后他们一起消失在雨夜中。看着他们离开，我心中有点失落，希望他们能再多陪我一会儿。但此时已是深夜，酒吧即将打烊，我也必须尽快离开。我四处寻找露营点，最终锁定一栋公寓楼后面的门廊，那里的大垃圾桶后面有一片足够大的干燥空间，可以把睡袋铺开。没有比这更合适的露营地了，我躺下来，在手机上设好闹钟，以便在早上有人出来扔垃圾前打包走人。

特赖斯毛尔的街道沿袭了古罗马城堡的轮廓，有着1700年历史的罗马塔，历经岁月变迁，静静地立在那里。它是一座泥堡，距离我露营的地方只有几码的距离。泥堡顶部是一座中世纪塔楼，上面画着《尼伯龙根之歌》中的场景。这幅壁画绘于1933年，展示了鲁迪格与克琳希尔德前往匈奴王宫的场景。画中鲁迪格头戴金色饰角的头盔，蓄着庄重的胡须，正转头与克琳希尔德说话；克琳希尔德与鲁迪格并肩骑行，她披着金色斗篷，长长的发辫隐没在斗篷中。史诗中，这座城堡以寥寥数笔带过——一座属于阿提拉的壮丽城堡，是克琳希尔德在前往新家路上短暂停留并慷慨施舍的众多地方之一。但对于一个小镇来说，能够出现在这样一部宏伟史诗中，已经是非常值得庆祝的大事了。

从特赖斯毛尔往东50英里，是著名的中欧国家奥地利的首都维也纳，那是我的下一站目的地。我从特赖斯毛尔的罗马塔下匆匆经过，向头顶的克琳希尔德和鲁迪格雕像挥手致意，然后继续朝火车站走去。车厢里除了我空无一人，窗外的田野白茫茫一片，到处都是水，除了被雨水打湿的造型奇特的稻草人之外，田里不见任何人影。这是一片平坦的冲积平原，盛产蔬菜。随着列车的前进，慢慢地，田园风光变成了果园，塔楼和穹顶遮挡了墙板和天桥。我走下火车，上了一辆前往卡尔广场的地铁。我路过一座音乐公厕，里面正在播放莫扎特的歌剧，掩盖了人方便时的声响；还看到一名街头艺人拿着一把卷起的中提琴，弹奏着《蓝色多瑙河》。再明显不过了，我已经到了维也纳！

5

维也纳和布达佩斯 盛大的婚礼，血腥的屠杀

休跟我说什么仁慈，我不会跟你们和解。

你们杀死了我的许多勇士，还有我年幼的儿子！

——匈奴王阿提拉

《尼伯龙根之歌》第三十六次冒险

中世纪的中欧，维也纳堪称最奢华的举行婚礼的场所。因此，《尼伯龙根之歌》的作者将克琳希尔德与匈奴王阿提拉的盛大婚礼安排在这里举行。不过，维也纳本就以丰富的历史文化遗产闻名于世，因此，在这部德国民族史诗中的超凡地位，对它而言稀松平常，没有必要大肆宣传。尽管如此，从歌剧院到博物馆区，维也纳城内也不乏尼伯龙根传说的痕迹。

之所以将维也纳纳入本次尼伯龙根之旅，是因为维也纳保留了许多中欧世界的特征，有助于我们更深入地理解史诗。无论是在我所住的街区，还是其他随意逛到的城市角落，仍有不少民居外挂着黄铜铭牌，铭牌上刻着各类官职称谓。同往常一样，我提前在网

站上预订了房间，房主名叫萨宾，他指着这些铭牌，形象地解释当地人对等级和规章制度是如何执着："你知道的，这座城市底下支着棍棒。"这个城市的种种饰物，会让人很自然地联想到《尼伯龙根之歌》中的场景。如克琳希尔德和布伦希尔德因为谁应该走在前面而争吵不休，以至反目成仇；鲁迪格和许多英勇的骑士为了虚假的荣誉，心甘情愿献出生命。然而与德语版本相比，挪威版本的尼伯龙根传说并未就身份、荣誉等问题过多纠缠。这是因为北欧社会环境相对平等，但在这里，欧洲的中心地带，人们普遍更关注社会等级。

于我而言，这是维也纳城市魅力的一部分。毫无疑问，它是一座 21 世纪的现代化都市。城内设有救济难民的厨房，多瑙河旁的夜店里，舞者戴着耳机旁若无人地舞蹈。它同时也是一座具有丰富历史文化遗产的城市。萨宾的房子是一栋低层公寓，我从那里出发，顶着因喝鸡尾酒而微醺的脑袋，呼吸着政治味道浓郁的空气，在这座城市里漫无目的地闲逛，陶醉于曾经深爱的维也纳的一切。我靠在咖啡厅的软垫座椅上，一边啜饮着加了生奶油的意式浓缩咖啡，一边浏览《多瑙河报》（*Donau Zeitung*）。我走进环形大道弗朗茨·约瑟夫斯凯段的地下咖啡馆，欣赏爵士音乐；我也曾在多瑙河畔偶遇一个伊朗家庭，他们正在举行烧烤派对，我厚着脸皮请求加入。

现在，我要去赴一个邀约，对方是一名奥地利吟游诗人，擅长说唱各种中世纪故事。几年前，我曾在伊朗结识了几名传统说书人，他们能随口背诵成百上千首古代诗歌。类似的传统，我后来也在非洲马里共和国的说唱艺人身上见到过。说书传统虽然谈不上正当流行，但好在并未灭绝——这是本次欧洲之旅最令我开心的发现之一。

诗人名叫埃伯哈德·库默（Eberhard Kummer），他脸上布满皱纹，眼睛却清澈明亮，胸膛结实有力，声音浑厚低沉。他说书时，习惯自弹竖琴伴奏。他家客厅的墙上挂着一个松果手柄，手柄上挂着一个布谷鸟自鸣钟，橱柜里摆着彩釉壶、相框及老式咖啡研磨机。埃伯哈德曾多次在公众庆典上咏唱《尼伯龙根之歌》，还在视频网站 YouTube 上发布了一系列作品，浏览量已经超过 10 万次。

“太棒了，”他说，“现在还有这么多人喜欢它！”

痴迷于各地传统文化的埃伯哈德，对吟唱诗歌充满热情。对他来说，法国科西嘉岛流传至今的“决斗”诗歌形式、尼日尔部族说唱艺人吟诵的故事，“每个英雄都有自己独一无二的旋律”。同许多吟唱艺人一样，埃伯哈德喜欢把自己的表演放在更为宏大的时代背景中。他喜爱各地传统文化，是因为他十分清楚自己所面临的巨大挑战。

“人们对《尼伯龙根之歌》是发自内心的喜爱，”他说，“他们像我一样，完完全全被故事吸引住了。有时观众席里也有小孩，他们也常常被深深地吸引住。”

用蹩脚的德语交流，对我们双方都是巨大的挑战。幸好我带着录音笔，可以将当时的对话无限次回放。但最令我开心的是，他的表演也被录下来了，可以翻来覆去地欣赏。他轻抚着竖琴琴弦，胸腔一鼓一鼓地发出嘹亮的歌声，时而高亢激昂，时而宛如羽毛飘落般轻盈柔和：

古老传说里蕴藏着许多奇妙的故事，
关于名垂千古的英雄及其伟大事迹，

有笑语，有欢庆，有悲伤和泪水，
也有勇猛无畏的骑士，
他们的奇妙故事，让我一一说给你听。

波斯尼亚的古斯拉表演，大都在人头攒动的酒吧。人们一边喝着酒，一边弹着竖琴，大声唱着那些古老的史诗故事，高潮处，观众拍手鼓掌叫好，现场一片欢腾。而《尼伯龙根之歌》的吟诵表演，更像是表演者的个人修行，尽管如此，埃伯哈德仍然坚持用这种方式表演古老史诗。《尼伯龙根之歌》从诗歌形式上看，是为口头吟唱而作，而非供读者阅读。因此有幸听到埃伯哈德的吟诵，我感觉自己离这部古老史诗更近了一步。与古斯拉表演一样，吟诵《尼伯龙根之歌》在现代社会已不再是主流。埃伯哈德的曲调和节奏，具有浓厚的个人特色，与曾经世代相传的古老旋律相去甚远。尽管如此，能够亲眼观赏《尼伯龙根之歌》表演，仍然是本次旅行最令我开心的收获之一。这段经历也让我确信，以严谨著称的德语，也可以演奏出美妙的旋律。

尼伯龙根之旅的最后一站，是史诗中惨绝人寰的大屠杀发生地——匈牙利的埃斯泰尔戈姆。我从奥地利出发，乘坐长途汽车前往匈牙利首都布达佩斯。车窗外，灰泥外墙、色彩柔和的建筑物和温泉标志从视线中一闪而过，微风吹动着杂草丛生的树林，路边停着抛锚的拖拉机，建材商店修有回旋道。这样的景致，很有科索沃高速公路的味道。道路一侧，银色的多瑙河缓缓流过，岸边杨柳依依；另一侧则是平坦的匈牙利草原，地平线上时不时冒出一个城镇，墙上的涂鸦隐约可见。高速路旁的匈牙利语邮政标志，让我清晰地感觉到，自己已经从奥地利进入匈牙利。街上随处可见酒品商店及奥地利招工广告，来往行人姿态慵懒，走路缓慢，看起来闲适安逸。

终于到达布达佩斯，我从巴士上下来，钻进一辆前往埃斯泰尔戈姆的小面包车。车窗外，身着速干衣的骑行者们奋力蹬着自行车，沿多瑙河边的自行车道疾驰而下，几乎与面包车并肩同行。道路里侧，许多人一手牵着孩子，一手提着儿童车和皮划艇设备，准备尽情享受亲子休闲时光。透过柳树和水草缝隙，隐约可见有人在打羽毛球、玩飞盘游戏；野餐的人正往车上盖遮阳挡，以防汽车被暴晒；草地上搭着帐篷，一对新人正在举行婚礼，宾客们手握香槟，言笑晏晏。新娘的头发编成了小辫，让我不由得想起维也纳美术馆中展出的比德迈尔风格[①]的画作。

多瑙河的一个拐弯处，田野仿佛不堪柳树的重压，急剧收窄。麻鸭掠过灌木丛下的浅滩，身上的羽毛随着芦苇的颤动而抖动。终于，我看到了丛林中的曙光，埃斯泰尔戈姆突然出现在前方。城内满是圆顶建筑和钟楼，大教堂上巨大铅制圆顶宛如宝箱上的盖子，严严实实地盖在帕拉丁式立柱上。

我住在多瑙河边一家体育馆宿舍里，与来自河对岸的六个斯洛文尼亚人同住一屋。事实上，他们不是和我同住一屋——他们六个人同住一“屋”。那天晚上，他们大部分时间都在宿舍外的露台上喝酒，每喝下一口巴林卡（一种匈牙利特产的蒸馏水果白兰地），他们之间

① 介于新古典主义和浪漫主义之间的艺术风格，勃兴于1825—1835年的经济萧条时期，曾在德国、奥地利、意大利北部和斯堪的纳维亚各国流行。

的距离就拉近几分。慢慢地，他们一个个都喝多了，踉踉跄跄走进屋里，脱去衣服，随意倒在沙发上沉沉睡去。午夜时分，当我辗转难眠时，他们在外面兴奋地喊："今晚真开心！"仿佛在向谁汇报似的。

史诗中，埃斯泰尔戈姆名叫"格朗"，是匈奴王阿提拉的首都，把这里当作本次尼伯龙根之旅的终点再合适不过。据史诗描述，克琳希尔德与阿提拉专门举办了盛大的夏日庆典，款待来自莱茵河畔的亲人。上万名勃艮第骑士满心欢喜地离开家乡，渡过多瑙河，来到匈奴。他们丝毫不知，昔日单纯善良的克琳希尔德正在处心积虑地谋划复仇。骑士们欢聚在匈奴王阿提拉的王廷，大碗喝酒，大口吃肉，极尽狂欢。可是很快欢笑消失了，匈奴人亮出了兵刃，勃艮第骑士挥舞着铁链和脚凳，奋力击杀匈奴人。最终双方死伤惨重，王廷内尸横遍野，血流成河。

与《奥德赛》一样，《尼伯龙根之歌》的最后一战，也是发生在王宫大厅。那里原本是供人们休息、用餐、议事的温馨场所，最终却成为鲜血横流的修罗场。类似桥段在欧洲伟大史诗中经常出现。比如，冰岛传说《尼亚尔萨迦》中，尼亚尔的农舍被敌人围攻，他们放火烧毁农舍，烧死尼亚尔及家人；《贝奥武甫》中，鹿厅受到食肉怪物攻击，英雄贝奥武甫挺身而出，在大厅里与怪物展开殊死搏斗。除了欧洲史诗，其他作品中大厅血战则并不常见。比如波斯史诗《沙纳玛》中那场遮天蔽日的战争，就发生在荒野之地。本次史诗之旅，我从欧洲南部出发，一路向北，大厅血战出现在史诗中的频率也越来越高。这从侧面印证，故事高潮的发生地，往往取决于诗人所在地的环境气候。

埃斯泰尔戈姆大教堂旁，有一座延伸至山丘另一侧的石墙，墙内便是阿尔帕德宫，是旧时匈牙利国王举行议事会议的地方。在《尼伯龙根之歌》创作时期，埃斯泰尔戈姆便是匈牙利首都，史诗中的阿提拉王宫，实际上是诗人想象中的阿尔帕德宫。腓特烈一世带领军队进行第三次十字军东征时，曾在此地停留。相关消息极有可能传到了居住在帕绍（抑或其他地方）的诗人耳里，为诗人描写最后一战提供了重要素材。

阿尔帕德宫庭院深处，有一座哥特式小教堂，石柱上安放着两名骑士雕像。他们一人手里拿弓，另一人拿着匕首和盾牌，浓浓的战斗气息扑面而来，与周围虔诚肃穆的圣徒雕像形成鲜明对比。欧洲史诗对战斗的肯定和弘扬，可见一斑。基督教与人为善、和平忍让的处世哲学，在紧张刺激、热血偾张的军事行动中，受到了极大挑战。

《尼伯龙根之歌》用华丽的辞藻描写了壮丽雄伟的埃斯泰尔戈姆城，匈奴王和克琳希尔德的原型，则是匈牙利圣王斯蒂芬国王和他的妻子德国公主吉塞拉。他们奢华精美的王宫，也顺势成为史诗中匈奴王宫的原型。斯特芬与吉塞拉的联姻，为德国和匈牙利赢得了短暂和平，《尼伯龙根之歌》中也是如此。史诗描述，勃艮第公主克琳希尔德和匈奴阿提拉联姻后，其统治下的匈奴王国“基督徒和异教徒和平共处。国王开放包容，无论遵循哪种宗教仪式，只要付出辛劳，都会得到丰厚回报”。考虑到史诗创作时十字军东征正如火如荼地进行，这种宗教包容的理念在当时非常前卫，与《罗兰之歌》中基督教对伊斯兰教的敌对讨伐，形成鲜明对比。但宽容的宗教政策，并不意味着没有流血冲突；当人类处心积虑想要发起血战时，往往并不需要意识形态的借口，一个微不足道的私人理由足矣。

漫步在埃斯泰尔戈姆的露天咖啡馆和大教堂之间，你的脑海中会不由自主浮现出克琳希尔德冷酷无情地发出屠杀指令，匈奴勇士从厚实沉重的石墙上涌下来扑向勃艮第骑士的画面。在阿尔帕德宫，我仿佛看到了贡特尔国王和倔强无畏的哈根，他们脚下堆满尸体，血流成河，头顶的横梁上闪耀着火光。表面上看，《尼伯龙根之歌》的最后一战，是一场定居在莱茵河畔的德国人和来自大草原的游牧民族之间的冲突，体现了欧洲人抵抗外族入侵这样一个南欧史诗亘古不变的主题（《伊利亚特》《罗兰之歌》《科索沃传说》皆是如此）。然而，《尼伯龙根之歌》的故事触角更加广阔，它从欧洲北部一直讲述到欧洲南部——毕竟，这是一部中欧地区的史诗，具备连接南北、沟通东西的天然优势。这部德国民族史诗不仅集齐宝藏、矮人和恶龙元素（这些都是奇幻小说不可或缺的元素，是浪漫主义读者最能为之尖叫的元素），而且用大量篇幅细致描写了惨无人道的大屠杀场景，并不遗余力地宣扬了忠诚和勇敢的骑士精神——欧洲北部史诗《贝奥武甫》和冰岛萨迦传奇也是如此。

“未来，他将被谋杀，她将对自己的血脉至亲展开疯狂报复。”史诗开篇，诗人以寥寥数句，为故事两败俱伤的结局埋下伏笔。

以巍峨险峻的阿尔卑斯山为界，欧洲分为南部和北部地区，但无论地处南欧还是北欧，谋杀与报复都是欧洲史诗永恒的共同主题。《罗兰之歌》中的罗兰和《科索沃传说》中的米洛什·奥比利奇被己方队友出卖，《奥德赛》也是以英雄疯狂屠杀背叛自己的臣属为结局。欧洲史诗用一系列鲜血淋漓的故事告诉我们，欧洲最大的威胁，往往不是外来者或陌生人，而是自己人。下一站，我将回到英国，那里正因为脱欧问题而急剧分化，这个问题更是值得深思。或许，这就是政治本来的样子，内部争端持续发酵放大，不断向外延伸，直到蔓延至全世界。

《尼伯龙根之歌》是一部光怪陆离的奇幻故事，更是一部宣扬慷慨赴死的骑士精神、鼓励暴力血腥行为的洗脑史诗，它曾经为纳粹和极端民族主义分子滥用。本次旅途的所见所闻，我更加确信，《尼伯龙根之歌》早已根植在德国民族意识中。那些曲折离奇的神话元素（如浪漫主义读者钟爱的屠龙之战、莱茵河宝藏、可预知未来的水精灵等），让读者很容易忽略史诗字里行间都在宣扬虚假的荣誉、所谓的慷慨赴死和血腥的暴力行动。这种现象令我十分不安。所有伟大史诗无不打打杀杀，但《尼伯龙根之歌》尤其令人担忧。如果齐格弗里德没有异于常人的超能力，就不会被哈根和勃艮第骑士针对，从而失去生命；同样地，正因为《尼伯龙根之歌》广泛深远的影响力，对它的误读和滥用，才更容易造成不堪设想的后果。

“《尼伯龙根之歌》反映出战争的疯狂。”在德国巴伐利亚时，剧作家阿尔伯特·奥斯特迈尔曾如此告诉我。几天后，沃尔姆斯的安娜·罗斯莫斯非常坚定地说：“它无疑是对战争的美化。”或许两者兼而有之？评论家几乎一边倒地将它定义为德国民族史诗，只有少数人认为，它其实是一个反战题材的故事。而史诗之所以深受大众喜爱，很大程度上是因为其描绘的宏伟战争场面，因为那些刀光剑影和勇猛异常的暴力“英雄”。“它并不完美，”阿尔伯特说，“但正因如此，它才更有力量，像莎士比亚一样。”

直击人心的力量、惊心动魄的打斗场面、关于荣誉的慷慨陈词，它们就在那里，读者随时可以去观看。你不需要过多地添油加醋，就可以把故事变成另一个版本，令听众深信不疑。但有些东西，战争分子可能永远也不会留意到，比如鲁迪格的悲惨命运、哈根的复杂人格、齐格弗里德的天真单纯。读到史诗结尾时，我正在沃尔姆斯，当时，我放下电子书，长长地呼出一口气。我浑身都在发抖，诗人怎能创作出如此荡气回肠，又具有如此大破坏力的作品！

史诗最后，一切都被毁灭了。哈根提议“为逝者”干杯，随后拿起宝剑砍向东道主年幼的儿子，“鲜血喷涌而出，从剑刃一直流到了手上，男孩的头颅滚落到王后怀里”。莱茵勇士、琵琶乐师伏尔克加入战斗，一双弹琴的手熟练地挥舞着利剑，砍下无数匈奴人的头颅，“他的歌声充满阴郁，琴弦拉得通红一片，他用音乐为多少英雄好汉伴奏送终”。战斗开始后，匈奴人不再给莱茵骑士供应美酒吃食，疲惫不堪的他们以死去战友的鲜血为饮。“如果有谁口渴难忍”，哈根说，“那就请就喝下他们的鲜血吧——今天这样的热血场景，鲜血比葡萄美酒更滋润！”故事最后，所有人都失败了。哈根噩梦成真，死于克琳希尔德之手，印证了多瑙河畔水精灵的预言；大仇得报的克琳希尔德，还没来得及细细品味喜悦，便被现任丈夫愤怒的随从所杀。

当希腊人驶离燃烧中的特洛伊城，当5世纪的西哥特人看着眼前的罗马废墟，当1945年夏天盟军士兵攻入柏林，作为胜利的一方，他们内心是否也充满颓败感？读到《尼伯龙根之歌》的最后，血腥味十足的句子里，充满了北欧神话中末日之战的凄凉味道——一切都走向终结，众神都被毁灭。史诗里，约4万人在最后一战中丧生，四周一片废墟，看不到任何希望，诗人也没有任何要宽慰读者的意思。“他们躺在这里，注定要死在这里。”诗人冷酷地写道，“国王的盛大典礼，在悲剧中彻底结束。世上的欢乐到头来，一定会变成悲伤。”

第四个故事

《贝奥武甫》：杀死怪物的英雄

丹麦国王赫罗斯加建造了一座宴乐厅，雄伟壮丽，金碧辉煌，取名“鹿厅”[①]。大厅里的欢笑声引起了怪物格伦道尔的注意，它时常袭击大厅，伤人性命，祸患无穷。不堪其扰的丹麦人想除去怪物，但总是失败。12 年后，他们终于等来了援手。大海彼岸的高特人[②]贝奥武甫率领勇士来到丹麦，发誓要杀死怪物。是夜，怪物格伦道尔再次来袭，贝奥武甫与它展开殊死搏斗，并英勇地撕下怪物的一只手臂。怪物身受重伤，逃回阴暗的洞穴。

故事还没有结束。格伦道尔的母亲见儿子身受重伤，愤怒地来到鹿厅，打算复仇。她劫走一名丹麦武士并抢回了儿子的臂膀，而贝奥武甫尾随她来到位于深潭的洞穴。贝奥武甫没能用赫罗斯加赠送的宝剑杀死怪物母亲，但他抓起洞穴墙壁上

---

① 鹿在北欧象征王权。

② 高特人居住在今瑞典南部的哥特兰省。历史上，他们曾被瑞典人征服，但并未从此消失，而是在瑞典国家的形成与发展中扮演了重要角色。直到 1973 年，瑞典国王的官方头衔仍是“瑞典人、高特人和文德人的国王”。

的一把巨人铸造的神剑，砍下了女怪物的头颅。回到鹿厅后，高兴不已的丹麦人为他举行了隆重的感谢宴，并吟唱许多古老故事助兴。随后，贝奥武甫回到高特人的王国。

但是贝奥武甫并未安度余生，还有一场恶战在前方等着他。贝奥武甫当了50年高特王之后，王国里出现一条喷火恶龙，烧毁了他的大厅以及许多民居。英雄不顾年老体衰，决意前去为民除害。战斗中，恶龙口喷烈火，与他一同前去的十二名勇士中，只有威格拉夫没有退缩，两人齐心协力杀死了这头50英尺的野兽。战斗胜利了，贝奥武甫却身受重伤，不治而亡。追随者把他的尸体火化后，连同许多珍宝一起埋在海岬上，并修建了一座高大的王陵，纪念这位勇猛无双的国王。

1

布里顿山教堂
情景相依，怪物是史诗的灵魂

我将战胜恶魔，保卫生命，
战胜敌人！

——《贝奥武甫》第 6 节

有一位天才，他生活在所谓黑暗时代的鼎盛时期，现今几乎没有任何关于他的文字记载，我们甚至不确定他生活在哪个世纪、哪个地区。但是，他给后人留下了一部脍炙人口的文学巨著，这就是用盎格鲁－撒克逊语创作的最早的英语文学巨著——《贝奥武甫》。可以说，《贝奥武甫》是英格兰历史上最美丽的作品之一。它最早见诸文字是在 11 世纪初的一部手抄本中。1066 年的黑斯廷斯之战后，英格兰被诺曼人征服，此后英语发生了巨大的变化。这部盎格鲁－撒克逊史诗也逐渐被遗忘，湮没在历史长河中。但是，史诗仍然保持着无比顽强的 wyrd（盎格鲁－撒克逊语，意为“命运”）。或许冥冥之中早有定数，17 世纪，杰出收藏家罗伯特·科顿（Robert

Cotton）爵士得到了这部巨著的手抄本，并连同其他藏品一起，向包括弗朗西斯·培根（Francis Bacon）爵士、沃尔特·罗利（Walter Raleigh）爵士在内的杰出学者开放。18 世纪，科顿的藏品被子孙捐献给国家，为大英图书馆的建立奠定了重要的藏品基础。

然而，《贝奥武甫》一直未曾引起本土研究人员的重视。它之所以能从被遗忘的角落走进公众视野，还要归功于外来访问学者。18 世纪末，冰岛藏书家格里莫·强森·索克林（Grimur Jonsson Thorkelin）发现了这部史诗，并将其带回丹麦，它旋即作为一部伟大的丹麦史诗流行开来。但关于它的起源，欧洲大陆学者各执己见，争论不休；与此同时，英国学者逐渐认识到史诗无可比拟的文学价值。《贝奥武甫》的角色和故事对大众意识的影响，不像《尼伯龙根之歌》和《罗兰之歌》那样深远，因此对政治的影响力也相对不那么明显。况且，从亚瑟王传说到莎士比亚的历史剧，英国已经拥有大量文化瑰宝，政客们不必执着于从这部古老史诗中挖掘宣传素材。

19 世纪，尽管包括莎朗·特纳（Sharon Turner）、阿尔弗雷德·洛德·丁尼生（Alfred Lord Tennyson）和威廉·莫里斯（William Morris，以其设计的繁复华丽的墙纸而闻名于世）在内的许多文学巨头，都曾对《贝奥武甫》进行研究，但直到 20 世纪牛津大学古英语学家托尔金（J. R. R. Tolkien）的经典奇幻作品问世，这部史诗才真正走进英国人视野。如今，它被认为是欧洲现存最伟大的史诗之一，一大批文学巨匠及作品受其影响。比如，畅销书作者迈克尔·克莱顿（Michael Crichton）和尼尔·盖曼（Neil Gaiman），约翰·加德纳（John Gardner）以怪物格伦道尔为原型创作的存在主义巨作《格伦道尔》和电影《星际迷航：旅行者》等。此外，史诗中的许多形象——从阴暗深潭中冒出来的怪物、充满欢声笑语的大厅和突如其来降临的灾难、守卫绝世宝藏的巨龙——已经成为西方叙事意识的主要成分，这使得《贝奥武甫》成为像《奥德赛》一样令人耳熟能详的欧洲史诗。

但《贝奥武甫》创作于何地，诗人的创作初衷究竟为何，我们不得而知。那位佚名的盎格鲁－撒克逊吟游诗人，是什么激发他的灵感，推动他创作出这样一部光怪陆离的故事？故事里有可怕的食人怪物、充满欢声笑语的大厅，以及“骑士们睡下，英雄们躺在坟墓里”这样甜蜜中又难掩悲伤的描写。当我回到位于英国多塞特郡的家中，享受着家庭温暖，全身心放松下来时，我不由得开始思考这些问题。思绪从《贝奥武甫》中的恶龙，飘到茱莉亚·唐纳森（Julia Donaldson）的幼儿绘本《佐格和会飞的医生们》。怪物、神秘的任务、独具一格的剧情，儿童文学中轻易就能找到史诗的影子。在给大宝读肯尼斯·格兰汉姆的童话《柳林风声》时，我突然意识到它与《贝奥武甫》的相同之处：来自深渊的怪物、黑暗的森林与温暖的大厅，对比鲜明。《柳林风声》中，蟾蜍托德大呼：“站在你面前的，是名震天下、车技娴熟、无所畏惧的托德！”作者精心塑造的，不仅是童话般的可爱小动物，更是史诗般的英雄。

《贝奥武甫》的故事情节，我早已烂熟于胸，但深入理解史诗，仍少不了亲身走走看看。每天一睁眼就是熟悉的面孔，耳旁全是熟悉的声音，与家人团聚的时光，总是美好而温馨的，但我的史诗之旅尚未完成，我迫不及待地想要继续前行。因此，在家里待了两个星期后，我清理干净脚趾间的乐高积木，开了五个小时的高速，来到英格兰中部地区的一座修道院，贝奥武甫之旅由此开启。未来几周，我将到访许多与史诗紧密相关的地点，其中包括一家偏远的东盎格利亚教堂、著名的萨顿胡墓地以及位于丹麦的异教徒墓地。客观地说，贝奥武甫之旅的许多目的地，多少有点阴森。

怪物的声音是什么样的？它们是低声咆哮、大声嘶吼还是发出毒蛇般的嘶嘶声？在莱斯特郡的布里顿山教堂，我站在122米的石灰岩塔楼上，低沉的隆隆声清晰地传入耳中——好在声音是从外面传进来，不然真是要把人吓死。大风吹打着彩色玻璃窗，窗户猛烈地扇在诺曼塔上；一架飞机低空飞过，左右两个喷气机发出刺耳的声音——东米德兰兹机场就在附近。

怪物雕像被安置在教堂东侧的走廊中，外面套有铅制笼子。教堂所在地曾经是一座修道院，9世纪维京人入侵时，雕像才被抬到这里，并在周围建造起铅笼。怪物长着狮子脸，眉头紧皱，脑袋奋力向后扭，身体像球根植物一样又大又圆，蹄子却是山羊脚的形状——如此诡异的外形，令我不由得想起《末日审判》中那个杂交怪物，以及手稿空白处的恶魔插画。细看雕像，一只怪物正在撕咬另一只的背部，它铁锹般的尾巴高高卷起，扇在怪物的臀部，后者似乎正骑在第三只怪物身上，而第三只怪物的腿又与别的怪物紧紧缠在一起。

眼前的景象，让我想起沃尔姆斯大教堂里的野兽雕刻，两者都反映了奇幻故事深受中世纪人民喜爱的现象。学者理查德·诺斯（Richard North）认为，这些“盎格鲁式野兽……同中东、古典和岛屿上的石雕一样”，反映出中世纪“书房中同时摆放着《圣经》、伪经、神话、古典和说教故事的场景”。诺斯推测，这个教堂“可能是《贝奥武甫》的成书地”。这一推测，是有历史依据的。9世纪，麦西亚王国有位国王叫贝恩伍尔夫（Beornwulf），其继任者名叫威格拉夫（Wiglaf）——威格拉夫是贝奥武甫的亲戚，他在屠龙大战中坚守阵地，协助贝奥武甫杀死恶龙。

布里顿山教堂过道西侧的长椅后面，有一个破损的十字架。下面板上雕刻出站在知识树旁边的亚当和夏娃；上面板雕有一名拿着饮水号角的战士和一名戴着兜帽的男子，两人站立的地方很可能是瓦尔哈拉（Valhalla）宫殿之门，即挪威神话中众神迎接阵亡战士灵魂的入口。我向十字架鞠躬时，一名当地居民碰巧经过，他说：“我猜，无论制作这些十字架的是谁，他都是在规避风险。”这个十字架，凸显出盎格鲁-撒克逊艺术的一个重要特点，即创造性地将基督教和异教特征融合在一起。这也是《贝奥武甫》的一个显著特征。我还发现了另一个破损的十字架，上面的图案与前面那个可谓一脉相承。十字架上刻着许多野兽，包括一条舌头裂开的蛇形生物。《贝奥武甫》中也有一条“神奇大蛇”，那是一条作恶多端、让英雄在暮年再次披甲上阵的火龙。

那天晚上，天空飘荡着密密麻麻的乌云，像幽灵一样快速移动，仿佛在寻找刚刚灵肉分离的尸体。墓碑上的树叶被大风卷起，宛如纷扬的纸屑，四散飘落。这个天气不适合露营，我爬回车里，把睡袋铺在后座上，准备睡觉。悬崖峭壁，狂风大作，正是《贝奥武甫》中的“冷酷的灵魂”或教堂里形容骇人的怪物们集结的最佳时机。

如果你热爱妖魔鬼怪故事，那么，你一定会爱上《贝奥武甫》。史诗用细腻的笔触，生动描写了薄雾般的沼泽、恶龙居住的洞穴和水下巢穴，将一个个阴森寒冷、紧张刺激的景象展现在读者眼前。自然和超自然重叠在一起，如同盎格鲁－撒克逊雕塑中互相交错的怪物。史诗中的超自然生物，个个力大无穷，有着惊人的破坏力，远非《奥德赛》中的独眼巨人和啃肉海兽，及《尼伯龙根之歌》中寥寥数句就被斩杀的恶龙可以比拟。《贝奥武甫》与《尼伯龙根之歌》的故事情节非常相似：英雄勇猛无双，成功屠杀怪物，而那些他本可以信赖的“自己人”，却在关键时刻退缩甚至背叛他。此外，两部史诗中，国王的不幸死亡，都预示着一个文明的终结。“Melancholy”（阴郁）是一个希腊词语，但它却是欧洲北部叙事史诗的重要主题。《贝奥武甫》和《尼伯龙根之歌》当然也有不同之处。后者主要讲述人类之间的屠杀和背叛，而前者主要围绕英雄屠杀怪物展开。这样的史诗故事，对曾亲口承认对龙有“强烈渴望”的托尔金，实在是具有不可抵挡的魔力。

在托尔金看来，史诗之所以具有超凡价值，主要在于接踵而至的怪物。盎格鲁－撒克逊学者中，是托尔金率先认识到《贝奥武甫》的价值，并将相关学术研究的方向，从其历史性和文献性，引导到奇幻性。1936 年（《霍比特人》创作完成，一年后托尔金着手写《指环王》），在其影响深远的演讲《贝奥武甫：怪物与批评家》中，托尔金说：“有人认为，《贝奥武甫》的缺点在于本末倒置，将不重要的东西放在中心位置，把重要的东西放在边缘地带……我认为，从诗歌角度看，这种理解错得离谱；但从文学角度看，却又无比正确。”在托尔金看来，把《贝奥武甫》看作“一群思维混乱、颠三倒四的盎格鲁－撒克逊人不知所谓的作品”，是一种误解；事实上，《贝奥武甫》是北方文学的巅峰，是“才华横溢的诗人献给旧时代的巨作”，诗人“把怪物放在中心位置，让它们取得短暂胜利，但却毫无荣誉可言。唯有纯粹的意志和勇气，才是解决一切问题的有效办法”。

20世纪30年代，纳粹分子将目光转向中世纪文学，为其倒行逆施寻找理论和文学支撑。托尔金以实际行动告诉世人，不要因为部分人的滥用和曲解，而忽视、贬低史诗的价值，史诗中蕴含着绝世宝藏，可以激发作家的灵感，创造出传世佳作。他的《指环王》系列小说中，半兽人的原型是《贝奥武甫》中提到的出没于沼泽地区的恶魔；小矮人弗罗多的名字来源于史诗中的勇士国王弗罗达；《指环王》系列第二部《双塔奇兵》中的米杜西尔德金色大厅（即宴乐厅），则暗指丹麦国王赫罗斯加的鹿厅，人们在厅中饮酒作乐，歌舞笙箫，呼朋唤友。再想想《霍比特人》和《贝奥武甫》中恶龙发怒的场景，那么相似。亡命之徒越过重重障碍，从恶龙守护的宝藏中偷走一个杯子，恶龙爆发滔天之怒，摧毁附近的村庄，年迈的国王再次披甲上阵，恶龙被杀死，英雄也在打斗中身负重伤。学者汤姆·希佩（Tom Shippey）认为，“托尔金不仅借鉴了《贝奥武甫》的故事情节，而且承袭了诗人的人物动机和写作技巧”。通过对恶战的描写，托尔金向读者展示出一个生动的中土世界[①]，激发读者深入了解《贝奥武甫》这部古老史诗。《贝奥武甫》全书共3182行，诗人用超凡的写作技巧，将诗歌动人的旋律、宿命难逃的压抑气氛以及生动灵敏的怪物形象，统统呈现在读者面前。

---

① 中土世界是《指环工》中架空世界的一块大陆，字面含义是“中间的土地”，意指“人类居住的陆地”。——译者注

然后，从黑雾缭绕的沼泽地中，
传来格伦道尔的咆哮声——他爆发滔天之怒；
人类将遭受巨大损失，
大厅中将有人遭殃。

直击人心的诗歌、怪物的咆哮，时而随着压抑的蓝调音乐低声倾诉，时而在雷鸣般的男低音中汹涌翻滚，仿佛古时盎格鲁－撒克逊吟游诗人穿越到了现代——在大英图书馆，专业朗诵者本杰明·巴格比（Benjamin Bagby）正在表演《贝奥武甫》，台下坐着近300名观众。配合着身后屏幕上的字幕，本杰明的手指灵活地拨动着竖琴琴弦，宛如小精灵在欢快地舞蹈，他的面部表情也随剧情变化而快速转换。朗诵到恩福斯的醉态及格兰道尔的手臂被活生生撕下时，他的面部肌肉快速收缩，仿佛正在忍受什么痛苦；而表演到英雄细数自己的英勇战绩，他的脸部又像坚硬的人皮面具般紧紧绷起，仿佛正极力压制内心的得意。或许现在已经很少有人说盎格鲁－撒克逊语，但全场观众都不禁为本杰明的表演折服，随着剧情的推进，观众席不时爆发出惊骇的喘息声、笑声和热烈的掌声。

本杰明头发花白，几缕发丝落下来，遮挡住睿智的双眼。他勤奋而极具悟性，因此总能用口头吟诵，将英雄飞扬的神采展现得淋漓尽致。此刻，我正在本杰明家中，与他面对面坐在餐桌前，听他讲述自己如何成为一名现代盎格鲁－撒克逊史诗的朗诵者。

本杰明来自伊利诺伊州，或许是因为身上流淌着盎格鲁－撒克逊人的血液，他对中世纪音乐的独特节奏表现出浓厚兴趣。他拉开自己的定制六弦竖琴，轻轻拨动着琴弦，一边弹琴伴奏，一边吟诵——恍然中，我看到了弹奏七弦琴的雅典古典音乐家尼科斯·赞索利斯，以及弹奏竖琴的维也纳现代吟游诗人埃伯哈德·库默。本杰明与他们一样，都是经典的传承人；但他手中的竖琴，是按照特殊规格量身制作的，这有助于他更好地扮演盎格鲁－撒克逊吟游诗人的角色。

“我清楚地知道，”他解释说，“这首诗歌是用来表演的，因此必须要有乐器伴奏，并唱出某种旋律。”

在痴迷于《贝奥武甫》前，本杰明已经是个颇有名气的中世纪音乐演奏家。被《贝奥武甫》的超凡魅力折服后，本杰明联系上一名竖琴制作专家，以德国斯图加特附近一个贵族墓穴中发现的7世纪竖琴为模板，制作出一件仿制品。而那把德国竖琴，与东盎格利亚萨顿胡墓群发现的竖琴也十分相似。他解释道：“专业人士认为，音乐取决于物理，我据此开发出一系列调音方法。如果你在调音时严格遵循物理学基本原理，你就会调出一个八度音阶乐器，能弹奏出完美的五度和四度音阶。你绕不开物理。一旦你掌握了它，你就能建立起一个模型，把节拍和音高量化，让你的音乐既有乐器的音调，也有诗歌的节律。”

这么深奥的技术问题，我不是乐器专家，无法发表评论。聊天过程中，本杰明时不时冒出几句盎格鲁－撒克逊语，但更让我感兴趣的是他的一腔一调，明显经过精心的人工打磨。忘掉那些陈词滥调吧，吟游诗人不是什么受缪斯女神青睐的天选之子。相反，诗歌吟诵是一门系统科学，要想将史诗表演得精彩异常，你需要向专业老师学习，经过反复的专业训练。《贝奥武甫》也表达了类似看法。

史诗中，吟游诗人们齐聚鹿厅，用“娴熟的技巧”吟诵诗歌，诗行“节节相扣，连接紧密”。没有什么神灵的启示，只有世俗的、人工打磨的纯熟技巧。

“盎格鲁－撒克逊语是一个丰富的声音宝藏，”本杰明说，“它的韵律结构自成体系，蕴藏着大量值得深入挖掘的细节。只有在结构和灵魂之间找到平衡，才能呈现出一流的表演。”

本杰明曾在世界各地的各类场所演出，因此对各地观众截然不同的反应了然于胸。他的观众，既有中世纪学者专家，也有托尔金粉丝；既有早期音乐爱好者，也有临时起意抢购节庆门票的普通观众。

“澳大利亚的观众最为热情，”他回忆说，“他们能捕捉到表演的每个笑点，跟得上剧情节奏，会随着故事的发展而做出喘息、大笑等各种各样的反应。”相比之下，斯堪的纳维亚半岛的观众则略显冷酷，不怎么喜欢互动。“我在丹麦演出过。那里可是《贝奥武甫》的故事发生地！但他们一点反应都没有，观众席鸦雀无声！”他还兴致勃勃地回忆起在一场美国中世纪学者会议上表演的场景：“观众们太兴奋了，到我上台表演时，很多人都略有醉意。观众席大约有300人，一半都曾写过关于《贝奥武甫》的论著或重要文章。他们对它简直烂熟于胸，对每个笑点都了如指掌！”

然而，不是每个专家都能发自内心地欣赏本杰明的演出，他曾在演出结束后遭到观众的谩骂：“让我来教教你什么是诗歌的韵律！”“你怎么能一点都不遵守规则！”回忆到这里，本杰明的嘴角掠过一丝苦笑，但这丝毫不能动摇他对《贝奥武甫》的喜爱：“每当我站到台上开始表演，我就觉得像在家里，浑身放松，丝毫没有身处陌生地方的局促感，又仿佛自己正站在熟悉的街头，与亲朋好友谈笑风生。”

本杰明也指出，“成千上万的史诗”已经永远消失，盎格鲁-撒克逊文学宝藏得以保存下来的，也是极少数。

但一个不容忽视的事实是，《贝奥武甫》之所以尤其珍贵，很大程度是因为它是现存的唯一一部英语史诗。它对于我们认识自己是谁、来自何方，具有无可比拟的价值。很多观众在演出结束后都表达过类似看法，他们说，“它让我觉得，我不是从石头里蹦出来的，我是有来源、有祖先的”。《贝奥武甫》回答了人类最原始的拷问，因此能从内心最深处打动每一名观众。

2

斯托克
宝藏，追寻盎格鲁－撒克逊的黄金时代

尊贵而知礼的领主，宝藏的分赐者，

喝下这杯酒吧！

——维瑟希欧 《贝奥武甫》第 17 节

杀死怪物，你就会被奉为座上宾，得到无上嘉奖。杀死格伦道尔后，作为谢礼，丹麦人赠送给贝奥武甫“两个臂环、盔甲、戒指以及史上绝无仅有的大项圈”。诗人对金银财宝的痴迷，与其对怪兽的热爱有得一比；那些闪耀着珠宝光芒的文字，即使是现代读者，也忍不住心生向往。这也无可厚非——盎格鲁－撒克逊时代本就是一个盛产奇珍异宝的时代，技艺高超的金匠精心锻造出一件件举世无双的珍宝；人们对国王的评价，基于他们是否有能力“给来大厅赴宴的客人分赐珍宝……头盔和铠甲等礼物”。

盎格鲁－撒克逊人建立的王国中，实力最强的当属 6 世纪左右发源于特伦特山谷地区的麦西亚，其领土范围大体相当于现在的英

格兰中部地区。为抵抗丹麦人和凯尔特人，麦西亚人修建了 270 千米长的奥法堤，与邻近的威塞克斯王国及欧洲大陆各国建立了密切的贸易往来。在国王奥法（Offa，其事迹包括与法兰克国王查理大帝建立外交关系、修建奥法堤坝等）及麦西亚夫人、女伯爵埃特尔弗莱德（Ætheflæd，以率领军队将维京人赶出英格兰中部地区地区而闻名）等统治者的领导下，麦西亚王国的制造业高度繁荣，培养出一批批技艺精湛的金属制作工人和手抄本生产商，在不列颠群岛享有盛誉。以上都是些发生在遥远时代的故事，但历史总是以一种神奇的方式，在不经意间闯进现代人的生活。

2009 年，距离布里顿山西南 25 英里的地方，一名金属探测爱好者在一片种着芜菁甘蓝和球芽甘蓝的田地里寻宝时，发现了迄今为止最伟大的盎格鲁 - 撒克逊宝藏——斯塔福德郡宝藏。

这名历史功臣名叫特里 · 赫伯特，他这样向我描述当时的情景："好吧，我用的其实是一个已经用了 19 年的旧探测器，我给它安了一个新的线圈，定制了一个对金银十分敏感的程序。"特里的设备，很难说是什么尖端科技产品，但如同古往今来的寻宝人一样，他相信自己之所以能发现惊世宝藏，是因为在冥冥之中受到神灵指引。"我相信，那块地里有个精灵，她就在那里，指引着我找到宝藏。我在探宝时经常祈祷，'古老的神灵们，请带领我去埋藏钱币的地方'。但那天也不知怎么回事，我鬼使神差地将'钱币'改成了'金子'。"

最初，当特里从肥沃的土壤中挖出第一批宝物时，他觉得，这不过是些"装饰珠宝，因为看起来很像是黄铜材质，而不是黄金制品"。但随着挖掘的深入，眼前的奇珍异宝让他屏住了呼吸，他意识到，这绝非一个普通宝藏。他清晰地记得，他曾挖出一个折叠的十字架和“一个装饰华丽的金马鞍”。第一天，他就收获了50件珍宝；又挖了四天，当狂风暴雨来袭时，特里意识到，仅凭自己一人，可能永远也挖不完这些珍宝。于是，他联系了当地的古迹发掘联络办公室，后者立刻请来专业的考古学家，并对藏宝区域进行24小时安保。“做工太精致了，比现在很多东西都还要好，”特里回忆说，“黑暗时代简直就是黄金时代！”

经专家们研究确认，斯塔福德郡宝藏主要是军事用品。据推测，很可能是用来赎回在战争中被俘虏的国王的赎金。这批藏品价值高达330万英镑（特里及土地主人也因此一夜暴富），被分散到几个博物馆珍藏，其中包括英国“陶瓷之都”特伦特河畔斯托克的陶器博物馆。

想象一下，如果贝奥武甫从史诗中穿越到现代，看着这些绝世珍宝，他一定会像史诗结尾处描述的那样，目不转睛地欣赏“古老的珍宝、黄金宝藏”，“满目热切地盯着这些巧夺天工的奇珍异宝”。当然，现代社会无处不在的电子屏幕和灯光装置，可能会让他眼花缭乱；但你要知道，他敢于只身潜入深潭，徒手厮杀怪物，他是勇猛无双的绝世英雄，这些现代高科技设备，不足以令他感到慌乱。他会微笑着欣赏黄金和石榴石制成的剑柄、镀金的面罩和镶嵌着金丝的千花玻璃圆环——圆环的功能，可能超出他的认知（据猜测，很可能是早期牧师的头饰）。但这些珍宝同时融合了基督教与异教元素，他并不会因此感到困惑。诗人笔下的贝奥武甫是一名异教英雄，但他所处的世界，是基督教世界。通过对贝奥武甫的描写，诗人表达出对“荣耀之王、永远的主”的赞美。史诗中，英雄最终逝去的时候，其灵魂“脱离肉体去寻找圣人”。那是个基督教与异教共存的时代，基督教已经成为主流，但人们对异教传统尚不陌生，史诗中对弗蕾娅（北欧神话中爱与美的女神）的项圈、托尔（北欧神话中的雷霆与力量之神）与“惊世巨蛇”大战的影射，读者也很容易理解。史诗中既有基督教的救世观，也有异教的价值观，同斯坦福德郡宝藏一样，它并非纯粹的基督教文化遗产。两种相互冲突的信仰同时存在，时而激烈碰撞，时而和平共处，使得这首盎格鲁－撒克逊史诗充满独特的紧张气息。

引诱贝奥武甫走向死亡的，不是怪物，而是绝世宝藏。当他年迈的身体被恶龙喷出的毒雾灼烧时，他承认，“现在我这把老骨头要散架了，都是为了宝藏”。他临死前将宝藏分赐给王国子民，但对人民来说，这些以国王生命换来的遗产，是非常沉重的。忠诚的随从威格拉夫预言，贝奥武甫死后，“人民将饱受战乱之苦”，那些宝藏也被加上诅咒，封存起来。

被诅咒的宝藏，是史诗中十分常见的主题。奥德修斯及其战友们将特洛伊城洗劫一空，却在回家路上灾难不断；齐格弗里德夺得尼伯龙根宝藏，却最终被奸人所杀，其遗孀和奸臣对宝藏的争夺，导致惨绝人寰的大屠杀。《贝奥武甫》中，一名奴隶在走投无路时，误入恶龙守护宝藏的洞穴，并从中偷走一个金杯，以期获得主人的宽恕。发现宝物被盗的恶龙“喷出愤怒的火焰，烧毁无数明亮的民居，它飞翔在天空，不断发起攻击，决意不留下任何生命”。史诗中，除却对牛来尊贵的英雄不吝辞藻的讴歌，诗人也隐隐表达出对普通民众的同情，从宝藏中受益最少的是他们，遭受苦难最严重的，也是他们。

斯塔福德郡宝藏的到来，不仅为陶器博物馆增添魅力，附近的街道也从中受益。据调查，斯托克选民中，70% 对欧盟投反对票，尽管他们在很大程度上依赖于欧盟的救济。通货紧缩和社会不平等，加上媒体推波助澜，暴露出英国人的身份认同已经出现裂痕，而盎格鲁－撒克逊文化，是修复裂痕的强力黏合剂。神话故事和英雄传说，具有让整个欧洲为之倾倒的魔力，英国也不例外。“在盎格鲁－撒克逊人的生命观里，”奈杰尔·法拉奇（Nigel Farage）在担任英国独立党领袖期间曾写道：“自己是一只小鸟，冲破黑暗，飞入温暖如春、宾客云集的宴乐厅，然后又飞回黑暗中。” 2014 年，在“令人骄傲的盎格鲁－撒克逊小镇” 克拉克顿庆祝投票胜利时，奈杰尔曾引用万人敬仰的贝德（英国中世纪早期最伟大的学者）和《贝奥武甫》中的诗句。

政客们在玩弄术语时，没人能领会到盎格鲁－撒克逊文化的精髓，更没人意识到，盎格鲁－撒克逊文化之所以繁荣昌盛，很大程度上得益于发达的欧洲大陆贸易网络（斯塔福德郡宝藏和布里顿浮雕都是最好的例证）。他们更不会意识到一个颇具讽刺意味的事实，《贝奥武甫》这部盎格鲁－撒克逊文学最经典的作品，故事背景设置在如今的丹麦和瑞典（均是欧盟成员国），并且史诗以一种戏剧化的方式，凸显出了外交联盟的重要性。但这样又如何？上千年来，政客们费尽心机，从艺术和历史中挖掘对自己有利的成分，极尽利用，其行为之贪婪和不计后果，并不比《贝奥武甫》中那个偷盗宝物的小偷好多少。

推动英国退出欧盟的幕后操盘手，是英国近代史上一批自我意识最强的政治家。这些国会议员和战略家们，用保守党议员、疑欧主义[①]分子史蒂夫·贝克的话来说，他们熟读《孙子兵法》，“竭尽所能地将所学知识，运用到实际”；或像脱欧派的斯文加利式人物[②]多米尼克·康明斯（其推特用户名叫“奥德赛项目”Odyssean Preject，让人一看就联想到那部最著名的《荷马史诗》）那样，沿袭俾斯麦的策略和惠灵顿公爵对付拿破仑的“滑铁卢战略”。对于跻身战争委员会的精英阶层来说，这是他们改写历史的最佳时机。史诗关注的，往往是精英阶层及其战争游戏，政治报道也是如此。但承担战争后果的往往是像斯托克这样的城市，在如今的民主体制下，也是像斯托克这样的城市，决定着战争结果。

我预订的房间，位于斯托克汉利区中心的一家酒吧楼上，价格十分便宜。走在陶瓷博物馆附近的街道上，不时看到以一英镑的价格出售大部分商品的连锁商店，商店橱窗里不间断地播放着清仓甩卖的广告。龙顿区的古代陶器制造中心、维多利亚时代和乔治亚时代的红砖铸造厂，已经淹没在广告牌、烟囱和漫天飞舞的鸽群中。伯斯勒姆区的状况更加糟糕，这里是英国店铺空置率最高的区域（2017年的一项调查显示，空置率高达31.5%），光是从这一点，你就可以想象那是一副什么样的光景。有些商店的橱窗里堆满硬纸板，有些用层压板密封，有些百叶窗紧紧关闭，有些用胶带封住窗户，有些大门上刷着“停止营业”之类的字样。

陶器博物馆附近，一名老人挥舞着标语牌向我招手，她叫安

① 一种反对欧洲一体化的思潮。

② 斯文加利是英国小说家乔治·杜·莫利耶的小说《爵士帽》中通过催眠术控制女主人公的邪恶音乐家，后用来形容具有极大吸引力和影响力的人物。

妮，今年 79 岁。她告诉我：“我还记得，这里曾经到处都是工厂。而现在，你买的每件东西都是进口的，都要付关税。我们必须重振工业，我们必须排干沼泽。”她的标语牌上印有英国独立党的标志，写着“追究政府责任！”安妮身边聚集了不少斯托克本地人，由此可以看出，她的诉求说出了不少民众的心声。“他们成群结队地来到这里，”说话间，她露出一副挑衅的表情，试图引诱我跟着她的思路走，“有太多的事情要处理了。”

“排干沼泽。”毋庸置疑，在《贝奥武甫》时代，居住在沼泽地区的居民，曾经也有类似想法。对自然资源的无节制利用，与政治动荡互为因果，因此时至今日，《贝奥武甫》仍能在当地引起广泛共鸣。居住在沼泽地带的格伦道尔，“行径野蛮，暴躁易怒”，是个令人头疼的麻烦精，一个“面目可憎的怪物”。贝奥武甫将它定义为“见不得光的捕猎者”，“出没于黑暗的夜晚，给人们带来邪恶的仇恨、伤害和屠杀，四处散布恐慌”。

我从一名警察处了解到，他曾参与一项针对极右翼组织“特伦特河畔斯托克异教徒”的监视行动，该组织的动机“很复杂，难以用三言两语说清”。我联系了该组织的一名发言人，询问他们想通过活动反对什么。“反对伊斯兰教徒占领斯托克城。”他宣称（这是好不容易才问到的答案——在发现我曾为《卫报》撰写过几篇文章后，他对与我私人见面十分谨慎）。“我们的城市中很多地方已经成为禁区，那里已经被穆斯林占领，大量的穆斯林出租车司机涌进来……”对穆斯林的恐惧，是一个全欧洲都谈之色变的古老话题——我在希腊、意大利、德国及欧洲其他地方，都曾听到过类似声音。这种观点，在西米德兰兹地区尤其明显，那里已经成为包括英格兰防卫联盟在内的极右翼组织的中心地带。

那些愤怒的声音，并不是空穴来风。在英国，移民问题与工业问题相互交织，工业的衰败，加剧了民众对不断涌入的移民的愤怒。1979 年，全英国共有 700 万名工人，这一数字在 2010 年下降到 250 万；制造业占英国经济的比例，则从二战后的 40%，萎缩至如今的 10%。特别是 2008 年金融危机以后，英格兰地区为英国的经济转型付出了沉重代价。正如当地历史学家弗雷德·休斯（Fred Hughes）所说："斯托克城位于英格兰中部，地理位置优越。但它却并没有吸引到相应的创新产业及投资。" 特伦特河畔斯托克异教徒组织的主张，我并不赞同，但他们确实反映出一个非常现实的问题：英格兰地区出了问题，它作为英国心脏地带，完全没有释放出应有的潜力。

回首过去，方能展望更加繁荣的未来。这从来都是一句空话，不是吗？但英格兰地区正在上演一场新的运动，呼吁我们把目光放回《贝奥武甫》诞生的时代。该运动名叫"独立麦西亚"，它认为，英格兰中部地区的郡——包括西北部的柴郡、东南部的赫特福德郡等在内的 20 个历史悠久的郡——在 1066 年的兼并是非法的，它们是时候奋起为自己争取权利了。

"我们已经带病生活了一千多年——这是一种千年未愈的疾病，病根从未消除。"

我来到杰夫·肯特（Jeff Kent）家中，与他在客厅里深入交谈，他家在距离斯托克城以南几英里的地方。杰夫是"麦西亚国现行议会的召集人"，他一头长长的银发，头顶散发着督伊德教的光芒。他穿着格子衬衫和宽松裤装，房内整洁干净，屋外花园美丽芬芳，玫瑰花坛边却摆着一尊石佛像。

“想象一下，”杰夫说，“如果德国赢得二战，我们已经在其统治下生活千年之久，你再往回看二战，会是什么心情。嗯，就是这样！看看《末日审判书》，那么多的村庄被夷为平地。北英格兰地区的大屠杀——许多人在逃离诺曼统治者的路上，被活生生饿死。[③]那简直是一场惨绝人寰的大屠杀！”

杰夫口中的“大屠杀”，指的是1066年的诺曼征服，这是英国历史上最具标志性也最具争议性的事件。声称与已故英国君主“忏悔者”爱德华有血缘关系的法国诺曼底公爵威廉一世，率军队渡过英吉利海峡，在萨塞克斯海岸附近击败爱德华的姐夫哈罗德·戈德温森。接下来发生的事情，学者们为之争论了几个世纪。诺曼征服后，是英国变得更富有，组织更具活力，语言得到进一步推广；还是盎格鲁－撒克逊文化（以幸存下来的最伟大史诗《贝奥武甫》为代表）被无情压制？可能两者兼而有之，但从那时起，人们对诺曼征服的争论，从未有一刻停歇。

要怪，就怪诺曼人的历史过于丰富，压制了盎格鲁－撒克逊文化。1381年，英格兰爆发农民起义，领袖沃特·泰勒（Wat Tyler）要求恢复“英国人在诺曼征服中失去的权利”。17世纪，议会中反对王室的呼声越来越高，支持者与反对者的争论，经常演变为诺曼人与盎格鲁－撒克逊人之争。例如，罗伯特·科顿爵士认为，“征服者”威廉统治下的撒克逊人，其处境“并不比农奴好到哪里去”。

③ 在一百多英里的范围内，村庄被夷为平地，牲畜和居民被屠杀，食物被烧毁。据历史学家奥德利克·维塔利斯推测，约10万人死于随后的饥荒，人们只能以猫狗为食，甚至出现人食人的现象。

作为英格兰举足轻重的书籍收藏家，科顿的藏品中有一本《贝奥武甫》手抄本，这也是现存唯一的一本手抄本。科顿在英格兰拥有广泛的影响力，同时也是个极具争议的人物。他的藏品被贴上违禁物品的标签，在1630年曾被彻底搜查，随后被长期监视，并在内战前正式停止向公众开放。

在塞尔维亚人民眼里，科索沃战争前尚未沦陷于奥斯曼帝国统治之下的塞尔维亚，是个冒着玫瑰泡泡的乌托邦；同理，在英国人眼里，盎格鲁-撒克逊黄金时代的形象，也是英国历史上最熠熠生辉的存在。它激励着平权主义者奋起反抗“诺曼束缚”，也刺激着掘土派时刻保持警醒，防止再回到“诺曼统治”时代。最近，欧洲怀疑论者丹尼尔·汉南（Danniel Hannan）公开发声，痛斥诺曼征服是“英格兰被赶出北欧世界，落入欧洲封建主义桎梏”的屈辱时刻，而奈杰尔·法拉奇则经常戴着贝叶挂毯图案的领带出席活动，提醒选民们“不要忘记上次是如何被入侵，如何被外族统治的”。

在杰夫·肯特及其同事看来，正是从诺曼征服开始，“一切都开始往错的方向发展”，他们渴望重现盎格鲁-撒克逊黄金时代。他说，“必须取得某种平衡，因为人们世代生活在这片土地上，他们的生存是建立在自给自足的农业经济基础上的，保护土地至关重要”。“麦西亚国现行议会”的“宪法”中，写满盎格鲁-撒克逊术语：普通人、法庭、百人会议、郡会议及协调地区活动的顾问团等；他们要求尊重法庭、百人会议及郡边界的“历史先例”；还计划征募身体健康的民众，重建民兵组织，等等。它借鉴了盎格鲁-撒克逊法学家建立起的复杂政治结构和法律制度，确保独裁统治不会在动荡的时代死而复生。正如中世纪研究学者詹姆斯·坎贝尔（James

Campbell）所言，“历史上，宪法自由确实发源于盎格鲁－撒克逊时期的英格兰”。这些早期政治实验，在法律层面更关注实践案例，而非抽象概念，因此得以在盎格鲁－撒克逊模式与“大陆模式”的分裂中幸存下来。前者即“北欧模式”，后者可以追溯到《贝奥武甫》和冰岛萨迦传奇中，以戏剧化语言描绘的非封建主义结构。

对杰夫及同僚来说，在诺曼统治下，麦西亚的生存空间被严重挤压。尽管他们对盎格鲁－撒克逊文化情有独钟，但他们也对盎格鲁－撒克逊历史做出了新的解读，使之与现代社会建立联系。他们反对核技术，反对生态工业活动，支持协作救灾，等等。这场运动他们已坚持了很多年，并早在2003年就开展过“保障麦西亚独立”活动。

杰夫回忆道：“活动在伯明翰举行。我们不确定会不会遭到英国警方阻止，但他们又有什么权利这样做呢？我们是该地区的合法现行政府，而他们不过是一支外国警察。我们有自己的横幅、旗帜、办公室，还有书籍出售。英国广播公司对我们进行了采访。”

但直到六年后，他们才取得实质性的突破。

“2009年，斯塔福德郡宝藏重现于世，人们的目光，再次被吸引回麦西亚！我们来到陶瓷博物馆，在宝藏前发表公开声明，我们把宝藏交回麦西亚人手中。在那之后，随着金融危机愈演愈烈，人们对我们活动的兴趣上升了90%。”

目前，已有2000名登记在册的“麦西亚公民”——杰夫坚持认为，尽管这个数字与英国人口相比微不足道，但大不列颠没有所谓的公民，只有王室的臣民。对杰夫来说，不能仅仅用统计数字来衡量是否成功。不管是否能在有生之年见证一个“独立的麦西亚”国家，他都坚信自己在“做正确的事”。他也承认，“并不是每个人都能理解我们的主张，都能支持麦西亚。但我们发现，人们疏离大不列颠的程度接近100%”。杰夫认为，在这种情况下，尤其是随着“即将到来的生态浩劫”，人们迫切需要激进的替代方案。他说：“当我们处于弱势时，我们更应该增强勇气，坚定意志，迸发激情。”这是创作于10世纪末的盎格鲁－撒克逊史诗《贝奥武甫》中的原话，摘自史诗的最后篇章《马尔登之战》。

“团结一致最重要，”他说，“尤其是在危急关头。”这种态度，也是贝奥武甫、哈根及所有或者北欧史诗英雄共同秉持的态度。

3

哈尔斯沃斯
教堂与墓地，妖怪是否在我们身边？

……掠夺者冷酷地靠近，
可怕的死亡阴影，
笼罩和袭击着老人和年轻人，
雾茫茫的荒野笼罩在永无止境的黑暗中。

——《贝奥武甫》第 2 节

英格兰中部地区以黄金宝藏闻名天下，而东盎格利亚则盛产各种妖魔鬼怪传说。荒无人烟的盐碱地和沼泽，无处不在的流沙和黑泥，从未消散的北海迷雾，滋生出许多关于无头马车夫和被绞死的走私犯恶魂的传说。这里超自然生物传说之多，堪称英国各地区之最。东盎格利亚的教堂中有许多怪诞的石像，如丹尼顿的巨足、萨克斯蒙德姆的树精灵、米尔登霍尔的拱肩小鬼、邦盖南部走廊的有翼野兽，甚至还有地狱黑狗。《贝奥武甫》中的怪物，与这一地区的妖魔传说有着千丝万缕的联系。这部史诗内容包罗万象，不能简单地定位为某个地区的传说。它与麦西亚渊源深厚，但东盎格利亚丰富的民间传说，同样为它提供了丰富的养分。

东盎格利亚旅程，我安排了几座与鬼怪传说密切相关的教堂和一个著名的墓地。然后我从哈维奇出发，乘渡轮前往斯堪的纳维亚半岛，深入《贝奥武甫》故事的主要发生地。出发前，我打包了最暖和的衣服，包括几双厚羊毛袜，以及睡袋和单人帐篷。之前的装备已经全部在希腊丢失，踏入冷寒的北欧之前，我必须做好充足准备。

列车轰隆隆地行驶，车轮碰撞着铁轨，发出“哐当哐当”的声音，车厢里有人在聊天，有人在大声讲着电话，四周偶尔安静下来，只剩下广播里列车员轻快的报站声。这幅情景，只要你曾坐过英国的火车，就不难想象。我本次的目的地，是“南方人”的土地，那里的大多数城镇和村庄，还保留着《末日审判书》中的名字，这本书堪称一本横贯英格兰的盎格鲁－撒克逊词典。斯托尔河（即斯特朗河）上，天鹅悠闲地浮在水面；伍德布里奇码头上（这个名字不是起源于当地的同名森林，而是挪威神灵伍顿），脱离拴绳的小船在波浪起伏中轻轻晃动。列车穿过萨克斯蒙德姆（即“萨克斯蒙德的宅邸”）和约克福德（即“牛群路过地”——Yorkford 中包含 ox），然后我在哈尔斯沃斯（即“哈尔的围场”）下车，前往“快乐小溪上的要塞”布莱斯堡，那里有一座中世纪教堂，与东盎格利亚最臭名昭著的怪物密切相关。

该教堂被称作“沼泽上的大教堂”。这也是我到达教堂时，鞋子从里到外全部湿透、鞋面上沾满淤泥的原因。萨福克郡极不适合徒步，不仅人行道少，而且彼此间隔很远。每当长途卡车从身旁呼啸而过，我都不得不钻进路旁的荆棘树篱躲避。这里道路交通事故频发，徒步者就像传送带上的寿司，时刻面临成为猛禽食物的危险。我曾偶遇一只嘴巴受伤的黑鸟，腿上露出鲜红的血肉；还曾见到一只被压扁的刺猬，背上已经血肉模糊。路边随处可见丢弃的橡胶手套、饮料瓶盖和啤酒罐塑料环。街道上的标语贴纸，充满典型的小英格兰气息，既有老生常谈的相互信任，也有现代法治的监督提醒。无人售货摊上贴着“邻里互相监督”的警示语，摊棚里设有硬币投放口，顾客可以自行投币购买新鲜鸡蛋。

穿过一片湿地后，终于到达布莱斯堡大教堂。哥特式的扶壁和精美繁复的石雕，与泥泞灰暗的河水形成鲜明对比。横梁天花板下，木制天使正腾空飞起，金色的头发随风起舞。长椅上坐着罂粟花仙子，十字架后面站着福音传道者，身穿骑士胸甲和带褶裤装的男子，正挥舞着锤子敲响大钟——这些生动传神的雕像，给人一种身处玩具店的错觉。但如果你熟知 1577 年的那次陌生怪物来访，你就不会觉得这些雕塑有丝毫夸张。

根据当地民间传说，1577 年，一个狂风暴雨的夜晚，教堂大门被从外面砸开，一只野兽咆哮着冲进教堂，咬死了几名工作人员，并在北门上留下爪印。这就是传说中的东盎格利亚沼泽怪物，从科尔切斯特小镇到金斯林，都有人亲眼看到过它。人们对它最常用的称呼是“黑色夏克”，有时也称其为加列洛特、巴格斯特、老咆哮兽或斯卡普。

“夏克是一个重要的动物图腾，”英国最多产的诗人之一、东盎格利亚迷马丁·纽威尔（Martin Newell）告诉我，“它可以追溯到遥远的古代。人类在心理上需要这些妖怪。我从小在埃塞克斯长大，我还记得曾在报纸上看到过相关报道，有人说自己亲眼看到了夏克。”

痴迷于夏克传说的马丁，曾专门为它写了一首押韵民谣叙事诗，并在民间节庆上公开朗诵。在他看来，夏克与北欧对英格兰的入侵密切相关（它出现的地点，大多是昔日对抗维京人的战场）。他将它比作奥丁猎犬，长着一双“火红的眼睛”，“看到受伤的战士，从诺曼人令其长眠的撒克逊死人堆中站起来”。

英语单词shuck（夏克）来源于古英语scuca，后者的意思是“魔鬼”。《贝奥武甫》中，丹麦国王赫罗斯加在讲述怪物格伦道尔的恶劣行径时，用的就是这个词。这可能不仅仅是巧合。格伦道尔和夏克这两个怪物身上有许多共同特征，它们都十分狡猾，都是“眼神杀手”。格伦道尔眼睛里迸发出“火焰般的对人类有害的光芒”，夏克则视觉灵敏，眼神极其凶恶。东盎格利亚方言的单词grindle，意思是“沟渠”，暗示着沼泽地。人们曾多次看见夏克出现在沼泽地区，格伦道尔则经常游荡在“沼泽地、荒野和要塞”中。这更是从语言学的角度凸显出格伦道尔与夏克的联系。如果创作《贝奥武甫》的诗人曾经生活在东盎格利亚，他居住的修道院周围的沼泽地，一定为他提供了不少灵感。格伦道尔和夏克很可能有共同的源头，那就是令盎格鲁－撒克逊民众闻之色变、可止小儿夜啼的民间恐怖传说。

步行到布莱斯堡，已经耗费了大半天时间，但我还有另一个地方要去。那是伊肯的一座教堂，它位于阿尔德河河口，与盎格鲁－撒克逊时代的沼泽恶魔密切相关。我从未在英国的公路上搭过便车，但在欧洲大陆的几次顺利搭车经历，让我养成了这个习惯。此时此刻的我，还处在旅行心态中。我完全没觉得自己已经回到祖国，我感觉自己还在路上，还在欧洲各地转悠。唯一的不同，就是这里没有语言障碍。于是，我大步走到旧干道上，伸出大拇指，等待便车到来。

“现在很少看到有人搭便车旅行。”第二辆车路过时，司机停下来招呼我上车。他叫迈克，在洛斯托夫特一家赌场担任经理。我们沿着有“老鼠路”之称的公路向前开，目的地是莱斯顿。路边的铁围栏里，圆滚滚的黑色大猪看起来像一个个超大的锡罐，在泥土中拱来拱去。无角红牛在悠闲地吃草，强劲的西风从北海方向刮来，在空中形成阵阵漩涡。迈克在莱斯顿把我放下来，我继续步行前往伊肯。距离目的地只有几英里了，看到希望的我，又精神起来。

沿路车流量不小，一路上我走得心惊胆战，不仅要小心别被压成肉饼，还要时刻忍受汽车发动机的噪音和恶臭难闻的尾气。于是，我转身走下主干道，走进田野间，沿着蜿蜒的阿尔德河前行。山楂树划过我的衣袖，野草缠绕在鞋带上，黄色的荨麻根茎在我脚下陷进泥里。路上野草丛生不是没有原因的，时值异教徒历法中的“草木月”，也就是八月，正是草木茂盛的时候。

天色渐暗，为节省时间，我尽量抄近路，翻过铁栅栏，从猪圈中穿行而过。圈中的大猪毛色黝黑，鼻孔直直朝上，仿佛正在探测天气变化；它们睁着裂缝般的小眼睛，好奇地看着我，鱼鳍状的耳朵耷拉下来，一扇一扇的。虽然与《贝奥武甫》中印在高特人头盔面罩上的长牙豪猪是同一种生物，但眼前的黑猪看起来憨态可掬，一点也不可怕。

斯内普·马尔廷的阿尔德河边，耸立着一排红砖房屋，我沿着小路往上走，来到一个木板平台。透过芦苇丛，可以看到沼泽的水面清波微动，在夕阳的照射下，仿佛镀上了一层金光。风中传来一阵轻轻的吱吱声，仿佛是谁在推开生锈的大门铰链。一阵沙沙声从身后传来，我回头一看，一对环颈野鸡正扑腾着翅膀飞出芦苇丛，扇起一股凉风。它们飞过一丛丛莎草和泥泞的道路，道路上飘落着鸟类羽毛，还有鸟爪的痕迹。蚊虫迎面扑来，我挥舞着双手，却怎么也赶不走。港湾对面耸立着一座燧石塔，塔身一半掩映在松树树荫中。天空浓云密布，石塔显得更加灰暗，看上去很像亚瑟王传奇中的圣杯城堡。这就是伊肯教堂。

6 世纪，圣波图尔夫在这里修建了一座修道院。如今的教堂下面，出土过当时所用的木材，和一个盎格鲁－撒克逊十字架。教堂主体位于燧石塔下，屋顶铺着从沼泽地里采摘来的芦苇秆。林鸽在树枝上欢快地舞蹈，苍蝇嗡嗡叫着，仿佛正在开会商量什么国家大事，一只黑鸟急速掠过山毛榉树，瞬间不见踪影。天快黑了，教堂里没有亮灯。傍晚的微光穿过长凳缝隙，在拱形中殿投下斑驳的影子，但教堂已经笼罩在黑暗中。

洗礼池石板上绘制着咆哮的野兽图案，包括一只鹰头狮和一头狮子。我跪在地上，打开手机上的手电筒，仔细研究这些图案。图案中，一条蛇卷曲成阿尔德河的形状，宛如一枚放在地上的大戒指。这就是传说中的中土毒蛇，它咬着自己的尾巴，仿佛要把整个世界都卷入大戒指内。《贝奥武甫》中，也有一条让英雄走向死亡的“可恶的空中飞虫”（即火龙）。

圣波图尔夫以高超的驱魔术闻名于世。他来到伊肯，来解救深受沼泽恶魔侵害的人民。所谓沼泽恶魔，其实是一种沼泽和湿地滋生的疾病，这种疾病当时肆虐得多么严重，从我今天怎么也驱赶不走的蚊虫中可见一斑。综观古老的史诗故事，英雄战胜以格伦道尔及其母亲为代表的怪物，反映了人类与当时的自然环境相抗争的故事。与出没于伊肯地区的鬼魂一样，格伦道尔其实是一个深受病魔侵害的灵魂，急需解药，或者说治愈良药。由此可以看出，在盎格鲁－撒克逊文化深处，怪物其实也是疾病的受害者，这很重要。克琳希尔德与格伦道尔的母亲之所以爆发出惊人的破坏力，是因为亲爱的丈夫（儿子）被无情杀害，才在极度悲痛中做出恶行。

这种致命的疾病，只有巫师或战士才有能力对抗，因此，波图尔夫与贝奥武甫一样，成为拯救苍生的英雄。波图尔夫的英文单词Botulf，可以拆解为Bot-wulf，即cure-wolf，意为“治愈恶狼”；而贝奥武甫的英文Beowulf，可以拆解为bee-wolf（蜂狼）或bear（熊），让人联想到北欧神话中的狂战士或“披着熊皮的人”。狂战士为战争而生，战争还未开始就已进入狂性状态，即使身枯力竭也要奋战至死。波尔图夫用祈祷和咒语驱散恶魔，贝奥武甫凭借动物般强健的身体杀死怪物。但要赢得胜利，他们还都必须有坚定的信仰。面对“贪婪而冷酷无情”的格伦道尔的母亲，光有力量是远远不够的，他们认为“神圣的上帝带来战斗的胜利”，异教英雄贝奥武甫被基督教的上帝所救，尽管他对基督教的概念十分模糊。

一整天，我的脑子里都装满了怪物，所以在暮色中行走于恶魔出没的偏僻小路，实非明智之举。这就像你最好不要在看了《驱魔人》之后独自走夜路一样。

但真的很神奇！大风从耳边呼啸而过，野鸡扑腾着翅膀，发出“沙沙”的声音，林鸽躲在树丛中低低地叫着，仿佛在念什么咒语。流光中，溪流和河岸融为一体，宛如一个褐灰色的大汤碗，中间点缀着零零星星的小岛和叽叽喳喳河鸟的巢穴。流水与岸边景物交织在一起，给人一种泥水混合的海市蜃楼的感觉。如果现代社会还有什么地方能让人产生幻觉和病态错觉，那定是伊肯无疑。

不过，眼前的一切，对我的小心脏可没什么好处。我沿着小路加快脚步，咬紧牙关抵挡“沼泽恶魔”的侵袭。快速攀升的肾上腺素，让我出现了幻觉。眼前的零星光亮，变成了夏克凶恶的眼睛，仿佛下一秒恶魔就要从栅栏里跳出来。正如马丁·纽威尔诗中所写的“夏克，沼泽地里的黑狗”，“会突然出现扑向旅行者。它瞪着火红的眼睛，只要出现，古道上便有浩劫”。

终于找到一家酒吧，置身温暖明亮的室内，是一件多么幸福的事情。这是一家普普通通的英国酒吧，一切都那么熟悉，接下来一两个小时里，这里就是我“雄伟壮丽的宴乐厅”。

在布莱克霍尔的一家青年旅社住了一晚后，第二天早上，我搭便车行驶几英里，来到萨顿胡墓地。这一带人迹罕至，除了特兰默宅院后一名正在放羊的牧羊人，再没看到其他人。一望无垠的田野上，架设有跟水车一样大的喷洒水管，远处是淡黄色的天际线。我小心翼翼地挤进大门，绷紧神经，提防黑脸母羊趁门打开时溜走。墓冢另一侧，有一个围栏围住的猪圈，几十头猪正悠闲地来回走动，它们身上沾满尘土，就像战争结束后浑身脏兮兮、看不出鼻子和眼睛的泥泞战士。

“告诉那些在战斗中赢得荣誉的战士，让他们在海岬上为我建起一个熠熠生辉的墓冢。”贝奥武甫垂死之际如此吩咐威格拉夫。英雄陨落的地方，是高特人的王国，位于如今的瑞典南部地区。但考古学家发现，远在英国的萨顿胡墓地，在细节上与史诗描述的贝奥武甫墓最为接近。建在高地上的萨顿胡墓地，俯瞰德本河上游河口，在地理位置上与史诗相符。“他们把项圈和珠宝首饰放进墓室，”史诗写道，“勇敢的英雄们从火龙洞穴中获取的奇珍异宝，都成了国王的随葬品。他们把这些古人的财宝，重新放回大地的怀抱，正如当年深藏在火龙洞穴一样，不见天日，没有用处。”

但对盗墓者来说，墓冢里的奇珍异宝可不是没有用处。在他们眼里，异教徒墓穴里的滔天财富，无疑是一个巨大的地下存钱罐。一批又一批的盗墓者在它们的诱惑下，不顾伦理法律，铤而走险。盗墓者在萨顿胡墓地肆意开挖，盗走数不尽的金银财宝。他们留下的生锈的轮船铆钉，引起了专业学者的注意。1939 年，考古学家巴兹尔·布朗（Basil Brown）率队对萨顿胡墓地进行发掘，他们发现了一艘 88 英尺长的大船残骸。

布朗的发现一公布便震惊了世人，唯有斯塔福德宝藏才能与之媲美。萨顿胡墓地发掘出来的宝物包括镀银的饮酒角杯、一把宝剑的残片、一口大锅、一面装有金饰的盾牌，和一艘大船残骸（尽管船身的木头已经腐烂）。其中最引人注目的当属一架六弦木制竖琴残骸，它被发现时，在一个海狸皮袋里，琴身上有两块青铜牌匾装饰，与《贝奥武甫》中赫罗斯加国王弹奏的竖琴相符。布朗还发现了一块刻有青铜雄鹿的磨石（赫罗斯加的鹿厅，即得名于雄鹿），以及一顶眉毛以上位置饰有青铜野猪头的头盔（与史诗中对高特人头盔的描述相符）。

萨顿胡墓地与《贝奥武甫》的契合，仅仅是巧合吗？两者之间是否存在某种特殊的联系？从考古学的角度，这个问题很难回答，因为墓地中还没有发现任何尸体。漫长的岁月里，墓主人的尸骨可能已经溶解在酸性土壤中，土壤样本中发现的磷酸盐，证明这里确实曾经埋葬过人类。挖掘一年后，历史学家查德威克（H. M. Chadwick）写道："现有证据表明，墓葬主人极可能是伟大而富有的东盎格利亚国王雷德沃尔德，他大约死于624—625年。"雷德沃尔德是亨伯河以南最强大的统治者，他曾是异教徒，后来皈依基督教。但他并没有抛弃旧信仰，而是将两者结合。万人敬仰的贝德曾愤怒地谴责他说："同一座教堂里，他摆一个祭坛，用来祭祀基督；又另摆一个小点的祭坛，用来祭祀魔鬼！"模棱两可的宗教信仰，可能会招致基督徒的不满和谴责，但在那个信仰过渡的时代，这种宗教立场在社会上广泛存在，这与异教和基督教相互交缠的《贝奥武甫》遥相呼应。

萨顿胡墓地的随葬品不能称为宝藏，因为它们在被埋入地下时，并不是为了有朝一日能够重见天日。随葬品的所有者，是特兰默宅院的主人伊迪丝·普瑞特夫人。最初发现随葬品时，她曾把它们藏在自己的床底下。慷慨大方的伊迪丝，后来将发掘出来的随葬品捐献给了国家，作为报答，政府曾提议册封她为二等勋位爵士，但伊迪丝拒绝了。她因此被自己的姐妹伊丽莎白称为呆鹅！在特兰默宅院里，你可以在壁炉上挑选农场女工的蚀刻版画，也可以走进巴兹尔·布朗的工作室，挑选各色纪念品，有马髋骨、锯子工具套装、萨摩斯陶器等。广播里播放着内维尔·张伯伦简短而谨慎的讲话："哪怕到最后一刻，我们都应该极力争取一个和平而体面的解决方案……"一切都让人不由自主地想起，1939年萨顿胡墓地发掘前后，那个萦绕在欧洲上空的噩梦。

站在墓地外面，抬头望向云层，我的脑海里浮现出一幕幕场景，战机从附近机场出发（最近的军事机场距离墓地只有几英里远），轰隆隆从头顶飞过，飞往像沃尔姆斯这样的城市（几周前我还在那里），然后从上空投下炸弹。张伯伦并没有领悟到《贝奥武甫》的真谛，但他的继任者温斯顿·丘吉尔做到了。面对怪物的威胁，你不能只是握握它的爪子，相信它的鬼话，然后等它自己改邪归正；你应该死死抓紧它的利爪，并狠狠地撕下来。饱受“黑狗”之苦的丘吉尔（“黑狗”并非指夏克等怪物，而是丘吉尔对自己所患的抑郁症的称呼），在演讲中表达了对盎格鲁－撒克逊文化的自豪，而且对不列颠群岛在诺曼征服前的历史，也不吝赞美之词。这才是《贝奥武甫》要告诉后人的，要想战胜怪物，你必须首先成为怪物。

墓地出土的随葬品如今大多储藏在大英博物馆，墓地售票处旁边有一个展览室，里面有复制品展览，也有一些原件。灯光透过玻璃展箱洒在铁盾上，景泰蓝剑带扣上的青铜、石榴石和象牙在灯光照射下熠熠生辉。各式各样的宝物，凸显出 7 世纪欧洲各国之间的紧密联系。展品中有一个刻着希腊铭文的青铜盆、两个拜占庭式银勺、一个凯尔特图案的挂碗。再看看金腰带扣，它的铰链式背板、锁紧装置和面板上盘旋的龙图案，完全就是《贝奥武甫》中的文字描述走进现实。与布里顿教堂里的雕塑作品一样，萨顿胡随葬品显示出，当时的盎格鲁－撒克逊人已经深度融入欧洲大陆贸易网络。《贝奥武甫》中也构建了这样一个泛欧洲网络，尽管背景设定在丹麦，但故事角色包括法兰克人、梅罗文吉安人、弗里西亚人和瑞典人。贝奥武甫在鹿厅中徒手杀死怪物的故事，也与齐格弗里德屠龙传说的早期版本存在相似之处（屠龙传说与东盎格里亚也存在联系。英国沃尔辛汉姆有个萨福克村，据传发源于著名的屠龙家族伏尔松家族）。《贝奥武甫》是一部讲述北欧英雄故事的传说，但它更是一部欧洲史诗，与欧洲大陆存在千丝万缕的联系。但史诗中，有一个国家却被莫名其妙地忽略了。

“特别奇怪，”学者山姆·牛顿博士说，“《贝奥武甫》是一部古英语史诗，是现存古英国文学的最佳典范，但它居然对英格兰只字未提！”

在英国人眼里，来自北欧的维京人是掠夺者，这种看法，大多来自修士们记录的维京人的行为。但他们可能忘了，丹麦人与英国人在历史上曾频繁地互动。在山姆·牛顿看来，虽然“古英语史诗”《贝奥武甫》的故事背景不是英格兰，但它对故事发生地斯堪的纳维亚半岛的描述，实际上嫁接了东盎格里亚的自然景观，而恍若天神的英雄贝奥武甫，则融合了雷德沃尔德国王的历史事迹。

在普利提斯一家旧壁球场，我见到了山姆·牛顿。他穿着便装，满头黑发随意散落在脸颊上，眼中闪烁着孩童般的好奇光芒。我们坐在一张放满文件的书桌前，就《贝奥武甫》展开讨论。谈话间，他时不时爆发出爽朗的大笑。在《贝奥武甫的起源及前维京时代的东盎格利亚王国》一书中，山姆通过追溯史诗中的丹麦国王赫罗斯加的妻子维瑟希欧的生平，得出结论，斯基尔丁皇室与东盎格里亚国王雷德沃尔德之间存在联系。维瑟希欧在史诗中共出现两次，她像黑暗时代的艺伎般穿金戴银，在宴乐厅将美酒敬献给屠杀怪物的英雄（贝奥武甫），“然后，来自赫尔明斯的女人、心智敏锐的王后戴着项链出现了。她手里拿着珍贵的酒杯，向年老和年轻的战士问好，然后将手里的美酒献给贝奥武甫”。

“来自赫尔明斯的女人” 维瑟希欧，是屠龙家族的后裔，赫尔明汉姆的萨福克村正是以该家族命名。再延伸一下，维瑟希欧是威尔芬人，与东盎格里亚的雷德沃尔德国王源自同一祖先。史诗中，丹麦国王赫罗斯加回忆往事时说，“我曾经给大海彼岸的威尔芬人赠送珍宝”，他还化解了贝奥武甫父亲与威尔芬人的仇恨，这也是贝奥武甫主动来到丹麦，帮助消灭怪物的合理理由——高特人、威尔芬人及丹麦人的三方联盟，是史诗故事的外交基础。这些千丝万缕的联系，相信生活在七八世纪的东盎格利亚观众不会感到陌生。

“所以在我看来，《贝奥武甫》其实是一种含蓄的方式提到了英格兰。”山姆说，“维瑟希欧是一位杰出的祖先，史诗的早期观众不会没听说过。史诗是英国诗人为英国观众而写的，回顾的是英国人和日耳曼人共同祖先的故事。”如果说，史诗中贝奥武甫葬礼的素材来自东盎格里亚国王雷德沃尔德的葬礼，那么史诗中基督教和异教元素并存，大抵也是受雷德沃尔德王廷的启发。山姆认为，这有助于我们理解《贝奥武甫》的创作背景。

“雷德沃尔德是一位非常伟大的国王，正是由于他卓越的历史功勋，萨顿胡墓地才能挖掘出这么多高质量的珍宝。他的王国，在当时显然是文化活动中心，不仅艺术繁荣，诗歌也得到极大发展。一个优秀的国王才能带来美好时光，田地才能丰收，人民才能幸福，才能时常举办庆典宴席——这是理想国的样子。你可能会说，今天的人也这么认为。”

关于《贝奥武甫》的起源有很多种观点，以上只是其中一种。除此之外，还有理查德·诺斯教授的麦西亚假说，他将贝奥武甫与布里顿山修道院联系在一起，认为9世纪的麦西亚国王贝恩伍尔夫（Beornwulf）是贝奥武甫的原型；还有学者推测，诗人可能受到了丹麦国王克努特的支持和赞助，克努特娶了英国“仓促王”埃塞尔雷德二世的遗孀，并在11世纪初统一了丹麦和英国。《贝奥武甫》中的历史元素太多，无论哪种理论，都似乎有理有据。但我个人更赞同山姆的看法，因为他的理论，是基于史诗中描写的自然环境与东盎格里亚之间的共同点。

山姆说：“说到沼泽地、湿地、格伦道尔的故乡，我第一时间想到的，是东盎格利亚的地貌风景。我认为，黑色夏克和格伦道尔之类的怪物，出现在英国东部地区湿地自然环境中的可能性更大。之所以这么说，不仅仅是因为那里的民间传说，更是因为语言。还记得吧，shuck（夏克）是东盎格利亚方言。但我们必须记住，这是一首史诗，它有它的历史背景，也描述了许多超自然景观。在东盎格里亚，自然与超自然之间并不存在明确的界限。例如，当我们来到伊肯附近的沼泽地，周围又黑又冷，雾气缓缓升起，你就会分不清陆地和海洋，分不清海洋和天空，你会很容易迷失方向，那些常规的参照元素都是错误的。”

步行前往火车站的路上，我想起了伊肯形形色色的民间传说。我想，无论学者们倾向于哪种起源理论，有个观点他们大概永远不会为之争执，那就是《贝奥武甫》永远无法进行明确的分类。它就像那条咬住自己尾巴的中土毒蛇，永远都在转圈，一刻也不曾停歇。

4

哥本哈根
史诗归属之争，英格兰和维京人之间的历史羁绊

自从我能举起盾牌，
从未将这座丹麦人的雄伟大厅，
托付给任何人守护——除了现在的你。

——赫罗斯加国
《贝奥武甫》第 9 节

是时候登上“泡沫之颈漂浮器”，穿越“塘鹅浴池”了——说得通俗点，就是我即将乘坐斯泰娜航海公司的渡船，从哈里奇出发，前往斯堪的纳维亚半岛。

贝奥武甫及其随从向着大海前进时，他们是“在深水中耕耘”。现代社会，已经很少有人再用“耕耘”做比喻了。但关于深海耕耘的比喻，已经逐渐回到其字面意义。距离萨福克海岸 25 英里的海面上，海风呼啸吹过，发动机叶片急速转动着。其速度之快，唯有维京人的船桨可以比拟。此时此刻，如果你眼前站着一名古希腊人，你问他《奥德赛》中哪个细节在当时最不可能发生，他肯定会说“怎能在没有风的时候驾驶船只，即使是英雄也不行”，而不会说

出现独眼巨人。随着科技的进步，史诗中奇诡的想象，已经变成活生生的现实。先进的发动机技术，使得海上航行不再依赖于风向和风力。但讽刺的是，历史的车轮转了几大圈后，又转回到最初的地方。古希腊人和维京人依靠风力航海，一千年后，当人类蹒跚走过化石燃料时代，风能又成为一种清洁能源，我们再次学习如何“耕耘”风能。

以“北欧海盗”之名著称的维京人，给自己留下“野蛮人”的名声，尽管他们的暴力程度，并不比查理大帝的军队或第一次十字军东征中的骑士更严重。冰岛萨迦传说中，“突袭”是指年轻人为获得财富而采取行动，并不是个贬义词。它告诉年轻人，如果你怀揣梦想，仅在求职网站上闲逛或申请进入《学徒》（*The Apprentice*）节目，是没有用的；你还得行动起来，像维京人一样组装好快船，磨好“斧头”。

渡轮到港后，我转乘几趟长途汽车，穿过荷兰和德国北部，终于在一个清晨抵达丹麦。青贮饲料堆上挂着露珠，金黄的油菜地里耸立着一台台风力发电机，巨大的叶片随风快速转动；泥炭色的沼泽反射着清晨的阳光，像极了黑暗中的走私船船灯；山毛榉林后面，水面波光粼粼，仿佛传输中的信号波。灰色的波罗的海不像大西洋一般一望无际，丹麦在各岛屿间建起一座座海底隧道和吊桥，交通十分便利。

眼前这个国家平静又美丽。实在很难想象，怪物格伦道尔及其母亲曾盘踞于此，且作恶多端。几天后，我将去参观一座与贝奥武甫故事密切相关的墓地。不过在那之前，我将先去丹麦首都哥本哈根，深入了解《贝奥武甫》这部盎格鲁－撒克逊史诗是如何深刻地影响丹麦的。今天，人们一致认为，《贝奥武甫》是一部英国史诗，但一百多年前把它从尘封中发掘出来的丹麦学者，可不这么认为。

这是一幅描绘夜战的画作。天空红彤彤的一片，火星四处飞舞，源源不断的火焰从尖塔上喷涌而出，男人们费力拉着缰绳，试图控制住焦躁的马匹；一名光着膀子的女人怀里抱着孩子，焦急地望着天空。你可能会认为，这幅画描绘的是高特要塞被火龙袭击的场景，因为据史诗描述，火龙“用火焰、灰烬将那一地区的人们紧紧包围起来”。那我告诉你，你完全猜错了。事实上，这幅画是克里斯托弗·威廉·埃克斯伯格（Christoffer Wilhelm Eckersberg）的作品，表现的是1807年的哥本哈根。当时，拿破仑盯上了丹麦和挪威海军，英国人深感威胁，决定主动出击。400多艘英国战舰驶入哥本哈根港，用大炮、迫击炮和当时最先进的铁壳康格里夫火箭弹对该区域进行密集轰炸。整整四天，哥本哈根城内爆炸声和枪声不绝于耳，195名平民死亡，一千座建筑被烧毁。

格里莫·强森·索克林的家，就是众多被烧毁的建筑之一。索克林是一位冰岛学者，曾被任命为丹麦皇家枢密院的档案保管人。1786—1791年间，他受丹麦国王命令，前往英国“研究大英图书馆的宝藏”（他的原话）。再回到丹麦时，索克林带回许多重要抄本，其中包括两份《贝奥武甫》手抄本副本。他开始着手翻译这部古英语史诗，但不幸的是，其翻译手稿在1807年的轰炸中被毁。不过抄本安然无恙。八年后，索克林终于公开出版《贝奥武甫》第一版。历史就是这么讽刺，英国对哥本哈根的围攻，巩固了英国的海上霸主地位，却延缓了英国最古老的文学名著再次进入公众视野的脚步。

当我们称《贝奥武甫》为英国史诗时，我们其实是在向两百年来的文学研究成果致敬。如果最早开始研究《贝奥武甫》的索克林还在世，他绝不会赞同。索克林将自己出版的《贝奥武甫》定义为“盎格鲁－撒克逊方言写成的丹麦史诗”，“讲述三四世纪时丹麦的重大事件”。序言中，他回忆起自己的英国之旅，着重强调这部史诗是丹麦文化遗产，“我带着巨大成功和丰厚回报，回到了家，包括一首已经失传一千多年的史诗，现在它终于回到了诞生的地方”。

1807 年的大轰炸中，当索克林无奈地从哥本哈根逃离时，一名年轻的丹麦学生却逆向而行，积极参与哥本哈根保卫战。他叫尼古雷·格伦德维格（Nikolay Grundtvig）。用其传记作者奥尔钦（A. M. Allchin）的话来说，格伦德维格对《贝奥武甫》早期传播的贡献，不亚于索克林。同时，他还是“近百年来对丹麦社会和文化发展影响最大的单一个人”。格伦德维格创造了北欧唯心主义学说，规范了创新行为（尤其是教学活动中的创新）。在学者斯万·罗斯尔（Sven H. Rossel）看来，他还是“国际《贝奥武甫》研究的奠基人”。写到这里，我们再一次发现，史诗具有超越国界的魔力，它时刻提醒我们，如今为地理版图吵吵嚷嚷的各国各民族，实际上存在千丝万缕的联系。

格兰德维格终身痴迷于《贝奥武甫》。在他看来，这部史诗是“现代欧洲版图上，已知最早用当地方言创作诗歌的尝试”。25 岁时，他出版了讲述北欧神话的开创性作品，并表示希望能看到《贝奥武甫》公开出版。几年后，他查阅索克林 1815 年翻译的版本，发现了一些错误，并因此与索克林发生争执。此后，他开始着手自己翻译《贝奥武甫》，并于 1820 年公开了翻译成果（仅完成部分篇章）。1841 年，他发表了一篇关于《贝奥武甫》的文章，并在 1861

年出版了他整理的《贝奥武甫》。1865年，82岁高龄的他终于完成全部翻译工作。对这部英国史诗做出卓越诠释的优秀翻译家有很多，如西默斯·希尼（Seamus Heaney）、威廉·莫里斯（William Morris）等，但格兰德维格对《贝奥武甫》的翻译与推崇，具有非凡的政治意义。

鉴于格兰德维格对丹麦民族身份认同的巨大推动作用，他对盎格鲁－撒克逊文学的热爱，尤其令人感到惊讶。虽然他在1872年离开人世，但其独到的见解早已超越生死，流传至今。他的观点推动着战后丹麦福利体系的发展。20世纪70年代反对加入欧共体的运动、1992年关于《马斯特里赫特条约》（即《欧洲联盟条约》）的争论及2001年反对加入欧元区的全民公投，都受其影响。这一切，都与格伦特维格对《贝奥武甫》的痴迷密切相关。正是在探索盎格鲁－撒克逊文学中“北欧精神”的过程中，他创立北欧唯心主义哲学，并因此名声大噪。

我乘坐公交车，经过湖区北面和动物博物馆，来到比斯柏格区。前方高耸的建筑物，就是格伦特维格纪念教堂，建筑正面用棱纹装饰，看起来像一把巨大的竖琴。竖琴顶部呈三角形，配以竖向棱纹，宛如一把利剑直直插入云端。教堂独特的建筑结构，意在向格伦特维格致敬。令人眼花缭乱的垂直面和简单的砖墙结构，凸显出了他的精神深度和谦逊品质。走进教堂内部，中殿拱顶是新哥特式风格，阳光穿过狭长的窗户，洒在祭坛上。教堂里没有任何画作或雕塑，也没有雕像或墓碑。如此极致的简约主义，相对于教堂600万块黄砖的建筑规模，尤其令人叹为观止。

我坐在一张柳条编织椅上，仔细研读手中的《丹麦圣歌集》。

书中的歌曲，大都是格伦特维格的作品。每到周日，教众从丹麦各地涌入教堂，在礼拜中反复吟唱这些歌曲。格伦特维格的形象，也随着绵延不绝的赞歌声，深深刻入每个丹麦人心里。不过，很少有丹麦人意识到，这些作品，包括一首颇为流行的复活节圣歌和一首在升天日吟诵的歌曲，都非格伦特维格原创，而是从盎格鲁－撒克逊原著中翻译而来。它们是痴迷于盎格鲁－撒克逊文学的格兰德维格给丹麦人留下的不朽遗产。

出人意料的是，格兰德维格全身心投入盎格鲁－撒克逊文化研究的直接原因，是他的一次失业。当时，他被卷入一起诽谤案，随后被迫辞去教会牧师的职务。闲下来之后，他主动向丹麦国王请缨，全心投入到对英国盎格鲁－撒克逊手稿的研究中。用格伦特维格的话来说，当时，“即使是岛内最严谨细致的历史学家，也极少追溯到 1066 年诺曼征服以前的历史；他们把 1066 年以前的盎格鲁－撒克逊时代和丹麦时代，定义为野蛮时代”。因此，他渴望“与英国人取得联系，为盎格鲁－撒克逊人及斯堪的纳维亚人正名”。格伦特维格避开 1807 年的军事纠纷，将研究重点放在两国更深层次的文化交流上，而其中最核心的，当属“精神上的纯斯堪的纳维亚”史诗《贝奥武甫》。这部史诗属于丹麦人，也属于英国人，它的同名英雄贝奥武甫，是“全人类的北方英雄”。

格伦德维格的抱负，不仅仅局限在文学领域。《贝奥武甫》重现于世的最初几十年里，欧洲各国就它的归属问题展开了激烈的政治争论，格伦德维格也积极投身其中，极力主张《贝奥武甫》是一部丹麦史诗——这在许多德国知名学者眼里，纯属无稽之谈。德国童话作家雅各布·格林对这一说法展开公开批评。因将《尼伯龙根之歌》翻译成现代德语而名声大噪的诗人卡尔·西姆洛克（Karl Simrock）则坚持认为，《贝奥武甫》“是一部德国神话故事”，因为“盎格鲁人和撒克逊人都是日耳曼人的一支，史诗的故事背景也是设置在北海东侧”。英国学者也纷纷加入辩论。一方面，J. M. 肯布尔（J. M. Kemble）将《贝奥武甫》的第一版英译本，敬献给德国诗人雅各布·格林；另一方面，乔治·斯蒂芬斯（George Stephens）则谴责“德国人饥渴难耐，偷窃掠夺，他们……用‘高地德语方言’出版我们最经典的文学作品！”

这场争论，不仅仅是几个书生意见相左，爆发争吵那么简单，它是丹麦及其南部邻国之间的紧张政治关系在学术领域的折射。当时，德国和丹麦民族主义气氛都十分强烈。普鲁士德国宣称，丹麦控制下的石勒苏益格－荷尔斯泰因应该是德国领土，两国因此纷争不断。正如《科索沃传说》和许多伟大史诗一样，诗歌不仅仅是文字，更是不容侵犯的领土。

“石勒苏益格－荷尔斯泰因问题”使得丹麦和普鲁士两国间武装冲突频发。在1848—1851年的普丹战争中，丹麦打败普鲁士取得胜利；1863年的战争中，普鲁士又反压丹麦，逐渐取得该区域的控制权。随后，在德国加快对这一地区的德国化进程，在重要港口大力发展工业。19世纪中后期是德国民族主义发展的重要阶段，如果没有这一阶段德国民族情绪的空前高涨，可能也就不会有20世纪的两次世界大战。在德国和丹麦的领土争端中，《贝奥武甫》被反复提起。19世纪末，德国帝国海军将一艘战舰命名为“SMS贝奥武甫”号（战舰等级为齐格弗里德级）；第一次世界大战期间，该战舰曾参与对波罗的海利宝港的攻击战。尽管它已在1915年退役，但“贝奥武甫”并未退出军事舞台。第二次世界大战期间，德国军队将一次占领波罗的海沿岸岛屿的行动命名为“贝奥武甫”行动。

对格伦德维格来说，争夺《贝奥武甫》的主权，是丹麦民族主义的一部分；他的作品中传递着光辉的爱国主义情怀，因此直到一百多年后的今天，仍广受丹麦民众喜爱。在其流传最广的一首诗中，格伦德维格写道：“一个民族的所有成员，都应在心中牢记：自己的母语全天下最动听，自己的祖国深爱自己。”

和许多英国人一样，丹麦人大都对欧盟持谨慎态度，他们以本国独立的地理版图和丰富悠久的历史为荣。同样地，自由的公民制度、享誉世界的慈善名声，以及丹麦在全球幸福指数调查中常年雄踞高位，也令他们感到骄傲。而这一切，很多丹麦人将其归功于格兰德维格的哲学思想。也正因如此，近年来不断从幸福天梯另一端涌入的难民，在丹麦引发了许多深度思考——丹麦将成为一个什么样的国家？

同许多欧洲国家首都一样，哥本哈根涌入了很多难民，他们在满大街的蓝眼睛和方框眼镜中很容易辨认。我预算有限，下一站的冰岛又像抢钱一样，物价奇高，因此为节省几百克朗的旅馆费用，晚上就凑合着睡在中央车站的大厅里。高光时刻到了！与我“共度良宵”的小伙伴们肤色各异，有人操着一口地道的阿拉伯语；也有一看就知道来自非洲的男子随意瘫坐在长椅上，一边听着歌，一边啃着麦当劳的油炸面团。

听说附近有一个难民接待中心，与管理人员联系后，我动身前去探访。穿过市政大楼的玻璃门，我在一张椅子上坐下来，墙壁上挂着哥本哈根城市的老照片和色泽鲜艳的挥舞着锤子的托尔神的壁画。我的身旁，一侧坐着一名巴勒斯坦男子，他来丹麦，为患有自闭症的儿子寻医问药；另一侧是一名来自阿富汗的年轻人，他在皈依基督教后离开家乡，来到这里。旅途中，我经常被各种各样的故事打动，人们因为各种理由离开家乡，其经历之复杂，远比新闻报道中的陈词滥调真实。不过，所有故事加起来，都不如一名叙利亚药剂师的命运坎坷。他曾经逃离战区，不是一个，而是两个。

“我曾经开过药房。”他说。

“我有过一段美好时光，有家人，有事业，有车子，有房子。但是战争中我的家乡被炸得稀巴烂，整个国家瞬间变成了人间炼狱。我妻子是乌克兰人，所以我们商量后去了乌克兰。然后怎么样呢？乌克兰也爆发了战争！我们面临一堆问题，两人激烈地争吵。妻子带着儿子去了克里米亚，但儿子讨厌那里的生活，那里阻碍了他的成长。目前是儿子和我在丹麦，我妻子在克里米亚。”

旅途中，我遇到过几十个难民，他们各不相同的悲惨经历，让我时时对这个世界产生怀疑。他们逃到异国他乡，身后祖国的战火仍在熊熊燃烧。

“叙利亚完了。”

“如果他们把我送回去，我宁愿去死。”

“我的国家里除了痛苦，一无所有。”

听他们谈论自己的祖国，就像在听人朗诵《贝奥武甫》最后篇章里威格拉夫对未来的恐怖预言。

史诗不仅是民族认同的基础，那些世界末日般的故事，更对人们有着启示作用。特洛伊、中世纪的塞尔维亚、贝奥武甫的高特王国……这些濒临崩溃的旧社会，往往也预示着新社会的开始。除旧布新，生生不息。几百万人的浩劫中，也有新的生命在萌发。一切都将重新开始，正如埃涅阿斯失去特洛伊却建立起罗马，逃难的北欧人和凯尔特人建立冰岛，并开创自己的传奇一样。

难民们大都难则思变，想方设法开始新的生活，但也不乏沉溺于过去、怨天尤人的人。那些痛苦的记忆，如同一道无法愈合的伤口，将他们拉入无边的黑暗，甚至造成不堪设想的后果。本次穿越欧洲之旅，我也遇到过不少受伤的灵魂。

“没人帮我！”来哥本哈根的路上，我曾在德国不来梅市转乘巴士，等车时一位叙利亚人向我抱怨，“我只希望他们能把我当成一个人！”我将手中的三明治分给他一半，然后和他聊了一会儿叙利亚——16年前，我曾经去过叙利亚北部城市阿勒颇。没聊多久，我的巴士进站了。我起身道别，他却要求我给他付车费，他要去柏林取一些身份文件。他说：“我希望你能用对人的态度对待我。”应对这个道德枷锁，我需要付出36欧元，比我一天的开销还多。

“我的预算相当紧张。”我说，并拿出5欧元和一包饼干递给他。但他把饼干狠狠地扔到我身上。

“就这点？去你妈的！”

我还记得，来哥本哈根的巴士上，我无力地靠着车窗，看着窗外泛着红光的水面，脑子里闪过各种复杂的情绪。羞辱、愤怒、迷茫，各种情绪交织在一起，让我内心久久不能平静。这次旅途，类似的难堪，我不是第一次遇到。这样的人虽然不多，但他们带给我的打击却异常沉重。我甚至开始怀疑，自己是不是做错了什么。我坐在公交车上，想到不来梅那个愤怒的叙利亚人，因为没时间听他讲讲他的故事而略感遗憾。有一阵子，透过那一双双受伤的眼睛，我看到他们眼中的我自己：心安理得地享受优渥的生活，没有负担，一身轻松地四处旅游。这对难民来说，大概也会造成某种刺激吧。正如金碧辉煌、欢声笑语的鹿厅，在以荒郊野岭为家的孤独的怪物格伦道尔眼中，是那么刺眼。

5

莱杰尔
勇者无敌，屠龙英雄力战身死

人们齐心协力，
以最快速度建成大厅。
这是人类最雄伟的殿堂，
统治者给它取名“鹿厅”。

——《贝奥武甫》第 1 节

离开哥本哈根后，我乘坐晚班火车，到达古都莱杰尔，这里曾是斯基尔丁家族的首都。走出车站，大雨像流矢一样从天而降，噼里啪啦地往我身上砸。这是贝奥武甫之旅的最后一站，也是史诗开篇故事发生的地方。

雨终于停下来，月亮躲在云层后面露出羞涩的笑脸，一阵微风吹过，云层不情不愿地挪开身子，露出几颗零零散散的星星，宛如国王墓地中的宝石，四处散落。如此静谧的夜晚，我却无暇让思绪自由奔跑，而是将全部注意力都放在脚下的路上，生怕一个不小心就被绊个跟头。突然，脚下“嘎吱”一声响，污水飞溅而起，我停下脚步，摘下眼镜擦了擦。刺骨的寒冷从后背袭来，我裹紧外套，把每一颗纽扣都扣得死死的。这个夏天，大雨说来就来，时常阻挡我前行的脚步。但此时此刻，除了下雨，更有刺骨的寒冷，温度估计在零下几度。并且，随着秋冬季节的到来，越是往北，天气越是寒冷。

幸运的是，我在博物馆附近找到一间茅草房。在里面躲避风雨和过夜，再合适不过。我走进房内，坐在一张落有鸟粪的桌前，匆忙记下白天的所见所闻，然后把睡袋铺在地上，瑟缩着钻进去。墙壁上挂有小学生的画作，画的是戴着角盔的战士和在汹涌波涛中前行的龙舟。我本打算到黑暗时代的墓地露营，但突如其来的下雨天气，让我不得不窝在这个茅草屋里。大雨敲打着屋顶，传来噼里啪啦的声音，我戴上耳机，世界在本杰明·巴格比（Benjamin Bagby）的歌声中安静下来：

赫罗斯加捷报频传，
财富剧增，
名震天下……

他在心中谋划：
建造一座大厅，
一座供人们宴乐的大厅。
雄伟壮丽，人类闻所未闻……

尽管史诗并未明确写明宴乐厅（鹿厅）建在何地，但学术界早就达成共识，赫罗斯加国王可能住在丹麦城市莱杰尔，因为这里是丹麦古代王族斯基尔丁家族所在地。对此，史诗第一句就曾隐晦提到，“在遥远的过去，有一位以矛当武器的丹麦国王，他创下辉煌战绩”。

这是一片农牧区域。晨光透过窗户，照进茅草房里，我钻出睡袋，走近温柔娴静的奶牛和毛色光滑的漂亮棕马。牲畜粪便在雨水的冲击下，散发出一股湿腻的甜臭味，还夹杂着一点甲烷的刺鼻味道。这样鲜活的气味，一点也不像是墓葬区，但墓葬就在那里。田野深处，莱杰尔的异教徒墓葬群在雨雾中若隐若现，仿佛大海深处突然跃入视线的珊瑚岛。

雨势已经变小，但晨雨仍在淅淅沥沥地下着。布满水坑的小路，弯弯曲曲地经过尚未发掘的“乌鸦墓”和平顶的架子墓，最终消失在荨麻和酸模丛之间。这里便是斯基尔丁国王的墓葬群，目前，只发掘了部分墓葬，还有许多仍静静躺在地下，等待人们发现它们的秘密。沿着一个陡峭的斜坡，我爬上“烹饪器具墓穴”的顶部，那里仍留有十几个世纪前葬仪的痕迹。站在长满野草的顶盖上，往下可以俯瞰“船坟”。那是一排花岗岩石头，逝者沿着它的指引，踏上最后一次航海行程，驶向终极目的地瓦尔哈拉神殿（北欧神话中死亡之神奥丁迎接阵亡将士英灵的殿堂）。此时此刻，我就像一名站在海角上的守望者，翘首盼望龙首船的到来，带领我探索《贝奥武甫》中异教徒的航海世界。

尽管莱杰尔在丹麦城市中的地位一落再落，但它的传奇故事，仍然吸引着一波又一波旅行家前来探险和猎奇。17 世纪，德国旅行家奥勒·沃姆（Ole Worm）曾在这里逗留，向当地居民学习怎样用当地语言读墓葬名字，并向当地人请教斯基尔丁王族的传统习俗；德国文学家格雷戈·萨拉辛（Gregor Sarrazin）曾在 1865 年追随沃姆的脚步来到这里。在此之前的 1850 年，村庄西边的山丘上发掘出一座墓葬，随葬品中有一个希伯诺－撒克逊银碗。后来，20世纪40年代，专家又从一个10世纪的墓葬中发掘出一批龟壳胸针和一个石头纺锤，还有一个被斩首的奴隶躯干。不过，重新确立莱杰尔在丹麦文化中独一无二地位的，是1977—2002年间的考古发现。

地方政客的待办事项中，考古工作总是排序靠后。以莱杰尔为例，许多墓葬至今仍未发掘，因为上方覆盖着农田，考古学家也忙于研究已发掘墓葬而无暇顾及。弗雷迪舍德墓葬的发掘工作一延再延，直到发掘区域内的农场在一场大火中被烧毁，发掘工作才顺利进行。这座墓葬与《贝奥武甫》中赫罗斯加的宴乐厅关系密切。直到现在，大部分墓葬都处于尘封状态，但从目前的考古发现来看，各利益方应该有足够的动力深入发掘下去。发掘出来的随葬品中，已有部分放在博物馆里展出，包括刻着神秘符号的骨头、三叶形胸针、螺纹纺锤、镀金砝码、剑柄、形似雷神之锤的护身符、一把剑刃上印着大马士革钢图案的铁剑以及一个坐在王座上的奥丁小雕像。奥丁是北欧众神之王，有“独眼神”之称。他的雕像全世界现存不到一打（12个），因此这尊奥丁雕像，堪称藏品中的藏品。

在博物馆方看来，莱杰尔是丹麦民族身份的发祥地——馆内有一幅尼古雷·格伦德维格的超现实主义画像，其文字介绍中有“丹麦王国的故事从莱杰尔开端”的句子。画中，格伦德维格一边骑着奥丁神的八条腿骏马驰骋，一边翻译《贝奥武甫》。但文字介绍中同时也写道：“由于莱杰尔沿用维京人的社会秩序，信奉北欧神灵，因此逐渐失去了中心城市地位。”大概从11世纪开始，莱杰尔由盛转衰。当时的丹麦国王哈拉尔德·布鲁图斯（Havald Bluetooth，即

“蓝牙王”，Bluetooth 现在常译为“蓝牙”；现代生活中不可或缺的蓝牙无线通信技术，就是以布鲁图斯国王的名字命名）是一名基督教信徒，在他的支持下，基督教逐渐变成丹麦国教，丹麦首都从莱杰尔迁往罗斯基勒，并在那里建造起宏伟的基督大教堂。

博物馆工作人员迪塔告诉我：“在我上学的时候，课本上没有任何关于莱杰尔历史的内容——历史书上，丹麦的历史都是从皈依基督教开始的。但我的祖父母告诉我，莱杰尔在那之前就已经非常繁荣发达了。现在随着最近考古研究成果的公布，它辉煌的历史将重新为世人所知。”

2000 年，一名业余考古爱好者带着一些珠宝和马具，出现在罗斯基尔德博物馆，随后考古学家来到弗雷迪舍德墓葬周围的田地里。他们此次齐聚的目的地，是一个突出的悬崖边缘。站在悬崖边上，可以俯瞰周围田野。考古学家在土里发现了许多柱洞和残留的墙壁，虽然柱子已在漫长岁月中腐蚀，但他们根据柱洞之间的距离推测，这里曾经建有一座 150 英尺长（45.7 米）的大厅。大厅墙壁并非垂直于地面，而是像船身一样有一定弧度，顶部宽约 26 英尺（7.9 米），到中点时宽达 36 英尺（11 米），是这一时期普通维京人住宅宽度的两倍。这样雄伟壮丽的大厅，极有可能是《贝奥武甫》中鹿厅的原型。正如考古学家约翰 · D. 奈尔斯（John D. Niles）所说：“除却经典的文学故事，《贝奥武甫》作者呈现在读者眼前的，还有一个铁器时代的大厅形象，与考古学家所揭示的同时期大厅形象相符。”

21 世纪是一个收获的世纪，考古发现层出不穷，为欧洲史诗提供了源源不断的佐证。希腊伊萨卡岛发现的一座宫殿遗址，似乎与奥德修斯的宫殿密切相关；几乎同一时期，皮洛斯岛的涅斯托尔皇宫也有新发现；英国麦西亚王朝斯塔福德郡宝藏的重现，加深了我们对盎格鲁－撒克逊时代工艺水平的了解；而斯基尔丁王族土地上发现的“雄伟壮丽的大厅式住宅”，也有利于人们解密莱杰尔曾经的辉煌历史。然而，大厅遗址的发现，并不意味着创作《贝奥武甫》的盎格鲁－撒克逊吟游诗人曾到访莱杰尔。但不难想象，远在北海彼岸的诗人，也许听到过这样的传闻——北海对面的土地上，有着惊悚怪异的自然景观，那里建有一座雄伟的大厅——并将之写入自己的诗歌。

我沿着大厅遗址外面的低矮土坎，悠闲地漫步在松软的草地上。蛞蝓趴在植物叶子上，贪婪地吮吸着养分，像是一个个微醺的战士，迫不及待灌下一杯杯蜂蜜酒；甲虫在伞菌下面徘徊，仿佛远道而来的访客，正在费劲地寻找大门。细雨淅沥沥地下着，裤脚划过湿漉漉的草地和荨麻叶子，水滴顺势掉落下来，渗透进泥土中。一群学生正拿着卷尺测量，老师们躲在宽大的雨伞下指挥；一个大胡子男人骑着黑色的母马，从我身旁悠闲经过。

墓葬群的南面，是哈瑟达尔树林，细雨给它蒙上一层乳白色的雾气。不断融化的冰盖，带来源源不断的融水，形成一个个水壶洞和侵蚀沟壑，滋养着山丘上的橡树和山毛榉林。这样的冰渍地貌，与莱杰尔柔软的牧场和神圣的墓葬群形成鲜明的对比。同许多怪兽故事一样，《贝奥武甫》常常被误读为文明与野蛮的较量，而莱杰尔两极分化的自然景观，在某种程度上加深了这种误解。但《贝奥武甫》凸显的主题更为复杂，如果我们能沉下心来，耐心挖掘，兴许就能窥见这首神秘史诗中潜藏的奥秘。

在绝对的蛮力面前，文明常常溃不成军。赫罗斯加曾这样向贝奥武甫描述怪物来袭时的场景：“烂醉如泥的男人们，一边一杯杯往嘴里灌酒，一边自吹自擂，号称将拿起手中的宝剑，抵挡格伦道尔的猛烈攻击，保卫宴乐厅。”但他们败得一塌糊涂，只留下“血淋淋的长凳，鲜血横流、污浊不堪的大厅”。对付格伦道尔，光有文明远远不够，最重要的是要有一个屠杀过巨人部落并“在夜间战胜过海怪”的超级英雄。贝奥武甫之所以成为英雄，不在于他使用文明工具的技巧多么娴熟，而在于他徒手撕掉怪物手臂这不输任何巨兽怪物的野蛮气力。在自然面前，所谓的文明往往不值一提；唯有英雄能跨过文明与野蛮的巨大鸿沟，打败野蛮人。“可怕”或“恐怖”这两个词，不仅适用于格伦道尔和恶龙，更是适用于英雄贝奥武甫。Beowulf，即bee-wolf，意为“蜂狼”，也是“熊”的意思——要应对大自然最来势汹汹的挑战，仅有人是不够的。

人类凭借什么打败怪物之类的敌人？欧洲南北史诗给出截然不同的答案。南部史诗中，英雄战胜敌人，靠的是智慧，或者说文明。例如，奥德修斯用木马打破特洛伊之战的僵局，用双关语误导独眼巨人赢得生机；米洛什·奥比利奇佯装投诚，混入敌军并成功刺死苏丹。而在北部史诗中，英雄之所以能打败怪物，靠的是强健彪悍的体魄和非凡的勇气。“我要展现我的男子气概，”贝奥武甫说，“否则，这个宴乐厅，就是我生命终结的地方！”《荷马史诗》中的地中海英雄，以足智多谋取得胜利并名扬天下；而欧洲北部英雄，更热衷于用强健的肌肉来标榜自己。

尽管各有各的优秀，但来自欧洲南北两端的英雄，身上也有彼此的影子。贝奥武甫同罗兰一样，拒绝向他人求援，纵使身负重伤，仍坚持战斗直至打败敌人。奥德修斯也曾带领随从一起远航，在遥远的异国他乡与怪物搏斗（包括一个吞食船员的巨人）。历经千辛万苦回到家乡后，又在大厅中展开一场殊死搏斗。与奥德修斯并肩作战的，是他年轻力壮的男性亲属，跟贝奥武甫的情况一样。但贝奥武甫面对的恶龙，比奥德修斯面对的贪婪求婚者，危险上万倍。贝奥武甫需要强有力的支援，但除了威格拉夫，其他亲属随从都贪生怕死，只顾自己逃命。对此，诗人毫不留情地谴责他们是“软弱无能的叛徒”。

这做何解释呢？人们评判一名国王是否足够优秀，常常以他们身边聚集多少忠心耿耿的随从为衡量标准。如亚瑟王和卡米洛特、查理大帝及其圣骑士。《尼伯龙根之歌》中气力相对较弱的贡特尔国王，身边也簇拥着大量忠诚不渝的追随者。按照这个标准，贝奥武甫无疑是个不合格的国王，生死关头，除了威格拉夫，其余人都各自逃命。在他死后，子民失去他的保护，面临着“世仇和激烈仇恨”的危险。这是英雄应当汲取的教训。屠杀怪物固然勇猛非凡值得称颂，但要想建立起忠诚的随从队伍、保证王国的可持续繁荣及处理好更复杂的事务，运用人的智慧，依赖于人，才是最佳选择。

《贝奥武甫》究竟创作于何处，我们可能永远也无法得知（在我看来，东盎格里亚比英格兰中部地区的可能性更大，因为它的语言、民间传说及地理景观与史诗描述最为接近）。但深入解析史诗后，我们或许可以窥探到诗人的创作初衷，即揭示英雄的本质。这位佚名的基督教诗人，以一首荡气回肠的诗歌回首浪漫主义化的部落时代，并问出那个萦绕在人类心中的问题：如何才能杀死怪物？他慢慢得出“英雄”这个唯一答案，而且在歌颂英雄丰功伟绩的时候，也客观真实地揭示出他的优缺点。

史诗最后，威格拉夫做出预言：逝者已逝，生者将面临着一个“动荡的时代”。经历过诺曼征服的撒克逊人，在讲述这个文明崩塌、蛮力至上的传说时，心中一定燃烧着熊熊火焰，希望有一天能用武力推翻外来入侵的诺曼文明。而在当今政治环境中重读《贝奥武甫》威格拉夫的担忧——与欧洲大陆几十年的友邻关系破裂，只剩下敌对和冲突——仍感针砭时弊，可引起广泛共鸣。

那天晚上，我在莱杰尔以北七英里的科克萨比村庄预订了房间。我从莱杰尔出发，沿着一条小溪步行前往住宿地。娇艳欲滴的玫瑰散发着秋天的成熟气息，地上是绿油油的苔藓。吸一口气，满嘴都是清甜沁爽的味道。

我钻入哈瑟达尔树林（亦称“鹿林”），脚下的铜色树叶传来“嘎吱嘎吱”的声音。前方，视线中突然蹦出一个高尔夫球场，挡住前行的路。几头牛慵懒地蹲在路上，仿佛被发配边疆的守卫，不情不愿地在岗位上磨洋工。再次走进树林茂密的区域，树上传来布谷鸟的歌声，仿佛边防人员在警示森林居民有外来客闯入。

天快黑了，我只想躺下来好好睡一觉。明天，我将进入瑞典山区，并在山坡上露营；接下来，将乘坐三天轮渡，进入冰岛。想到《贝奥武甫》之旅马上就要结束，我心中禁不住难受起来。是我心中的部落主义在作祟吗？有人认为，《贝奥武甫》将英国人与丹麦人、瑞典人联系在一起，并与更广阔的日耳曼世界建立了千丝万缕的联系（例如，齐格弗里德屠龙的故事），我一直十分赞同这种观点。《贝奥武甫》不是孤岛上守卫森严的宝藏，而是一笔邻国之间相互分享的丰厚财富。但贪心的我并不满足，我希望这笔财富能福泽更广大的区域，穿越欧洲大陆，从北极圈到黑海，甚至更远的地方。

前方静静地站着一只雄鹿，它几乎一动不动，眼前静谧的树林——橡树竭力地蠕动着根须，想要扎根更深的土壤；湖里水波荡漾，桤木饥渴地吸吮着水分，仿佛一支干涸的钢笔恨不得一口吸下整瓶墨水。它的鹿角仿佛两根橡树枝丫，毛茸茸的外套上飘落几片皱巴巴的树叶。夕阳下，它的眼里闪着金光。这里是自然环境与盎格鲁－撒克逊艺术的有机结合，是怪物格伦道尔及其潜伏的荒野的交叉孵化。我走下小路，走入树林间，轻轻踩过地上的落叶，步入幽静、黑暗的树林深处。

第五个故事

《尼亚尔萨迦》：规则终将战胜暴力

冈纳尔是全冰岛最勇猛的战士，但他树敌众多，好在他最好的朋友尼亚尔是这片土地上最杰出的律师，因此冈纳尔从未陷入绝境。但是，冈纳尔爱上美丽迷人但热衷于寻衅滋事的哈尔盖德（其前两段婚姻均以暴力死亡告终）后，尼亚尔警告好友，娶这个女人可能会给他带来大麻烦。冈纳尔不听劝阻，一意孤行，与哈尔盖德结婚。

偷窃、谋杀，哈尔盖德坏事干尽，但承担罪名的，却都是冈纳尔。冈纳尔被卷入一场由莫德挑起的血腥事件，随后被判三年流放。这一次，即使尼亚尔使尽浑身解数，也无法为好友脱罪。但冈纳尔无法忍受离开心爱的家园，他不顾生命危险，执意留在家中。四十名仇人趁冈纳尔的仆人尽数外出，齐聚冈纳尔家屋外，对他展开围攻。冈纳尔一次次击退仇人，但他在打斗中损坏了弓弦，而妻子哈尔盖德拒绝帮他修复。这时，冈纳尔意识到，自己的好运已经消耗殆尽。他选择英勇战斗到底，不堕英雄名声。

冈纳尔死后，仇杀并没有结束。过了几年，尼亚尔生性好斗的儿子因仇恨杀死竞争对手特拉依恩，尼亚尔收养了死者的儿子霍斯库尔德，希望避免更多暴力冲突发生。但是他的儿子们在莫德的挑唆下，杀死了霍斯库尔德，后者的遗孀希尔迪古娜决意复仇。阿尔金议会（冰岛议会）对霍斯库尔德死亡一案展开审理，双方即将和解之际，尼亚尔的儿子出言不逊，羞辱希尔迪古娜的叔叔弗洛西，调解失败。弗洛西带着一群暴民来到尼亚尔的农舍，由于无法闯进屋内，便一把火点燃了房子。

尼亚尔及妻子、儿子、孙子都被烧死在屋里，但女婿卡里从窗户逃了出来。法庭对这次纵火事件进行审判，最终却演变成另一场群体斗殴。随后，卡里动身前往海外，一路追杀仇人，仇人最后只剩下弗洛西。两人受到基督教的感召和启示，在去罗马朝圣归来后，在弗洛西的农舍里互相谅解，重归于好。作为休战的象征，卡里迎娶霍斯库尔德的遗孀希尔迪古娜为妻。几十年的仇杀和流血争斗终于结束，暴力循环终于被打破。

1

勒伊法赫本
北极石塔，规则才是解决矛盾的利器

我永远不会说出亵渎神灵的话，

在我眼里弗雷娅不过是条狗。

弗雷娅是条狗？是的！

他们两个都是狗，奥丁和她。

——亚尔提·斯科加森

《尼亚尔萨迦》第 98 章

萨迦在向我发出呼唤——农舍中被活活烧死的律师，偏僻小岛上离奇死亡的乖戾之徒，在温泉中坠入爱河的农民之女。但是，在正式开启萨迦之旅前，我需要先去会见一名屠龙人。

几经辗转，我们终于在一个清晨见到了彼此。见面的地方，在瑞典东南部城市埃斯基尔斯蒂纳外几英里的一座山坡上。他所站立的地方，距离我的帐篷仅有几英尺。他外表看起来有些古怪。粗壮的手臂，没有脖子，细而弯曲的双腿，有点像职业拳击手和穴居人的后代。但他不过是一幅雕刻在我站立的岩石上的岩画，我至少不用担心，他手上的利刃会突然砍向我。

屠龙人被恶龙尾巴紧紧缠住，四周刻满符文，看起来像在空白处写满解说文字的彩绘本。岩画中还有飞鸟、一匹马和一名被砍头的铁匠，如此戏剧化的场景，读者可以展开想象，天马行空，猜测究竟发生了什么。在这之前，我曾在西班牙桑格萨村（距离隆塞斯瓦耶斯不远）的一座教堂里看到过这幅图案，也曾在13世纪《佛尔松萨迦》中读到过屠龙故事——这幅岩画的年代，比《佛尔松萨迦》成书早两个世纪。

这不是另一个屠龙传说，而是我在尼伯龙根之旅中追寻的那个屠龙传说。它讲述了齐格德（斯堪的纳维亚半岛居民对齐格弗里德的称呼）的故事。他杀了恶龙，吃了恶龙的心脏，并学会鸟语。鸟儿们警告他，铁匠瑞金将在不久的将来背叛他，于是他杀死了这名曾经指导过自己的导师，用骏马满载宝藏而归。与《尼伯龙根之歌》源于同一个民间传说的《佛尔松萨迦》，曾是理查德·瓦格纳歌剧的重要素材，也在《贝奥武甫》中赫罗斯加的宴乐厅里简短吟诵，而且以竖琴伴奏。甚至，《佛尔松萨迦》和《尼伯龙根之歌》的故事设定都是一样的。有发生在勃艮第王国沃尔姆斯的故事，也有匈奴阿提拉王廷的高潮之战，但挪威版本的《佛尔松萨迦》血战规模更大。与尼伯龙根人对阶层等级的痴迷不同，《佛尔松萨迦》中大战的导火索是两性关系的嫉妒烈火。所有欧洲传说故事中，《佛尔松萨迦》被模仿的次数最多，最容易改编，传播范围也最广。

9世纪，一群斯堪的纳维亚半岛难民不堪国王的暴政，乘船逃至冰岛，并带来许多民间传说。这些传说，在13世纪整理成文。这些难民在拥挤的长船中装满牲畜幼崽，离开祖辈居住的半岛，跟随法罗群岛以北海鸟的飞行路线，来到一个森林密布的岛屿。岛上到处都是肥沃的牧场，河流中满是肥美的鱼群，这就是如今的冰岛。

这些难民，也成为冰岛的早期定居者。其中一名叫索罗夫的男子声称，岛上的野草往地上滴着黄油；而他的领队弗罗基·维尔格阿尔松则没那么乐观，他来到一个漂满浮冰的峡湾，愤怒地称这片土地为 Is-land，即“冰原之地”。

现在，我正追随中世纪移民的脚步，登上一列松木地板的火车，随后换乘一辆空调巴士，来到丹麦日德兰半岛。然后，我乘坐每两周一趟的斯密里尔航海公司渡轮，前往冰岛。此时，动物们正在往南方温暖的非洲迁徙，准备过冬，我却反向而行，朝着北方的寒冷之地前进。前方等待我的，是本次欧洲之旅的最后一个故事——《尼亚尔萨迦》（又名《被烧死的尼亚尔萨迦》）。这本书中个性最鲜明的英雄冈纳尔，与齐格弗里德一样最终难逃死亡的命运；而他的妻子哈尔盖德，自称屠龙人后裔。暴躁易怒的男人、吵吵嚷嚷的女人、高潮处的大屠杀，《尼亚尔萨迦》有着与许多欧洲史诗雷同的故事情节。然而，故事的同名英雄尼亚尔，却不是什么肌肉发达的彪形大汉。他是一名心思敏锐、料事如神的律师，从中年迈入老年，不具备任何武力方面的威胁。他有些像《奥德赛》中的盲人预言家忒瑞西阿斯，他在人们心中的威望和名声的上升，代表立法派逐渐崛起，这里正从用拳头说话的野蛮社会过渡到知法讲理的文明社会。本次冰岛之旅，我将解密这个像“女武神之网”般错综复杂的故事，如何沿袭史诗套路，探索、适应并最终超越史诗的奥秘。

严格地说，《尼亚尔萨迦》并非史诗，而是一部“萨迦”，即叙事文学作品。不过，史诗（epic）和萨迦（saga）词源含义相同。saga，源自 seyja，同 epic 一样是“讲述”的意思。中世纪冰岛人书写并流传下来的家族萨迦多达40个，《尼亚尔萨迦》只是其中之一。尽管文中不乏诗句，但总体来说，它仍是一部散文叙事体故事。它以第一个千年之交发生的历史事件为基础，由一位匿名作者在1280年左右写下。它流传甚广，迄今已经发现21个中世纪手稿，部分仍在流传。

开往冰岛的渡轮上，我的房间位于船身中部，房内有一条类似锡克族摩托车手头巾的毛毯，游客睡觉时可以搭在身上取暖。舱内气氛很是沉闷，很难听到有人交谈。唯一叽叽喳喳说个不停的，只有渡轮。缆绳吱吱乱叫，发动机一刻不停地轰鸣，推开甲板上的金属门，仿佛整个船身都在抖动。随着渡轮逐渐靠近法罗群岛，海浪褪去凶恶的外衣，渡船划过之处，留下一道液态金属般的尾迹，像巨人铁匠铺里的珠宝一样闪闪发光，我忍不住兴奋起来。

我握着栏杆，轻轻闭上眼睛，想象自己正骑在海龙身上飞驰。海水呈银灰色，铁龙鞍与海水融为一体。一阵强劲的东北风刮来，海浪掀起一座座高高的山峰，像敌军攻城一样狠狠地拍打着峭壁。浪花撞击着船头，溅起满天水花。这就是北海，《贝奥武甫》中英雄曾经游泳并拿着宝剑“以防鲸鱼袭击”的地方，是中世纪阿拉伯学者伊德里西笔下“永恒的黑暗之海”。

在渡轮上度过第三个夜晚后，第四天清晨，透过黎明的微光，隐约可见海鸟掠过海浪。巨大的贼鸥飞快地从雷达上方经过，只留下含混不清的“克乔！克乔！克乔！”声，大概在向船上的远方来客表示欢迎。管鼻鹱鸟在渡船旁边飞翔，仿佛尽职尽责的领航员，时刻不忘为我们测量船首的风向。地平线上飘浮着蓝色的云彩，陆地上的人仿佛一伸手，就能轻而易举摘下来。陡峭的悬崖一直延伸到海里，崖壁上长满苔藓，远远看上去宛如一名满脸皱纹的巨人。旅行团领队紧张地清点人数，卡车司机轻轻地将烟灰弹在地上，塞伊斯弗约尔（Seyðisfjörður）小镇边有车队依次驶过。落单的游客被招呼进一辆公共汽车，驶向最近的城镇埃吉尔斯塔伊尔。

然而，让我难以接受的是，未来三天居然都没有向北的巴士——我才刚到冰岛，迫不及待地想去探险，怎能忍受耽搁如此之久！按照计划，我将徒步前往冰岛东北部的一个异教徒纪念馆，参观萨迦遗址；然后掉头向南，来到雷克雅未克和《尼亚尔萨迦》的故事发生地，亲身感受那些书中描绘过的岩石、河流、喷泉和英雄曾经居住过的农庄。但是，万万没想到，现实会给我一记响亮的耳光。没有车，我要怎么去？

幸运的是，我遇到了莱尔。他开着一辆野营车，车里装有导航，有手机充电插座，车尾有储藏食物的小隔间，还挂着一条可以晾衣服的晾衣绳。莱尔留着长发，眼睛像松鼠一样又大又圆。他来自以色列城市特拉维夫，是一名咖啡师。一路上，他神情闲适，像在自己家一般轻松自如，他每根毛发都散发着正能量。遇见他时，我已徒步走出埃吉尔斯塔伊尔几英里，他是第一个为我停车的司机。

“你看看地图，我的路线已经标出来了。如果你需要去这条线上的任何地方，我都可以带你去。”

我的目的地是164英里外的勒伊法赫本（Raufarhöfn）的一个渔港，那里有一座神话纪念碑。在坐上莱尔的便车前，我已经在路边对着来往车辆竖起大拇指近两个小时了。现在，终于可以向目的地进发了。

柏油环岛公路像一条输送带，将整个岛屿连接在一起。路上来往车辆并不多，你可以看到卡车司机一边开着车，一边拨弄笔记本电脑或喝着脱脂酸奶。但B级公路就没有这么平坦好走了。在莱尔看来，只有一种方法可以打败它们，就是把油门踩到底，然后冲出去。

“你得让路知道谁是老大！”他拒绝了我分摊油费的提议，接着说，“我会觉得自己像个出租车司机！”不过，他想到一种独特的付费方式，“你说你来这里是为了追逐萨迦。那么，你就跟我普及一下，这些故事都讲了些什么！”

讲故事就可以抵消费用，要是这种“货币”全世界都通用就好了！过去三天的渡船旅程，我一直在阅读冰岛的萨迦故事。船上没有人可以交谈，我只好与书中的中世纪农民、不法分子、情人、诗人、海上掠夺者和巫师对话，他们的名字都特别霸气，如心灵深处的乌恩、毒蛇舌头的贡劳、没洗澡的乌尔夫等。讲故事，对我来说是非常容易的事。于是接下来几个小时，我俨然一名搭便车的游吟诗人，滔滔不绝地向莱尔讲述萨迦传说。

讲述最详细、时间最长的，是《尼亚尔萨迦》。我从哈尔盖德早年的不幸婚姻开始，讲她与尼亚尔的妻子伯格瑟拉如何爆发矛盾，冈纳尔在农舍遭到仇人围攻时如何勇猛无畏地抵抗，一直讲到导致尼亚尔农场被焚毁的诽谤和杀戮。正要讲那场最后的杀戮时，窗外历经几百万年地质变化的独特风景吸引了我。

“哦，天哪！”莱尔轻敲着方向盘说，“真希望我的文化里也有这样的故事。”

“但你是有的！”我凝视着窗外橙色的砂石和炭烧般的黑色岩

石堆。如果没有云层，色调再柔和一点，眼前这幅景象，完全就是以色列的内盖夫沙漠。

“是有。”莱尔说，“但圣经故事总是和宗教紧紧相连。你不能把它们纯粹当作故事来欣赏。”

我不是很确定，对比是否如此鲜明。《罗兰之歌》《科索沃传说》《荷马史诗》……即使是《尼亚尔萨迦》，也曾对19世纪冰岛独立运动和阿尔金议会（冰岛议会）的重建，以及社会的法治进程产生过重大影响。这就是故事的尴尬之处，只能娱乐大众是远远不够的。

黄色水流沿着山脊两侧往下落，宛如冥河流入人间。橙玄玻璃平原上，火山熔岩堆成一座座墓冢般的小塔，在环形火山口投下一道道火红色阴影。这片土地形成于2500万年前，在1963年火山喷发中又形成了世界上最年轻的岛屿（叙尔特塞岛）。或许，这是一片不毛之地。在到达阿斯拜尔吉定居点之前，一路上我几乎没有看见任何植被。但这片景观远未定型，裂谷还在扩大，灰烬小山还在加高，汹涌的河流还在不断侵蚀着冰碛河岸。

瀑布咆哮着往下冲，它们撕开松软的土壤，炸开凝灰岩，像战士猛掷长矛一样猛烈地撞击着岩石。这就是著名的黛提瀑布，我和莱尔爬上玄武岩巨石，感受水帘从半空俯冲而下的壮观场面。黛提瀑布是欧洲最大的瀑布，但它最令人惊叹的是流速。尽管水里裹挟着不少泥沙，但瀑布流速丝毫不受影响，高达400立方米每秒。我们在瀑布边上坐下来，莱尔拿出炉子烧茶，哗哗的水流声仿佛催眠曲萦绕在耳边，不一会儿我们便昏昏欲睡。

去阿斯拜尔吉的路上，两旁随处可见青蓝色的流纹岩峭壁和红色的火山口。马蹄形峡谷的悬崖上有桦树和云杉林，悬崖下方是约库萨河，是黛提瀑布的发源地。莱尔的目的地在冰岛西部，与我方向不同。我钻出露营车，同他挥手告别，然后看着他连车带人消失在桥对面的苍白山丘中。

旅程最艰难的部分已经过去，但勒伊法赫本和北欧神话纪念碑仍然在北方很远的地方。一名叫托马斯的鲑鱼养殖场经理顺路载了我几英里，随后我步行来到一个丁字路口。我在等车，当车辆驶过，我向后跳入草地，以防被溅到水。一辆小货车在我面前停下来。

“上车，你全身湿透了！”

克莉丝汀和安娜来自挪威，他们正在附近的农场做志愿者。他们能停下来载上我，我心存感激，但还是忍不住好奇，为何一路上很少见到冰岛本地人。冰岛人口仅 30 万，是欧洲人口最少的国家，因此引入了很多外国人。但这些来到冰岛的外国人，与欧洲大陆的难民有本质区别。他们来冰岛做短工，并非生活所迫。他们并不缺钱，闲暇时可以开车到处兜风——这对我来说是件幸事，正是因为这些人的存在，我才能一次次搭到便车。

荒原中升起一个个小土堆，远远看去仿佛一片片荆棘，难怪当地盛产各种巨魔故事。山坡上有灌木丛和桦树林，时而有灰色粗面岩往下滑落。克莉丝汀和安娜把我放在通往勒伊法赫本的道路旁，我再次告别新朋友，往岛屿边缘地带走去，要徒步近 20 英里。

接下来五个小时，我似乎进入了一片无人区，看不到任何人影，没有汽车、摩托车，更别说徒步旅行者。我走过悬崖峭壁，上面了无人迹，唯有白色的鸟粪。靴子踏在火山熔岩上，发出嘎吱嘎吱的声音；好几次，身后似乎有马达在响，我满怀希望又不无警惕地回头，却连个鬼影子都没有。一路上也没有见到任何房屋，只有不知道从哪里传来的海鸟尖叫声和脚下寂寥凄凉的山脉——大山仿佛一头头长着鳞片的野兽，静静地在远离人类的地方冬眠。夜幕降临，我忍不住胡思乱想。如果路的尽头是一条没有桥梁的大河，或是一座无法攀越的悬崖，叫天天不应，叫地地不灵，我该怎么办？我唯一的依靠就是手机导航，而手机电量正在迅速减少。地平线上已经不见亮光，好几个小时，我都没有见到哪怕一座房屋。这是一片荒芜之地，世界好像刚刚成形，没有一丝烟火气息。

仿佛走到了天荒地老，终于，远方传来一丝亮光。我继续往前走，它逐渐放大，变成一串闪亮的灯带。海湾对面就是勒伊法赫本。我裹紧外套，沿着墨色的海岸线艰难地走过去。诡异的事情发生了，随着我一步步走近，前方灯光一盏盏熄灭，仿佛恐怖电影拍摄现场——此时，是熄灯睡觉时间。

我来到城镇边缘一处靠近大海的草皮营地，这里无人居住。我把背包往木板路上一扔，一头钻进波纹铁皮外墙的厕所间里。厕所里居然有暖气——真是梦寐以求的东西！即使马桶“香气怡人”，也不能把我赶走。此时，我两条腿都在发抖，双手冻得红肿，仿佛带着亮粉色的橡胶手套。过了一会儿，我身上渐渐暖和起来，双手逐渐恢复知觉，终于有力气打开一小瓶从渡船上买来的芝华士威士忌。爽啊……

第一天就穿越这么多奇妙的风景，实在让人激动。想想希腊阳光明媚的山丘、开满鲜花的绿树和结满果实的葡萄园，再看处在同一片大陆的冰岛，两者自然景观如此天差地别，委实神奇。一眼望去，冰岛的大海和绿松石般迷人的地中海完全不同。但是，《奥德赛》和难民们的故事让我明白，地中海并不像表面看上去那么平静祥和；同理，一片灰暗波浪汹涌的北海，也并不是不可征服的——这是萨迦传说告诉我们的真理。

无论景观还是气候，从哪方面看，冰岛都是个典型的大陆边缘岛屿。与众多经典欧洲史诗相比，《尼亚尔萨迦》最大的优势在于，其故事情节一点儿也不俗套。主人公冈纳尔曾到过挪威，其他人物则曾远赴罗马和君士坦丁堡。横穿这座岛屿，我希望了解它是如何在维持独立地位的同时，又与欧洲其他国家保持紧密联系的，这其中有着怎样的爱恨情仇。如果像冰岛这样偏远的国家都能融入泛欧模式，无疑是对欧洲模式最佳的赞美。

勒伊法赫本是冰岛最北的城镇，城内景象名副其实。空气刺骨得寒冷，游客即使内心一片火热，也忍不住冻得牙齿咯咯作响。商店和咖啡馆大多已打烊，店主只有在接到熟客电话时，才会不情不愿地起床。如果没有提前做功课，你可能怎么也不会想到，这里会有宏伟壮丽的纪念馆或精美传神的雕像。然而，马场后面的小山上，确实矗立着一座在建的纪念碑，名叫“北极石塔”。

北极石塔就是石像中的《埃达》（据传成书于13世纪前的一部冰岛史诗，记载了北欧的神话和英雄传说）。场景中共有72个小石柱，每个石柱都象征一位冰岛历法中的神话人物。石柱中央有一座巨大的日晷，不同的季节，游人可以在不同位置观赏纪念碑，来“捕捉午夜的太阳”。山顶上，一圈6米高的石门中央，矗立着一根11米高的石柱，石柱由四根倾斜的柱子支撑，顶部压着一块顶石。

《埃达》收录了大量诗歌，研究专家特里·冈奈尔（Terry Gunnell）称之为“韵律魔法”。《埃达》之于诗歌，相当于“奥丁蜜酒”

之于众神。大锅里有取之不尽的蜜酒，众神从中舀出一碗碗蜜酒，纵情享用。《埃达》是文学作品，更是异教祷文。它字里行间传达出的异教信仰，仿佛一滴滴魔药，吸引读者走入异教世界。之所以把北极石塔列为冰岛之旅的第一站，是因为我觉得在进入萨迦故事之前，有必要对冰岛独特的自然景观和本土宗教阿萨特鲁（Asatru）有个直观认识——它们在《尼亚尔萨迦》和《贝奥武甫》等北欧文学故事中扮演着关键角色。

我以往参观的纪念碑，大多是古代遗迹或根据遗址重建的，但北极石塔不同。它始建于20世纪末，至今仍未完工。站在山顶上，展现在我面前的是一座穿越时代的丰碑，它既诉说了过去，也预示着未来。按照规划，这里将建造一堵1.5米高的围墙，并在中央立柱上安放一块水晶顶石，全方位反射阳光。透过石塔，你不仅能领略冰岛文化，更能从中窥探北欧文化精髓。《埃达》包罗万象，许多北欧神话故事都被收入其中，包括齐格弗里德屠龙传说、托尔神大战巨人及矮人传说（托尔金的灵感源泉之一，《指环王》中“甘道夫”等意味深长的名字均源于此）。欧洲大陆的史诗传说或已失传，或被滥用、改编得面目全非，而冰岛仿佛一个与世隔绝的天然冷库，神话故事在这里冷藏保鲜，时隔千年仍原汁原味。

但也正因如此，冰岛史诗才一度陷入危险境地。冰岛人身上有北欧血统，因此在纳粹看来，他们就是没有被异族血统污染的古老日耳曼血统的代表——尽管冰岛早期居民中并非只有日耳曼人，还有大量的凯尔特人。这种观念在纳粹德国十分盛行，青年时期的希特勒曾以铁匠威兰的故事为素材，创作了一部故事背景设定在冰岛的伪瓦格纳歌剧——威兰是传说中的神秘铁匠，他铸造的兵器举世闻名，其中包括贝奥武甫的盔甲、齐格弗里德的格兰姆宝剑和罗兰的朵兰宝剑。希特勒的好友奥古斯特·库比泽克（August Kubizek）曾说：“在希特勒看来，《埃达》是一部神圣的图书，他从中了解冰岛，那个位于欧洲最北端的多山岛屿……他把歌剧的背景设置在冰岛，因为在那里，大自然仍处于剧烈的动荡状态，给人类留下了无限想象空间。”不过这部歌剧并没有写完，只有一些不完整的片段。

想来，这是非常有趣的画面——成长中自大狂傲的希特勒，从北欧神话中精挑细选出合适的素材，端坐在维也纳式起居室里，埋头创作，写出浮夸的旋律。当时冰岛以这样一种的方式，与欧洲大陆主要国家联系在一起。但事实证明，“黑历史”迟早都要付出代价，在 20 世纪后半叶冰岛复兴本土宗教阿萨特鲁的运动中，这段历史被反复提起，成为反对者声讨异教的工具。20 世纪 60 年代，冰岛诗人斯维因伯恩·拜腾森（Sveinbjorn Beteinsson）向政府提出诉求，要求承认日益壮大的异教徒群体，但路德教会大主教坚决反对，理由是这些古老的宗教元素曾助纣为虐，为纳粹“至高无上的雅利安人种族”理论提供依据。过程虽然曲折，但冰岛官方最终还是承认了异教。1973 年，大量异教徒聚集在贝滕森农场的托尔神塑雕像前，举行冰岛自 11 世纪以来的第一次异教徒集会。

几周后，我冒着蒙蒙细雨，来到雷克雅未克一座仍在建造的异教徒教堂。这是自早期定居者以来，在冰岛土地上建造的第一座异教徒建筑。迈过一片钢筋堆和管道，我见到了向导希尔玛·厄恩·希尔马森（Hilmar Örn Hilmarsson），他是贝腾森的继任者，现任大祭司。

“教堂还需要很长时间才能建成，”希尔玛森坦诚地告诉我，“但我们简直迫不及待了，教堂将与自然景观融为一体，建材都是取自当地的石头和地下的温泉水。在我们看来，大自然是活的——这是《哈瓦马尔》（《埃达》流传最广的诗歌之一）传达的理念。”

希尔玛森的话语，让我想起《尼亚尔萨迦》中的英雄冈纳尔。他对脚下这片土地爱得深沉，被判流放仍拒绝离开家乡，哪怕冒着生命危险。这种情感牵连，最终让他丧命。仇人趁他的仆人尽数外出时寻上门，他虽然勇猛无双，但终究双拳难敌四手，被仇人杀死。后面的篇章中，有一场极具象征意义的“异教徒”场景：冈纳尔化身幽灵，在自己的墓冢里高声歌唱，神情“欢喜”。这名异教徒战士，即使化作鬼魂，也不愿离开心爱的家乡半步。

蔚为壮观的北极石塔，令我惊叹。在如此偏僻的远离中心地带的地方，修建这样一座气势磅礴的纪念碑，勇气尤为可嘉，而它历经十余载仍未完工，也从侧面印证了施工的难度。现在，我将再次出发，前往一个象征着冰岛异教徒终结的地方，这在《尼亚尔萨迦》中有相关描述。

我搭乘一位名叫因德林的本地管道工的车，离开勒伊法赫本。随后步行几英里，经过阿斯拜尔吉定居点后，又幸运地搭上了幼儿园教师格雷塔和塔拉的车，他们的目的地是北方的阿库雷里的电影院。听着他们天南海北地聊天——从恐怖电影到狡猾银行家的绰号（“我们叫他们维京人！”格雷塔欢快地说）——窗外的荒野逐渐消失，孤零零的煤渣山也渐渐变成野草丛生的牧场。

在阿库雷里以东大约 30 英里的地方，我告别格雷塔和塔拉，目送他们的小汽车渐渐远去，然后继续徒步前行。经过一个加油站后，我来到一个瀑布前。发源于崇山峻岭的斯加尔丰达夫尔约特河从岩石上倾泻而下，在巴达山谷中劈出一条走廊；水流从石缝中落下来，在马蹄形岩石上形成一幕水帘。10世纪，律法倡导者、大祭司索盖尔·约斯维特宁加（Thorgeir Ljosvetninga）从此地经过，心有所感，将异教偶像与瀑布联系在一起，瀑布因此得名“大祭司的瀑布”。

《尼亚尔萨迦》中，围绕新旧信仰之争，爆发了多次争斗。基督教传教士与老派巫师发生争执，后者用咒语撕开传教士马蹄下的土地，阻碍基督教的传播。一位顽固的异教徒问：“你听说了吗，托尔神向基督发出决斗邀请，基督却不敢接受挑战！”最终，争执不休的人们向大祭司索盖尔求助，请他决定冰岛人是应该接受新信仰，还是继续信奉旧神。索盖尔思索了一天，带上斗篷，走上法律之山，宣布他的决定：

“如果我们不能制订统一的律法，事情就陷入了僵局。这将是我们律法的开端。在这片土地上，人人都应该是基督徒，秉持同一种信仰，那就是圣父、圣子和圣灵，并杜绝任何偶像崇拜，不可令儿女陷入死亡境地，也不可吃马肉。”

尼亚尔便是新信仰的早期拥护者之一。他说：“在我看来，新信仰比旧信仰要好得多。”《尼亚尔萨迦》以一位基督教作家的视角，戏剧化地描绘了冰岛向基督教国家转变的过程，并认为基督徒道德高尚。但在戏剧化的信仰冲突背后，隐藏着更深层次的事实：异教已经扎根在这片土地上，要想根除它，仅仅有大祭司的支持是远远不够的。

2

洛　加

心肠冷硬的女主角，在这里长大

冈纳尔，如果你不能为我报仇，

那么我嫁给冰岛最勇敢的人有什么意义！

——哈尔盖德　《尼亚尔萨迦》第 35 章

大雨倾盆而下，我却浑然不觉，全部心思都沉浸在萨迦故事中。冰岛独特的自然景观，滋生了大量故事传说，行走在这片岛屿上，传说一个接着一个，从未间断。在阿库雷里稍做休息后，我再次搭上便车，沿着北部山脊来到萨德阿克罗库尔（Sauðárkrókur），然后沿着富含矿产的廷达斯托尔山继续向前。小溪冒着气泡缓缓流过，房屋周围全是耕地，小马和绵羊的叫声此起彼伏。此情此景，我不禁想到，或许早期定居者索洛夫是对的，这里确实是"野草往地上滴着黄油"的富饶之地。

流传甚广的《格雷蒂尔萨迦》中，英雄格雷蒂尔脾气暴躁，他与农民、食尸鬼和女巨魔战斗，后来被迫躲进一座狭小的岛屿。我现在所在的地方，就是“格雷蒂尔的土地”。格雷蒂尔的故事与贝奥武甫传说的相同之处，让人震惊。两人都曾在大厅里同吃人怪物搏斗，在水洞里大战雌性怪物，又都在关键时刻被同伴抛弃——这些相同的地方在许多学术论文中都有提及，证明了外来故事如何融入冰岛独特的地理景观。

低矮粗壮但拥有悬崖峭壁的德兰雷岛从水中腾空而起，两侧各矗立着一块巨大岩石，栖息着许多体型硕大的贼鸥和海雀。萨迦传说中，格雷蒂尔正是在这里与敌人展开殊死搏斗，直到被魔法打倒。格雷蒂尔曾经沐浴的海岬附近，如今有两座温泉。温泉建造者名为埃里克森，他长着一头颇为怪异的头发，是这片土地的所有者。一座温泉以他的名字命名，叫“贾尔温泉”，另一座则叫“格雷蒂尔温泉”。我见到他时，他正穿着羊毛衫在温泉后面的小屋里喝茶。

当我提到格雷蒂尔的传说，埃里克森的朋友英吉说：“这是一个真实的故事，现在我们仍然在读它！”

我在黑色暖石上热了一下脚，然后沉入温泉中。或许我无法复原格雷蒂尔与女巨魔和荒野怪物的战斗，但此时此刻，当我潜入温泉时，我与他同在。

最大的温泉池里，一群浑身赤裸的俄罗斯人在水中嬉戏。冰冷的月光中，他们在温泉池里爬进爬出，雪白的皮肤在月光下闪着冷光。在餐厅吃面条时，其中一位俄罗斯人给我展示了他拍到的北极光照片，后来他邀请我和他们一起再泡一泡。于是，我重新坐进温暖的池子，看着天上的流星一闪而过。在欧洲大陆另一端的希腊塔纳伊隆海角，我也曾潜入水下。冰岛之旅，我并未打算再寻找什么地狱入口。冰岛这片土地上滋生了众多幽灵故事，写作素材极其丰富，是作家的天堂。所以，萨迦传说牢牢扎根于这片土地，未曾遭遇过度改编。

丰富多彩的萨迦传说，根植于冰岛独特的地理风貌。西西里岛之后的旅程，冰岛是故事宝藏最为丰富的地方。这里的每一个山谷、每一座峭壁，都或多或少与四十个萨迦有所关联，在前往雷克雅未克的路上，我忍不住顺路采撷了一些。同样令我惊叹的，还有萨迦故事与欧洲其他史诗之间的联系。他们大都将古老的史诗故事融入当地的风景。阅读《格雷蒂尔萨迦》，就像在阅读《贝奥武甫》的仿本，而前者褪去了史诗波澜壮阔的外衣，却保留了鬼怪故事的魅力。《拉萨达尔萨迦》的欧洲大陆色彩则更为浓郁，它将《尼伯龙根之歌》中的故事情节嫁接到仇恨缠身的冰岛农民身上，谱写出又一部荡气回肠的故事。故事发生在冰岛西部，因此我决定在前往冰岛南部的路上，也去探索一下这个曲折离奇的故事。

大片黑色沼泽和冰川岩石被开垦成肥沃的牧场，饲料和肥料堆成一座座金字塔般的小堆，卡车满载着羊群，从高地驶向城市。落差不大的拉萨河将这个地区一分为二，它缓缓流过静谧优美的山谷，流入一个盐湖，湖边是泥炭沼。我在这片土地上徒步了几个小时，直到一位名叫阿纳尔的体育老师开车经过，我搭上他的便车。阿纳尔长着高挑的眉毛，他此次出行是去高地湖打野鹅，载我向前行驶了 40 英里。车的后座上放着一把猎枪，旁边坐着他十岁的儿子。

“他就是一条猎狗！”阿纳尔开玩笑地说，“我需要人去捡鹅。”

我的目的地是洛加，《拉萨达尔萨迦》女主角古德伦长大的东方。路上，阿纳尔指着脚下的柏油路说道：“我们正在经过的农场，是拉萨达尔最大的农场，也是全冰岛最大的农场之一。农场主的儿子在国会任职，这条新修的道路从他家门口经过。我可没有说这条路是为农场主在国会的儿子而修的，但是，你怎么想是你的事！”

这个在当地盛传的流言，只是冰岛自2008年金融危机以来不断暴露的腐败问题的冰山一角。银行家不计后果地盲目投资，让冰岛经济受到了沉重打击。有段时间，冰岛与希腊一样，处于破产边缘。后来，政府采取强力措施，拒绝纾困银行家，推动经济快速复苏。

“自从危机爆发，”阿纳尔说，“我们意识到，很多腐败分子都侥幸逃脱了惩罚，过着富裕舒适的生活。我们不像以前那样彼此信任了。”

几天前，冰岛总理京勒伊格松宣布辞职，原因是他的父亲曾为一名定罪的强奸犯担保“恢复名誉”，而他向内阁隐瞒了这一信息。事情败露后，京勒伊格松失去了同盟伙伴的信任，被迫辞职。

在接二连三的政治丑闻冲击下，冰岛的风景似乎也不那么远离尘嚣了——这对冰岛来说十分不正常。那天晚上，我在一个石头砌成的温泉中度过，望着满天星辰，浑身热气腾腾；回到帐篷里，听着雨点拍打帐篷的声音入眠。第二天清晨，我漫步在洛格附近，爬上雨水浸透的山丘，我踩在石子路上，任蕨类植物和细叶草耳朵打湿脚踝。仿佛冥冥之中有股力量，指引着我来到悬冰斗处，那里浪花飞舞旋转，仿佛仙女在舞蹈。浓雾漫漫，我看不见羊群，只听见它们在不远处咩咩叫着。我一点都不羡慕那些过着安逸田园生活的牧羊人。我想，如果女主角古德伦就是生活在这样一个与世隔绝的地方，难怪会嫁给第一个从外面而来的男人。

令古德伦坠入情网的，是一名头发丝滑的大块头男子，名叫卡加坦，他“在所有技能上都胜过其他男子”。卡加坦来到洛加温泉，“和其他俗套故事一样，古德伦也正好在那里……大家都说，综观那个时代的年轻人，卡加坦和古德伦是天造地设的一对”。卡加坦告别爱人，去海外寻求财富，希望古德伦能等他回来。但当他回到冰岛，她却已和他的兄弟波利结婚。后来卡加坦另娶他人，古德伦内心越发痛苦，她斥责自己的丈夫：“卡加坦辱骂你，羞辱你，你居然还能呼呼大睡，让他骑着马从你鼻子底下悠闲走过！”故事的最后，波利给卡加坦致命一击，卡加坦放下武器，任由昔日的兄弟夺走自己的生命。同《尼伯龙根之歌》中的王后一样，古德伦被描绘成一个心肠冷硬、以他人的痛苦为乐的女人，当她看到卡加坦的遗孀“不会再面带微笑上床”时，她没有一丝怜悯，反而哈哈大笑。《拉萨达尔萨迦》同尼伯龙根故事一样，主人公对爱情处理不当，两个女人毫不掩饰的敌意，是一切矛盾的导火索；英雄因为其中一名女人的挑唆而被杀，由此导致疯狂的报复。

那天早上，当我走出漫漫浓雾，浑身都已湿透，冻得瑟瑟发抖。我一头扎进温泉里，身体渐渐回暖后，我再次出发，徒步穿过荒野，走到主干道上，希望能搭上去斯奈山半岛的便车——那里是古德伦生命结束的地方。幸运的是，又一场暴风雨来临时，一位名叫贾戈达的波兰酒店职员正好开车经过，她打开车门，我忙不迭地钻进去。公路两侧是一望无际的沼泽草甸，偶尔也能看见白色的礁石，仿佛一粒粒散落在草地上的巨大面包屑。雨水猛烈地拍打着车顶，车窗上很快就布满泥点。终于，太阳拨开云层露出笑脸，山顶上出现一道五颜六色的彩虹。

繁忙的方形港口旁，有一个平静的小渔村。村里有五颜六色的木屋，也有波纹状铁皮小屋。沙滩上停着拖艇和拖网渔船，渔民正忙碌地在后甲板上安装发动机；海风呼呼吹过，桅杆、鞭状天线和甲板卷扬机纹丝不动，唯有船帆和渔民身上的雨衣嘎吱作响。海鸥掠过长满杂草的悬崖，仿佛从大洋深处带回消息，急于向人们传达；北极燕鸥急速飞过巨大圆石，圆石上长满海藻。

我来斯奈山半岛的目的，是一睹斯奈菲尔圣山。在旅馆好好休息一晚后，我朝着圣山的方向进发。经过加油站和机场后，峡湾周围的泥沼越来越深，一辆从高地运输羊群的小货车驶过，震得路边牛栏嘎吱作响。牧场和泥炭沼泽尽头，就是斯奈菲尔山——著名的冰岛圣山。它独特的外形，让人不由得联想到巨人的墓穴，仿佛这座山是为唤起埋葬在山中的异教徒英雄而修建的。不过基督教成为冰岛国教后，斯奈菲尔山被赋予新的含义，成为冰岛基督教最神圣的地方。《拉萨达尔萨迦》中，女主角古德伦正是在斯奈菲尔山了结争斗不休的尘世生活，成为“冰岛第一名修女和女隐士”。

光线阴暗的山崖下，一块石头上刻着古德伦的名言“Theim var eg verst er eg unni mest”，意思是“我伤害他最深，也爱他最深”。

这个“他”，一般认为是指她曾经的恋人、英俊帅气的商人卡加坦。他的死亡，是她一手造成的。这正是古德伦令读者爱恨交加的原因。她聪颖过人但又胆大妄为，自私自利但又意志坚定。她就是北欧的斯嘉丽·奥哈拉（《飘》的女主角），肆意妄为，亲手毁掉了自己的幸福。

无独有偶，冰岛萨迦中描绘了大量心肠冷硬、性格固执的女性。她们被父亲当作商品，卖给热衷寻衅滋事的丈夫；因为没有资格加入阿尔金议会或其他社会机构，她们的精力和不满无处发泄，为芝麻小事吵闹不休，挑唆丈夫为自己出头，直到其中一方失去生命。其中最臭名昭著的，要数《尼亚尔萨迦》中的哈尔盖德。她身为冈纳尔妻子，与丈夫好友的妻子伯格瑟拉爆发激烈争吵，指使家奴极尽谋杀和盗窃之能事。她从邻居家偷窃食物，烧毁丈夫的仓库，被丈夫扇了一巴掌后，她发誓要报复丈夫——事实上她确实做到了。丈夫被仇人围攻时弓弦断裂，她拒绝为他修补弓弦，最终，寡不敌众的丈夫死于仇人之手。

在男女平等的今天，重读这些钢铁女人的故事，我内心有一种深深的不安。透过她们千疮百孔的人生，我们可以瞥见，在那个时代，男人的桀骜不驯、寻衅滋事，都被贴上令人钦佩的英雄行为标签。如果有机会为自己发声，不知这些女人会谱写出怎样截然不同的故事。

刻有古德伦名言的石头上方，一条碎石小路蜿蜒伸向山顶，路旁长满岩高兰、帚石楠和海绵状的苔藓。海风呼啸着吹过平坦的山顶，仿佛某个刚刚从枷锁中解脱的北欧神灵，正在肆意施展封印已久的魔法。我几乎站不住脚，被大风从峰顶一侧推到另一侧，后来躲到一块石头废墟后面，才没有被刮走。在这里，眼前风景美得令人窒息，湖泊、沼泽、撒满冰末的鼓丘、农场、牧场、悠闲吃草的羊群，仿佛一幅画。熔岩湾里点缀着岛屿和巨石，海水像磨砂玻璃一样闪闪发光，与透明的天空融为一体。

山脚下的一座农庄旁，一座教堂高高耸立在墓地上，一扇彩绘小门内放着古德伦的墓碑。根据《拉萨达尔萨迦》记载，古德伦在暮年时来到斯奈菲尔山，从此远离尘世，成为“第一个学习《诗篇》并长时间在教堂度过的冰岛妇女，她夜夜祈祷”（她祈祷的地方，可能就是我躲风的那片石头废墟）。《拉萨达尔萨迦》与《尼亚尔萨迦》一样，反映出冰岛由异教向基督教转化的历程，而古德伦的生平正是与这种转变交织在一起。

如果你想体会什么是沉默寡言，你可以尝试找一个冰岛农民搭讪。我曾想搭乘一位冰岛农民的便车，当时，他穿着雨靴和连体衣，正低头打开皮卡车车门。语言不通的我，做了几个求助手势，含糊地说出“羊”这个单词（羊在西方文化中有“好人”的意思）。但他一言不发，我只得化身哑剧演员，卖力地用手来来回回比画，他依然没有任何回应。最后，他挑起一边眉毛，仿佛告诉我，“你知道的，我想我可以顺路带上你”。

他朝古德伦的墓碑点点头，我站在那里，看着苔藓斑驳的墓碑上她的名字，庆幸自己在“羊”（好人）回家这天来到这里，不然在离开时肯定没有便车可搭。《拉萨达尔萨迦》是一部情节跌宕紧凑的故事，爱恨情仇、埋伏袭击、海上探险、贫苦生活、宅院争斗，各种元素应有尽有。但它同时也是一部展现农耕生活的故事，没有中世纪文学常见的社会阶层斗争，它专门描写农民、牧民和牧羊人心中熊熊燃烧的火焰，男女皆有涉及。对中世纪的冰岛农民来说，最大的敌人不是彼此，而是喜怒无常的大自然。生而平等的他们，努力在这片贫瘠的土地上创造出更美好的生活。

3

雷克雅未克
韵诗，冰岛文化的精神密码

耳朵听得见的人们，
都好好听着，并大声唱出战争歌谣，
歌颂那些勇敢的剑客。

——凯斯尼斯编织工人
《尼亚尔萨迦》第 156 章

20 万常住居民，对一座首都来说，一点儿也不算多。但走过人迹罕至的内陆荒原，眼前的雷克雅未克在我眼中是车水马龙，人山人海。毕竟，这里住着冰岛三分之二的公民，还有在旅游旺季蜂拥而至的外国游客。

建筑起重机像一面巨大的金属瀑布，将山景切割成一个个小块。雨水浸泡的工地上，灰泥卵石涂层的公寓大楼拔地而起，泥泞的水泥地上放着各式各样的管道。粉色外墙的超市与多米诺比萨店和快递公司比邻而立。大自然在这里退居二线，天空被高楼大厦切割成一片片碎块，就连海风都温柔起来，轻盈地流连在 19 世纪的国会大厦和老旧隔板渔民小屋之间。

雷克雅未克是一座极具冰岛特色的城市，无论是定居时代的人物雕像，还是针织品商店外的骑马瓦尔基里像（北欧神话中的女武神），都在诉说着冰岛独一无二的历史。劳加维格主干道的一家餐厅外墙上，有一名紫色头发的女人与长角恶魔拥抱的画面，下方写着《尼亚尔萨迦》中的名句“我伤害他最深，也爱他最深”。不远处，率先发现北美洲的探险家列夫·埃里克森（Leif Erikson，他发现美洲，但未踏足大陆，哥伦布首次登陆美洲。——编者注）手持斧头坐在长船上，他身后是火山形状的哈尔格里姆教堂。山脚下，哈帕音乐厅晶莹剔透的六边形玻璃幕墙对面，矗立着因格尔弗·阿纳尔森雕像（Ingolfur Arnarson，Arnarson 并非姓氏，而是根据传统在其父亲 Arnar 的名字后面加上 son，意为阿纳尔之子）。因格尔弗在 9 世纪发现冰岛，是冰岛首批定居者之一，同时也是雷克雅未克市的奠基人。顺着因格尔弗的视线，前方是骑着八条腿骏马的奥丁神与中土毒蛇缠斗的雕像。这一画面，是北欧神话中最为人熟知的场景。

这些雕像令人不由自主地想起萨迦中的英雄人物。19 世纪，冰岛爆发独立战争。激励人们奋起争取民族独立的，不是 19 世纪三四十年代欧洲此起彼伏的独立运动，而是定居时代流传下来的英雄故事。人们翻出中世纪冰岛与挪威和丹麦国王签订的条约，要求重建阿尔金议会（早期冰岛定居者的议会）。而萨迦传奇，则是失乐园曾经真实存在的不二证明。那些幸存下来的书页上，或许抹不掉暴力战争的痕迹，但看着它们，就仿佛看到一片没有君主统治也没有外国压迫的自由土地。历史学家杰西·拜奥克（Jesse Byock）曾写道：“家族萨迦为冰岛建国奠定了神话基础。”

1944 年获得独立后，冰岛亟须民族身份认同，于是爆发了要求丹麦政府返还萨迦书稿的运动。经过多年努力，1961 年丹麦议会通过一项法案，但北海两岸的抗议热情依然高涨。直到 1971 年，第一批手稿才正式返还冰岛，其余手稿则在接下来的 26 年里，像挤牙膏一样，一点一点地返还。第一批手稿由丹麦海军护卫舰专程护送，成千上万冰岛人提前聚集在港口，挥舞着冰岛和丹麦国旗，欢迎这些牛皮纸归来。用演员奥杜尔·朱利森的话来说，“我们无时无刻不在挂念这些故事，它们是我们民族身份的象征”。

在哈帕剧院观看了流行戏剧《冰岛萨迦传奇：带你用 75 分钟领略著名故事》后，我见到了奥多及其同事埃丝特·塔里亚。刚刚成功演绎了四十个萨迦故事的他们，神采飞扬，干劲十足。他们对暴脾气英雄格雷蒂尔进行了改编，使之成为美国电视剧《嗜血判官》中主人公德克斯特式“专杀坏人的连环杀人犯”；《埃吉尔萨迦》中的诗人战士埃吉尔，唱起了英国皇后乐队的《波希米亚狂想曲》；维京王列夫·埃里克森发现美洲的故事，则是通过一场中世纪“超级碗”（Super Bowl，美国国家橄榄球联盟总冠军赛）赛事演绎出来。表演结束后再聊起萨迦，演员们热衷于强调萨迦在今天仍然可以影射时政，尤其是《尼亚尔萨迦》被称为“最著名的超级史诗巨作”。

“我们把银行家喊成‘维京人’，聊到坚忍不拔的女人时，就说她像哈尔盖德。”埃斯特说，“我们时时刻刻都在引用萨迦中的典故。”

歌曲、运动、电视节目，萨迦故事不断被改编，以不同形式呈现在观众面前。第一次接触萨迦故事，你可能会感受到浓浓的异国情调，惊讶于冰岛独特的文化。但看到《尼亚尔萨迦》主人公一次次戏剧化的海上着陆，你又会觉得，或许在萨迦作者眼里，冰岛并非一个与欧洲其他国家割裂的孤岛。这个故事里讲了复仇与反报复、对正义的不懈追求、功亏一篑的和平、暴力血腥的海战、引发灾难的宴会和仇敌最终和解等很多情节，文字间随处可见中世纪欧洲流行史诗的影子。但它独一无二的风格、一本正经的幽默和超现实主义的意象，只在冰岛文学作品才有。很难想象，欧洲大陆的史诗英雄会像尼亚尔性格鲁莽的儿子斯卡尔菲丁那样，用粗俗浅陋的话语嘲弄对手："如果你来这里之前，先把卡在牙齿缝里的母马屁股肉剃干净，你或许能找到更好的工作。"

现在，我住在主干道上一家经济型旅馆里，在浏览电子邮件，查看之前发出的约见请求是否已有回音。我希望能深入了解，冰岛如何一边接受来自大陆的影响，一边又保持自己的独特传统。因为冰岛和英国一样，在与欧洲大陆密切往来的同时，也在静静讲述自己的故事。

冰岛国家美术馆里挂着一幅丹麦艺术家希奥特（A. H. G. Schiott）的名画。它描绘了守夜的场景：一家人聚集在一间普通的农舍卧室，妇女们有的在梳理羊毛，有的在转动纺车；一个小男孩斜靠在朗诵者膝盖上，后者正借着昏暗的油灯，阅读手中的书稿。冰岛文化既有书面传承，也有口头传播。史诗般的冰岛韵诗，是冰岛文化的精髓。

雷克雅未克大学校园里，有一家韵诗博物馆，馆里挂着希奥特名画的复制品，馆长罗莎正在书架和堆满录音设备的置物架间忙碌。屋内有一个混音器、一个用于录制慢速音的磁力麦克风，还有开盘式录制设备、密纹唱盘机、一盒用来清洗磁带的棉签以及几十份记载录音信息的文件。这些文件很多可以追溯到20世纪30年代，那时，初入城市刚开始接触电子设备的乡下人，给自己录制了一张张唱片，而唱片中的内容，大多是从萨迦故事和大陆传说改编而来的韵诗。现存韵诗唱片的数量极为庞大，我与罗莎见面时，她已经整理记录了2368个韵诗文件——她工作效率很高，几个月后再次联系时，她整理完成的韵诗文件已达3700个。

这些韵诗，是冰岛与欧洲其他国家紧密联系的最佳证明。韵诗形式多种多样，每节长度在两行到四行之间，每节都有不同的韵脚和韵律，明显受到欧洲游吟诗人和民谣歌手及14世纪英国传奇故事的影响。当然也不乏规律的格式，比如由大陆情歌改编而来的《少女歌》，旋律交替出现，每节都与上下节相同。

罗莎给我展示了已整理好的韵诗名单，它们的主题包罗万象，大多是根据大陆史诗传说改编的，如齐格弗里德的屠龙传说、特洛伊战争、《罗兰之歌》，以及丹麦斯基尔丁家族的事迹。这说明，扎根于冰岛的韵诗，其养分和素材来自整个欧洲大陆的史诗传说。早期定居者从欧洲大陆漂洋过海来到冰岛，随之带来的，还有家乡的故事传说；与大陆通商贸易的冰岛商人，也带回了源源不断的新故事。在那个时代，如果你想发财，你就得像《拉萨达尔萨迦》中的商人卡加坦那样，离开熟悉的家乡，跋山涉水，前往繁荣昌盛的欧洲大陆——这也是几千年来移民蜂拥而至的原因。

现在，让我们来听听韵诗朗诵吧。音响里传来嘶哑而脆弱的声音，一听就知道诵读人由于数十年如一日的户外劳作，肺部严重受损，喉咙发炎变窄。这首韵诗名叫《弩马之歌》，讲述了罗马国王弩马的传奇故事，但透过朗诵者嘶哑的嗓音，却莫名传来一股浓浓的冰岛农耕气息。我坐在罗莎的电脑前，痴迷地听着节奏鲜明、抑扬顿挫的诵读，每当诵读人拉出长长的尾音，我都忍不住向后倾斜，仿佛受到圣音的感召。这就是故事的魔力，一边听着韵诗，一边浮想联翩，再大的暴风雨，再严重的苦寒，都能变成暖阳融融的春天。

韵诗取材广泛却能在冰岛非常流行，这说明故事永远不会水土不服。发源于大陆这端的故事，到了另一端，也不会没有听众。但冰岛韵诗与众不同的地方在于，它从定居时代起，就走上田间地头，成为普通民众共同享有的精神宝藏，而不是部分神职人员的专属物品。韵诗是用来朗诵的，而不是背诵的；是有固定诗行的，而不是任由诵读人灵活加工的。诵读人拿着手稿，从一个农舍走到另一个农舍，为劳作之余的农户诵读、表演。

“韵诗是一种叙事文体。”罗莎说，“是的，它就是史诗，讴歌英雄，无论他们是善是恶。想想那些电影故事，哈利·波特、詹姆斯·邦德，本质上都和韵诗是一种类型。”但是韵诗独具冰岛特色，“穿梭于各国的航海和旅行、战争和宴会，韵诗需要融入这些元素，才能吸引到读者”。韵诗诗人在创作过程中，或许会从欧洲各地的故事传说中汲取灵感。他们会把这些素材揉烂嚼碎，融入本土文化和自然景观之中。

我刚刚聆听的那首《驽马之歌》是冰岛最受欢迎的韵诗之一，但它的作者希古洛尔·布雷奥弗洛德（Sigurður Breiðfjord）并未因此名利双收。布雷奥弗洛德的一生，可谓是 19 世纪北欧末流作家的典型。他穷困潦倒，虽然在丹麦商业服务机构找到一份制桶工人的工作，但嗜酒如命，48 岁时死于饥饿。在那个年代，韵诗被视为旧时代的遗物，被年轻一代忽视和谴责；而现在，布雷奥弗洛德作品的价值被重新发现，成为一个流派的巅峰代表作。

布雷奥弗洛德的作品数量繁多，内容丰富多样。他对萨迦传奇，尤其是《尼亚尔萨迦》表现出浓厚的兴趣。但布雷奥弗洛德的叙事重点不是与故事同名的基督教英雄尼亚尔，而是异教英雄冈纳尔，因此他给韵诗取名为《冈纳尔之歌》。布雷奥弗洛德被冈纳尔的故事深深地吸引，他甚至为冈纳尔声名狼藉的妻子哈尔盖德写了一首名为《大长腿哈尔盖德》的诗歌——一个是屈居社会底层的落魄才子，一个是萨迦传说中最受诟病的女性，布雷奥弗洛德对哈尔盖德表现出深深的同情。

《冈纳尔之歌》是欧洲史诗的缩影，虽然情节老套，颇具争议，但它也在不断地适应新的时代。这首韵文，我一个星期内听了两次。第一次是在“异教徒联合会”办公室，博学多才的大祭司希尔玛·厄恩·希尔马森在那里兼职音乐作曲家和编辑（这只是他的众多才艺之一，此外他还曾为电影版《贝奥武甫》配乐）。希尔玛坐在一根刻有符文的木头祈祷柱前，埋头操作笔记本电脑，整理罗莎发来的韵诗音频。他拖动着鼠标提高振幅，从峰值中挑出杂音，然后用数字滤波将其去掉。

“有些韵诗简直是狗屎，”希尔玛说，他宽大的额头下，眼睛炯炯有神，“但有些称得上大师级别。他们把一些日常用语以一种独特的方式排列组合，形成对事物的描述。这是疯狂的文学和数学的完美结合。”

希尔玛与当代最伟大的诵读人斯坦多尔·安德森（Steindór Andersen）合作，录制了两张韵诗专辑，堪称当代最具代表性的韵诗作品。他们使用点声源环绕声话筒，听众可以随意放大和降低音量，“让听众能精确地感受到声音空间的魔力”，仿佛置身于古代韵诗表演现场。

“其中一首是在一座古老的木教堂里录制的，”希尔玛回忆道，“外面暴雨如注，墙壁都在晃动，你可以清晰地听到木头吱吱作响。我们选了一些关于大海和暴风雨的韵诗，生动地呈现出来，感觉周围的空间都因为暴雨改变了。”

我认真听着，脑海里浮现出布雷奥弗洛德《冈纳尔之歌》中印象最深刻的片段。

“那个古老的木教堂，是我们精心挑选的录制场所。”希尔玛说，“我们去了一间古老的农舍卧室，试着想象曾经住在这里的古代农民是怎样工作的——怎样整理羊毛，怎样梳棉，又怎样纺纱。我们是晚上去的，因为光线会影响你的心理，你的声音跟白天也会不一样。诗人在创作这些诗歌时，会受到空间的影响。空间与诗歌，两者是紧密相连的。《少女歌》带着自嘲的意味，你与身边人的亲密程度，会影响你的感受，会让你觉得它更有趣，或者更悲伤。还有诗歌的音效——头韵、刺耳的辅音、尾音——都要在密闭空间中才能发挥出来。”

勇敢的人们手握利刃，
刀锋像牙齿一样锋利。
毫不畏惧地砍向冈纳尔，
直到所有人都被杀光。

这样独特的韵律，颇有盎格鲁－撒克逊珠宝中金丝穿针引线的效果。安德森低沉温柔、略带忧郁却又掌控力极强的嗓音，让我着迷。我问希尔玛，能否为我引荐安德森。但他没在城里，去深山采风了，无法见面。“他不是那种喜欢对工作侃侃而谈的人。”说话间，希尔玛抽着雪茄，神情忧郁。

又一个上午，我在哈尔格里姆教堂附近一间温馨舒适的公寓里见到了民谣歌手芭拉。乐谱纸和唱片套随意散落在咖啡杯和饼干盘上，芭拉兴致颇高，为我朗诵了《冈纳尔之歌》中的诗句。芭拉穿着羊毛开衫，带着厚厚的近视眼镜，比安德森更有亲和力。但她总能捕捉到戏剧的要点，并将其贯穿于诗句中。听着她的朗诵，你会恍然觉得，那些已经逝去的人物正从韵诗中走出来，活生生地站在你面前。

有机会听到不同的声音朗诵这部19世纪的史诗，我十分激动。坐在芭拉的公寓里，我们边喝咖啡边聊，仿佛在品尝冰岛诗歌酿制的蜜酒。同欧洲其他地方的现代朗诵者一样，芭拉、安德森、希尔玛都是口述史诗链条上不可或缺的一环，正是因为他们的存在，这项文化遗产才得以走出书本，走向普通民众，焕发新的生机。

雷克雅未克一家公共游泳池对面，有一家铺着鹅卵石的公共图书馆。我走进图书馆，来到一间宽敞的木板隔间会议室，参加伊欧恩协会的月度聚会，场内大约有50名参会人员。

“从我们的祖先来到冰岛的那刻起，我们就用头韵的方式写诗。”文学学者、伊欧恩协会资深成员拉格纳·英吉·阿达斯汀森（Ragnar Ingi Adalsteinsson）说。同为日耳曼民族后裔的盎格鲁－撒克逊人也是如此，日耳曼语的重点在词根，头韵方式易于掌握，读起来朗朗上口。正因如此，我们在阅读《冈纳尔之歌》等冰岛韵诗时，总有一种在读《贝奥武甫》的熟悉感。语言上的相似，与传承自欧洲故事的叙事主题一样，也是冰岛史诗与大陆紧密相连的铁证。

伊欧恩协会的成员大多在50岁以上，他们对自己早期接触冰岛诗歌的经历记忆犹新。坐在我旁边的女士叫玛格尼亚，她烫着卷发，开朗健谈。1950年，她在西部峡湾的一个农场出生，然后在那里长大成人。

“农民整天都在背诵诗歌。”她回忆道，“晚上，我们坐在教堂里，听广播播放萨迦传奇。上一辈人没有收音机，只能聚在一起听诵读人朗诵。很多人都会背几百行诗歌——有时人们会说：‘别让他碰这个，一碰就再也停不下来！’”

对玛格尼亚和许多伊欧恩协会成员而言，韵诗是冰岛文化的传家宝，是连接现在、过去与未来的桥梁。对此，一些年轻成员不以为然。以维斯汀为例，他留着一头长发，身穿“铁娘子”乐队（一支英国重金属乐队）夹克衫，手里拿着便笺簿，上面写满潦草的诗句。失败的政府、泡沫丛生的房地产市场以及日益高涨的伊斯兰教仇恨情绪，这一切都让忧国忧民的维斯汀深深担忧。他奋起疾呼，要求彻底改变冰岛现有的政治生态。他写了许多表达沮丧情绪的诗句，并在漫漫长夜里一遍遍朗诵。

歌单分发到每个人手里，40个声音同时响起，一起吟诵希古洛尔·布雷奥弗洛德的韵诗。随后，拉格纳起身诵读了《博萨之歌》（一个中世纪传说，讲述一位维京勇士被派去寻找一个刻着金色字母的秃鹫蛋的故事），维斯汀则带来一场关于托洛茨基——不是那位俄罗斯革命家托洛茨基，而是他养的猫咪——的滑稽表演。

听别人朗诵诗歌，而你对他的语言一窍不通，是一种神奇的经历。虽然听不懂词句的含义，但并不妨碍你沉浸到音乐中，诗行内部的押韵、头韵、抑扬顿挫的节拍、诗节最后一个音节的拉长尾音等，都是可以感受到的音乐语言。我穿越欧洲，本就是为追寻古老的诗歌和故事，因此身处一群诗歌爱好者中，我觉得特别幸福。虽然一个人都不认识，甚至他们说的话一个字都听不懂，但我却十分轻松自在，宛如在家里。这一切，皆因我对故事和诗歌爱得深沉。

不断问世的新韵诗，是对那些认为诗歌叙事在现代社会没有市场的人最好的反击。现代韵诗中，最著名的要数畅销书作家托拉林·埃尔德加恩（Thorarinn Eldjarn）的《迪士尼之歌》，它以古老的冰岛诗歌形式，将迪士尼乐园创始人沃尔特·迪斯尼的生平事迹呈现在读者面前。我在雷克雅未克市一家咖啡馆见到了托拉林，交谈时，我们聊到这种主题和形式之间的超现实主义结合，“我是一个具有革命精神的传统主义者！”他笑了一下，又接着说，“这就是我做事的方式，旧瓶装新酒。韵诗总是以萨迦传说或欧洲故事为素材。我想，好吧，我不是一直在研究外国文学作品嘛，为什么不试试将两个看似格格不入的东西结合在一起，看看会碰撞出什么火花呢？有人认为韵诗已经过时了。所以，为什么不试试看呢？”

野蛮生长的现代韵诗，让这种古老的诗歌形式焕发出勃勃生机，这从伊欧恩聚会上层出不穷的新韵诗中可见一斑。伊欧恩聚会开始几个小时后，维斯汀走上讲台，朗诵他的朋友豪库尔·希尔马松的诗歌。豪库尔是一位颇有名气的活跃分子，曾在希腊与难民打过交道，是叙利亚库尔德民兵组织成员，几周前刚在一次空袭中丧生。维斯汀朗诵的这首诗，是豪库尔对2008年“锅碗瓢盆革命”（Pots and Pans Revolution）后诞生的宪法的讽刺挖苦。聆听最近刚刚牺牲的年轻活跃分子留下的生动诗篇，是这天晚上最沉重的事。

我想起了希古洛尔·布雷奥弗洛德，他的《驽马之歌》中有古罗马元素，也是一首反对拿破仑战争的论战诗。吟唱诗的创作技巧从未失传，但它们能否继续流行，取决于是否与现实生活密切相关。现代社会，你可能找不到还在创作荷马式六步格诗歌的希腊诗人，也找不到仍在沿用中世纪民谣形式阐释主题的德国文匠。但在冰岛这片土地上，古老史诗留下的框架，沿用至今。欧洲史诗千千万，唯有冰岛的古老史诗，在现代社会仍能焕发出勃勃生机。

韵诗诗人曾从欧洲各地故事中汲取灵感，但现在，是欧洲人源源不断地涌入冰岛。不需要维京海盗了——只要在电视上打个广告，拍几张冰川、间歇泉和蓝湖温泉的美丽照片，欧洲人就会带着钱包蜂拥而至。国际旅行团在劳加维格大道上来回穿梭，将货架上的针织衫、桦叶糖浆和熔岩奶酪扫荡得干干净净。但是，如今涌入冰岛的，不全是前来寻找诗和远方的富人。我住的旅馆里有一名约旦室友，他叫阿卜杜拉，是联合国难民署职员。他来这里的目的，是建立叙利亚难民庇护组织。“这里很平静，”在旅馆厨房里，他呷着咖啡告诉我，“也许这里还有希望。但叙利亚战争恐怕还要很多年才能结束，从战争中恢复，则需要更长时间。”即使是欧洲最北端的冰岛，难民们也在想方设法地过来。

一栋灰色的鹅卵石建筑内，红十字会工作人员正在帮助难民和移民办理居留许可证、工作申请和遣返事宜。工作人员安娜·拉拉·斯坦德尔告诉我，目前的人数（包括当地人口和收容的难民）尚在可控范围内，但她注意到，一股不安的情绪正在本地人中蔓延："冰岛也有富人和穷人，穷人总是担心，外来者会让他们仅有的一点东西也被抢走。"

高昂的生活成本，恶劣的气候环境，给难民带来了巨大的挑战。但对许多难民而言，冰岛至少有机会重新开始，而且最重要的是，他们在这里可以得到自由。有三个孩子要养活的叙利亚难民霍尼正在填写一份工作申请表格，他告诉我："我的家乡在德拉附近，是战争的重灾区之一，你随时随地都能听到爆炸声。"他摇头笑了笑，眼里却闪过悲伤。"现在已经七年了，战争还没有结束！所以我们来到冰岛，孩子们终于可以上学了。"他垂下眼睑，微微一笑，"我们安全了"。

《拉萨达尔萨迦》开篇讲述了一位名叫比约恩·凯蒂尔森的流亡者，他逃离挪威是因为不堪忍受国王的压迫，他说："我觉得，坐在家里等哈拉尔德国王的随从把我们赶出家园，甚至死于他们之手，不是什么荣耀的事情。"于是他启航前往冰岛。类似的故事，在欧洲古代和中世纪文学作品中随处可见。正如伊欧恩协会成员托瓦尔德在和维斯汀一起开车送我离开会场时所说："我们的祖先来到这里时，他们就是难民。"

定居时代，移民主导的冰岛建立了相对平等的社会体制。"如果你在接收难民之初，就把他们当作廉价劳动力或乞丐，"托瓦尔德说，"那么你从一开始就把他们边缘化了，就会导致一系列社会问题，而这些你本来是可以避免的。"中世纪的冰岛做过许多错误决定，但冰岛人心中一直有个奇怪的想法：如果决策者们能读上一两本萨迦故事，那么对政治治理和独立，他们可能就会有新的认识。

旅途中，我时常感到难民的逃难过程和史诗英雄的探险之旅存在许多相似之处，但听到的逃难故事越多，这种相似就越让我不舒服。并不是说难民不是英雄，关键在于，他们本来可以不经历这些苦难。想想霍尼，他关于家庭的“抱负”是如此卑微。在他身上，我看到的不是史诗中的大英雄，而是那些不太出名的角色，比如《贝奥武甫》的威格拉夫、《奥德赛》的珀涅罗珀。他们所追求的，并非名望或财富，而是安全和稳定。他们唯一的愿望，就是摆脱战争的阴影。

走上街头，和难民聊聊，你对他们的成见会顷刻瓦解。读完冰岛史诗，你会发现它们与欧洲故事处处重叠。当欧洲人遭遇冲突和迫害时，他们选择移民。从逃离挪威、建立冰岛的挪威难民，到19世纪在饥荒中追随列夫·埃里克森的脚步逃往北美洲的冰岛人，皆是如此。逃往北美洲的冰岛人数量如此之多，直到现在，加拿大温尼伯市仍有一家冰岛语报纸。还有，别忘了那些逃离英国的清教徒、一贫如洗的西西里人、受迫害的胡格诺派教徒、爱尔兰的饥荒受害者、翻越“铁幕”的东欧人，以及从最近一波“种族清洗”运动中逃离的巴尔干人。当你发现，其他大陆的人不过是在效仿我们曾经真实上演的故事，你还能对他们心怀怨恨吗？寻一处安稳之地过幸福美好的生活，是人类最原始的诉求，这个过程也诞生了许多经久不衰的伟大传说。对此，我们曾经持开放、包容的态度，但现在，我们对难民进入设置了行政限制。是对？是错？

4

赫利阿伦迪
故土难离，英雄因夫妻矛盾断送性命

没有人像冈纳尔这样像大海阳光般耀眼，
比他赢得更多的名声。
古老的名声在冰岛流传，
属于异教徒的名声。

——冈纳尔 《尼亚尔萨迦》第 76 章

蒸汽从火山熔岩中袅袅升起，仿佛在与头顶的乌云配合着翩翩起舞。我坐在一辆开往冈纳尔故土的巴士上，但巴士只能到达霍尔斯沃德吕尔（Hvolsvöllur），之后便只能靠双脚步行。于是我开始祈祷，要是能搭上当地的便车，就太完美了。如果一切顺利，我将在四天之后到达伯格索沃尔（Bergthorsvoll），这是尼亚尔及其家人曾经居住过的地方。

从霍尔斯沃德吕尔出发前，我先去参观了当地的萨迦中心。这是一座毫不起眼的方形建筑，里面藏着一件宝贝，一个互动叙事的开创性作品。越过一个人体模型、一个阿尔金议会模型及一间木板隔间餐厅，我终于见到了它——一条 90 米长的记录着《尼亚尔萨迦》

故事的挂毯。

亚麻布卷轴上，垂挂着平整的挂毯。像巴约挂毯一样，它用纯植物染料染制而成。人物形象色泽明亮，他们梳着极具表现力的发型，像现代动画片一样，动作连贯清晰。但长船、盾牌，割下的头颅、一袋袋银子，这些中世纪服装造型和边缘符号抵消了动画片般的现代感。这是尼亚尔，他没留胡须，眉毛高挑，身着深蓝色斗篷，正在一个金色天平上称硬币；那是哈尔盖德，她满脸怒容，金色头发像瀑布一样垂下来；这是冈纳尔，外表与萨迦传说中描述的一模一样，“蓝色的眼睛……红润的脸颊，头发浓密而色泽光亮，卷曲着散下来”。

挂毯设计者名叫克里斯汀·拉格纳·冈纳多提尔（Kristín Ragna Gunnarsdóttir），是一名艺术家和作家。在雷克雅未克时，我们曾在某天上午相约在一家木板咖啡馆里见面。

“我参考了旧手稿中的插图，”她解释说，“同时也去参观了巴约挂毯，花了几天时间才完全消化。当然，它同时也融入了我自己的个人风格。”

挂毯引起了强烈反响，游客蜂拥而至，急切地欣赏这个古老故事。克里斯汀深受鼓舞，原本打算用十年完成的项目，被压缩到六年。

她说：“每次我去萨迦中心，都变成了和别人聊天，几乎没有间隙。上次去的时候，我只缝完了斧头上的血迹！有些人专门来霍尔斯沃德吕尔学习缝线，有些人甚至掌握了技巧，他们可以在里面逗留很长时间，慢慢研究。”

《尼亚尔萨迦》中，克里斯汀最感兴趣的角色是哈尔盖德。“事实上，我是她的后裔。”她神秘地说（也就是说，如果我们相信萨迦是真实的，那么克里斯汀也是屠龙人齐格弗里德的后裔，因为哈尔盖德声称齐格弗里德是她的祖先）。克里斯汀有一头冰冷的金色长发，单从这一点，说她是哈尔盖德的后裔，也很容易让人相信。在克里斯汀看来，哈尔盖德不仅仅是推动故事情节发展的关键角色，她的作用被严重低估了。

“挂毯以女人开始，也将以女人结束。”克里斯汀指出，“文学作品中有很多个性鲜明、意志坚强的女性角色，每当男性专家谈起《尼亚尔萨迦》时，我都觉得其他女性角色被他们刻意忽略了。没有她们，故事就不可能往下发展。比如弗洛西的侄女，当她扔掉死去丈夫血淋淋的斗篷时，她的人生就发生了巨大转折，没有回头路可走了。不管是她还是哈尔盖德，都是故事中不可或缺的角色。我尝试着把她们在故事中的地位表现出来，给她们一些空间。”

冈纳尔打过哈尔盖德一巴掌，克里斯汀认为，哈尔盖德之前的丈夫也打过她，“对这种夫妻相处的模式，她最终勇敢说不。这十分具有现代意义，我在制作挂毯时，时刻想着这一点”。

那天，我们在咖啡馆里坐了一个多小时，深入探讨了构成《尼亚尔萨迦》这个复杂故事的许多元素。此时此刻，看着霍尔斯沃德吕尔萨迦中心的挂毯，我不禁想到《尼亚尔萨迦》同许多欧洲史诗故事一样，交织了过去和现在。正如克里斯汀所说：“现在仍有许多作家从《尼亚尔萨迦》中汲取灵感，创作新的故事，因为它是一部活着的萨迦。越是深入研究，我就越是喜欢它。我真的认为，它是有史以来最伟大的故事之一。”

那天晚上，寒风呼啸地吹着我的帐篷，篷杆猛烈地摇晃着，雨水倾泻进来，打在我的脸上，刺骨得寒凉。风势太大了，仿佛风神终于抓到机会，势必在今晚向曾经的仇人报复。凌晨四点钟，我放弃了睡觉。六点钟，我决定起床，起来后卷起帐篷抱在怀里，大步走到加油站，躲在一片桦树林里等待它营业。终于开门了，我往嘴里灌了杯热水，然后准备出发。

荒芜的平原上铺满了火山熔岩，农庄隐藏在漫漫浓雾中，外形独特的牛羊若隐若现。抬眼望去，这仿佛一幅荒凉安静的风景画，地上一堆堆的肥料和饲料，则像留在风景画上的一个个指印。这是一段 30 多英里的旅程，一路上，我参观了凯尔迪的旧草皮屋，走过一块展示冈纳尔最广为人知的英勇事迹的岩石，一直走到赫利阿伦迪。那里是勇士冈纳尔的故居，也是他陨落的地方。天气看起来不太友好，当大雨再次穿透云层落下来时，一辆路过的越野车在我面前停下来。

“太感谢了！不然我就要在暴雨中淋成狗！”

司机名叫巴尔杜，是一名机械师。“今天我休息，”他抽着烟告诉我，“所以我决定开车出来兜兜风。毕竟，今天的天气还‘不错’。”通常来说，天气越潮湿，人们就越爱讲冷笑话。看过萨迦故事的人都知道，冰岛人的这种冷幽默可谓源远流长。《尼亚尔萨迦》中，仇敌将冈纳尔家紧紧包围，其中一人爬上屋顶窥探，被冈纳尔用大戟戳中肚皮。他从屋顶滚下来，然后蹒跚着走回大家埋伏的地方。“冈纳尔在屋里吗？”一人问他。“你们自己去看吧，”他回答，“但我知道，他的大戟是在屋里的。”萨迦如此描述他的结局：“说罢他一头栽倒在地，气绝身亡。”

越野车穿过草地和火山熔岩，平稳地向前行驶，我和巴尔杜随意闲聊，一路上迸出不少冷笑话。他说，羊群“会很高兴有一段时间不用被剪羊毛了”。我们在凯尔迪告别，随后我快步朝小山丘上一间屋顶盖着草皮的有拱形山墙的房子走去。大雨滂沱，奶牛在山下发出不满的叫声。一千年前，这座木板房的主人叫英贾德，他“生性勇敢，对朋友十分慷慨”。他对尼亚尔的忠诚，招来了纵火犯。现在，这座房子是冰岛中世纪建筑的重要遗址——同一时期的建筑，大部分已废弃或被大火烧毁。

绕过石墙和木梁，有一条通往小溪的地下隧道。这就是尼亚尔同时代的人躲避暴风雨、躲避敌人攻击的黑暗大厅。倾盆而下的大雨、浸湿的草皮屋顶和山墙，让人恍然觉得，这就是萨迦传奇中的世界。

无论过去还是现在，凯尔迪都是一片农耕区域，冈纳尔和尼亚尔的家乡也是如此。这正是萨迦传奇与众不同的地方，这里不只有史诗中的英雄，还有实实在在的农业耕作。读完萨迦，我们甚至可以从中学到如何给麦子脱粒，如何收割玉米，如何饲养家畜。当然萨迦中也不乏史诗叙事元素——暴力血腥的争执，全副武装的战斗，男人、女人为了维护荣誉，不惜流血，誓死复仇。萨迦传奇是《贝奥武甫》和托马斯·哈代小说的结合，它既有中世纪的价值观，又有更为现代的爱恨情仇。这也是发源于冰岛的萨迦传奇跃升为欧洲最重要的文学作品种类的原因。

我没有在凯尔迪逗留太久，雨一停，就继续赶路了。但是风太大了，完全没法打开地图，于是我凭着动物的直觉来确定方向，然而，事实证明我大错特错。跌跌撞撞朝着错误的方向走了 45 分钟后，我不得不掉头往回走。我很生气，但这种来自大自然的考验，也让我激动不已。我做梦都想走进萨迦的世界，而现在，这呼啸而过的大风，不正像英雄挥舞着斧头，朝我脸上劈过来吗？

熔岩平原尽头的赫克拉山上，一轮明亮鲜艳的彩虹挂在天边，它呈完美的圆弧形，我真想扔一块石头过去，看看是否会反弹回来。泥炭坑里的雨水往上吐着气泡，吐完后，水面变成油褐色，与彩虹交相辉映。朗加河汩汩流过，水面倒映着天上的彩虹。我沿着河流北岸向前，来到一片长满苔藓的粗糙石丛——这就是传说中的“冈纳尔之石”，那场萨迦故事中最惨烈的战斗就发生在这里。

翻过泥泞的沟壑，爬上尖利的岩石，我感觉自己骑上了一只沉睡的野兽，一种类似犰狳的怪物。我擦去飘落在眼镜上的雨水，站在顶部往下望，想象着冈纳尔眼中的画面——伏击者从科内夫山中冲出来，狠狠地掷出长矛，打在冈纳尔的箭尖上；人的肢体掉在地上，溅起一阵阵泥水；尸体被扔进汹涌的水流中，瞬间不见踪影。雨水拍打着我的肩膀，打湿了我的裤子；寒风猛烈地吹打我的肋骨，恨不得把我掀下去。诚然，我不是战士，此刻也没有仇敌向我发起攻击，但我——用冈纳尔的话来说——也经历了“战争风雨”。如果伏击冈纳尔的不是仇敌，而是严酷的天气，那么，战斗又会是怎样的一番结局？

虽然天气恶劣，我仍能感受到这片乡村的富饶。沼泽地向南延伸，山峦上一片郁郁葱葱，仿佛被孔雀石颜料冲洗过。走近三峰岭悬崖，一片深黄色和火红色交织的灌木丛霍然出现在眼前。山坡上零星分布着草皮小屋——草皮覆盖的储物间——像霍比特人的小矮屋一样，点缀在草地上。熔岩牧场上，农舍底部以木柱支撑，顶楼建有环形阳台，宛如观察哨。

前方，倾斜的三峰岭山坡上散落着大块凝灰岩，仿佛巨怪头上肥大的耳朵。雨水模糊了我的视线，我看不见远方，只能沿着泥泞小路往前走。来到山麓下，眼前的景象，让我从美景中回过神来，一颗心开始往下沉。山脚下有条河，河水奔腾而过，在河中间的巨石上溅起阵阵水花，像威士忌一般清澈明亮。大风怒号的声音实在太大，完全掩盖了河水的声音，直到走近才发现，这并不是一条干河，我被河流“偷袭”了。要想继续向南，必须先渡过这条河。

我踩着松软的泥土，爬上熔岩山丘，四处观望有没有桥可以过河，但一无所获。此时我也不可能再掉头往回走，花了几个小时才走到这里，我怎么可能放弃？再说，已经全身湿透的我，还能再湿到哪里去？

我脱下鞋子、袜子和裤子塞进背包，赤脚踏入溪流。入水的一刹那，脚上传来一阵刺骨的寒冷，仿佛踏进了冰窟。越过一个卵石小岛，蹚了大概五米后，溪流水慢慢变深，一直漫到大腿处。水流湍急，我被冲得站立不稳，试探着向前走了几步，才逐渐适应水流的节奏。好不容易走到对面，却在上岸时速度太快，一个没站稳又掉进河里，只得再次爬上去。

下身只穿内裤，赤脚蹚过冰岛的河流，这一切完全不在我的计划范围内，而且一次就已经要人命，完全没兴趣再来一次。我双脚冻成了象牙白，脚底被水泡得起皱，脚趾磨出了血泡。用毛巾把脚擦干后，我穿上最厚的袜子，一阵暖意从脚底传来，仿佛水泡的疼痛也减轻了许多。前面的山上有条小路，如果我没看错地图的话，顺着这条小路往前走，绕过山间，就是冈纳尔的家乡赫利阿伦迪。我向上帝祈祷，希望前面别再有没桥的河流了。

今天我已经走了将近 20 英里，但前面还有几英里要走。泥泞路变成了碎石小道，沿着小道向前，穿过几条小溪（谢天谢地，河上都有过人通道），我来到科尼塔弗斯瀑布。瀑布掩映在碧绿的山峦中，水流冲开岩石，倾泻而下，溅起阵阵水花，远远看去，仿佛咬住山峦的猛犸象象牙。山谷名叫弗洛西达鲁（又叫弗洛西的山谷），以率众烧毁尼亚尔农舍、烧死尼亚尔及其家人的纵火犯弗洛西的名字命名。根据《尼亚尔萨迦》记载，纵火犯在犯下滔天罪行后，曾在此地聚集。

过去一个小时里，我明显感到身体在抗议，右膝传来阵阵刺痛，双腿开始打战，手指也因为寒冷而止不住地颤抖。沿着小路向前，穿过松树和冷杉林，终于来到主干道。主干道两侧建有农舍，在夜幕里闪耀着金属、玻璃和其他人造材料的光芒——在荒郊野外游荡大半天后，眼前的人工制品，令我倍感亲切。我从早上起就没吃过任何东西，现在肚子饿得要命，看到路边的山茱萸，都忍不住开始咽口水。路边有一家招待所，门廊里有一位面容和善的女士正带着一个满脸好奇的小孩子练习走路。她给我指了指马路对面的松木小屋，这是招待所提供给住客用的厨房。

走进小屋，我深深地呼出一口气，眼前瞬间像汤锅里冒出来的蒸汽一般，白茫茫一片。小屋里坐着三对旅客，他们正埋头看电影，脸上反射着屏幕的亮光。他们仿佛没听到我进来，没人抬头——谢天谢地，我实在太累了，实在不想说话。小屋安静的氛围，让我的心情也慢慢平静下来。我煮了一大杯热汤，喝一口，感受嘴唇传来的热度，比肉汤还回味无穷。

天空中最后一抹亮光已经消失，我打开手机电筒，沿着小路继续向冈纳尔的故居走。滂沱大雨中，我爬上山，来到一个小棚屋。

屋里有带波纹的铁环，乱七八糟堆着的腐烂木头和石块——这就是我今晚的避难所。我爬进屋内，把自己团成一个圆球，紧紧抱住潮湿的膝盖。筋疲力尽的我，浑身没有一丝力气，休息了好一会儿，才挣扎着爬起来打开睡袋。这里是冈纳尔深爱的家乡，他宁愿付出生命，也不愿离开。明天早上，我将见识它的美丽。

清晨，鹬鸟用短笛般的叫声大声宣告黎明的到来，仿佛老派固执的仆人在催促主人起床。我看到波纹墙上探出一座尖塔。这是英明神武的异教英雄的家乡，地标建筑却是一座基督教堂，多么讽刺！但这也印证了冈纳尔故事背后隐藏的历史事实，让冈纳尔恋恋不舍的赫利阿伦迪乡村美景，是一代代农民在这里耕耘繁衍的结果。坐在小木屋里，抬眼便能望见平原上成群结队的牛群，大雁扑腾着翅膀掠过干草地，然后变换队形，向凳子形状的斯托拉迪蒙和宽阔的马尔卡夫约特三角洲飞去。三角洲与陆地接壤处，是冰川覆盖的埃亚菲亚德拉火山边缘。我的身后，矗立着三峰岭的黑色山峰，瀑布从瑟维拉悬崖上倾泻而下。这里视野之广阔，令人惊叹。这是个绝佳的防御位置，来袭的敌人在脚下一览无余，易守难攻。牧场旁建有三个比邻而立的农场，牧场的水草非常肥美。难怪冈纳尔舍不得离开。

这是《尼亚尔萨迦》中的关键情节。因卷入一场流血事件，冈纳尔被阿尔金议会判处三年流放，他骑马走出赫利阿伦迪，准备登船离开。马在路上受惊，他跳下马，然后回头看到了身后的绝世美景——那是他的家乡。“那片山坡宛如人间仙境，”冈纳尔赞叹，“过去我竟从未发现它是如此美丽。白色的谷物马上就可以收割，碧油油的草地像蜜酒一般鲜美多汁。还去什么国外，我要骑马回去了！”

他的兄弟，同样被宣判流放的科尔斯凯格独自离开冰岛，他后来成为君士坦丁堡瓦里亚基人卫队的队长。冈纳尔执意留在家中，哪怕面临仇敌来袭的危险。他同奥德修斯一样，对家乡有深厚的情感，但奥德修斯是先离家后回家，而冈纳尔是坚决不肯离家。冈纳尔或许是一名英雄，但不是一位优秀的冒险家。最关键的是，他没有奥德修斯把控全局的能力。

这又是一个独自作战，被最亲近的人背叛的英雄。40个敌人骑马越过三峰岭，将冈纳尔围困在家中。冈纳尔数次用弓箭逼退对方，甚至在对方准备合力掀掉他家屋顶时，用弓箭严密防守，令对方不敢上前。对峙中，冈纳尔的弓弦被敌人用利剑挑断，他对妻子哈尔盖德说“给我两绺你的头发”，以编结一根新的弓弦。哈尔盖德拒绝了，因为“我必须要提醒你，你曾经扇过我一记耳光”。尽管如此，冈纳尔仍然顽强抵抗，但终究难逃死亡的命运。耐人寻味的是，作者并没有细致描述冈纳尔被杀的血腥场面，而是用敌人事后对他的评价来反衬他的英勇。“只要这片土地上还有生命存在，”袭击者头目说，“他最后的浴血奋战，必将千古传诵。”

这是与瀑布结缘的一天。早上，我走进一片山梨林，林中有当地诗人托尔斯坦·厄林森（Thorstein Erlingson）的半身像守护。麻雀在浆果丛中叽叽喳喳地叫着，大概正在召开鸟界阿尔金议会。正值秋天，树叶已变成铜色和金黄色，看起来像薯片一样酥脆可口。绕过树林，天鹅绒般的斜坡上间杂着几条细细的水流，仿佛一条条银色的项链，在阳光中闪闪发光。阳光穿透薄云洒在地上，像躲在羊毛中间的宝藏，难掩光芒。渐渐地，云层越来越厚，太阳羞涩地躲到后面，不再露脸。

一名叫萨姆森的老烟枪猎人把我从突然刮起的大风中解救出来，我搭乘他的车穿过平原。一路上，他让我帮他看着外面，“把你的眼睛盯在田野上，外面有松鸡！”沼泽地上闪过一串黑白羽毛，他急急忙忙让我下车，掉头回去打猎。此时，天已经放晴，但又出现了一个新的问题。我往西走得太远，需要加快速度，才能在天黑之前赶到火山脚下。

我沿着主干道继续向前走。大风呼啸而过，狠狠地打在我的脸上。逆风前行的我，弓着身子，低下腰，但阻力实在太大，体力渐渐不支。后来，筋疲力尽的我靠着一个废弃货柜的背风面稍做休息。我终于来到马尔卡夫约特河（幸好河上有人行桥），河面很宽阔，灰色的河水拍打着巨石丛，激起一阵阵旋涡，从河岸卷过来的枯草瞬间被冲得不见踪影。我想起尼亚尔的儿子斯卡尔菲丁。据《尼亚尔萨迦》记载，他踩在浮冰上滑过这条河，挥舞着斧头砍向敌人瑟林，并打碎了敌人的牙齿。这场争斗，导致了仇敌围攻尼亚尔农场，并放火烧了房屋及尼亚尔全家。

逆风走了很久，终于到达埃亚菲亚德拉火山脚下。一股急流从山坡倾泻而下，这就是著名的塞利亚兰大瀑布。水声磅礴，完全听不到正在周围岩石小路上行走的游客的声音。与大瀑布相比，他们看起来就像《格列佛游记》中沿着格列佛手臂往上爬的利立浦特人（小矮人）。

另一个瀑布规模小一些，却更神秘，它叫格鲁弗兰（意为“峡谷中的居民”）瀑布，隐藏在距离塞利亚兰大瀑布不远的一个洞穴后面。石堤上长满蕨类植物，柳树嫩枝从岩石裂缝中探出脑袋。透过一条长满苔藓的裂缝，你可以瞥见一层薄薄的水帘，但你必须走进洞穴，才能感受到它奔腾的气势。我脱下鞋子和袜子，卷起裤腿，穿上防水服，和一对日本夫妇一起走进去。

长久以来，人们一直将格鲁弗兰瀑布与“隐形人群”联系起来。所谓隐形人群，是一种传说中的精灵生物，它们至今仍影响着冰岛的方方面面。据说，一年前，工人在修建高速公路时无意中将一块“精灵岩石”埋在地下，该区域紧接着发生一系列意外事件。工人只好又花大力气把岩石从地下挖出来。另据媒体报道，冰岛已经发生过好几起因精灵相关事故而改变甚至取消道路建设的案例，而媒体对此津津乐道。

现在，我站在格鲁弗兰瀑布后面的洞穴里，很容易产生幻想，以为自己身边正站着什么超自然生物。我想起了英雄格雷蒂尔，他曾和一个女巨魔缠斗，而女巨魔消失的地方，正是一个瀑布。我还想起了《尼亚尔萨迦》中贯穿全文的超自然幻象，那些巫师、血雨和预知未来的梦境。虽然这部史诗成书，是在冰岛人皈依基督教很久之后，但它仍然描写了许多异教神。时至今日，在这片大自然占据主宰地位的土地上，人们仍然保持着一种良性的对超自然生物的尊重。

这天晚上，又是一番狂风暴雨。大风猛烈地吹打着帐篷杆，直到把帐篷掀翻；帐篷顶部的拉链没有拉紧，雨水从缝隙中灌入。睡袋顶部已经湿透了，水直接浇在我头上，寒冷刺骨。在“水刑”中折磨几个小时后，我终于放弃了，收起湿透的行囊，闯入露营地的厨房。又一次，我用暖气片烘干衣服，半睡半醒间，梦见自己正躺在尼亚尔农场的床铺上——我在那里预订了房间，再步行一天就可以到达。明天的路线不用跨过大山，也不用蹚过河流，但冰岛这说变就变的天气，让我实在怀疑，明天的最后一程是否会一路顺利。

5

伯格索沃尔山
曲终人散，落幕的史诗和远去的英雄

自从那些肆意妄为的人，
在去年秋天烧死无辜的尼亚尔，
连同他的房屋和家人，
我就时刻提醒自己不可忘记仇怨。

——卡里 《尼亚尔萨迦》第 131 章

“有了法律，我们的土地才会繁荣昌盛，”尼亚尔说，“如果人人都无法无天，这里就会陷入一片荒芜。”中世纪，北欧的法律发展迅速，其地位与教会持平，并逐渐超越教会的权威。尼亚尔聪颖过人，胡须永远剃得干干净净，他是远近闻名的和平调解人，身上闪耀着法律的光芒。他既不会动不动就暴跳如雷，也不会舞刀弄枪，更没有拔山扛鼎的气力，仅仅凭借智慧，便成为远近闻名又广受尊敬的英雄。这与奥德修斯用双关语脱困颇为相似，但尼亚尔不像奥德修斯那样具有超强的武力。尼亚尔成为萨迦的主角，标志着笔锋下的制度化力量正逐渐取代剑锋下的野蛮武力，成为社会主流价值观。

然而，尼亚尔死了，被愤怒的弗洛西烧死在家中。《尼亚尔萨迦》的主题有些模糊，它一方面赞美法律——详细描写了法庭上正反两方唇枪舌剑的过程——另一方面又毫不留情地将法律的局限性呈现在读者面前。故事中，尼亚尔的儿子杀死了大祭司霍斯库尔德，尼亚尔曾试图用支付赔偿金的方式了结这桩血案，但和解哪有那么容易！弗洛西本已松动，双方快要达成一致了，但尼亚尔性格暴躁的儿子斯卡尔菲丁恶狠狠地嘲讽弗洛西说："我听说你是斯维纳山巨魔的男宠，他每九天就要来和你同床，把你当女人。"闻言，弗洛西暴跳如雷，拂袖而去，决意血债血偿。和平解决问题的希望由此破灭。在《尼亚尔萨迦》中，类似的法律失效的案例还有很多，它们告诉我们一个在当今世界仍然适用的真理：所谓法律、流程，只管得住守法的人。社会上为数不少的人在遇到问题时，都选择听从本能，采用最原始的解决方式。弗洛西或许不是恶魔的男宠，不能找来恶魔给他撑腰，但他的蛮力，足以放火烧死尼亚尔一家。

我沿着南边海岸的一条小路向前走，路旁长满席草和泥炭藓。这是一片农田，不远处，一对夫妻正在给马洗澡。走到小路尽头，突然下起瓢泼大雨，当然也少不了雨的好盟友——大风。我飞奔到冈纳尔索米农舍（以冈纳尔命名），站在狭窄的山墙下等乌云散去。

终于来到一条岔路口，路口立有伯格索沃尔的指示牌。伯格索沃尔以尼亚尔的妻子伯格瑟拉命名。云层逐渐散去，露出蓝色的天空，偶尔飘来几朵白云，宛如挂在高空的巨大横幅。大雁嘶鸣着从头顶飞过，排列得整整齐齐，仿佛一支纪律严明的军事中队，在战争结束后勘察战况。小路泥泞不堪，但天边的彩虹别有一番风味，它仿佛一座巨大的桥梁，将这边的熔岩山丘和那边的农庄紧密连在一起。闻着泥土的芬芳，我继续向前，一瘸一拐地朝目的地走去。

右脚又磨出一个水泡，背部也传来阵阵疼痛。我可能是在交路费吧——几个月的徒步、登山、户外过夜，还有脚上磨得破烂不堪的鞋子，我总得为此付出点代价。小路仿佛看不到尽头，经过一个又一个农庄，终于看到一个信箱和牛栏。我趴在钢筋栅栏上，像个刚跑完马拉松的运动员，浑身酸软无力。

我预订的房间在一座小山丘上，房主名叫伦洛弗。他身材瘦削，形容憔悴，眼睛深深地陷在眼窝里，眼周已有皱纹。他大步从屋里走出来，身后跟着两只狂吠不止的狗。母狗肚子垂得很低，几乎要贴到地上，看来是要生了。

“根本不敢睡，”伦洛弗说，声音嘶哑而疲惫，“希望她今晚能生。”

伦洛弗、他的妻子和他们生病的儿子西格胡尔已经在这个农场生活了十年。他们有自己的房子、羊圈（里面养着包括羔羊在内的三百多只羊）、一个马场、一个鸡舍、一个养山羊的小屋，以及一间教区长曾经住过的小石屋——我预订的房间，就是这间小石屋。

“你看那边，”伦洛弗指着他家旁边山上的一块碎石土地说，“他们说，那里是尼亚尔的故居。考古学家在那里发现了农舍的遗迹和一些人骨，中世纪时那里曾发生过一次火灾。虽然日期和萨迦传说对不上，但历史上那里确实发生过一些事情。”

说话间，他又指向羊群栖息的小山。据冰岛编年史记载，“烧死尼亚尔”发生在1010年，而《尼亚尔萨迦》成书是在几个世纪之后。漫长的岁月里，尼亚尔的故事在流传中不断改编、丰富，带上了几分神话的感觉。冰岛学者艾纳尔·帕尔森（Einar Palsson）认为，伯格索沃尔山是人物形象塑造过程中的“关键山峰”。而现在，它看起来平淡无奇，不过是羊群的栖息地和鸡群的放风地。原本为了种土豆而修建的草皮小屋，则成了鸡圈，鸡白天在山上欢跑，晚上回到草皮小屋睡觉。

“他们认为，弗洛西和其他纵火犯是突然出现在这座山后面的，”伦洛弗说，“所以没人看见他们。但我不是太赞同。这座山又不高，四周也光秃秃的，没什么遮掩物，在山后面埋伏很容易被发现。”

“在你看来，《尼亚尔萨迦》的作者有可能知道这个地方吗？”我问。

“如果你读过那本书，你肯定就会说他不知道了。或许，他确实知道这里，但只是选用了一些让故事看起来更完整的素材。他的确成功了，那是个伟大的故事！”

下午，我独自来到山羊棚，棚板上挂着水管、锯子、击锤、马具、铁锤、铁钉等物品。饲料槽里堆满稻草，磅秤斜放在木栅栏边。山羊在栅栏里挤来挤去，浓密的白睫毛下，一双双眼睛闪烁着智慧的光芒。在羊群就要冲破围栏的时候，我的身后突然传来一声大叫。伦洛弗的儿子西格胡尔背对着阳光站在门口，他怒气冲冲地走进去，大声怒骂山羊，直到它们退回羊棚里。有几只不听话的山羊冲到了门口，他死死抓住羊角，把它们赶回大门里面。

戴着帽子、穿着连体衣的西格胡尔，赶起羊来可谓得心应手。大功告成后，他回过头来，看着我满意地咧嘴一笑，仿佛在宣告胜利。随后，他得意扬扬地指着停在木楔旁的三轮车，示意我上车。我不知道他要载我去哪里，但我很是好奇，决定试一试。结果，我们绕着农场转了一圈，最后又回到鸡舍。一路上，西格胡尔叽叽喳喳讲个不停，语速极快，但我完全听不懂，只听清几个动物的名字——我开始责怪自己，为何不努力学习冰岛语（除了在渡船上学了几个词，这段时间几乎没有进步）。我听到他说 Hestur（马）、Hundur（狗）、Kjúklingur（鸡），还好，总算有几个我们俩都会的词。

我走下野草丛生的山顶，和西格胡尔挥手告别，他要骑马去赶羊，我则步行去马场。我曾经认为，伯格索沃尔是逝者的墓地，是纪念古老故事的祠堂。但事实是，这里绿草茵茵，生机勃勃，之所以与历史故事相连，是因为它有着可以媲美仙境的优美环境，有平坦的土地和肥沃的牧场，这也是尼亚尔和他的家人在一千年前来到这里的原因。

两人骑着马从田野对面走来，一人叫安拉，另外一人是她的同伴，一只小狗欢快地在前面带路。短暂交谈后，我们约好，我第二天搭乘他们的车一起回霍尔斯沃德吕尔。他们晚上住在附近一家叫卡拉杰迪的农场的马厩中。

“农场是以尼亚尔的女婿卡里命名的，”安拉接着解释，“他们说，卡里从大火中逃出来后，曾来到这里。还有人说，从那以后，这个地方就受到了诅咒。”

我告诉他们我住在伦洛弗家的客房时，他们都笑了。“好吧，教区长曾经在那里住过，”安拉说，“教区长非常讨厌山上的村民。卡拉杰迪和伯格索沃尔两座山上的村民，总是热衷找碴，动不动就为一些鸡毛蒜皮的小事控告对方。谁可以走这条路，围栏是谁家的，哪块土地归谁所有，都是控诉的理由。我们称之为‘战区’！”

仇怨就这么一代又一代积累下来，愈演愈烈，仿佛阴魂不散的萨迦作者在冥冥中搅弄风云，让历史一遍遍重演，子子孙孙不得安宁。卡里是《尼亚尔萨迦》的最后一位英雄，他是尼亚尔的女婿，在那场人为的火灾中失去了妻子和儿子，从此陷入无尽痛苦的深渊。复仇之路上，他从未有一刻放松，纵火犯的样子，深深刻在他的脑海里。他说：“我的心在狂怒。”然后字字泣血地吟诵道：

当尼亚尔的屋顶烧得噼里啪啦，
当一伙敌人手持长矛，
点燃猩红的火焰，
我跳出屋外！
人们听见我的哀号，
记下我无尽的悲伤。

在这里，诗歌是真实事件的记录，也是复仇的誓言，将卡里内心最深处的仇恨与不甘展露无遗。纵火事件发生后，法庭对纵火犯进行审判，但这又演变成另一场暴力冲突。随后，卡里离开家乡，四处追杀纵火犯，用自己的方式为亲人复仇。最令人难忘的一幕发生在奥克尼，卡里无意中听说一名不知悔改的纵火犯出现在伯爵大厅里，于是他吟诵着诗句谴责“他们燃烧的热情”，冲进大厅砍下了纵火犯的头颅。诵诗声犹在耳边，鲜血却流了一地，卡里心中永无止境的悲伤，是否得到一丝缓解？

悲伤，这种令人心神不宁的情绪，也是贯穿本次欧洲之旅的重要主题。我自己都搞不清楚，我之所以被史诗吸引，是因为在史诗中看到了曾经的自己，还是因为角色们处理问题的方式。诚然，激烈的打斗场面令人热血沸腾，但诗人比谁都清楚，战争会带来什么后果。战争过后，总会有人付出沉重的代价。在我看来，许多史诗故事都带有宣泄性质，虽然其中人物处理悲伤的方式各不相同，但读完他们的故事，我终于可以直面那些一直萦绕在脑海中的问题。

文学让人不再孤单，特别是对我这种不容易敞开心扉倾诉情感的人，文学具有抚平伤痛的力量。读到故事中的人物在痛苦中苦苦挣扎时，我心中那些难以承受的痛苦，仿佛都减轻了许多。我想到尼亚尔，霍斯库尔德的死亡令他悲痛不已，“他永远也做不到在提及此事时无动于衷”；想到奥德修斯，他在冥府见到母亲的灵魂，因为不能抱抱她而号啕大哭；想到《科索沃传说》中尤戈维奇的母亲，这位曾经佯作坚强的老妇人，在得知所有儿子都战死时，瞬间崩溃；还想到《贝奥武甫》中的威格拉夫，他为贝奥武甫的逝去而悲恸哀伤。

悲伤，一直是个令我难以面对的词。这么多年来，我一直把感情埋藏在心底，即使它们正像电池中的酸液一样漏出来，腐蚀着我的身心，也浑然不觉。有悲伤，更有内疚，因为父亲生病的时候我没在他身边，这种痛苦一直深深地折磨着我。我还记得，十几年前，我在耶路撒冷得知父亲病危的消息，我冲到一座教堂，狠狠砸向紧锁的大门。我想要祈祷，或者说我认为我想祈祷，尽管内心很清楚，一切都已太迟。但事后想想，其实那时我最想做的不是祈祷，一点也不想。我想让神父骂我，他做到了；我想要打架，他也让我得逞了。有那么一瞬间，我仿佛好受些了，但下一秒，又陷入更大的悲伤。

时间不是灵丹妙药，它不能治愈一切伤痕，至少一些大悲大痛，并不会随着时间的流逝而消失，但总会有其他疗法。本次史诗之旅的灵感，源自一年前和家人穿越欧洲的公路旅行。孩子是最好的老师，他们教会我如何放下过去，闭眼享受眼前的一切。某种程度上，这次旅行再次唤醒了那些痛楚的记忆。对我来说，这是一种退步，但它更是一次新生，是对现在的承认和肯定。《奥德赛》中，女妖塞壬婉转动听的歌声在空中响起，试图唤起英雄对特洛伊战争的回忆；但奥德修斯拒绝理会，坚定地扬帆向前，朝着家乡伊萨卡岛的方向前进，正如他曾经毅然决然地离开仙女卡吕普索富足安逸却死气沉沉的温柔天堂。奥德修斯的身上，投射出许多战争幸存者的影子，他们挣扎着摆脱过去的阴影，努力开始新的生活。《尼亚尔萨迦》中的卡里也是如此。他拒绝沉溺于过去，亲眼看见一系列流血死亡后，他踏上朝圣之旅，努力摆脱阴影，与自己和解，与仇人言和。他最终娶了仇敌弗洛西的侄女、霍斯库尔德的遗孀，为暴力循环画上句号。

史诗记录着过去的传说，但它更是关于现在的故事。它留给我们一个宝贵的教训：永远不要让自己被过去控制。因为过去就像太阳一样，纵然光芒万丈，让人痴迷，我们也不能一直盯着它看，否则眼睛就会失明。我迫不及待地想回家了。我想拥抱我的妻子、孩子，紧紧抱住那些我爱的人，告诉他们我有多想他们。

我拿着一瓶快要见底的威士忌，借着微弱的光线，爬上小山，坐在草皮屋顶上。史诗之旅马上就要结束了，我的内心一片平静，身体里有什么东西终于达成了平衡。每隔几年，我都能感受到来自灵魂深处的呐喊，召唤我远离家乡，前往那些半神话半现实的地方，来一场长途旅行。我从现实生活中短暂抽离，追寻古老故事的踪迹，游荡在远离人群的小路上。“远离家乡就是远离欢乐。”《尼亚尔萨迦》开篇处，生性好斗的胡拉特说。必须要离家足够远，时间足够长，才能体会到这句话的真谛。对此，我已经深有体会。

“嘭”的一声，猎枪的声音响起，划破宁静的天空——猎人在打野鹅和松鸡。旅途中我遇到不少猎人，还有许多从枪林弹雨中逃离的难民。我想起尼亚尔农舍被烧的戏剧性情节——残酷无情的纵火犯、尼亚尔桀骜不驯的儿子们，还有从隐蔽处伸出的尼亚尔小孙子的手指，这样惨无人道的场面，即使在法治程度更高的现代社会，也从未消失。

我躺在屋顶上，嘴里残留着热辣的威士忌余香。天空挂着一轮明月，像新鲜的牛奶一样洁白明亮。我想起《尼亚尔萨迦》的结尾，与前文的腥风血雨不同，故事最后几个篇章平静、祥和，就像从气势磅礴的大山来到宁静的山谷，徒留一道苍白的身影。卡里从赎罪的朝圣之旅归来，在海上风暴中失去所有财物，无法度过寒冬。几乎没有任何犹豫，他来到“首席纵火犯”弗洛西家中，“检验弗洛西是否变得高贵”——弗洛西也经历了一场朝圣之旅。弗洛西张开双臂，欢迎卡里的到来，两人冰释前嫌，卡里甚至娶了弗洛西的侄女希尔迪古娜。希尔迪古娜是霍斯库尔德的遗孀，后者死于尼亚尔的儿子之手，随后弗洛西率众烧死尼亚尔一家，死里逃生的卡里（尼亚尔的女婿）从此踏上复仇之路。流了太多的血，死了太多的人，以至于读到这里，读者心里丝毫没有故事圆满结局的喜悦。不过，两人的和解，至少打破了暴力循环。《奥德赛》中，雅典娜女神亲自出面才能阻止战斗；《尼伯龙根之歌》中，战争能结束，是因为几乎所有人都已死去，再无人可杀；而《尼亚尔萨迦》的结局，让人们看到了希望——除了血债血偿，你还可以从暴力血腥中吸取教训，放下仇恨，握手言和。

坐在小山丘上，酒气不断往上涌，我想起了那些旅途中亲眼看到的愤怒和暴力：难民营里的争斗、雅典无政府主义者的抗争、科索沃的紧张政治局势、黑手党对西西里岛的把控、巴斯克人遥遥无期的愿望、德国极端右翼分子的煽动性言论、英国脱欧的后果……这就是地球上文明高度发达的大陆吗？欧洲可能是这么认为的——但欧洲人比其他地区的人民更快乐吗？从过去几个月的所见所闻来看，我表示高度怀疑。

尼亚尔和冈纳尔的故事中，曲折离奇的情节、悲伤动人的腔调，底子还是与欧洲史诗一致。特洛伊的战火、克琳希尔德对亲兄弟的强烈仇恨、被火龙烧毁的贝奥武甫的王厅，无不说明这一点。同时，从他们身上，也可以看到如今仍然在世界各个角落熊熊燃烧的地狱之火。在我写下这些话的时候，或许在某个地方，某个人正像尼亚尔及其家人一样，在自己家中被活活烧死。也有人处在逃离家乡的路途中，像卡里一样穿越欧洲，找寻生命的意义。

《尼亚尔萨迦》浇灭了英雄的火焰，颠覆了史诗的创作形式。在那之后，欧洲大陆仍不时有新的史诗问世（两百年后，《科索沃传说》问世；与《尼亚尔萨迦》同时代的《神曲》重塑史诗，为读者带来全新体验），但散文作为一种新兴文体，正走进越来越多有天赋的故事人心里。

从梦境中的预言和英雄孤注一掷的最后一战，到错综复杂的法律程序和仇敌间小心翼翼的和解，《尼亚尔萨迦》以曲折复杂的故事情节在向古老史诗致敬的同时，也毫不遮掩地表达了新的观点：史诗英雄冈纳尔，已经不能适应新的时代。《尼亚尔萨迦》利用小说在表现复杂心理和微妙细节上的优势，从多个角度着手，通过法律程序和暴力、旧信仰和新信仰之间的剧烈冲突，为我们了解中世纪的基督教世界提供了生动的素材。这个诞生在欧洲边缘地区的史诗，和大陆主要国家的史诗一样，都具有浓厚的欧洲色彩。

我从地上站起来，背上有草叶滑落。我穿过熟睡的羊群，每一步都走得小心翼翼，生怕把它们吵醒，引来抗议。明亮的天空中飘荡着一朵朵紫罗兰形状的云彩，仿佛长眠的英雄探出一张张布满伤痕的脸，偷偷地望着曾经属于他们的世俗世界。我抬起头，欣赏了一会儿神秘的极光美景，然后打着哈欠向曾经的教区长住宅、如今的客房走去。从希腊的明媚春光，到冰岛寒风料峭的冬天，我已经见识过欧洲大陆的四季转换。冈纳尔宁死不肯离开家乡，奥德修斯为了回到生他养他的土地，极尽聪明才智，斩妖除魔——史诗之旅的第一个和最后一个故事，都在呼唤游子回家。而现在，我也终于要回家了。

后　记

告别尼亚尔农场遗址八个月后，我再次出发，打算去慕尼黑和维也纳。本次行程，特意安排在戏剧节期间。维也纳剧院将举办一场表演，一场我在去年的穿越欧洲之旅中十分期待但遗憾错过的表演。现在，终于有机会一偿夙愿了。站在剧院楼上包厢里，我凭栏而立，望着舞台，欣赏《阿拉伯版〈罗兰之歌〉》。

舞台上，18 名来自巴林岛珍珠养殖地区的 fidjeri 歌者（fidjeri 是一种具有 800 年历史的歌唱方式，最早由波斯湾国家的采珠人传唱）正在表演。他们盘腿坐在地上，头上戴着阿拉伯头巾，用低沉的男中音唱着古阿拉伯语歌曲，屏幕上则滚动着德语字幕。手鼓被轻轻敲响，声音回荡在剧院的彩绘小天使和灰泥鹰雕像之间。

欧洲之旅中，我一直寻找在公共场所观看史诗表演的机会。我在雅典博物馆聆听《奥德赛》诗朗诵，在酒吧里观看古斯拉艺人表演《科索沃传说》，在剧院里欣赏改编的《尼伯龙根之歌》。这些流传至今的古老史诗，经现代艺术家重新诠释、演绎，然后搬上现代大众舞台。此时正在上演的《阿拉伯版〈罗兰之歌〉》带给我的震撼最大：一部描写 8 世纪基督徒和穆斯林冲突的法国史诗，被改编成阿拉伯语戏剧，由穆斯林呈现在 21 世纪观众面前。这是对欧洲史诗最彻底、最具颠覆性的改编。正因如此，这才是欧洲之旅真正意义上的最后一站。

《阿拉伯版〈罗兰之歌〉》已经在德国汉堡、法国法兰克福和希腊雅典完成巡演，但在我看来，维也纳才是绝佳的表演和观看场所。当巴伐利亚人和日耳曼人被征召进入查理大帝大军，当法兰克人的国王回到他位于今德国亚琛的首都，读者一次又一次地深刻体会到，这是一部关于日耳曼帝国主义和法国帝国主义的史诗。或者，用该剧策划人埃及艺术家威尔·肖基（Wael Shawky）的话来说，这是一部关于欧洲帝国主义的故事。维也纳作为神圣罗马帝国的首都和欧洲帝国主义曾经的中心，没有比它更适合诠释“帝国主义”四个字的地方了。

“《罗兰之歌》是一部发生在十字军东征之前的故事。”开幕前，坐在我旁边的威尔告诉我，说话间他头上的卷发顽皮地跳动着，“十字军东征期间，它成为重要的宣传素材。我不是说历史会重演，但后来的结果你也知道了，想想一千年前发生的事情，再看看今天发生的事，这其中的联系，用脚趾头都能想明白。”

在威尔看来，《罗兰之歌》及激励十字军东征的基督教理念，是一种“基督教圣战主义”，而这种“基督教圣战主义”，正在加剧当今世界的地缘政治斗争。借着来自巴林岛的阿拉伯歌者之口，威尔有意识地用这部中世纪法国史诗，影射20世纪的“石油帝国主义”。他说：“石油的发现，彻底改变了采珠人的生活。西方的石油公司蜂拥而至，挖掘财富，扩张权力，动机与十字军东征没什么两样。”

看着屏幕上的现代德语字幕，听着巴林歌手用古阿拉伯语深情演绎《罗兰之歌》，他们唱着“异教徒大错特错，基督教掌握真理”，我不禁感到一种深深的讽刺。形式与内容的极大反差，共同表达了对不断向外扩张的西方世界的强烈控诉。不过，歌声里也饱含对东方世界精美物什的赞美，史诗赞美了包裹罗兰尸体的亚历山大丝绸、象牙凳、蛊惑加内隆叛变的东方珠宝，等等。沉浸在这场声情并茂的表演中，我不禁想到，《罗兰之歌》这部最具欧洲风格的史诗，其主题也不仅仅是宗教斗争。正如威尔所说：“罗兰的故事，就是人与人之间互相欺骗的故事，这在现代社会仍然时时上演。”除了二元对立的宗教观，《罗兰之歌》也告诉我们，人类生来就有许多共同的弱点。这一点，无论你身处地缘政治裂缝的哪一侧，都一样。

《罗兰之歌》并非唯一一部对东方物什极尽赞美的欧洲史诗。《尼伯龙根之歌》中，布伦希尔德用尼尼微（西亚古都）丝绸制作腰带，克琳希尔德用阿拉伯丝绸为齐格弗里德缝制长袍；《奥德赛》中，斯巴达王墨涅拉俄斯拥有大量埃及珍宝。几乎每部欧洲史诗，都以一种或隐晦或直白的方式提醒读者，欧洲不是一座孤岛，它是世界版图的一部分。欧洲不仅在地理位置上与其他大陆紧密相连，而且在文化上也与东方有着无法割舍的联系。因此，唯有将欧洲史诗放在世界范围中，正确地看待它与其他大陆的关系，我们才能真正理解欧洲史诗的内涵。

踏上史诗之旅，我的初衷是更好地认识今天的欧洲。《罗兰之歌》用大量笔墨描写了基督徒和穆斯林之间的历史冲突，写双方如何相互隔绝，如何对对方一无所知，宗教战争如何导致灾难性的后果。直到现在，基督教与伊斯兰教的分歧，仍然是街头巷尾的热点话题。我们从未放弃努力，但离问题解决还有很长的路要走。《尼伯龙根之歌》告诫我们，墨守成规要付出代价，诉诸暴力、过度沉溺于悲伤，必然引火烧身，害人害己。《贝奥武甫》以生动鲜活的案例提醒我们，要想应对仇敌，铲除威胁，我们需要寻求强有力的同盟，但更重要的是让自己强大起来。《奥德赛》向我们发出警示，地中海宁静祥和的表面下潜藏着巨大危险，战争善后并不像想象中那么容易，过程中可能面临种种挑战。《尼亚尔萨迦》则是一部描写法律和仇恨的著作，它以戏剧化的故事情节，揭示出公共制度和人类原始本能之间的对立关系，告诫人们如果不能及时、妥善地化解冲突，仇怨就会越积越深，代代相传，永远没有尽头。一句话，这些古老的欧洲故事，用一个个鲜活的案例，暴露出流淌在每个欧洲人血液中的暴力基因，并告诫我们，“文明”的欧洲大陆，是在一场场暴力血腥的争斗中逐渐建立起来的。与此同时，这些故事也组成了一部欧洲制度演变史。从不断兴起的希腊城邦，到北欧的封建法庭和法律革新，正是由于制度的建立与发展，才构建出独树一帜的欧洲文明。

这几部史诗，都曾在欧洲历史上留下深刻的印记。有些甫一问世，便给当时的社会带来剧烈改变。《罗兰之歌》为东征十字军和入侵英国的诺曼军队吹响号角；《荷马史诗》推动了希腊民族身份的形成和雅典帝国的建立。而在现代民族国家发展进程中，它们也分别扮演了重要角色。《荷马史诗》点燃了希腊独立战争的火把。普法战争失败后，《罗兰之歌》对重塑法国民族自信起到了关键作用。从拿破仑战争到第二次世界大战，都少不了被肆意曲解的《尼伯龙根之歌》的推波助澜。《贝奥武甫》则深深地影响了现代丹麦，并且是20世纪奇幻小说的重要题材。而萨迦传奇中流传最广的《尼亚尔萨迦》，为冰岛独立国家的建立注入了不可或缺的精神力量。

毋庸置疑，这些故事都对欧洲历史产生了深远而广泛的影响。但这种影响，有时也可能是负面的、消极的。德国纳粹分子对《尼伯龙根之歌》的肆意曲解，巴尔干军阀对《科索沃传说》的长期滥用，都在某种程度上导致了让世人震惊的惨剧。从这个角度说，史诗故事可能是危险因子。当它们用大量篇幅浓墨重彩地描写大规模死亡的场景，毫不遮掩地揭露人性中最阴暗的一面时，它早已在文字间埋下了危险的种子。它们就像时下颇为流行的极限运动，够刺激，够惊险，令人欲罢不能，但稍有不慎，玩家就可能粉身碎骨，命丧黄泉。因此，人类在解读、运用这些故事时，需要格外谨慎。

那么，史诗会因此失去价值吗？当然不是。史诗之所以被滥用、被曲解，根源在于它们具有直击人心的魔力，在于它们历经千年仍旺盛不衰的生命力，在于它们深深扎根于欧洲文化土壤中。“《尼亚尔萨迦》是一部活着的萨迦。”冰岛艺术家克里斯汀·拉格纳·冈纳多提尔这样告诉我。这番说辞，对几个故事都适用。这些古老的故事传说，不断进行自我调整并适应新的环境，给不同时代的人带来不同的认识世界的方法。它们是欧洲建立的文化根基，像从不曾在凡人面前吐露心声的神明，一直在警告着，诱惑着，刺激着，困惑着现代人。那些妄图靠烧掉史诗来消解故事传说影响力的行为，就像在寒夜里生起篝火赶跑雪豹，结果只会适得其反。

现代社会，史诗还值得阅读吗？当然！欧洲的形成，得益于这些故事传说，没有它们，欧洲大陆叙事就缺失了关键一环；没有史诗，我们就如同失去了双眼，茫然行走于黑暗之中，不明来路，不知去处。故事传说，为我们了解祖先的心路历程，理解他们的信仰、他们看待自己的方式、他们如何塑造自我形象，为理解当今世界是如何一步步发展至此的，提供了绝佳渠道。

此外，即使用现代眼光来看，这些古老故事仍具有很强的可读性。忘了那些不怀好意的曲解和滥用吧，史诗之所以会被曲解和滥用，还不是因为故事情节足够精彩。《尼伯龙根之歌》和《贝奥武甫》比任何一部现代奇幻大片都更曲折离奇，引人入胜。与坐在温暖明媚的书房里，用笔记本电脑敲下各种奇异的故事情节的现代作者相比，古代作者的笔触显然更具说服力。他们时刻面临偷袭、瘟疫、巫术、精神恐惧和耻辱，他们以自身和周围人的经历为蓝本，谱写出一个个直击人心的故事。躲避危险，是古代作者日常生活的一部分，但他们却并未因此沉浸在阴郁中不可自拔。《尼亚尔萨迦》堪称一部法庭大剧；《罗兰之歌》和《科索沃传奇》虽然过于强调部族忠诚，但也描绘了许多欢乐场面，讲述了令人热血沸腾的战争场面，并赞美了异教物什的精美奢华。还有，别忘了《奥德赛》——我们永远也不会忘了它吧？它被称为欧洲历史上第一部小说、第一部浪漫传奇、第一部奇幻故事、第一部旅游指南……无论你将它归于哪种文学类型，它都是首屈一指的，都是独一无二的。无论从哪个角度，奥德修斯都是欧洲最伟大的英雄，也是流传最广的英雄。

旅程中，我不止一次发现，欧洲各地的史诗遥相呼应，从南到北，从东到西，各地故事传说都存在许多类似的情节。当来自冰岛的冈纳尔拉开弓弦，击退人数众多的仇敌，当他在国外勇夺体育比赛冠军，当他乔装成小贩欺骗对手，他的英雄事迹与希腊英雄奥德修斯重叠了。这两部史诗远在欧洲大陆南北两端，创作于不同的时代，但仿佛有一条无形的线，将它们串联在了一起。拉扎尔大公在科索沃战役前举行宴会，勉励即将奔赴战场的骑士，他可能在向查理大帝和尼伯龙根国王致敬，并自愿遵守封建社会国王及其随从的行为准则。贝奥武甫屠杀恶龙时，仿佛在不经意间与屠龙人齐格弗里德有了关联；而齐格弗里德利用隐身帽隐藏形迹，与南方的奥德修斯和北方的冈纳尔如出一辙。

但在我看来，最能体现欧洲风格的，不是史诗传说中的盖世英雄，而是那些在旅途中遇见的与我一样爱好史诗的人。当我和阿尔伯特·奥斯特迈尔聊起改编自《尼伯龙根之歌》的戏剧，在雅典博物馆聆听《奥德赛》诗朗诵，我能清晰地感觉到，他们和我生活在同一片大陆上；我们的心，因为对史诗传说的热爱而紧紧联结在一起。这些片段，是旅途中最开心的记忆。我清晰地记得，在雷克雅未克与伊欧恩协会的成员一起朗诵韵诗，在维也纳听埃伯哈德·库默弹奏竖琴，在隆塞斯瓦耶斯的教堂里与当地人一起朗诵《罗兰之歌》，在维舍格勒的酒吧里与古斯拉艺人一起碰杯干掉白兰地……当我从他人的眼中看到史诗，我从未如此深刻地意识到，欧洲史诗是如此鲜活。

还有一个惊喜。放下书本后，除了那些超级英雄，还有许多其他角色，也深深地刻在了我的脑海里。比如忒勒玛科斯，他在缺乏父爱的环境中长大，从一名不自信的生涩青年，成长为与父亲奥德修斯并肩作战的勇士（尽管奥德修斯曾冷酷无情地下令吊死背主的侍女，给儿子树立了坏榜样）；比如珀希拉恩的鲁迪格，为了所谓的荣誉，甘愿牺牲生命；比如威格拉夫，作为贝奥武甫的亲戚和战友，他用实际行动阐释了忠诚和勇敢。还有美丽迷人、自信善良的费阿刻斯公主瑙西卡，勇敢地向来路不明的奥德修斯伸出援手；冈纳尔争强好胜的妻子哈尔盖德，和奥德修斯足智多谋、勇敢坚贞的妻子珀涅罗珀，都令人印象深刻。

英雄故事之所以成为危险因子，是因为英雄的行为过于匪夷所思，不能为个体行动带来有效参考。因此，英雄们的结局，也必然是死亡或流放。奥德修斯的回归，是否预示着伊萨卡更美好的未来？不，伊萨卡的未来，掌握在更稳重的忒勒玛科斯手中；正如冈纳尔死后，冰岛的未来取决于卡里和弗洛西能否和解。欧洲史诗中，英雄集体以死亡告终，取而代之的是制度、国家机器及和谐的社会关系，从中世纪冰岛的法律制度到查理大帝建立的超级国家，皆是如此。从这个角度讲，史诗就是一部欧洲发展史，从欧洲如何建立讲起，到如何建立机构，机构如何蓬勃发展，并逐步从英雄手上抢过控制权。

但英雄永远不会消失。英雄人物会死亡，英雄主义思想却随着社会的发展，一代代传承下来。此外，另一些哗众取宠、特立独行的“英雄”，总能吸引一批又一批的追随者。尤其当民众对现状不满时，自我包装成破局关键的“英雄”们，更对普通民众有着致命的吸引力。尽管如此，“英雄”能发挥的作用也非常有限，带领人们走向更稳定未来的，绝不可能是他们。

史诗的真正价值，不在于令人热血沸腾的英雄故事，而在于字里行间呈现出的中世纪和古代社会生活画面。以史诗为桥梁，我们作为现代人，也可以跨越千年，从那些欧洲早期定居者身上找到自己的影子。通过史诗，我们可以和祖先对话，听他们亲口讲述当时的世界。史诗具有穿越时空的魔力，它带领我们领略生动的古代世界，这远非考古成果、遗传学证据、哲学著作或科学论文可比拟。它把我们带回古代，让我们亲眼去看，亲耳去听。最棒的是，它还能帮助我们理解彼此。它把我们变成法兰克人、高特人、塞尔维亚人、冰岛人、撒拉逊人、勃艮第人和希腊人；它载着我们，一边探索深埋的宝藏，一边唱着哀歌。它带领我们游过宽阔的海洋，来到一座林木茂密的小岛，当我们凝视着眼前深邃、黑暗的森林，为不可预知的未来踌躇不前时，阳光温柔地洒下来，烘干我们手臂上的海水泡沫，鼓励我们勇敢前进。

感 谢

首先，我要对旅途中遇到的那些抽出时间与我见面并帮助我研究及写作此书的人，表示衷心的感谢。有些我甚至不知道他们的名字，有些在书中使用了化名。我非常感谢他们抽出时间与我交谈，和我分享他们的经历。我希望，通过书中关于欧洲难民的描述，提醒人们关注难民问题。成千上万的难民正在努力逃离战火纷飞的家园，但在他们逃难及适应新生活的过程中，会遇到很多困难。关注难民问题的读者，可以通过这两个非政府组织捐款贡献爱心："认识和分享"组织（www.facebook.com/beawareandshare.baas/）及"教育行动"组织（www.actionforeducation.co.uk）。

我要特别感谢以下这些人：尼科斯·赞索利斯、雅典考古博物馆工作人员、雅典的詹姆斯和卢莎、维舍格勒的安德里奇研究所工作人员、萨拉热窝反人类罪行博物馆工作人员、埃塞特·穆拉舍维奇、马塞拉·克罗齐、迈克尔·布翁纳诺、法布里齐奥·科斯利和他的母亲纳迪娅、加埃塔诺·洛·摩纳哥、艾特·佩斯卡多、阿尔伯特·奥斯特迈尔及其助手萨宾、安娜·罗斯莫斯、托马斯·艾希费尔德、沃尔姆斯尼伯龙根庆典工作人员、弗洛里安·马尔伯格、沃尔姆斯大马士革餐厅主人及员工、艾琳·迪威克、布里顿山教堂志愿者、特伦特河畔斯托克的陶器博物馆和美术馆工作人员、伯明翰博物馆信托基金会工作人员、詹尼·巴特沃思、弗雷德·休斯、维姬·海德、杰夫·肯特、马丁·纽威尔、萨姆·纽顿博士、哥本哈根瓦尔比中心工作人员、特里·冈奈尔博士、希尔玛·厄恩·希尔马森、罗莎·索斯泰因斯多蒂尔、芭拉·格里姆斯多提尔、克里斯·福斯特、托拉林·埃尔德加恩、伊欧恩协会成员、维斯汀·瓦尔加德森、克里斯汀·拉格纳·冈纳多提尔、安娜·拉拉·斯坦德尔及冰岛红十字会。

还有对本书提出宝贵意见的本·巴格比、法布里齐奥·科斯利、马塞拉·克罗齐、艾琳·迪威克、艾特·佩斯卡多、安娜·罗斯莫斯、詹姆斯·西姆布拉斯、罗莎·索斯泰因斯多蒂尔和尼科斯·赞索利斯，我再次表示感谢。

以上名单如有遗漏，我谨在此深表歉意。

出版社方面，我要感谢我的经纪人凯莉·普利特、编辑乔·齐格蒙德和尼克·戴维斯，以及包括阿比盖尔·斯库比、卡罗琳·韦斯特莫尔和希拉里·哈蒙德在内的约翰－穆雷出版社（John Murray）的所有工作人员。

最后，感谢家人的支持和宽容。谨以此书献给我的孩子米洛和拉菲，他们带给我无限的灵感和鼓励。最最应该感谢的，是我的妻子波比，感谢她在编辑和后勤上的支持和鼓励，感谢她发起家庭欧洲公路旅行，启发了我的欧洲之旅灵感。

资料来源及延伸阅读

欧洲史诗吸引了众多才华横溢的翻译家，他们的辛勤耕耘，为我们留下一部部璀璨的译作结晶。写作此书时，我主要参考了以下英译本：探险家劳伦斯的《奥德赛》（T. E. Lawrence, *The Odyssey*）、犯罪小说作家多洛茜·塞耶斯的《罗兰之歌》（Dorothy Sayers, *The Song of Roland*）、诗人希默斯·希尼的《贝奥武甫》（Seamus Heaney, *Beowulf*）和电视问答节目《策划人》（*Mastermind*）主持人马格纳斯·马格努森的《尼亚尔萨迦》（Magnus Magnusson, *Njal's Saga*）。对本书探索的五部史诗感兴趣的读者，可以进一步阅读如下英文译本。

《奥德赛》：对冒险故事感兴趣，可以参阅劳伦斯（T. E. Lawrence）的英译本（Ware, *Hertfordshire: Wordsworth Classics*, 1992）；对诗歌韵律感兴趣，则可以参阅罗伯特·法格斯的英译本（Robert Fagles, Harmondsworth: Penguin, 1997）。

《罗兰之歌》：多洛茜·塞耶斯（Dorothy Sayers）的译本（New York: Penguin, 1957）很好地还原了原文韵律。

《尼伯龙根之歌》：可参阅哈托（A. T. Hatto）的译本（Harmondsworth: Penguin, 1965）。

《贝奥武甫》：如对诗歌感兴趣，可参阅希默斯·希尼（Seamus Heaney）的译本（London: Faber & Faber, 2000）；如果对翻译精确度和可读性要求较高，则可阅读鲁扎的《贝奥武甫：面向页面翻译》（R. M. Liuzza, *Beowulf: Facing Page Translation*, 2nd edn, Ontario, Canada: Broadview Press, 2013）第二版。

《尼亚尔萨迦》：乔治·德森特（George W. Dasent）的英译本第一版，（Edinburgh: Edmonston and Douglas, 1861），或马格纳斯·马格努森及赫尔曼·帕尔森（Hermann Palsson）的译本（London: Penguin, 1960）。

引　言

德里克·沃尔科特的评论摘自《德里克·沃尔科特的诗学：互文视角》（*The Poetics of Derek Walcott: Intertextual Perspectives*），第235页。沃尔科特在其代表作《奥梅罗斯》中，将《荷马史诗》的故事发生地定位在加勒比海地区，《奥德赛》为其作品提供了源源不断的灵感。亚里士多德的理论摘自《亚里士多德的诗学》（*Aristotle's Poetics*）第15页。猪倌尤迈乌斯的引文，摘自法格斯（Fagles）的《奥德赛》译本第299页。

第一个故事　《奥德赛》：充满海上冒险的回乡之旅

荷马史诗引文主要摘自在上文提到的两个译本。从法格斯译本中摘抄的引文包括："一个厚颜无耻、伤风败俗的乞丐"，第296页；"无人——我的名字叫无人"，第151页；"陡峻的岩礁"，第93页。从劳伦斯译本摘抄的引文包括："鲜血喷涌而出"，第182页；"我们不是流浪汉吗"，第177页；"这些故事一定是你杜撰和修饰过的"，第120

页；“一个技艺高超的音乐家”，第213页；“神灵善妒”，第43页；“有什么冒险比活人去往地狱更加疯狂呢”，第122页；“地球的边缘”，第113页；“我是你的父亲”，第166页；“一杯酒酿”，第33页；“好像我衣不蔽体，是个身无分文的穷光蛋”，第32页；“我们的群岛就像一块块支棱出海面的大岩石”，第49页；“陌生的脸”，第139页；“空空荡荡……上面结满令人厌恶的蜘蛛网”，第164页；“凹形岩石下”，第154页；“看，它一层一层往上”，第175页；“他们浑身饱浸咸涩的海水”，第227页；“多么巨大的灾难”，第236—237页。

为还原荷马史诗的格律精髓，我对开篇诗句做了改编，主要有：第18节的“愿神明”；第11节的“但夜还未深”“我最亲爱的儿子”；第3节的“忒勒玛科斯，羞怯的日子已一去不返”；第13节的“我敢肯定”；第9节的“现在，多面的奥德修斯发言了”。

关于难民危机，推荐阅读亚历山大·贝茨和保罗·科利尔的著作《逃难之路：亟待改变的难民系统》（Alexander Betts, Paul Collier, *Refuge: Transforming a Broken Refugee System*），关于亚历克西斯事件的细节参见该书第108页。

《献给提洛阿波罗的赞歌》（*Hymn to Delian Apollo*）的引文参见《赫西俄德：荷马史诗及荷马学》（*Hesiod: The Homeric Hymns and Homerica*）第337页。阿尔伯特·洛德的引文摘自《史诗咏唱人》（Albert Lord, *The Singer of Tales*）第158页。

关于中戈耳古提翁与罂粟花的比喻，摘自法格斯（Fagles）翻译的《伊利亚特》第135页。鲁伯特·布鲁克的诗句摘自约翰·维克多·鲁西的《荷马史诗遗址之旅》（John Victor Luce, *Celebrating Homer's Landscapes*）第39页。

雪莱的宣言“我们都是希腊人”，摘自《古希腊：抒情戏剧之乡》（*Hellas: A Lyrical Drama*）第8—9页。

关于希腊独立战争，我推荐威廉·克莱尔的《希腊仍可能获得独立》（William St Clair, *That Greece Might Still be Free*）及罗德里克·比顿的《拜伦的战争：浪漫主义般的希腊独立》（Roderick Beaton, *Byron's War: Romantic Rebellion, Greek Revolution*）。关于博尔曼的引文摘自克莱尔著作的第76页；比顿关于“那个拜伦为之献身的希腊”的评论来自第272页；拜伦的伊萨卡情结“如果这个岛是我的”，摘自比顿著作的第164页。

希腊被称为“欧洲文明的摇篮”，参见欧盟官方网站 www.europa.eu。

卡尔·荣格的“冥府倦”理论参见《心理学与炼金术》（CarlJung, *Psychology and Alchemy*）第53页。

卡瓦菲（Cavafy）的诗句“当你向着伊萨卡出发”，参见《诗歌集》（*Collected Poems*）第36页。

帕帕佐普洛斯关于发掘奥德修斯宫殿的声明，参见2010年8月希腊共和国总秘书处媒体与传播中心的新闻简报（www.greeknews-agenda.gr）。

第二个故事 《罗兰之歌》：中世纪骑士传奇

我读了《罗兰之歌》的两个英译本：格林·伯吉斯（Glyn Burgess）的双语版和上文提到的塞耶斯译本。引自塞耶斯译本的引文包括：“曾经下过地狱的巫师”，第105页；“十头骡子驼满阿拉伯最好的黄金”，第76页；“雕刻或涂画”，第150页；“如果需要，哪怕围攻萨拉戈萨一辈子”，第 59 页；“再也不能在大厅里唱响赞美他们的歌谣了”，第 108 页；“他被绑在四匹狂躁的战马身上”，第 202 页。引自伯吉斯双语译本的引文包括：“罗兰感到死亡即将来临”，第 174 节；“异教徒大错特错”，第 79 节。

有些引文经过了我的改编：“无论用什么手段”，第 45 节；“我的朵兰剑啊”，第 172 节；“他占领了多少土地”，第 41 节；“头发扫到地上”，第 78 节；“削下他的头皮和头发”，第 104 节；“我将在隆塞斯瓦耶斯杀死罗兰”，第 77 节；“骑士们斜倚在丝绸织锦的座椅上”，第 8 节；“我将挥舞着我的朵兰剑肆意砍杀”，第 84 节；“查理大帝从西班牙凯旋”，第 268 节。

马斯特·瓦斯（Master Wace）关于诺曼征服中咏唱《罗兰之歌》的记载，参见《罗马人》（*Roman de Rou*）第 181 页；威廉随从将威廉与罗兰相提并论的话语，参见该书第 191 页。黑斯廷斯战役中是否有兵士咏唱《罗兰之歌》，现存资料说法不一，但马姆斯伯里的威廉在《盎格鲁国王史》（William of Malmesbury, *Gesta Regum Anglorum*）有相关记载。

关于西西里岛的木偶戏传统，我读过两本书：迈克尔·伯南诺的《西西里史诗及木偶剧院》（Michael Buonanno, *Sicilian Epic and the Marionette Theater*）和马塞拉·克罗齐的《西西里的民间骑士传说：一部融合叙事、木偶、彩车和其他艺术的历史》（Marcella Croce, *The Chivalric Folk Tradition in Sicily: A History of Storytelling, Puppetry, Painted Carts and Other Arts*）。克罗齐是这方面的权威，她的每一本书我都强烈推荐（见 www.marcellacroce.com）。对“号称自己是圣骑士的传人”的批评，参见伯南诺（Buonnano）著作《西西里

史诗》（*Sicilian Epic*）第 106 页；将里纳尔多描绘成“黑手党”，则参见该书第 12 页。

艾因哈德的引语，来自《查理曼传》（Einhard, *The Life of Charlemagne*）第 34 页。

玛丽安·艾尔斯关于“基督教战士”的评论，参见《〈罗兰之歌〉的绝对及相对价值》（Marianne J. *Ailes, The Song of Roland: On Absolutes and Relative Values*）第 20 页。

关于 1870 年的巴黎围城战役，我参阅了费利克斯·怀特赫斯特的著作《巴黎围城战役中的个人日记》（Felix Whitehurst, *My Private Diary of the Siege of Paris*），相关细节参见第二卷第 60—202 页。

关于《罗兰之歌》对 19 世纪欧洲的影响的研究，我阅读了苏珊·斯蒂芬斯和费洛兹·瓦森尼亚的《经典文学与民族文化》（Susan A. Stephens, Phiroze Vasunia, *Classics and National Cultures*）及伊萨贝尔·蒂瓦纳的《民族文学的政治化：十九世纪关于〈罗兰之歌〉的学术争论》（Isabel N. Divanna, *Politicizing National Literature: The Scholarly Debate around La chanson de Roland in the Nineteenth Century*）。相关引文参见斯蒂芬斯和瓦森尼亚著作的第 205、206 和 209 页，以及蒂瓦纳著作的第 128、131、132 页。

塞西尔·阿尔杜伊关于玛丽娜·勒庞的文章《勒庞处心积虑的邪恶修辞》，见《世界报》2013 年 7 月 6 日（Cécile Alduy on Marine Le Pen, La rhétorique diabolique des Le Pen, *Le Monde*, 6 July 2013），文章由我翻译成英文。

罗切特关于其兄弟创作的罗兰和查理大帝塑像的解说，参见朱恩·哈格罗夫的《巴黎城内的雕塑：一座露天的万神殿》（June

Hargrove, *The Statues of Paris: An Open-Air Pantheon*）第 363 页。

拿破仑多次把自己比作查理大帝。本书中相关引文摘自他 1806 年写给他的叔叔、红衣主教费希的信件，此信收录在克里斯托弗·赫罗德的《从书信及讲话看拿破仑的三观》（Christopher J. Herold, *The Mind of Napoleon: A Selection from His Written and Spoken Words*）第 109 页。

格拉夫·库登霍夫·卡勒吉为查理曼奖所作的演讲发表在 www.karlspreis.de/en/ 网站。

“欧罗巴……灯塔”摘自诗歌《卡罗斯·马格纳斯和利奥教皇》（*Karolus Magnus et Leo Papa*），参见彼得·古德曼的《加洛林文艺复试时期的诗歌》（Peter Goodman, *Poetry of the Carolingian Renaissance*）。

第三个故事　《尼伯龙根之歌》：没有赢家的复仇

《尼伯龙根之歌》的史诗原文，均引自上文提到的哈托译本，包括：“将长成一个美丽的女人”，第 17 页；“我从未对任何朋友违背过诺言”，第 261 页；“有史以来最勇敢的持剑勇士”，第 288 页；“只要拥有了它”，第 147 页；“仆人的妻子不允许”，第 113 页；“我亲爱的丈夫”，第 114 页；“难道我们要仍由疯子撒疯吗”，第 117 页；“将永远遵从您的意志”，第 86 页；“然后，当齐格弗里德弯腰准备喝水时”，第 130 页；“消息传来”，第 166 页；“既然阿提拉”，第 162 页；“客人们都妥善安顿”，第 166 页；“水妖预言道”，第 193 页；“一座宽阔的宫殿”“华丽的金色高脚杯”，第 169 页；“希腊人，俄罗斯人”，第171页；“不管我支持哪一方”，第267页；“充分证明”，第273页；“他们恸哭起来”，第272页；“那个男人的离去”，第159页；“每天早晨我都听到”，第215页；“我不会为任何人而心软”，第260页；“一名无所畏惧的战士”，第204页；“齐格弗里德都有点害怕”，第71页；“壮丽城堡”，第170页；“基督徒和异教徒和平共处”，第170页；“对自己的血脉至亲展开疯狂报复”，第19页；“‘为逝者’干杯”，第243页；“如果有谁口渴难忍”，第261页；“他们躺在这里”，第291页。

引文“古老传说里蕴藏着许多奇妙的故事”是我翻译的，来自《尼伯龙根之歌：印刷稿A、B&C》（*Das Nibelungenlied, Paralleldruck der Handschriften A, B&C*），第2页。

本书探索的六部史诗中，《尼伯龙根之歌》的押韵最为规律，为还原它的节奏，我做了以下改编：“在沃尔姆斯他们掌握”，第17页；“布伦希尔德，现在你带来”，第114页；“无法解决的冲突”，第263页；“血泊之中”，第269页；“为表仁慈”，第259页；“他弹出血红的曲调”，第247页。

来自阿尔伯特·奥斯特迈尔的《过剩》（Albert Ostermaier, *Glut*）的引文包括：“不在乎诀窍”，第20页；“你可以证明你的尼伯龙根忠诚”，第13页。这些都由我翻译成英文。

批评文献中，我参考了爱德华·海姆斯的《尼伯龙根之歌：历史及解读》（Edward R. Haymes, *The Nibelungenlied: History and Interpretation*），“齐格弗里德遵循的是骑士行为模式”摘自该书第102页。

艾利森·布朗（Allison Brown）翻译的约尔格·弗里德里希的著作《对德轰炸中的战争火焰》（Jörg Friedrich, *The Fire: The Bombing of*

Germany），完美还原了第二次世界大战中的莱茵河战役。“带来自我毁灭的民族史诗”参见该书第 237 页，“四周前”参见第 240 页。

艾琳·迪威克给我寄来一本她的剧作《冰岛人》（Irene Diwiak, *Die Islanderin*），我在征得她同意后，引用了如下文本：“我梦到我养了一只雄鹰”，第 2 页；“还配得到谁的尊敬”，第 3 页；“她将给我们带来全新的气息”，第 4 页；“问题不在于一个女孩”，第 5 页；“你知道被睡意味着什么吗？”，第 44 页；“您的‘荣誉’，就是我的纪念品”，第 44 页。

关于“薄弱处”的描述，引自大卫·勒文的《理查德·瓦格纳、弗里茨·朗和尼伯龙根：否定性剧作手法》（David J. Levin, Richard Wagner, *Fritz Lang and the Nibelungen: The Dramaturgy of Disavowal*）第 16 页。

保罗·冯·兴登堡的话语“就像齐格弗里德被哈根从背后刺死一样，我们的前线部队失败了”，引自安顿·凯斯的《电影中的弹震症：魏玛文化与战争创伤》（Anton Kaes, *Shell Shock Cinema: Weimar Culture and the Wounds of War*）第 145 页。

早期《尼伯龙根之歌》译者冯·哈根（Von der Hagen）的话语“带着对祖国和人民的骄傲和信任”，引自迈克·奥吉尔的《亚瑟王和尼伯龙根归来：十九世纪英德文学中的民族神话》（Maike Oergel, *The Return of King Arthur and the Nibelungen: National Myth in Nineteenth-century English and German Literature*）第 192 页。

汤姆·希佩的新神话理论，参见《暗影行者：雅各布·格林的怪物神话》（*The Shadow Walkers: Jacob Grimm's Mythology of the Monstrous*）第 3 页。

关于纳粹时期的引文，来自安娜·罗斯莫斯的《希特勒的尼伯龙根》（Anna Rosmus, *Hitler's Nibelungen*）：“未来一千年里”，摘自第 138 页；“我们知道”，摘自第 16 页。关于纳粹分子对德国神话的痴迷，希特勒儿时好友奥古斯特·库比泽克的《我的儿时好友希特勒》（August Kubizek, *The Young Hitler I Knew*），为我们提供了第一手资料，“从孩提时代就沉迷于德国古代英雄故事”，摘自第 82 页。约瑟夫·戈培尔对弗里茨·朗《尼伯龙根》电影的喜爱，参见帕特里克·迈吉利根的《弗里茨·朗：野兽的天性》（Patrick McGilligan, *Fritz Lang: The Nature of the Beast*）第 104 页。

赫尔穆特·伯恩特（Helmut Berndt）对《尼伯龙根之歌》中路线图的评论，参见《尼伯龙根灭亡之路：一个传奇人物的足迹》（*Die Nibelungen: auf den Spuren eines Sagenhaften Volkes*）；贝德克的评论参见该书第 179 页。

克尔凯加尔关于悲伤的论述，参见《抑或》（*Either/Or*）第一卷第 33—34 页。

第四个故事　《贝奥武甫》：杀死怪物的英雄

除了上文提到的两个译本，我还参考了罗伯特·凯·戈登（Robert Kay Gordon）的《贝奥武甫》译本和迈克尔·斯万登（Michael Swanton）的《贝奥武甫》译本修订版。大部分引文都自鲁扎的译本：“我将战胜恶魔”，第 81 页；“骑士们睡着了”，第 203 页；“娴熟的技巧”，第 107 页；“喝下这杯酒吧”，第 125 页；“两个臂环”，第 127 页；“分赐珍宝……头盔和铠甲等礼物”，第 227 页；“满目热切地盯着”，第

219 页；“掠夺者冷酷地靠近”，第 65 页；“贪婪、冷酷无情”，第 131 页；“神圣的上帝带来”，第 147 页；“从未将这座丹麦人的雄伟大厅托付给任何人守护”，第 93—95 页；“用火焰、灰烬将那一地区的人们紧紧包围起来”，第 193 页；“烂醉如泥的男人们，一边一杯杯往嘴里灌酒，一边自吹自擂”，第 83 页；“巨人部落”，第 79 页；“可怕”或“恐怖”，第 99、211 页；“我要展现我的男子气概”，第 93 页；“世仇和激烈仇恨”，第 235 页。盎格鲁－撒克逊引语“然后，从黑雾缭绕的沼泽地中”及“赫罗斯加捷报频传”，参见该书第 96 页和第 58 页；“可恶的空中飞虫”参见第 108 页。来自 Gordon 译本的引文包括：“荣耀之王、永远的主”，第 50 页；“脱离肉体去寻找圣人”，第 51 页；“现在我已经卖掉”，第 50 页；“人民将饱受战乱之苦”，第 52 页；“恶龙喷出愤怒的火焰”，第 42 页；“见不得光的捕猎者”，第 6 页；“告诉那些在战斗中赢得荣誉的战士”，第 50 页；“他们把项圈和珠宝首饰放进墓室”，第 57 页；“然后，来自赫尔明斯的女人”，第 12 页；“我曾经给大海彼岸的威尔芬人赠送珍宝”，第 9 页；“泡沫之颈漂浮器”，第 5 页；“在深水中耕耘”，第 34 页。

在参考盎格鲁－撒克逊原文和多部译本的基础上，我翻译了部分诗句，包括：“然后，从黑雾缭绕的沼泽地中”（鲁扎译本，第 97 页）；“人们齐心协力”（鲁扎译本，第 59 页；戈登译本，第 2 页）；“赫罗斯加捷报频传，财富剧增”（鲁扎译本，第 59 页；戈登译本，第 2 页）。

关于贝奥武甫和布里顿山的联系，我参阅了理查德·诺斯的《贝奥武甫的起源：从维吉尔到威格拉夫》（Richard North, *The Origins of Beowulf: From Vergil to Wiglaf*），“屋里充满了”参见该书第 159 页。

关于托尔金和《贝奥武甫》，我参阅了《解读贝奥武甫：评论文章选集》（*Interpretations of Beowulf: A Critical Anthology*）（“据说《贝奥武甫》”，第 10 页），及汤姆·希佩的《通往中土之路》（Tom Shippey, *The Road to Middle Earth*）（希佩的评论“托尔金不仅借鉴了”，第 19 页）。

奈杰尔·法拉奇关于“盎格鲁－撒克逊人”的评论，摘自他的著作《紫色革命》（Nigel Farage, *The Purple Revolution*）第 275 页。他对贝约挂毯“不要忘记上次是如何被入侵”的评论，发表在 2014 年 11 月 24 日的《每日电讯报》上的文章《奈杰尔·法拉奇的贝约挂毯领带同款在网上商城抢购一空》（Nigel Farage, Nigel Farage's Bayeux Tapestry Tie Sold Out in Online Stores, *Daily Telegraph*, 24 November 2014）中。史蒂夫·贝克关于《孙子兵法》的话语，源自提姆·希普曼的《全面战争》（Tim Shipman, *All Out War*）第 81 页。丹尼尔·汉南关于封建主义的论述，摘自他的著作《自由的形成及其重要性》（Daniel Hannan, *How We Invented Freedom and Why it Matters*）第 89 页。

沃特·泰勒的话语，摘自奥古斯丁·希尔利的《诺曼征服英格兰的历史及其历史根源》（Augustin Thierry, *History of the Conquest of England by the Normans: With its Cause,* vol. 3）第三卷第 519 页。

关于“诺曼统治”及英国反诺曼主义历史的著作，我认为研究得最深刻的是克里斯托弗·希尔的《清教主义与革命：关于十七世纪英国革命史的解读与研究》（Christopher Hill, *Puritanism and Revolution: Studies in Interpretation of the English Revolution of the 17th Century*），“并不比隶农好到哪里去”，第 63—64 页；“诺曼束缚”“诺曼统治”，第 75、84 页）。

关于“独立麦西亚”，读者如感兴趣可以访问其官方网站（www.

mercienta. org），“普通人，法庭”参见其“宪法”第二条和第三条。

詹姆斯·坎贝尔的“宪法自由”，引自《盎格鲁－撒克逊国家》（*The Anglo-Saxon State*, p. xxix）第29页。

马丁·纽威尔的名诗《黑色夏克》（Martin Newell, *The Black Shuck*）包含对东盎格利亚怪物的详细介绍（“看到受伤的战士”节选自第31节；“夏克，沼泽地里的黑狗”，选自第6节）。

关于雷德沃尔德的资料，来源包括查德威克的《萨顿胡船墓的主人乃何方神圣？》（H. M. Chadwick, *The Sutton Hoo Ship-Burial: Who was He? Antiquity*, 14, 1940），“现有证据表明”选自第87页；以及吉尔斯选编的《万人敬仰的贝德与英国教会史》（J. A. Giles, *The Venerable Bede's Ecclesiastical History of England*），“同一座寺庙里”，第98页。

索克林为其第一版《贝奥武甫》译本所作的序言，收录在《三四世纪盎格鲁－撒克逊方言史诗》（*De Danorum Rebus Gestis Secul, III & IV. Poëma Danicum dialecto Anglo-Saxonica*）中：“讲述三四世纪时丹麦的重大事件”，第1页；“研究大英图书馆的宝藏”，第8页。他的错误及贡献，马格努斯·费尔达尔在《雄心勃勃却漏洞百出——格里莫·索克林及其〈贝奥武甫〉译本》中做了详细分析，该文发表在期刊《新语言学家》2008年第92期第321—332页（Magnus Fjalldal, *To Fall by Ambition—Grímur Thorkelín and his Beowulf Edition*, *Neophilologus*, 92, 2008），“我带着巨大成功和丰厚回报，回到了家”摘自第323页。

关于格伦德维格，我查阅了阿尔金选编的《遗产及预言：格伦德维格及英语世界》（A. M. Allchin, *Heritage and Prophecy: Grundtvig and the English-Speaking World*），“影响最大的单一个人”，第3页；“已知最早用当地方言创作诗歌的尝试”，第50页；“即便是岛内最严谨细致的历史学家”，第 35 页；“与英国人取得联系”，第 48 页；“精神上的纯斯堪的纳维亚”，第 48 页；“全人类的北方英雄”，第 55 页。斯万 · 罗斯尔（Sven Rossel）关于“国际《贝奥武甫》研究的奠基人”的评论，引自《丹麦文学史》（*A History of Danish Literature*）第 198 页。诗行“一个民族”来自欧夫 · 科尔斯加德的《政治思想家格伦德维格》（Ove Korsgaard, *N. F. S. Grundtvig: As a Political Thinker*）第 82—83 页。

关于贝奥武甫起源的争议，我引用了伊恩 · 伍德的《中世纪早期的现代起源》（Ian Wood, *The Modern Origins of the Early Middle Ages*），“是一部德国神话故事”，第 167 页；安德鲁 · 沃恩的《维京人及维多利亚人：十九世纪英国北部的塑造者》（Andrew Wawn, *The Vikings and the Victorians: Inventing the Old North in Nineteenth-century Britain*），“德国人饥渴难耐，偷窃掠夺”，第 242 页。

关于古都莱杰尔，约翰 · 奈尔斯选编的《贝奥武甫及莱杰尔》（John Niles, *Beowulf and Lejre*）曾做过全面介绍，“《贝奥武甫》诗人呈现在读者眼前的”摘自第该书 176 页。

第五个故事　《尼亚尔萨迦》：规则终将战胜暴力

如上文所述，我参阅了两个不同的《尼亚尔萨迦》译本，包括德森特 1861 年译本（也是该书第一个英语译本），以及马格努森和帕尔森的译本。以下引文摘自德森特译本：“我永远不会说出亵渎神灵的话”，第 2 卷第 71 页；“如果我们不能达成统一的律法”，第 1 卷第 79 页；“耳朵听得见的人们”，第 2 卷第 341 页；“没有人像冈纳尔这样像大海阳光般耀眼”，第 1 卷第 247 页；“蓝色的眼睛”，第 1 卷第 60 页；“那片山坡宛如人间仙境”，第1卷第236页；“自从那些肆意妄为的人”，第2卷第197页；“当尼亚尔的屋顶烧得噼里啪啦”，第2卷第207页。

以下引文则摘自马格努森和帕尔森的译本：“神情‘欢喜’”，第173页；“你听说了吗”，第221页；“在我看来”，第217页；“我嫁给冰岛最勇敢的人有什么意义”，第98页；“你或许能找到更好的工作”，第249页；“冈纳尔在家吗？”，第169页；“生性勇敢，对朋友十分慷慨”，第240页；“给我两绺你的头发”，第171页；“他最后的浴血奋战”，第171页；“有了法律，我们的土地才会繁荣昌盛”，第159页；“如果你是”，第256页；“我的心在狂怒”，第283页；“他们燃烧的热情”，第343页；“他永远也做不到在提及此事时无动于衷”，第233页；“远离家乡就是远离欢乐”，第48页；“检验弗洛西是否变得高贵”，第354页。

“以防鲸鱼袭击”引自鲁扎（Liuzza）的《贝奥武甫》译本第53页，“他最爱的人”则引自该书第139页。

艾尔·伊德里西的“永恒的黑暗之海”，引自迈克尔·皮耶的《世界边缘：黑暗时代的光明、生命及辉煌》（Michael Pye, *The Edge of the World: Light, Life and Brilliance in the Dark Ages*）第14页。

《尼亚尔萨迦》被描述成“女武神之网”，源自沃恩的《维京人及维多利亚人》（Andrew Wawn, *Vikings and the Victorians*）第143页。

特里·冈奈尔关于“韵律魔法”的表述，来自其2017年9月在雷克雅未克对作者的采访。

关于希特勒歌剧的细节，源自库比泽克的《我的儿时好友希特勒》（Kubizek, *Young Hitler I Knew*）第195页。

《冰岛人的萨迦故事》（*The Sagas of the Icelanders*）中收录了许

多冰岛萨迦，其中包括《拉萨达尔萨迦》，如果你对冰岛文学感兴趣，强烈推荐此书。引述自该书的引文包括："在所有技能上都胜过其他男子"，第 322 页；"和其他俗套故事一样"，第 344 页；"卡加坦辱骂你"，第 369 页；"不会再面带微笑上床"，第 372 页；"冰岛第一名修女和女隐士"，第 420 页；"第一个学习《诗篇》并长时间在教堂度过的冰岛妇女"，第 418 页；"我伤害他最深，也爱他最深"，第 421 页；"我觉得，坐在家里等"，第 277 页。

杰西·拜奥克是对中世纪冰岛社会研究得最为透彻的历史学家之一，他的《维京时代的冰岛》（Jesse L. Byock, *Viking Age Iceland*）值得一读。"家族萨迦为冰岛建国奠定了神话基础"，摘自该书第 22 页。

《冈纳尔之歌》中的引用的"勇敢的人们手握利刃"，是我根据《韵诗集：选自斯坦多·安德森收藏》（*Rímur: A Collection from Steindór Andersen*）一书翻译而来。

关于伯格特拉斯沃尔山是人物"形象塑造"过程中的"关键山峰"，参见佩图尔·哈尔多森的《丈量宇宙：冰岛神话意象解读》（Petur Halldorsson, *The Measure of the Cosmos: Deciphering the Imagery of Icelandic Myth*）第 7、12 页。

参考书目

原文引用

1. Homer, *The Iliad*, trans. Robert Fagles, Harmondsworth: Penguin, 1996.
2. Homer, *The Odyssey*, trans. T. E. Shaw（Colonel T. E. Lawrence）, Ware, Hertfordshire: Wordsworth Classics, 1992.
3. Homer, *The Odyssey*, trans. Robert Fagles, Harmondsworth: Penguin, 1997.
4. *Marko the Prince, Serbo-Croat Heroic Songs*, trans. Anne Pennington and Peter Levi, London: Duckworth, 1984.
5. *The Battle of Kosovo*, trans. John Matthias and Vladeta Vuckovic, Athens, OH: Ohio University Press, 1987.
6. *Song of Roland*, trans. Dorothy L. Sayers, New York: Penguin, 1957.
7. *Song of Roland, The bilingual edn*, trans. Glyn Burgess, Harmondsworth: Penguin, 1990.
8. *Das Nibelungenlied, Paralleldruck der Handschriften A, B & C,* Tübingen: Max Niemeyer Verlag, 1971.
9. *Nibelungenlied*, trans. A. T. Hatto, Harmondsworth: Penguin, 1965.
10. *Beowulf: Facing Page Translation*, 2nd edn, trans. R. M. Liuzza, Ontario: Broadview Press, 2013.
11. *Beowulf*, trans. Robert Kay Gordon, New York: Dover Publications, 1992.
12. *Beowulf*, rev. edn, ed. Michael Swanton, Manchester: Manchester University Press, 1997.

13. *Njal's Saga*, trans. Magnus Magnusson and Hermann Palsson, Harmondsworth: Penguin, 1960.
14. *Sagas of the Icelanders*, London: Allen Lane, 2000.
15. *Story of Burnt Njal: Or Life in Iceland at the End of the Tenth Century*, trans. George Webbe Dasent, Edinburgh: Edmonston and Douglas, 1861.

直接引用

1. Andrić, Ivo, *The Bridge Over the Drina*, trans. Lovett F. Edwards, London: Harvill Press, 1994.
2. Aristotle, *Aristotle's Poetics*, trans. E. S. Bouchier, Oxford: B. H. Blackwell, 1907.
3. Bede, *The Venerable Bede's Ecclesiastical History of England*, ed. J. A. Giles, London: Henry G. Bohn, 1847.
4. Cavafy, Constantine P., *Collected Poems,* trans. Edmund Keeley and Philip Sherrard, Princeton, NJ: Princeton University Press, 1992.
5. Diwiak, Irene, *Die Isländerin*, author's copy, 2016.
6. Einhard, *The Life of Charlemagne*, trans. Samuel Epes Turner, Michigan: Michigan University Press, 1960.
7. Grahame, Kenneth, *The Wind in the Willows*, London: Walker Books, 2000.
8. Hesiod/Homer, *Hesiod: The Homeric Hymns and Homerica*, trans. Hugh G. Evelyn-White, London: William Heinemann, 1914.
9. Kadaré, Ismail, *Three Elegies for Kosovo*, trans. Peter Constantine, London: Harvill Press, 2000.
10. Kierkegaard, Søren, *Either/Or*, vol. 1, trans. David F. Swenson and Lillian M. Swenson, Princeton, NJ: Princeton University Press, 1944.

11. Muračević, Eset, *Zapis o Bosni*, Tešanj: Štamparija Planjax, 2015.

12. Newell, Martin, *The Black Shuck*, Wivenhoe: Jardine Press, 2016.

13. Ostermaier, Albert, *Glut*, Frankfurt am Main: Korrektur Verlag, 2017.

14. Plato, *Republic*, ed. Lewis Campbell and Benjamin Jowett, New ork: Garland, 1987.

15. Shelley, Percy Bysshe, *Hellas: A Lyrical Drama*, London: Reeves & Turner, 1886.

16. Wace, *Roman de Rou*, trans. Glyn Burgess, Woodbridge: Boydell Press, 2004.

间接引用

1. Ailes, Marianne J., *The Song of Roland: On Absolutes and Relative Values*, Lewiston, NY: Edwin Mellen Press, 2002.

2. Allchin, A. M.（ed.）, *Heritage and Prophecy: Grundtvig and the English Speaking World*, Aarhus: Aarhus University Press, 1993.

3. Andersen, Steindór, *Rímur: A Collection from Steindór Andersen*, Hong Kong: HNH International Ltd, 2003.

4. Andersson, Theodore M., *The Growth of the Medieval Icelandic Sagas*, Ithaca, NY: Cornell University Press, 2006.

5. Beaton, Roderick, *Byron's War: Romantic Rebellion, Greek Revolution*, Cambridge: Cambridge University Press, 2013.

6. Berndt, Helmut, *Die Nibelungen: auf den Spuren eines Sagenhaften Volkes*, Oldenburg: Gerhard Stalling Verlag, 1978.

7. Betts, Alexander, and Collier, Paul, *Refuge: Transforming a Broken Refugee System*, London: Allen Lane, 2017.

8. Bohlman, Philip V., and Petković, Nada（ed.）, *Balkan Epic: Song, History, Modernity*, Lanham, MD: Scarecrow Press, 2012.

9. Buonanno, Michael, *Sicilian Epic and the Marionette Theater*, Jefferson, NC: McFarland, 2014.

10. Byock, Jesse L., *Feud in the Icelandic Saga*, Berkeley, CA: University of California Press, 1982.

——, *Viking Age Iceland*, Harmondsworth: Penguin, 2001.

11. Campbell, James, *The Anglo-Saxon State*, London: Hambledon and London, 2000.

12. Croce, Marcella, *The Chivalric Folk Tradition in Sicily: A History of Storytelling, Puppetry, Painted Carts and Other Arts*, Jefferson, NC: McFarland, 2014.

13. Dedijer, Vladimir, *The Road to Sarajevo*, London: MacGibbon & Kee, 1967.

14. Divanna, Isabel N., "Politicizing National Literature: The Scholarly Debate around La chanson de Roland in the Nineteenth Century", *Historical Research*, 84, no. 223（February 2011）, pp. 109–134.

15. Farage, Nigel, *The Purple Revolution*, London: Biteback, 2015.

16. Fenwick Jones, George, *The Ethos of the Song of Roland*, Baltimore, MD: Johns Hopkins Press, 1963.

17. Fjalldal, Magnús, *The Long Arm of Coincidence:The Frustrated Connection Between Beowulf and Grettis Saga*, Toronto: University of Toronto Press, 1998.

——, "To Fall by Ambition – Grímur Thorkelín and his Beowulf Edition", Neophilologus, 92（2008）, pp. 321–332 .

18. Friedrich, Jörg, *The Fire:The Bombing of Germany, 1940–1945*, trans. Allison Brown, New York: Columbia University Press, 2008.

19. Fulk, R. D.（ed.）, *Interpretations of Beowulf: A Critical Anthology*, Bloomington, IN: Indiana University Press, 1991.

20. Godman, Peter, *Poetry of the Carolingian Renaissance*, London: Duckworth, 1985.

21. Halldorsson, Petur, *The Measure of the Cosmos: Deciphering the Imagery of Icelandic Myth*, Reykjavik: Salka, 2007.

22. Hannan, Daniel, *How We Invented Freedom and Why it Matters*, London: Head of Zeus, 2013.

23. Hargrove, June, *The Statues of Paris:An Open-Air Pantheon*, New York: Vendome Press, 1989.

24. Haymes, Edward R., *The Nibelungenlied: History and Interpretation*, Urbana, IL: University of Illinois Press, 1986.

25. Herold, J. Christopher, *The Mind of Napoleon: A Selection from His Written and Spoken Words*, New York: Columbia University Press, 1955.

26. Hill, Christopher, *Puritanism and Revolution: Studies in Interpretation of the English Revolution of the 17th Century*, London: Secker & Warburg, 1958.

27. Hitler, Adolf, *Mein Kampf*（*My Struggle*）, London: Hurst & Blackett, 1933.

28. Holmes, Urban Tigner, *A History of Old French Literature: From the Origins to 1300*, New York: F. S. Crofts, 1937.

29. Judah, Tim, *The Serbs: History, Myth and the Destruction of Yugoslavia*, New Haven, CT: Yale University Press, 1997.

30. Jung, Carl, *Psychology and Alchemy*, trans. R. F. C. Hull, London: Routledge & Kegan Paul, 1953.

31. Kaes, Anton, *Shell Shock Cinema: Weimar Culture and the Wounds of War*, Princeton, NJ: Princeton University Press, 2011.

32. King, Iain and Mason, Whit, *Peace at any Price: How the World Failed Kosovo*, Ithaca, NY: Cornell University Press, 2006.

33. Korsgaard, Ove, *N. F. S. Grundtvig: As a Political Thinker*, trans. Edward Broadbridge, Copenhagen: DJØF Publishing, 2014.

34. Kristjansson, Jonas, *Icelandic Manuscripts: Sagas, History and Art*, Reykjavik: Icelandic Literary Society, 1993.

35. Kubizek, August, *The Young Hitler I Knew*, London: Greenhill Books, 2006.

36. Levin, David J., *Richard Wagner, Fritz Lang and the Nibelungen: The Dramaturgy of Disavowal*, Princeton, NJ: Princeton University Press, 1998.

37. Lord, Albert Bates, *The Singer of Tales*, Cambridge, MA: Harvard University Press, 1960.

38. Luce, John Victor, *Celebrating Homer's Landscapes: Troy and Ithaca Revisited*, New Haven, CT: Yale University Press, 1998.

39. McGilligan, Patrick, *Fritz Lang: The Nature of the Beast*, London: Faber, 1997.

40. Newton, Sam, *The Origins of Beowulf and the Pre-Viking Kingdom of East Anglia*, Cambridge: D. S. Brewer, 1993.

——, *The Reckoning of King Rædwald*, Colchester: Red Bird Press, 2003.

41. Niles, John（ed.）, *Beowulf and Lejre*, Tempe, AZ: Arizona Center for Medieval and Renaissance Studies, 2007.

42. North, Richard, *The Origins of Beowulf: from Vergil to Wiglaf*, Oxford: Oxford University Press, 2006.

43. Oergel, Maike, *The Return of King Arthur and the Nibelunen: National Myth in Nineteenth-century English and German Literature*, New York: De Gruyter, 1998.

44. Pye, Michael, *The Edge of the World: Light, Life and Brilliance in the Dark Ages*, London: Viking, 2014.

45. Richter, Michael, *The Formation of the Medieval West: Studies in the Oral Culture of the Barbarians*, Black Rock: Four Courts Press, 1994.

46. Rosmus, Anna, *Hitler's Nibelungen*, Grafenau: Samples Verlag, 2015.

47. Rossel, Sven H., *A History of Danish Literature*, Lincoln, NE: University of Nebraska Press, 1992.

48. St Clair, William, *That Greece Might Still be Free*, Oxford: Oxford University Press, 1972.

49. Shipman, Tim, *All Out War*, London: William Collins, 2016.

50. Shippey, Tom, *The Road to Middle Earth*, London: Grafton, 1992.

51. Shippey, Tom, (ed.), *The Shadow Walkers: Jacob Grimm's Mythology of the Monstrous*, Tempe, AZ: Arizona Center for Medieval and Renaissance Studies, 2005.

52. Smith, David James, *One Morning in Sarajevo: 28 June 1914*, London: Weidenfeld & Nicolson, 2008.

53. Stephens, Susan A., and Vasunia, Phiroze, *Classics and National Cultures*, Oxford: Oxford University Press, 2010.

54. Thierry, Augustin, *History of the Conquest of England by the Normans: With its Causes*, vol. 3, London: G. B. Whitaker, 1825.

55. Thorkelín, Grímur Jónsson, *De Danorum Rebus Gestis Secul. III & IV. Poëma Danicum dialecto Anglo-Saxonica*, Copenhagen: Havniae Typis Th. E. Rangel, 1815.

56. Walcott, Derek, *The Poetics of Derek Walcott: Intertextual Perspectives*, Durham, NC: Duke University Press, 1997.

57. Wawn, Andrew, *The Vikings and the Victorians: Inventing the Old North in Nineteenth-century Britain*, Cambridge: D. S. Brewer, 2000.

58. Whitehurst, Felix M., *My Private Diary of the Siege of Paris*, London, 1875.

59. Wilson, Duncan, *The Life and Times of Vuk Stefanović Karadžić 1787–1864: Literacy, Literature, and National Independence in Serbia*, Oxford: Clarendon Press, 1970.

60. Wood, Ian, *The Modern Origins of the Early Middle Ages*, Oxford: Oxford University Press, 2013.